Eva-Maria Bast

Die Blumeninsel im Bodensee

EVA-MARIA BAST

Die Blumeninsel im Bodensee

Lennart Bernadotte verzichtete auf den Thron, um aus der Insel Mainau ein Paradies zu machen

ROMAN

PIPER

Mehr über unsere Autorinnen, Autoren und Bücher:
www.piper.de

Wenn Ihnen dieser Roman gefallen hat, schreiben Sie uns unter Nennung des Titels »Die Blumeninsel im Bodensee« an *empfehlungen@piper.de*, und wir empfehlen Ihnen gerne vergleichbare Bücher.

Alle Titel, die von Eva-Maria Bast im Piper Verlag vorliegen, finden Sie auf Seite 416.

FSC
www.fsc.org
MIX
Papier | Fördert gute Waldnutzung
FSC® C083411

PRODUZIERT MIT VERANTWORTUNG

ISBN 978-3-492-06471-2
2. Auflage 2025

Für direkten Kontakt und Fragen zum Produkt
wenden Sie sich bitte an: *info@piper.de*
Dieser Roman wurde vermittelt durch die
Literaturagentur Lesen & Hören, Anna Mechler.
Redaktion: Barbara Raschig
Satz: Uhl + Massopust, Aalen
Gesetzt aus der Adobe Devanagari
Druck und Bindung: CPI Books GmbH, Leck
Printed in the EU

Für Arco, meinen Bruder

Prolog

Sommer 1913

»Mor! Bitte, Mor! Bitte geh nicht!«

Der Schrei des kleinen, vierjährigen Prinzen Lennart Bernadotte gellte durch den Stockholmer Palast. Gerade war seine Mutter, Maria Pawlowna, bei ihm im Kinderzimmer gewesen und hatte ihm erklärt, dass sie ihn und den Vater verlassen und in ihre russische Heimat zurückkehren würde.

Lennart hatte sie angestarrt. In seinem kleinen Kopf war ein einziges Durcheinander gewesen. Die Mor wollte fortgehen. Hatte sie ihn denn nicht mehr lieb?

»Lennart?«, hatte Maria Pawlowna gefragt und ihn dabei ganz komisch angesehen. »Hast du gehört, was ich gesagt habe? Ich werde fortgehen. Wir werden uns vielleicht nie mehr wiedersehen.«

Ihr Blick war Lennart unheimlich. Der Blick und die Worte gaben ihm das Gefühl, das er oft abends beim Einschlafen hatte, wenn er sich vor dem endlosen dunklen Raum fürchtete, voller Angst den Geräuschen der Nacht lauschte und sich nach jemandem sehnte, der ihn in die Arme nahm und ihn hielt. Aber da war niemand. Er war ganz allein. Oder nicht? Plötzlich fühlte er Arme um sich, ein Schluchzen an seinem Ohr. Fiel es der Mor doch schwer, sich von ihm zu verabschieden? Ohne es zu bemerken, hatte er die Augen geschlossen, und als er sie nun öffnete, stellte er fest, dass seine Mor noch immer einige Meter von ihm entfernt an der Tür stand, schon im Gehen begriffen. Wer ihn da so im Arm hielt, war Asa, seine Kinderfrau. Und sie war es auch, die weinte.

»Reißen Sie sich zusammen«, fuhr seine Mutter Asa an. Dann nickte sie Lennart noch einmal zu. »Mach es gut, mein Junge.«

Damit war sie zur Tür hinaus. Und die weinende Kinderfrau hielt ihn noch immer umklammert. »Es ist eine Schande!«, murmelte sie. »Eine furchtbare Schande. Wie kann sie ihren kleinen Jungen allein lassen!«

Lennart starrte sie an. Asa hatte gesagt, was er dachte – das war erleichternd, und zugleich tat es weh. Furchtbar weh. Lennart liebte seine Mor, tagtäglich hatte er um ihre Liebe gebettelt, und wenn er mal ein kleines Stück Zuneigung bekam, dann zehrte er lange, sehr lange, davon. Die Kinderfrau durfte nicht so von ihr reden. »Meine Mor ist lieb!«, rief er trotzig, stampfte mit dem Fuß auf und jagte zur Tür, den Gang hinunter. An der Treppe holte er sie ein.

»Mor! Liebe Mor, bitte geh nicht. Lass mich nicht allein.«

Maria Pawlowna hielt für einen Augenblick inne. Wandte sich zu ihm um. Und dann geschah etwas, das Lennart fast den Atem raubte. Seine Mutter ging vor ihm auf die Knie und schloss ihn in die Arme. Wie gut sich das anfühlte, wie wundervoll! Jetzt war er zu Hause! Er sog ihren Duft tief in sich ein, schlang seine Ärmchen fest, ganz fest um ihren Hals und ließ sich in die mütterliche Geborgenheit fallen. Die Mor hatte ihn *doch* lieb. Und sie würde bei ihm bleiben. Seine Fingerchen strichen über ihr samtiges, weiches Haar. Wie wundervoll es sich anfühlte. Er hatte es erst einmal gewagt, das Haar seiner Mutter zu berühren, und sie hatte ihn auch sogleich gerügt mit

Worten, die sie nun wiederholte. »Du zerstörst meine Frisur, Lennart.« Sie löste sich aus der Umarmung ihres kleinen Jungen, und als der sie nicht freigeben wollte, zog sie seine Händchen von ihrem Hals.

Ihre Stimme wurde nun kälter und härter. »Lennart. Ich muss jetzt gehen.«

Ihre Worte erzeugten einen derartigen Schmerz in Lennart, dass er, wie von einem giftigen Pfeil getroffen, zurückwich und in sich zusammenfiel. Und während seine Mutter, ohne noch einmal zurückzublicken, die Treppen hinuntereilte, saß der kleine Prinz da und sah ihr nach. Seine Ärmchen hatte er nun um seinen eigenen Körper geschlungen, als wolle er sich selbst umarmen, sich schützen vor der mütterlichen Kälte und vor der Einsamkeit.

Er würde die Mor niemals wiedersehen. Er war jetzt ganz allein.

Ein Jahr später

Sommer 1914

Auf Schloss Stenhammar war Lennart glücklich. Hier, in diesem kleinen, schmucken Schlösschen, fühlte er sich, anders als im stets etwas kalten schwedischen Königshaus, geliebt und geborgen. Das hier war sein Reich, das er sich mit dem Vater teilte, wenn dieser einmal zu Hause war. Dann las Prinz Wilhelm von Schweden ihm Geschichten vor, die er selbst geschrieben hatte, sie spielten Verstecken und verbrachten viel Zeit miteinander. Oft streifte Lennart auch allein durch den weitläufigen Park, in dem im Sommer die herrlichsten Blumen blühten. Manchmal pflückte er eine, um dann aufgeregt damit nach Hause zu laufen und mit seinem Vater über ihre wunderbare Farb- und Formschönheit zu sprechen. Gemeinsam hatten sie auch eine kleine Blumenpresse gebastelt, in der sie die Fundstücke pressten. Anschließend klebten sie sie in ein kleines Buch, und Wilhelm von Schweden schrieb den Namen der jeweiligen Blume in seiner schwungvollen Handschrift darunter. Lennart liebte diese innigen Stunden, in denen sie auch manchmal über seine Mutter sprachen. Lennart konnte gar nicht oft genug hören, was der Vater ihm dann sagte: dass Maria nicht wegen Lennart, sondern wegen ihm, Wilhelm, und wegen der kalten Atmosphäre am schwedischen Hof fortgegangen sei. Und dass es ihr schier das Herz gebrochen habe,

Lennart zu verlassen, und dass sie oft, so oft, nach ihm frage. Anfangs war Lennart wütend gewesen. Sein Vater und der Hof waren also schuld, dass die Mutter gegangen war. Sie hatten die Mor verjagt! Lennart hatte ganz genau wissen wollen, was der Vater denn getan hätte, und der hatte erklärt, seine Verpflichtungen als Offizier der Marine hätten ihn oft zur Abwesenheit gezwungen, wodurch Maria Pawlowna sich einsam gefühlt habe. Und das hatte Lennart nicht verstanden. Die Mutter hatte doch ihn gehabt! Wie konnte sie da einsam sein?

Nach und nach war es dem Vater aber gelungen, ihm zumindest ein kleines bisschen Trost zu spenden. Drei Monate, nachdem die Mor fortgegangen war, hatte er das erste Mal wieder gelacht. Der kleine Junge lebte für die Tage und Wochen, die er mit seinem Vater verbringen durfte. Am liebsten natürlich in Stenhammar.

Tief in seine Gedanken versunken, wäre Lennart beinah auf eine wunderschöne, aber unscheinbare blaue Blume getreten. »Du bist auch ganz klein und wirst oft übersehen, nicht?«, flüsterte er, während er vorsichtig den Stängel brach. »Aber keine Sorge: Ich übersehe dich nicht. Ich nehme dich jetzt mit nach Hause. Und dann presse ich dich und klebe dich in mein Buch. Dann sind wir für immer beisammen.«

Wie die Blume wohl hieß?

Mit einem Mal konnte er es gar nicht mehr erwarten, zum Schloss zurückzukommen, um seinem Vater seine Kostbarkeit zu zeigen. Er rannte über die Wiese, auf das Schloss zu, die Treppen hoch – und hielt abrupt inne. Auf der Terrasse stand sein Vater und wirbelte ein kleines Mädchen herum. Neben ihm stand eine Frau und sah ihnen glücklich lachend zu. Auch sie hatte ein Kind im Arm, zwei weitere Kinder spielten mit seinem, Lennarts, Ball. Lennart war wie erstarrt. Wieder stieg dieses Gefühl in ihm empor, das er auch schon beim Weggang seiner Mutter gehabt hatte. Ein Gefühl unendlicher Einsamkeit. Ein Gefühl, ausgeschlossen zu sein.

Er ballte die Hände zu Fäusten, weil er nicht wusste, wohin mit seiner Traurigkeit und seiner Wut. Da fiel ihm die Blume ein, und entsetzt öffnete er die rechte Hand, in der er sie gehalten hatte. Die kleine, blaue Blüte war vollkommen zerdrückt, die zarten Blätter zerquetscht.

Tränen quollen ihm aus den Augen, als er erst auf die Blüte und dann auf das Familienglück dort auf der Terrasse starrte.

Inzwischen hatte sein Vater seinen Sohn bemerkt. Er setzte das Mädchen ab, griff nach der Hand der Frau und kam mit ihr die Treppe hinunter. Lennart starrte sie an, während die drei Kinder auf der Terrasse inzwischen Position bezogen hatten und ihrerseits ihn anstarrten. Das vierte befand sich immer noch auf dem Arm seiner Mutter, die nun auf ihn zusteuerte. Hastig wischte er sich die Tränen weg. Sein Vater und die Frau waren bei ihm angekommen.

»Lennart«, sagte er. »Das ist Jeanne. Jeanne Leocadie de Tramcourt. Wir werden künftig zusammen hier auf dem Schloss leben. Du musst wissen, dass es einen Krieg gibt zwischen Deutschland und Frankreich. Und Jeanne ist Französin. Daher will sie lieber hier leben.«

Lächelnd sah er seinen Sohn an. »Und wie du siehst, hat sie vier Kinder. Du hast also jede Menge Spielkameraden, wenn du uns besuchen kommst.«

Wie schon beim Weggang seiner Mutter spürte Lennart auch jetzt wieder einen furchtbaren Stich in der Magengegend. »Wenn ich euch besuchen komme?«, fragte er entsetzt. »Aber … darf ich denn nicht bei dir wohnen?«

»Lennart.« Sein Vater ging vor ihm in die Hocke. »Du musst

das verstehen. Jeanne und ich brauchen einen Lebensmittelpunkt, aber du musst am schwedischen Königshof sein. Dort wirst du ab dem kommenden Jahr gemeinsam mit deinen Cousins und Cousinen unterrichtet werden. Dein Lehrer heißt Ivar Åkerfeldt. Du magst doch Edmund, Bertil, Sigvard und Ingrid, nicht wahr?«

Der Vater hatte recht: Er mochte seine Cousins und seine Cousine, aber auf Schloss Fyrkanten fühlte er sich nicht wohl. Zumal er stets ein wenig Angst vor Onkel Gusty, dem Kronprinzen und Thronfolger, hatte.

»Aber ich kann doch auch hier unterrichtet werden«, flüsterte Lennart. »Darf ich denn nicht bei dir bleiben?«

»Das hier ist nach wie vor dein Zuhause, und du wirst oft hier sein«, sagte sein Vater ausweichend. »In den Ferien, an den Wochenenden. Dann kannst du mit Jeannes Kindern spielen.«

Aber nie mehr mit dir allein, dachte Lennart traurig. Sein Vater, der doch so wenig Zeit hatte, würde seine Tage nun mit anderen Kindern verbringen. Wieder einmal war er nicht erwünscht.

Zaghaft flog sein Blick zu der Frau, die immer noch neben seinem Vater stand und bisher kein Wort gesagt hatte. Sie lächelte, aber auf Lennart wirkte das Lächeln wie eine Fratze. Ihre Hand krallte sich besitzergreifend in die Prinz Wilhelms.

Mit einem Aufschluchzen wandte sich Lennart ab und rannte davon.

Zwei Jahre später

Mainau, Sommer 1916

So stelle ich mir einen Urwald vor«, rief Lennart begeistert, als er mit seiner Großmutter Viktoria über eine schmale Brücke auf die Insel Mainau fuhr. Die Fahrt von Schweden durch das kriegsgebeutelte Deutschland war lang, anstrengend und nicht allzu erbaulich gewesen, doch sie hatte sich gelohnt. Lennart hatte das Gefühl, im Paradies angekommen zu sein. Zufrieden lächelte er in sich hinein. Wie sehr hatten ihn seine Cousins und Cousinen, mit denen er unter der Obhut Königin Viktorias auf Schloss Fyrkanten aufwuchs, um die Reise mit der geliebten »Amama« beneidet. Lennart wusste, dass er der Liebling seiner als streng geltenden Großmutter war. Dabei war die Amama gar nicht so streng! Natürlich achtete sie darauf, dass den schwedischen Prinzen und Prinzessinnen eine gute Bildung zuteilwurde, dass sie sich benahmen und auf das Hofprotokoll achteten. Aber die Amama hatte auch immer Zeit für ein liebes Wort oder eine liebevolle Geste. Lennart, der kleine verlorene schwedische Prinz, dachte manchmal, dass seine Amama der erste Mensch war, der ihn wirklich und von Herzen liebte.

Jetzt lachte Königin Viktoria an seiner Seite, während die Kutsche auf das Schloss, das auf einer kleinen Anhöhe gelegen war, zusteuerte. »Das habe ich mir gedacht, dass es dir hier gefällt«, sagte sie.

»In der Tat«, erwiderte Lennart. »Jetzt verstehe ich auch, warum Urgroßvater diese Insel so geliebt hat.«

»Oh«, machte Viktoria, »da muss ich dich leider enttäuschen. Dein Urgroßvater liebte nicht den Dschungel. Anders gesagt: Zu Zeiten deines Urgroßvaters war die Mainau gar kein Dschungel. Es war alles sehr gepflegt. Aber als er dann vor neun Jahren starb, gab es niemanden mehr, der sich so recht darum kümmerte. Und die Natur eroberte sich das alles zurück. Hier, auf der Insel, bieten sowohl der Boden als auch das Klima ganz hervorragende Bedingungen für Pflanzen. Du wirst hier viel entdecken können, wo du Pflanzen doch so liebst. Ich hoffe, du hast dein Büchlein eingepackt?«

Lennart nickte. »Ja«, sagte er knapp. War sein Pflanzenbuch einst sein Ein und Alles gewesen, wurde er nun stets von merkwürdigen Gefühlen ergriffen, wenn er es aufschlug. Seit dem Moment, in dem sein Vater ihn verlassen hatte – denn so empfand Lennart es nach wie vor –, hatte er keine Blume mehr gepresst und eingeklebt. Es wäre zu schmerzhaft, dies ohne den Vater zu tun. Aber die kleine, blaue Blume, die er am Tag, an dem er Jeanne kennengelernt hatte, gepflückt und dann versehentlich zerdrückt hatte, die hatte er zumindest noch mit hineingelegt.

»Wenn du möchtest, können wir dein Pflanzenbuch gemeinsam weitermachen«, sagte seine Großmutter da leise an seiner Seite, während sie ihre Hand in die seine schob und sie sanft drückte. »Ich habe zwar keine ganz so schöne Handschrift wie dein Vater, aber sie kann sich durchaus sehen lassen.«

»Ja«, flüsterte Lennart, dankbar, sie zu haben, »ja, das wäre schön.«

»Allerdings«, sagte Viktoria, »wachsen hier eher Pflanzen als Blumen. Aber diese Pflanzen sind wirklich außergewöhnlich.«

Lennart nickte. Das wusste er. »Bananen, Palmen, Ginkgo …«

»Und Kornblumen wirst du hier auf jeden Fall finden. Die liebt deine Urgroßmutter doch so sehr. Man sagt, dass ihr Vater, der deutsche Kaiser Wilhelm I., Kornblumen auch deshalb so mochte, weil seine Tochter sie ständig pflückte und das Berliner Schloss damit schmückte.«

»Aber wenn Urgroßmutter Blumen doch so sehr liebt, warum kümmert sie sich denn dann nicht um Urgroßvaters Insel?«, fragte Lennart etwas ratlos.

»Sie wollte das nicht. Und du weißt, wie willensstark sie ist.«

»O ja«, bestätigte Lennart. In der Tat pflegte Großherzogin Luise, Tochter Kaiser Wilhelms I., ihren Willen durchzusetzen. In der Regel wurde alles so gemacht, wie sie es wollte. Zwar hatte Lennart seinen Urgroßvater nie kennengelernt – der Großherzog war zwei Jahre vor Prinz Lennarts Geburt gestorben –, aber man erzählte sich oft, dass die Urgroßmutter auch in ihrer Ehe Regie geführt hatte. Seine Großmutter hatte ihm einmal verraten, dass man den Großherzog, der die Mainau stets als »Mein Paradies« bezeichnete, innerhalb der Familie auch »Wie-du-willst-Luise« genannt hatte, weil er alles tat, was seine Frau von ihm forderte, und sie ihren Willen stets durchzusetzen pflegte. Und so hatte die lebenslustige Luise aus der abgeschiedenen Mainau einen Ort der Begegnung gemacht und jede Menge Menschen – Künstler, Literaten und andere Schöngeister – auf die Insel eingeladen, woraufhin der Großherzog stets seufzte »Jetzt hat das Hotel wieder geöffnet«, um sich sodann in sein Schicksal zu fügen.

»Geht es wieder mal darum, dass sie ihren Willen durchsetzen wollte?«, fragte Lennart nun neugierig. »Haben ihr die gepflegten Parkanlagen nicht gefallen?«

Doch Viktoria schüttelte den Kopf. »Nein, Lennart, so ist es nicht. Es ist eher die große Liebe zu meinem Vater, die in meiner Mutter den Entschluss hervorgerufen hat, die Anweisung zu erteilen, alles so zu lassen, wie es bei seinem Tod war.«

»Aber den Park weiter zu pflegen, wäre doch sicherlich in Urgroßvaters Sinne gewesen.«

»Und genau das glaubte sie eben nicht«, erwiderte die schwedische Königin. »Sie wollte ihn unverändert lassen – sozusagen als Denkmal für deinen Großvater. Er sei perfekt und dürfe nicht verändert werden. Herr Nohl ist darüber ganz unglücklich, weil sie ihm nicht mal gestattet, den Efeu von den Bäumen zu entfernen. Es nimmt den Bäumen das Licht.«

»Wer ist denn Herr Nohl?«, wollte Lennart wissen.

»Der Hofgärtner«, erwiderte Viktoria. »Dein Urgroßvater kennt ihn noch aus seiner Kindheit. Er ist der Nachfolger unseres lieben verstorbenen Herrn Eberling, der hier zweiundvierzig Jahre lang waltete. Aber Herr Nohl ist ein guter Mann, und er kann dir alle Fragen zu Pflanzen beantworten.«

Inzwischen war der Wagen auf dem Schlosshof, der an drei Seiten von dem erhabenen Gebäude umgeben war, angekommen. Vor dem Eingang stand eine schwarz gekleidete, sehr ehrwürdige alte Dame und sah ihnen mit einem Lächeln entgegen.

»Urgroßmutter!«, rief Lennart. Kaum dass die Kutsche zum Stehen gekommen war, riss er den Verschlag ungeduldig selbst auf und hüpfte an dem verblüfft dreinblickenden Diener vorbei, der mit einer Stufe herbeigeeilt war, um den hohen Herrschaften einen bequemen Ausstieg ermöglichen zu können, und rannte mit ausgebreiteten Armen auf Luise von Preußen zu.

Die alte Dame breitete die Arme aus und fing ihren Urenkel, der seine Geschwindigkeit inzwischen freilich etwas abgebremst hatte, auf.

»Lennart«, sagte sie. »Mein Junge. Da seid ihr ja.«

Und dann gab Luise von Preußen dem kleinen schwedischen Prinzen einen Kuss.

***

Früh am nächsten Morgen machte sich Lennart, gekleidet in einen schmucken, weißen Matrosenanzug, selbstverständlich mit passender Mütze, Seite an Seite mit seiner Amama auf den Weg zu einem Spaziergang über die Insel. Am Vorabend war die Großmutter zu erschöpft von der langen Reise gewesen, und alleine hatte sie Lennart noch nicht gehen lassen wollen. Doch sie hatte ihm versprochen, gleich nach dem Frühstück aufzubrechen, und Viktoria hielt sich stets an ihre Versprechen. Seite an Seite schritten sie an der Kirche vorbei, und Lennart bestaunte mit großen Augen all die exotisch wirkenden Pflanzen, als plötzlich etwas anderes seine Aufmerksamkeit erregte. »Was ist denn das da für ein Turm?«, rief er aufgeregt und deutete in Richtung Wasser.

»Das, mein lieber Junge«, erwiderte Viktoria, »ist der Schwedenturm.«

»Heißt er so, weil wir Schweden sind?«, fragte Lennart und fügte dann hinzu: »Können wir hingehen?«

»Das können wir. Aber er heißt nicht Schwedenturm, weil wir Schweden sind.«

»Warum dann?«

»Bevor ich dir das erkläre, will ich dir etwas anderes sagen«, erwiderte die Großmutter. »Nämlich, dass dieser Turm einst zu einer echten Ritterburg gehörte.«

Lennart riss die Augen auf. Er war zwar ein Prinz, aber er wäre lieber ein Ritter gewesen. Das war viel spannender. »Wirklich?«, fragte er.

Seine Großmutter nickte. »Hier ragte einmal eine Burg in den Himmel. Und wie sich das für eine Burg gehört, war sie von einer hohen Mauer und mehreren Türmen umgeben.«

»Und hatte sie auch einen echten Burggraben?«

»Natürlich«, lachte Viktoria.

»Das ist ja praktisch«, überlegte Lennart.

»Weshalb ist das praktisch?«, erkundigte sich seine Großmutter.

»Na ja, bei einer Burg, die mitten im Bodensee steht, haben sie dann genug Wasser, um den Burggraben zu füllen.«

»Da hast du allerdings recht.«

»Und was waren das für Ritter?«

»Keine solchen, wie du sie dir wahrscheinlich vorstellst. Sie zogen nicht in glänzenden Uniformen ständig in den Kampf. Es waren sogenannte Deutschordensritter, die ihr Leben Gott geweiht haben. So wie Mönche in einem Kloster, nur manche von ihnen verteidigten den Glauben dann auch mit dem Schwert.«

»Und die waren aus Schweden? Und haben sie auf dem Turm gebetet?« Lennart war hinsichtlich der Namensgebung des Turms ratlos.

Viktoria musste über die Überlegungen ihres Enkels lachen. »Nein, sie waren nicht aus Schweden, sie kämpften gegen die Schweden. Und der Turm kam erst später ins Spiel. All das war Anfang des 17. Jahrhunderts, also vor ziemlich genau dreihundert Jahren. Damals führten die Ordensritter hier ein gutes Leben. Aber dann begann ein Krieg – nämlich gegen die Schweden, der ganz Europa erfassen und dreißig Jahre andauern sollte.«

»Dreißig Jahre!«, rief Lennart. »Das ist …«

»… unglaublich lang«, ergänzte seine Großmutter. »Hier auf der Mainau bekam man davon eine ganze Zeit lang nur wenig mit, aber dann, 1632, wurde es in der Region immer brenzliger. Wir Schweden waren in diesem Krieg unter anderem mit den Katholiken hier am Bodensee verfeindet.«

»Wir waren verfeindet?«, rief Lennart. »Aber warum haben wir dann eine Insel in Baden?« Seine Augen wurden noch größer, und er flüsterte: »Haben wir sie den Deutschen etwa weggenommen?«

»Immer der Reihe nach«, mahnte seine Großmutter. »Für die Menschen am Bodensee wurde ab dem Jahr 1632 die Gefahr also immer größer, weil die Schweden weiter vorrückten. Sie haben Stadt um Stadt erobert und, das muss man leider sagen, auch Stadt um Stadt zerstört und unermessliches Leid über die Bevölkerung gebracht. Auf dem Bodensee fand in dieser Zeit ein Seekrieg statt.«

»Oje!«, rief Lennart. »Dann können uns die Deutschen also nicht gut leiden.«

»Aber sicher können sie das«, erwiderte Viktoria. »Zumal wir zu den wenigen gehören, die trotz des aktuellen Krieges noch mit Deutschland Handel treiben.«

»Außerdem ist es lang her«, merkte Lennart an.

»Richtig. Es ist viele Jahrhunderte her, und in der Zwischenzeit hat immerhin unter anderem ein schwedischer König eine deutsche Prinzessin geheiratet.«

»Großvater und du«, konstatierte Lennart zufrieden.

»Richtig – und so kam die Insel dann auch in den Besitz unserer Familie.«

»Also haben wir sie den Deutschen nicht in diesem Krieg weggenommen?«, vergewisserte sich Lennart.

»Nein, das haben wir nicht«, bestätigte sie.

»Und was hat das alles mit dem Turm zu tun?«

»Oh, natürlich, wir sind ein wenig abgeschweift. Also. Als

die Schweden immer näher rückten, wurden überall die Verteidigungen verstärkt, um dem Feind etwas entgegenzusetzen. Auch hier auf der Mainau. Die Ordensritter haben Gräben gegraben, Mauern errichtet und Kanonen und Munition auf die Mainau gebracht. Und hier auf dem Turm haben sie ununterbrochen eine Wache postiert, die Alarm schlagen sollte, wenn ein Schwede im Anmarsch ist.«

»Deshalb Schwedenturm«, erkannte Lennart.

»Richtig«, bestätigte die Großmutter.

»Und diese bösen Männer?«, fragte Lennart und deutete auf die steinernen Fratzen, die an der Außenseite des Turms eingemauert waren und die er entdeckt hatte, während die Großmutter erzählte. »Vor denen habe ich Angst. Soll das ein Schwede sein? Die Schweden sehen nämlich viel netter aus!«

Wieder musste seine Großmutter lachen. »Das ist eine sogenannte Abwehrfratze«, erklärte sie. »Es gibt einen Aberglauben, dass man Gleiches mit Gleichem bannen kann. Dass das böse Gesicht also die bösen Schweden abwehren kann.«

»Ach so«, sagte Lennart. »Aber sie zeigen ja in die falsche Richtung! Schweden ist doch da hinten!« Er drehte sich um und deutete gen Norden.

»Stimmt«, sagte Viktoria. »Aber damals gab es viele solcher Abwehrfratzen, und die waren alle nach Westen ausgerichtet, in die Himmelsrichtung, in der die Sonne untergeht. Nach dem Glauben der Menschen damals ist das die Himmelsrichtung der Dunkelheit und des Bösen. Jedenfalls hat die Fratze der Mainau nicht geholfen: Vermutlich im Oktober 1632 haben die Schweden die Insel von Meersburg aus«, Viktoria deutete in Richtung Osten, »erstmals angegriffen. Aber die Ritter lenkten ihre Aufmerksamkeit in die falsche Richtung.«

»Und dann wurden sie von den Schweden überrannt?«

»Nein, sie wussten sich trotzdem zu wehren«, sagte die Großmutter. »Die Schweden kamen ja mit dem Schiff über den Bodensee – und die Ritter konnten sie mit den Kanonen in die Flucht schlagen. Und seit dem Tag sollen sie den Turm Schwedenturm genannt haben.«

»Die Schweden kehrten um und ließen die Mainau in Ruhe?«, vergewisserte sich Lennart.

»Nicht ganz. Im Februar 1647 kamen sie erneut. Am Abend hatte der Komtur, er hieß übrigens von Hundbiss,« – Lennart musste lachen – »am Meersburger Ufer mehrere Lagerfeuer brennen sehen. Das war schon eine Warnung, denn es war keineswegs die Gewohnheit der Meersburger Bürger, am Ufer mehrere Feuer anzuzünden. Zumal die Zeiten wegen des Krieges schwer waren, und Brennholz war ein kostbares Gut.«

»Und das waren die Schweden?«, mutmaßte Lennart gespannt.

»Richtig, das waren die Schweden. Von Hundbiss und seine Männer nutzten die ganze Nacht, um sich auf einen möglichen Angriff vorzubereiten. Allerdings waren die Voraussetzungen nicht die allerbesten: Die Komturei war trotz des Krieges nicht sonderlich gut aufgestellt, was die Verteidigung anbelangt. Von Hundbiss schickte rasch einen Boten nach Konstanz mit der Bitte, um Hilfe zu ersuchen, doch dieser kehrte unverrichteter Dinge zurück.«

»Die Ordensritter, die hier lebten, müssen furchtbare Angst gehabt haben«, flüsterte Lennart. »Weshalb sind sie nicht geflohen?« Doch bevor seine Großmutter antworten konnte, hob er die Hand und sprach weiter. »Klar, sie waren ja Ritter. Und Ritter fliehen nicht einfach so vor dem Feind.«

»So ist es«, bestätigte Viktoria. »Tatsächlich stellte sich von Hundbiss den Schweden, die unter dem Kommando eines Mannes namens Feldmarschall Wrangel herbeisegelten, entgegen und versuchte, sie mit Kanonenfeuer davon abzuhalten, an der Insel anzulanden. Doch sie hatten keine Chance gegen den übermächtigen Feind. Es waren so viele, dass die Ritter sich ergaben und von Hundbiss ein Dokument unterzeichnen musste, auf dem er die Kapitulation anerkannte.«

»Und damit hatten die Schweden den Deutschen die Insel also doch weggenommen?«, fragte Lennart, während er schaudernd auf den See hinausblickte. Wie friedlich er dalag! Kaum vorstellbar, dass hier einst eine kriegerische Flotte unter schwedischer Flagge herbeigesegelt war.

»Ja«, bestätigte Viktoria, »wenngleich das nicht der Grund ist, warum wir sie besitzen. Wir kauften sie ganz legal, nachdem sie viele Jahrhunderte wieder den Deutschen gehört hatte. Aber die Schweden haben im Dreißigjährigen Krieg auch viele Schätze geraubt – man sagt, sie hätten sie hier noch irgendwo auf der Insel versteckt.«

»Hier auf der Insel gibt es noch Schätze?«, fragte Lennart mit großen Augen.

»Das weiß ich nicht«, erwiderte seine Großmutter. »Es gibt Stimmen, die so etwas behaupten.«

»Wenn, dann werde ich sie finden«, sagte Lennart eifrig. »Ich hole mir nachher gleich von diesem Herrn Hofgärtner eine Schaufel und fange an zu graben.«

Viktoria lachte. »So machst du es«, sagte sie. »Und anschließend gehen wir zu Frau Walser ins Brückenhaus. Die backt die besten Kuchen, die du dir vorstellen kannst.«

»Das klingt lecker«, freute sich Lennart. Dann fragte er: »Wenn der Krieg 1618 begann und dreißig Jahre dauerte, dann war er doch aber im Jahr drauf vorbei?«

»Ganz genau«, bestätigte seine Großmutter. »1648 wurde

der Krieg mit dem sogenannten Westfälischen Frieden endgültig beendet, und die Schweden zogen sich zurück. Allerdings hatten sie hier ziemlich gewütet, alles verwüstet und die Insel geplündert.«

»So was«, murmelte Lennart. »Wie kann man so einen schönen Ort verwüsten.«

»So ist das leider im Krieg«, sagte Viktoria. »Man will dem anderen nichts gönnen und verwüstet, was dem Feind gehört.«

»Und jetzt haben wir schon wieder einen Krieg.« Lennart runzelte besorgt die Stirn. »Wird der auch dreißig Jahre dauern?«

Viktoria schüttelte den Kopf. »Sicher nicht«, sagte sie. »Aber hier am Bodensee ist die Lage besonders. Konstanz grenzt ja direkt an die Schweiz.«

»Und die Schweiz ist gegen die Deutschen?«

»Die Schweiz ist neutral«, erklärte Viktoria. »Aber die Grenzen sind dicht – und das ist für viele schwer, da die Schweizer und die Konstanzer wie Nachbarn sind. Früher sind wir ganz selbstverständlich immer hinübergefahren, und die Schweizer kamen nach Konstanz zum Einkaufen, und die Kreuzlinger Bauern bestückten den Wochenmarkt mit Milch und Gemüse. Und viele Konstanzer haben auch in der Schweiz gearbeitet.«

Lennart nickte beklommen. »Dann ist Konstanz aber ziemlich allein«, sagte er, »auf der einen Seite die Schweiz, auf der anderen der See.«

»Ja«, bestätigte Viktoria, »das kann man so sagen. Aber nicht zuletzt deshalb ist es auch ziemlich sicher.«

»Hm«, machte Lennart und sah seine Großmutter ängstlich an. »Du meinst also nicht, dass wieder jemand die Insel verwüstet?«

»Nein, das glaube ich nicht«, bekräftigte sie und sagte dann, wohl, um ihrem Enkel die Angst zu nehmen: »Übrigens haben die Deutschordensritter die Insel ja wieder ganz wunderbar aufgebaut und sie Schritt für Schritt zu der Mainau gemacht, die wir heute kennen. Sie brachen die Burg ab und bauten die Kirche und das Schloss. Allerdings hatten sie keine große Wahl: Die Schweden hatten damals nämlich auch die Burg ziemlich zerstört, und weil die Ritter nicht so viel Geld hatten, hat es dann eine ganze Weile gedauert, bis sie sich dessen annehmen konnten.«

»Schade, dass sie die Burg abgerissen haben«, überlegte Lennart. »Es wäre bestimmt spannender gewesen, in einer Burg zu wohnen als in einem Schloss.«

»Also ich für meinen Teil bin froh um diesen Schritt«, gestand Viktoria. »In einem Schloss lebt es sich doch wesentlich komfortabler.«

***

»Da seid ihr ja wieder!«, rief Luise von Preußen ihrer Tochter und ihrem Urenkel entgegen, als die beiden nach ihrem ausgedehnten morgendlichen Spaziergang wieder zum Schloss zurückkehrten. »Ihr wart aber lange unterwegs.«

»Es gibt ja so viel zu sehen, Urgroßmutter!«, rief Lennart eifrig. »Und so viel zu erfahren.«

»Lennart ist an jeder Pflanze stehen geblieben«, berichtete Viktoria mit einem Schmunzeln. »Er wollte alles, aber auch wirklich alles, wissen. Leider musste ich viele seiner Fragen unbeantwortet lassen. So weit reicht meine Kenntnis dann doch nicht.«

»Da kann ich vielleicht Abhilfe schaffen!«, klang eine Stimme hinter ihnen. Lennart und die beiden Damen wandten sich um, und Lennart sah einen drahtigen Mann auf sich zukommen, den er etwa auf das Alter seines Großvaters schätzte. Der Mann trug typische Gärtnerkleidung – grüne Hose, grünes Hemd und grobe, braune Schuhe – und wirkte ungemein vital.

»Eure Hoheiten«, sagte er und neigte ehrerbietig den Kopf, »ich hoffe, Sie verzeihen die Störung. Aber ich war doch so gespannt auf den kleinen Prinzen, der Pflanzen so liebt.«

»Sie sind Herr Nohl!«, rief Lennart. »Haben Sie einen Spaten?«

Verdutzt sah Nohl ihn an. »Ein Gärtner sollte einen Spaten besitzen«, sagte er dann augenzwinkernd. »Möchtest du gleich einen Baum mit mir pflanzen?«

Lennart schüttelte den Kopf. »Nein«, sagte er. »Ich will einen Schatz suchen. Großmutter erzählte mir, dass es hier vielleicht noch welche gibt, die die Schweden seinerzeit vergraben haben.«

»Ich gehe gern mit dir auf die Suche«, versprach Nohl. »Aber ich sage dir, die eigentlichen Schätze dieser Insel sind die Pflanzen.«

»Ja«, bestätigte Lennart. »Das glaube ich auch.« Dann fragte er: »Kannten Sie meinen Urgroßvater gut?«

»O ja«, sagte Nohl, dessen Lächeln sich noch etwas vertiefte. »Er war ein wunderbarer Mann.«

»Ja«, Lennart nickte. »Kam er gleich nach den Rittern?«

»Na hör mal!«, mischte sich da die Großherzogin ins Gespräch. »So alt war dein Urgroßvater auch nicht. Und ich«, fügte sie hinzu und warf sich ein klein wenig in die Brust, »ich ebenfalls nicht. Die Ritter waren schließlich nur bis zur Säkularisation 1806 hier.«

»Du hast dich hervorragend gehalten, Mutter«, bestätigte Viktoria. Lennart überlegte, was die Säkularisation wohl war, doch er entschied sich, diese Frage auf einen späteren Zeitpunkt zu verschieben, denn vielmehr wollte er stattdessen wissen: »Wem gehörte die Insel denn zwischen den Rittern und Urgroßvater?«

»Mit der Säkularisation wurde Baden zum Großherzogtum, und damit fiel die Mainau an Baden. Großherzog war damals Karl Friedrich, und der interessierte sich nicht sonderlich für die Insel.«

»Wie kann man sich für die Mainau nicht interessieren!« Lennart war empört.

»Na ja, ich denke, er hatte andere Sorgen.«

»Welche denn?«, fragte Lennart.

»Krieg«, erwiderte Viktoria von Schweden.

»Schon wieder?«, rief Lennart.

»Nun ja, schon wieder ist relativ«, erwiderte seine Großmutter. »Der Dreißigjährige Krieg war hundertfünfzig Jahre her.«

»Trotzdem«, murmelte Lennart. »Was war das denn diesmal für ein Krieg?«

»Gleich mehrere. Das waren die Napoleonischen Kriege.«

»Und wann kam dann endlich Urgroßvater?«

»Erst kam noch der Enkel von Karl Friedrich, aber der hatte ebenfalls kaum was für die Mainau übrig. Und dessen Nachfolger verkaufte die Mainau 1827 an den ungarischen Fürsten Nikolaus von Esterházy. Immerhin, der begann, sie in unserem Sinne zu kultivieren.«

»Was hat er denn gemacht?«

»Er hat die Zypressen gepflanzt. Und die Feigen am Schloss auch«, mischte sich nun Nohl ins Gespräch. Er lächelte dem Jungen zu. »Wenn du möchtest, können wir nachher welche ernten. Magst du Feigen?«

»Erdbeeren mag ich lieber«, gestand Lennart. »Aber Feigen sind in Ordnung.«

Nohl lachte. »Nun, Erdbeeren werden wir sicher auch für dich finden.«

Lennart nickte zufrieden. »Und dieser Fürst verkaufte die Insel dann Urgroßvater?«, fragte er, ungeduldig zu erfahren, wann denn nun endlich seine Familie ins Spiel käme.

»Immer noch nicht«, bremste Viktoria, »aber wir kommen der Sache schon näher. Fürst Esterházy hatte einen außerehelichen Sohn. Diesen erhob er zum Freiherrn von Mainau und schenkte ihm die Insel.«

»Das wäre ich auch gern«, sagte Lennart. »Freiherr von Mainau. Das würde mir viel besser gefallen, als ein schwedischer Prinz zu sein.«

»Lennart!«, schalt seine Großmutter. »So etwas darfst du nicht sagen. Du bist ein Mitglied des schwedischen Königshauses.«

»Entschuldigung«, sagte Lennart artig und zog ein wenig den Kopf ein. Hastig fügte er hinzu: »Selbstverständlich bin ich gerne ein schwedischer Prinz. Aber ich hab die Mainau halt so lieb.«

»Dann sei froh, dass du beides haben kannst«, sagte Viktoria versöhnlich. »Die Mainau lieb haben und ein schwedischer Prinz sein.«

»Ja«, erwiderte Lennart. »Ja, das bin ich auch.«

»Und die Mainau hat es verdient, dass man sie weiterhin so liebt, wie wir das tun«, fuhr Viktoria fort. »Es gab noch einige Besitzerwechsel, und dann, 1853, konnte dein Urgroßvater die Insel kaufen.«

»Endlich«, sagte Lennart. »Und ab dem Moment ging es der Mainau wieder gut.«

»Ja«, bestätigte Viktoria. »Mein Vater hat sich wirklich sehr um die Insel gekümmert und sie sehr geliebt.«

Sie wechselte einen traurigen Blick mit ihrer Mutter. Da mischte sich Nohl wieder ins Gespräch: »Wenn Eure Hoheiten erlauben, kann ich Prinz Lennart auf den Spuren seines Urgroßvaters über die Insel führen.«

»Das ist eine hervorragende Idee«, pflichtete Luise von Preußen ihm bei. »Wobei er ja gerade eben erst eine Inselführung von seiner Großmutter bekommen hat.«

»Herr Nohl kann mir bestimmt noch mehr zeigen«, sagte Lennart eifrig. »Darf ich?«

»Du darfst«, erwiderte Viktoria.

»Aber vorher«, bremste Luise und winkte einen Diener herbei, der eine große, schwarze Schachtel in der Hand hielt, »vorher möchte ich dir noch dein Willkommensgeschenk überreichen.«

»Ein Geschenk?«, rief Lennart. »Für mich?«

»Mach es auf.«

Lennarts Herz schlug ein wenig schneller, als er den Deckel von der Schachtel hob. Was hatte seine Urgroßmutter sich da für ihn ausgedacht? Und dann glaubte er, seinen Augen nicht zu trauen, denn vor ihm lag eine Kamera! Und er wusste auch genau, um was für ein Modell es sich handelte: eine schwarze Brownie Box im Format 9x12. Schon oft hatte Lennart seiner Großmutter beim Fotografieren zugesehen. Und manchmal hatte Königin Viktoria ihrem Enkel die Kamera gereicht. Lennart war jedes Mal fasziniert gewesen von der Möglichkeit, wunderbare Momente auf diese Art und Weise für die Ewigkeit festzuhalten. Wie oft hatte er sich eine eigene Kamera gewünscht, die ihm immer zur Verfügung stünde, wenn er etwas besonders Schönes entdeckte. Und nun war sein Traum Wirklichkeit geworden.

Er wurde sich bewusst, dass die beiden Frauen ihn anstarrten, auf eine Reaktion warteten. Und dass er noch gar nichts gesagt hatte.

»Lennart?«, fragte Königin Viktoria mit milder Schärfe. »Findest du nicht, es wäre angebracht, sich zu bedanken?«

»Ich ...«, stammelte Lennart, »ich ... ich bin nur so ...«

»Lass ihn«, sagte Großherzogin Luise leise zu ihrer Tochter. »Der Junge freut sich so, dass er keine richtigen Worte findet.«

Nun, da seine Gefühle benannt worden waren, kam Leben in Lennart. »Danke!«, rief er. »Danke, danke! Danke!« Und dann fiel er seiner sichtlich gerührten, altehrwürdigen Urgroßmutter um den Hals.

»Verstehst du nun, warum ich dir dein Geschenk überreichen musste, bevor du dich mit Herrn Nohl erneut auf den Weg über die Insel machst? Ich wollte es dir eigentlich schon heute Morgen geben, aber Viktoria sagte, nach dem Spaziergang sei der richtige Moment.«

»Soll ich sie dir erklären?«, bot Viktoria ihrem Enkel eifrig an, doch Lennart lehnte ab. »Ich weiß schon, wie das geht«, sagte er. Wie zum Beweis hob er die Kamera vor das Gesicht, stellte das Objektiv auf seine Amama und seine Urgroßmutter ein und drückte ab.

»Du musst uns schon die Gelegenheit geben, uns in Pose zu werfen«, protestierte Luise von Preußen, lachte dabei aber glücklich über den Eifer ihres Urenkels.

»Dazu bin ich viel zu ungeduldig«, bekannte Lennart. »Ich kann es kaum erwarten, endlich mit Herrn Nohl loszugehen.«

»Na dann«, rief Viktoria und fügte an Herrn Nohl gewandt hinzu, »zeigen Sie meinem Enkelsohn alles, was mein Vater erschaffen hat: das Arboretum, den Italienischen Rosengarten, die Orangerie und die Schutzhäuser, in denen empfindliche exotische Pflanzen die kalte Jahreszeit überdauern können.«

»Selbstverständlich, Eure Hoheit«, erwiderte Nohl.

Lennart wandte sich an den Gärtner. »Herr Nohl?«

»Ja?«

»Ich glaube, ich brauche gar keine Schaufel mehr.«

»Warum das denn?«, fragte Nohl verblüfft. »Willst du die Schatzsuche etwa schon aufgeben?«

»Das nicht«, erwiderte Lennart und hob die Kamera leicht an. »Aber den größten Schatz halte ich ja schon in meinen Händen.«

Außerdem, überlegte der Prinz, während er neben Nohl über die Insel ging, würde er das Angebot seiner Großmutter annehmen und sein Blumenbuch weiterführen. Gleich heute Abend würde er die zerquetschte kleine Blume, die er in Händen gehalten hatte, als sein Vater ihm eröffnete, er werde nun künftig ohne ihn auf Stenhammar leben, einkleben und ihr damit einen Platz zwischen den anderen zuweisen. Und dann würde er hier auf der Insel weitere Blumen suchen und finden, die in seinem Buch verewigt würden. Die kleine, blaue Blüte, die für ihn Einsamkeit und Verlorenheit ausdrückte, sollte nicht die letzte in seinem Buch sein. Es sollten viele weitere folgen. Blüten, die symbolisierten, wie reich und schön das Leben sein konnte!

Teil 1

1930–1934

Kapitel 1

Ein bleierner Schleier hatte sich über Lennarts Gemüt gelegt. Am 4. April 1930 war seine Großmutter, die schwedische Königin Viktoria von Baden, gestorben und hatte eine tiefe Leere in seinem Herzen hinterlassen.

»Ich weiß einfach nicht, wie es ohne sie weitergehen soll«, vertraute er Karin an, als sie nebeneinander durch den weitläufigen Park von Schloss Fyrkanten spazierten.

Karin Nissvandt – die Tochter des Revisors des Jagdclubs seiner Majestät des Königs, Sven Nissvandt – war seit sechs Jahren seine treue Wegbegleiterin. Lennart hatte sie auf Schloss Fyrkanten kennengelernt, als er fünfzehn Jahre alt gewesen war. Sie war rasch seine Vertraute geworden, und nach und nach hatte sich aus der anfänglichen Freundschaft Liebe entwickelt.

»Großmutter war immer für mich da«, sagte Lennart nun mit belegter Stimme.

Karin sah ihn ernst an und erwiderte: »Und jetzt bin ich für dich da, Lennart. Immer. Ich werde dich nie im Stich lassen.«

Er nahm ihre Hand, drückte einen Kuss darauf, und tatsächlich fühlte er sich ein wenig getröstet.

»Ich bin ganz sicher, dass deine Großmutter nicht fort ist. Sie durchdringt und umhüllt dich.«

»Was meinst du damit?«

»Du hast so viele Erinnerungen an sie in deinem Herzen«, erwiderte Karin. »Die werden immer bleiben, niemand kann sie dir nehmen. Außerdem«, fügte sie nachdenklich hinzu, »weißt du, ich stelle mir es immer so vor, dass die Menschen, die wir wirklich geliebt haben, mit dem Tod nicht verschwinden. Dass uns etwas verbindet, das stärker ist als der Tod.« Sie sah sich um und deutete auf die Wiese, über die sie gerade spazierten. »Du liebst Blumen und die Mainau, und auch deine Großmutter war der Mainau verbunden.«

»Na ja. Die letzten Jahre hat sie vor allem auf Capri und in Rom verbracht, bei und mit ihrem Leibarzt, oder was auch immer er gewesen war.«

In der Tat hatten seine Großeltern sich sehr voneinander entfremdet, und die schwedische Königin hatte einen großen Teil ihrer Zeit außer Landes verbracht. Inzwischen wusste Lennart, dass seine Großmutter den schwedischen Arzt Axel Munthe lang vor seiner Geburt kennengelernt hatte. Ein wirkliches Paar waren seine Großeltern wohl schon lange nicht mehr gewesen. Zwar hatte Viktoria von Baden nie eine Erklärung zu ihrer Beziehung mit Axel Munthe abgegeben, doch Lennart war sicher, dass die beiden mehr verbunden hatte als lediglich Freundschaft. Munthe war auch in Rom an ihrem Sterbebett gewesen.

»Sie hat die Mainau geliebt, und nicht erst, seitdem sie sie von ihrem Bruder geerbt hat«, beharrte Karin. »Aber ich will auch gar nicht auf die Insel Mainau hinaus, sondern auf die Blumen, die dort wachsen. Und Blumen hat deine Amama sehr geliebt, nicht wahr?«

»Ja, das hat sie«, erwiderte Lennart leise.

»Na, siehst du«, kam es von Karin. »Versuch doch einfach, sie in all dem Schönen zu sehen, das dich umgibt. In diesen wundervollen Blumen, in tanzenden Schmetterlingen, in den kleinen Dingen, für die sie, ebenso wie du, nicht zuletzt durch die Fotografie so ein gutes Auge hatte.«

»Das klingt ein wenig merkwürdig«, sagte Lennart skeptisch.

»Aber doch auch tröstlich, oder?«, beharrte Karin. »Vielleicht kannst du dir die Liebe deiner Großmutter wie einen Mantel vorstellen, der dich umhüllt, wohin du auch gehst.«

»Es ist auf jeden Fall ein schöner Gedanke«, erwiderte Lennart. »Und er tröstet mich«, fügte er, ein wenig überrascht, hinzu. »Vielleicht auch deshalb, weil ich mich in Großmutters Gegenwart tatsächlich immer so gefühlt habe, als lege sich ein schützender Mantel um mich.«

»Na, siehst du«, sagte sie und nickte ihm ermutigend zu. Dann fragte sie: »Was wird jetzt eigentlich aus der Mainau?«

»Ich denke, Vater wird sie bekommen«, erwiderte er. »Großmutter weiß, wie sehr ich die Insel liebe, und ich vermute, sie hat auf diesem Weg dafür gesorgt. Gleich ist ja diese furchtbare Testamentseröffnung, da werde ich es erfahren. Aber wenn wir die Insel bekommen, haben wir viel zu tun: Denn auch wenn meine Großmutter Blumen und die Insel liebte, sie hat die Mainau ebenso verwildern lassen wie zuvor meine Urgroßmutter.«

»Vielleicht ebenfalls, um das Andenken an deinen Urgroßvater zu erhalten?«

»Nein«, Lennart schüttelte den Kopf. »Da mache ich mir keine Illusionen. Amama wusste sehr genau, dass es viel eher in Großvaters Sinne gewesen wäre, die Insel wieder zu dem zu machen, was sie einmal war: eine wundervolle Parklandschaft. Nein, das lässt sich nicht beschönigen, die Mainau stand bei ihr nicht sonderlich weit oben. Andere Dinge waren wichtiger. Vor allem am Ende ihres Lebens.«

***

Beklommen sah Lennart sich im privaten Wohnzimmer seines Großvaters im Stockholmer Palast um. Mit betretenen Mienen saßen sie alle da: sein Großvater, König Gustav von Schweden und Norwegen, und dessen ältester Sohn, Lennarts Onkel Gusty, ein sehr herrischer Mann, vor dem Lennart sich als Junge stets etwas gefürchtet hatte. Neben ihm hatten seine Vettern Edmund und Sigvard Platz genommen, dann kamen seine Cousine Ingrid und, als jüngste im Bunde, Bertil und Carl Johan. Lennart blickte etwas neidisch auf die Geschwisterschar. Wie gern hätte auch er Brüder und Schwestern gehabt! Vielleicht hätte er seine Einsamkeit dann nicht ganz so stark empfunden.

Lennart selbst saß neben seinem Vater Wilhelm von Schweden, der ebenfalls sehr niedergedrückt wirkte. Der Tod seiner Mutter ging ihm, wie Lennart wusste, sehr nah.

Ihnen allen gegenüber saß der Notar, den die königliche Familie stets mit ihren Angelegenheiten zu betrauen pflegte, und begann nun, mit ernster Miene das Testament zu verlesen. Seine Worte rauschten wie ein Wasserfall an Lennart vorbei. Er hörte nicht zu, sondern seine Gedanken reisten in die Vergangenheit, zu all den glücklichen Stunden, die er mit seiner Großmutter verbracht hatte. Erst, als sein Vater neben ihm zusammenfuhr, merkte er auf.

»Was ist?«, flüsterte er, während der Notar bereits im Begriff war, mit der Testamentsverlesung fortzufahren.

»Hast du denn nicht zugehört?«, flüsterte sein Vater zurück. »Deine Großmutter hat mir die Mainau vermacht.«

»Aber natürlich!«, rief Lennart, und sofort drehte sich Onkel Gusty missbilligend zu ihm um.

»Das war doch klar!«, raunte Lennart nun. »Sie wusste, wie sehr ich die Insel liebe!«

Doch sein Vater warf ihm nur einen merkwürdigen Blick zu. Lennart war beunruhigt: Was hatte das zu bedeuten?

»Ich fürchte, dieses Erbe ist mir eher Last als Freude«, sagte sein Vater später, als sie den Stockholmer Palast Seite an Seite verließen. »Was um alles in der Welt soll ich denn mit dieser Insel? Als würde ich mich jemals mit dem Gedanken tragen, Schweden zu verlassen. Was hat Mutter sich nur dabei gedacht!«

Lennart verstand. Sein Vater war in seiner Heimat mehr als verwurzelt. Er war anerkannt, nicht nur als Mitglied des schwedischen Hofes, sondern auch als hochgeschätzter Künstler und Poet. Wilhelm von Schweden war ein begeisterter Schriftsteller, ein Feingeist, und sein Platz war Schloss Stenhammar, jener kleine gemütliche Ort, eine Eisenbahnstunde von Stockholm entfernt, an dem er regelmäßig einen illustren Kreis aus Künstlern, Literaten und Philosophen empfing.

»Soll ich Stenhammar gegen dieses riesige, halb verfallene und ungemütliche Schloss auf der Mainau tauschen?«, rief Wilhelm von Schweden nun auch schon und fuhr sich verzweifelt durch sein dichtes, braunes Haar. »Ein neues Leben beginnen, fern von allem, was mir lieb und teuer ist?«

Begütigend legte Lennart eine Hand auf den Arm des Vaters.

»Was hältst du davon, wenn wir einfach mal hinfahren und uns vor Ort ein Bild machen?«, schlug er vor. »Vielleicht finden wir dort eine Lösung. Es ist für uns beide ja schon eine ganze Weile her, dass wir dort waren.«

Nachdenklich sah der Vater den Sohn an, dann nickte er bedächtig. »Ja, Lennart«, sagte er. »Ja, ich denke, das ist eine gute Idee.«

Kapitel 2

Im Spätsommer des Jahres 1930 erreichten Prinz Wilhelm und Prinz Lennart von Schweden Konstanz. Sie gingen davon aus, dass das Schloss nach all der Zeit nicht bewohnbar war, und quartierten sich im Inselhotel ein, wo Lennart sich sofort wohlfühlte. Das majestätische Erscheinungsbild des Inselhotels konnte ihn zwar nicht beeindrucken, immerhin war er das Leben in Schlössern gewohnt, aber die Lage des Hotels auf einer kleinen Privatinsel unmittelbar vor der schmucken Konstanzer Altstadt sagte ihm ebenso zu wie die Tatsache, dass es sich um ein altes Dominikanerkloster handelte.

»Schloss Mainau ist schließlich auch ein altes Gemäuer auf einer Insel«, sagte er zu seinem Vater. »Und wie man hier ganz deutlich sehen kann, können alte Gemäuer auf Inseln in einem ganz hervorragenden Zustand sein.«

»Die Betonung liegt auf ›können‹«, sagte Wilhelm von Schweden. »Ich befürchte ehrlicherweise, dass das Schloss Mainau mit diesem Kloster gar nicht zu vergleichen ist.«

Als sie am nächsten Morgen über die gusseiserne Brücke die Insel erreichten, wurden sie linker Hand von der im Wasser stehenden Kreuzigungsgruppe begrüßt, die die Schweden im Dreißigjährigen Krieg vermutlich von der Insel bringen wollten, um Kanonenkugeln oder gar Kanonen daraus zu gießen, und die sie dann wegen ihres enormen Gewichts, kurz bevor sie das Land erreichten, aufgeben und ins Wasser werfen mussten. Sehr viel später war das Kreuz dann an der Fundstelle mitten im See aufgestellt worden. Dahinter konnte der einundzwanzigjährige Lennart in einer lang gestreckten Kette die Schweizer Berge erkennen. Als sie auf die Insel fuhren, stellte Lennart fest, dass das Dickicht noch viel dichter war, als er es in Erinnerung gehabt hatte.

»Du lieber Himmel«, murmelte sein Vater an seiner Seite erschrocken. »Der Weg ist ja gar nicht passierbar.«

»Dann steigen wir eben aus und gehen zu Fuß«, sagte Lennart, fest entschlossen, die Laune seines Vaters zu heben.

»Also schön.« Wilhelm von Schweden stellte den Wagen mitten auf der Straße ab – sie würden niemandem den Weg versperren, denn vermutlich verfügte niemand sonst auf der Insel über ein Fahrzeug, und Lennart öffnete die Wagentür und stieg aus.

In dem Moment, in dem sein Fuß den Boden der Insel berührte, geschah etwas Eigenartiges. Er hatte das Gefühl, als schösse die Kraft der Mainau mit Macht in ihn hinein. Es war so überwältigend, dass er ein Jubeln unterdrücken musste. Wann war er das letzte Mal so glücklich gewesen?

Lennart atmete tief ein und schloss für einen Moment die Augen. Ja, dieser Ort war etwas ganz Besonderes. Ein Kraftort. Wie hatte seine Großmutter ihm seinerzeit als Kind gesagt? Der Boden der Mainau sei besonders geeignet, damit die Pflanzen sich wohlfühlten? Der Boden und das Klima? Das galt für den Menschen wohl auch, dachte Lennart. Hier, auf diesem Stück Erde, fühlte er sich verwurzelt, hier, in dieser warmen, etwas feuchten Luft, die er atmete, hatte er das Gefühl, zu gesunden, die Lunge zu füllen mit Gutem und Schönem.

Inzwischen hatten sie sich ihren Weg durch das Dickicht gebahnt, waren ein Stück weit gegangen – und erblickten das Schloss. Es war kleiner, als Lennart es in Erinnerung hatte, aber dennoch von enormem Ausmaß. Groß und verlassen lag es da. Sein Vater seufzte bei seinem Anblick. »Das ist eine Ruine«, sagte er.

»So schlimm ist es nicht«, versuchte sein Sohn, ihn zu trösten.

Sie stiegen auf die Anhöhe, auf der das Schloss gelegen war, umrundeten es und steuerten zwischen den beiden Seitenflügeln auf den Hauptteil zu. Prinz Wilhelm von Schweden zog den schweren Schlüsselbund aus der Tasche und sperrte auf. Die große, alte Eingangstür gab ein lautes Knarren, eher war es ein Seufzen, von sich, als sei es ihr nicht recht, dass man sie aus ihrem Dornröschenschlaf erweckte.

Drinnen umfing sie staubige Dunkelheit. Die Fensterläden waren überall geschlossen. Mit raschen Schritten durchquerte Lennart das Foyer und stieß einen nach dem anderen auf. Sogleich fiel warmes Licht herein. Warmes, weiches Licht, das entsteht, wenn Sonnenlicht durch Blätter fällt. Denn vom Bodensee war rein gar nichts zu sehen.

»Oh!« Lennart war enttäuscht. »Ich dachte, wir würden von hier aus den See sehen.«

Sein Vater zuckte die Achseln und sah sich verdrossen um. »Das würden wir auch, wenn dieses Dickicht nicht wäre«, sagte er und machte eine Handbewegung, die Lennart als ein wenig abfällig empfand. Ohnehin hatte er das Gefühl, seine wundervolle Insel vor seinem Vater verteidigen zu müssen.

»Die Mainau kann nichts dafür, wenn sich niemand um sie kümmert«, sagte er mit einer für ihn untypischen Schärfe in der Stimme, und während er diese Worte sprach, kam ihm der

Gedanke, dass die Insel ein ganz ähnliches Schicksal hatte wie er. Wobei das nicht so ganz stimmte. Seine Großmutter hatte sich um ihn gekümmert, bevor sie nach dem Großen Krieg immer öfter in Capri gewesen war. Die schönsten Tage seiner Kindheit waren die mit seiner Großmutter auf der Mainau gewesen.

Obgleich Wilhelm von Schweden beim Blick aus dem Fenster so missmutig gewesen war, folgte er dem Beispiel seines Sohnes und begann nun ebenfalls, Fensterläden und auch die Fenster zu öffnen. Gemeinsam gingen sie von Raum zu Raum, und allmählich füllte sich das ganze Schloss mit Licht und Luft. Lennart hatte das Gefühl, als würde der Staub der Jahrhunderte einfach fortgeblasen – hinaus in die Blätter der Bäume, die hier so überbordend wucherten.

Doch das Licht brachte auch zum Vorschein, dass das Schloss in einem sehr schlechten Zustand war. Überall bröckelte der Putz ab, die Bodendielen waren teilweise verfault, in den Wänden zeigten sich Risse, und einige Fensterscheiben waren zerbrochen.

Prinz Wilhelm von Schweden seufzte tief auf. »Das Schloss instand zu setzen, wird Unsummen kosten. Und diesen Urwald«, er beugte sich aus einem Fenster und machte eine weitausholende Bewegung, die die ganze Insel umfasste, »diesen Urwald in den Griff zu bekommen, auch.«

Lennart nickte. »Ja, das wird es«, sagte er. »Aber es würde sich lohnen.«

Vor seinem inneren Auge sah er eine Frau durch die nun gepflegten Gärten der Mainau spazieren. Sie trug ein weißes Kleid und war umringt von einer Schar vergnügt lachender Kinder, denen sie eine wundervolle Mutter war. Die Mainau als Hort von Glück und Geborgenheit, als Zuhause einer glücklichen Familie. Eine Zukunft, die so anders war als die Vergangenheit seiner Kindheit. Die Frau hatte einen Namen und ein Gesicht. Es war Karin.

Lennart lächelte unwillkürlich, als die Stimme seines Vaters an sein Ohr drang. »Lennart? Wo bist du mit deinen Gedanken?«

»Entschuldige, Vater.« Hastig wandte Lennart sich um.

»Du hast glücklich ausgesehen. Irgendwie so …«, Prinz Wilhelm von Schweden zögerte einen Moment und fuhr dann fort: »Irgendwie so, als seist du am richtigen Ort.«

»Genau so fühlt es sich auch an, Vater«, gestand Lennart.

»Hör zu«, sagte Prinz Wilhelm von Schweden. »Mir ist in der letzten Stunde, seit wir hier auf dieser Insel sind, bewusst geworden, was mir ohnehin schon klar war: Ich meinerseits bin hier ganz und gar nicht am richtigen Ort.«

Lennart fühlte ein eigenartiges Ziehen im Magen. Einen Schmerz, der sein Herz zum Rasen brachte und ihm die Kehle zuschnürte. Er hatte keinen Zweifel: Sein Vater bereitete ihn darauf vor, dass er die Insel verkaufen wollte!

»Dass ich hier niemals wohnen möchte, war mir ja ohnehin schon klar«, fuhr Prinz Wilhelm von Schweden fort. »Ich habe jedoch gedacht, die Mainau vielleicht wie einst mein Großvater als Sommerresidenz nutzen zu können. Aber mir ist bewusst geworden, dass das auch nicht geht, denn …«

»… dann wärst du während dieser Zeit nicht in Schweden, ich verstehe«, fiel Lennart ihm ins Wort. Dann platzte er mit seiner Angst heraus: »Willst du die Mainau verkaufen?«

Wilhelm sah ihn entsetzt an. »Verkaufen? Das kommt nicht infrage. Immerhin befindet sich die Mainau seit 1853 im Besitz unserer Familie.«

Lennart war so erleichtert, dass er die Luft ausstieß.

»Nein, mein Junge«, fuhr sein Vater fort, »mir geht etwas ganz anderes im Kopf herum. Kannst du dich nicht um das Elend hier kümmern?«

Lennart starrte seinen Vater an, während sich die Gedanken in seinem Kopf überschlugen. Dann wandte er den Kopf und sah wieder zum Fenster hinaus, dorthin, wo vorhin vor seinem inneren Auge die Frau mit dem weißen Kleid gestanden hatte. Die Frau inmitten ihrer Kinderschar. Seiner Familie. Einer Familie, die er von dem ernähren könnte, was die Insel durch ihre Ernte einbrachte, und durch das Vieh, das hier auf der Mainau lebte und auf einem kleinen Bauernhof versorgt wurde. Immerhin gab es auf der Mainau dreißig Kühe, zwei Pferde und etliche Hühner. Einer Familie, die er noch nicht hatte, nach der er sich aber sehnte, seit er denken konnte. Dem kleinen Lennart war sie verwehrt geblieben. Der große Lennart könnte dieses Familienglück selbst schaffen und gestalten. Hier, auf der Insel Mainau. Die Frau, die er vorhin vor seinem inneren Auge gesehen hatte, war nicht mehr da. Aber sie würde wiederkommen. Sie würde real sein. Wie die Kinder.

Und ganz abgesehen davon, dass er das Gefühl hatte, seinen Kraftort gefunden zu haben, kam das Angebot seines Vaters auch aus anderen Gründen wie gerufen. Die schwedischen Prinzen schlugen in der Regel eine militärische Laufbahn ein – was ihm ganz und gar nicht zusagte. Zwar hatte Lennart eine Ausbildung als Reserveoffizier, aber ihm war keineswegs danach, sein Leben beim Militär zuzubringen. Am liebsten wäre er Arzt geworden – als er diesen Traum jedoch vor einigen Jahren verschiedentlich zum Ausdruck gebracht hatte, war eine regelrechte Welle der Empörung über ihn hereingebrochen. Undenkbar, dass ein Mitglied der königlichen Familie einem Broterwerb nachging! Immerhin hatte man ihn studieren lassen: Land- und

Forstwirtschaft hatte er gewählt, eben wegen seiner Liebe zu Pflanzen im Allgemeinen und zur Mainau im Besonderen. Und wenn er nun das, was er im Studium gelernt hatte, auf der Mainau anwenden könnte, dann wäre das nahezu perfekt. Ja, die Mainau wäre eine ganz und gar wundervolle Alternative! Die beste überhaupt!

»Ich würde dir eine Generalvollmacht erteilen«, sagte Prinz Wilhelm von Schweden in seine Gedanken hinein. »Wenn du Gewinn erwirtschaftest, kannst du ihn behalten. Einen Verlust musst du aus eigener Tasche bezahlen. Und das Geld für die Investitionen, die hier mehr als nötig sind, musst du ebenfalls selbst auftreiben.«

Geld für Investitionen hatte er, zumindest ein bisschen. Wenn seine Mutter auch ohne ihn nach Russland zurückgegangen war: Immerhin hatte sie ihm Geld hinterlassen. Ja, dachte Lennart, eine bessere Verwendung könnte es für das Geld eigentlich gar nicht geben: Das Kapital der Frau, die ihm einst das Zuhause genommen hatte, wollte er nun dafür einsetzen, eine neue Heimat zu finden. Es hatte doch alles seinen Sinn.

Lennart wandte den Blick wieder seinem Vater zu. Sah ihm ruhig in die Augen. Und dann sagte er: »Gut, Vater, ich schlage ein.«

Kapitel 3

Lennart hatte seinen Vater zurück nach Schweden begleitet und war sofort zu Karin geeilt, um ihr die guten Neuigkeiten zu überbringen. Karin wohnte mit ihrer Mutter in einer kleinen, aber schmucken Wohnung in der Stockholmer Innenstadt, ihr Vater war neu verheiratet. Karins Mutter Anna-Lisa Nissvandt öffnete ihm und lächelte ihm zu. »Prinz Lennart.« Mit einem angedeuteten Knicks begrüßte sie Lennart und sagte dann: »Sie möchten sicherlich zu Karin.«

»Unbedingt«, keuchte Lennart. »Ich muss ihr etwas erzählen.«

In diesem Moment stand Karin schon vor ihm. »Lennart!« Ein Strahlen glitt über ihr Gesicht, als sie seine Hände ergriff. »Ich habe schon gehört, dass du wieder da bist!«

Er nickte und bemerkte zu seiner Erleichterung, dass Anna-Lisa Nissvandt leise das Zimmer verließ. Man hielt sie für anständig genug, nicht sofort übereinander herzufallen, und ohnehin waren sie schon häufig miteinander allein gewesen.

»Karin!«, sagte Lennart, »Vater will mir die Insel überlassen!«

»Was!«, rief Karin. »Das ist ja unglaublich. Ich … ich weiß gar nicht, was ich sagen soll! Ist es nicht furchtbar viel Arbeit?«

»Das ist es, Karin, aber es wird sich lohnen. Einen Ort wie die Mainau hast du noch nie gesehen.«

Ihre Stirn umwölkte sich. »Und dich werde ich dann auch nicht mehr allzu viel sehen.«

»Aber weshalb denn das?«

»Nun, du wirst die Insel ja nicht von hier aus auf Vordermann bringen können.«

»Nein«, bestätigte Lennart. »Ich muss vor Ort sein.«

»Eben das meine ich«, sagte Karin sehr leise. »Ich bin hier und du – du bist dort.«

Lennart drückte ihre Hände, die immer noch in den seinen lagen. »Ich möchte, dass du mitkommst!«

»Aber wie stellst du dir das vor, Lennart? Soll ich die gleiche Rolle einnehmen wie diese Jeanne für deinen Vater? Oder dieser Mediziner für deine Großmutter?«

»Nein, Karin«, sagte er. Und dann rutschte er vor seiner überraschten Freundin auf die Knie und fragte: »Karin Nissvandt, möchtest du mich heiraten?«

Verblüfft schweigend starrte sie ihn einige Sekunden lang an, dann ging sie ebenfalls auf die Knie.

»Oh, wie gern ich das möchte, liebster Liebling«, sagte sie. »Aber du weißt, dass das nicht geht. Ich bin eine Bürgerliche und du ein Prinz.«

»Na und?«, erwiderte Lennart ein wenig barsch. »Es wäre nicht das erste Mal, dass ein Mitglied des schwedischen Königshauses eine Bürgerliche heiratet.«

»Nein?«, fragte Karin.

»Nein«, wiederholte Lennart. »Mein Großonkel Oskar hat ebenfalls eine Bürgerliche geehelicht.«

»Und das hat der König damals einfach so geduldet?«

»Nun ja«, schränkte Lennart ein. »Großonkel Oskar schied aus der Thronfolge aus – und wenn mir dieses Schicksal widerfahren würde, wäre ich ganz und gar nicht böse.«

»Du würdest für mich auf den Thron verzichten?«, rief Karin in einer Mischung aus Rührung und Entsetzen.

»Sofort und mit allen Konsequenzen«, sagte Lennart. »Aber das ist gar kein so großer Verzicht, wie du vielleicht denkst. Erstens stehe ich in der Thronfolge so weit hinten, dass ich ohnehin nie Schwedens König werden würde – also ändert sich durch meinen Verzicht faktisch rein gar nichts.«

»Und zweitens?«

»Zweitens will ich alles – nur nicht Schwedens König werden. Bestünde diese Gefahr, wäre ich froh, einen Weg zu finden, auf den Thron zu verzichten.«

»Ich bin also nur Mittel zum Zweck«, stellte sie augenzwinkernd fest.

Lennart lachte, froh, dass sich nun wieder mehr Leichtigkeit in ihren Umgangston geschlichen hatte.

»Ich fürchte, mein Heiratsantrag ist gründlich misslungen«, murmelte er.

»Aber nein«, erwiderte sie. »Du kannst ja nichts für die äußeren Umstände. Und wenn es wirklich nur der Thronverzicht ist und das ohnehin keinen Unterschied macht – dann sage ich von Herzen gerne Ja.«

»Wirklich?« Lennart konnte sein Glück kaum fassen. Erst bekam er die Insel, die ihn verzaubert hatte, und nun auch noch die Frau, die er über alles liebte. Es war, als wolle das Leben alles wiedergutmachen, was es ihm angetan hatte!

»Wirklich«, bestätigte sie und küsste seine Hand.

»Jetzt habe ich gar keinen Ring!«, fiel Lennart ein. »Es ging alles so schnell.«

Lachend winkte sie ab. »Der Ring hat Zeit. Wichtig sind wir beide, und dass wir Ja zueinander sagen.«

»Ja«, bestätigte Lennart. »Wichtig sind wir beide.« Nach

einer kurzen Pause fügte er hinzu: »Wir beide und die Mainau.«

»Ich glaube, wir werden sehr, sehr glücklich miteinander werden«, sagte Lennart gedankenverloren, als sie wenig später Seite an Seite einen Spaziergang unternahmen. »Glücklicher als meine Eltern. Viel, viel glücklicher.«

»Das glaube ich auch«, erwiderte Karin. »Wobei dazu ja nicht viel gehört.« Dann fragte sie: »Warum waren deine Eltern eigentlich so unglücklich miteinander?«

»Nun, ich vermute, der Hauptgrund war, dass sie nicht zueinander passten und sich nicht liebten.«

»Ich muss nicht fragen, warum sie dann geheiratet haben. Es waren sicher politische Gründe.«

»Allerdings«, bestätigte Lennart. »Ihre Kaiserliche Hoheit Großfürstin Maria Pawlowna von Russland und Seine Königliche Hoheit Prinz Wilhelm von Schweden gaben ein Paar ab, das man als ausgesprochen passend erachtete. Meine Eltern hatten dabei wohl wenig mitzureden. Ein Beweis mehr, dass es manchmal gut ist, sich gegen das Hofprotokoll aufzulehnen. Und im Übrigen: Ich glaube immer noch, dass meine Mutter wegen des steifen Hofprotokolls gegangen ist.«

Er sagte nicht, dass er das nicht nur glaubte, sondern dass es seine innigste Hoffnung war. Das würde nämlich bedeuten, dass nicht er, Lennart, der Grund für das Fortgehen der Mutter gewesen war.

»Aber am Zarenhof geht es doch sicherlich noch steifer zu?«

»Ich weiß es nicht«, sagte Lennart. »Ich denke, es ist anders steif. Und es ist vielleicht weniger unangenehm, wenn es die eigene Familie ist, in der man aufgewachsen ist.«

»Möglich«, stimmte Karin zu. Dann fragte sie: »Hätte dein Vater sich nicht ebenso auflehnen können wie du?«

»Hätte er«, sagte Lennart, »und hat er dann ja später auch. Im Kleinen, als er sich zumindest halbherzig zu seiner Jeanne bekannte.«

»Ich glaube, die Ehe zwischen deinen Eltern konnte gar nicht gut gehen«, sagte Karin, die Lennarts Mutter bei einem ihrer wenigen Besuche im Stockholmer Schloss flüchtig kennengelernt hatte, nachdenklich. »Ich habe selten zwei so unterschiedliche Menschen erlebt. Dein Vater ist so zurückhaltend und so … schöngeistig. Und bei deiner Mutter hatte ich das Gefühl, sie würde regelrecht überschäumen vor Temperament.«

»Das hast du gut erkannt«, fand Lennart. »Und in ihrer Jugend war dieser Charakterzug sicherlich noch ausgeprägter.«

»Deine Eltern haben sich kurz vor Ausbruch des Großen Krieges scheiden lassen«, murmelte Karin. »Hat deine Mutter … Also hat sie, als Angehörige des Adels … Also, man weiß ja, was mit den Romanows …«

»Man hat sie vor der Revolution gerettet«, unterbrach Lennart sie brüsk.

Er bemerkte Karins verletzten Blick, und sofort tat ihm sein harscher Ton leid. Er hatte sie nicht so zurechtweisen wollen. Aber in Russland waren schreckliche Dinge geschehen, Dinge, die seinen Großvater das Leben gekostet hatten. Es war zu schmerzhaft, daran zu denken, wie eigentlich alles, was mit seiner Mutter zu tun hatte, schmerzhaft war. Seiner Mutter, die einen weiteren kleinen Sohn bekommen hatte. Dabei hatte sie doch schon einen Sohn gehabt! Ihn, Lennart! Er war furchtbar eifersüchtig gewesen, als er davon erfahren hatte. Und als sein kleiner Bruder dann gestorben war, da, ja da war es ihm gewesen, als hätte sich eine schwere Schuld auf seine Schultern gelegt, eine Schuld, die er durch seine Eifersucht und seine finsteren Gedanken an dieses unschuldige Geschwisterchen hervorgerufen hatte.

»Verzeih«, sagte er nun rasch und lächelte seine Verlobte an. »Lass uns nicht in der unerfreulichen Vergangenheit verharren, sondern uns auf die wesentlich erfreulichere Zukunft fokussieren.«

Karin erwiderte sein Lächeln. »Du hast recht«, pflichtete sie ihm bei. »Wem sollen wir es als Erstem sagen?«

»Dem König«, erwiderte Lennart. »Meinem Großvater. Er muss die Genehmigung erteilen.«

»Und du denkst wirklich, das wird er so einfach tun?«

»Ja«, sagte Lennart, musste sich jedoch eingestehen, dass er davon ganz und gar nicht überzeugt war. Wenn er ehrlich war, hatte er vor dem Gespräch mit seinem Großvater ziemlichen Respekt.

Kapitel 4

Es tut mir leid, Lennart«, sagte König Gustav V. von Schweden und sah seinen Enkel bedauernd an. »Aber du kannst diese Frau nicht heiraten.«

»Und warum nicht? Wo ich sie doch liebe.« Lennart saß dem König in dessen privatem Wohnzimmer gegenüber, und die Worte seines Großvaters waren, wenngleich er sie so oder so ähnlich erwartet hatte, wie ein Schlag in die Magengrube.

Und sie machten ihn auch wütend!

Er starrte seinen Großvater an – und dann dessen ältesten Sohn, seinen Onkel Gusty, der dem Gespräch zu seinem Leidwesen beiwohnte und der ihm nun, gemeinsam mit dem Großvater, gegenübersaß. Gusty sagte kein Wort, aber seine Miene und seine Haltung ließen keinen Zweifel daran, wie er über die Sache dachte.

»Liebe!«, echote König Gustav V. nun. »Liebe ist was für Bürgerliche. Aber doch nicht für Mitglieder der Königsfamilie.«

Ach, wollte Lennart antworten. Und was war dann mit Großmutter? Sie folgte doch auch ihrem Herzen. Aber er sprach es nicht laut aus, schließlich wollte er den Großvater nicht noch mehr gegen sich aufbringen. Die nächsten Worte jedoch vermochte er nicht hinunterzuschlucken.

»Es würde der Königsfamilie aber gut bekommen, wenn

deren Mitglieder heiraten dürfen, wen sie lieben!«, brachte er wütend hervor. »Dann würden sie vielleicht in intakten Familien aufwachsen und nicht Zeuge des Hasses zwischen ihren Eltern werden und ihre Kindheit in Einsamkeit zubringen müssen.«

Der Blick seines Großvaters wurde weicher. »Es tut mir leid, was dir widerfahren ist, aber …«

»Aber?«, fragte Lennart, und sein Blick bohrte sich mit glühender Härte ins Auge seines Gegenübers. Auf Lippenbekenntnisse konnte er verzichten. »Aber du würdest es nicht ändern, selbst, wenn du es könntest.«

»Die Krone bringt Verpflichtungen mit sich. Sich selbst und dem Volk gegenüber. Die Pflicht steht über allem.«

Das stimmt nicht, dachte Lennart wieder. Du und Großmutter, ihr nehmt oder nahmt euch doch auch das Recht heraus, zu lieben, wen ihr wollt. Und Großmutter war immerhin schwedische Königin. Sie hat die Liebe definitiv über ihre Pflicht gestellt. Das Gefühl, dass hier mit zweierlei Maß gemessen wurde, verstärkte seine Bitterkeit. Doch erneut zwang er sich, seine Gedanken über die persönliche Situation seiner Großeltern für sich zu behalten. Zumal die Großmutter tot war, das wäre ihm unpassend erschienen. Außerdem hatte er ihr die wenigen glücklichen Jahre seiner Kindheit zu verdanken. Und er fand es ja richtig, was sie getan hatte: der Liebe zu folgen.

Ernst sah er seinen Großvater an. »Was mich so traurig macht: Die Gedanken und Gefühle ihrer Mitglieder zählen nichts. Und wenn ich eine Bürgerliche heirate, würde sich für die Krone doch nichts ändern. Ich stehe so weit hinten in der schwedischen Thronfolge … Karin würde nie Königin werden.«

»Aber eine Bürgerliche wäre Mitglied der Königsfamilie. Das geht einfach nicht. Zumal – wenn du diesen Weg nun einschlägst, ist er auch für deine Cousins und Cousinen frei. Wie sollen wir die Krone denn dann noch schützen, wenn …«

»Aber Großvater«, sagte Lennart langsam. »Wenn ich es richtig weiß, bin ich nicht der Erste, der diesen Weg einschlägt.«

Als ihn sowohl sein Großvater als auch sein Onkel fragend ansahen, fuhr er fort: »Ich spreche von deinem Bruder Prinz Oskar Bernadotte. Der heiratete doch bereits im letzten Jahrhundert eine Bürgerliche.«

»Ja«, schnaubte der König. »Und verlor damit seinen Anspruch auf den Thron.«

Lennart zuckte die Achseln. »Damit könnte ich leben. Zumal ich, wie schon gesagt, ohnehin viel zu weit hinten in der Thronfolge stehe. Und selbst wenn es anders wäre: Ich hätte kein Interesse an diesem Amt.«

»Wie kannst du so reden!«

»Ich rede, wie ich fühle. Auch wenn Großmutter eifrig versucht hat, mir königlichere Manieren beizubringen.« Fest sah er seinen Großvater an. »Ich werde Karin heiraten und glücklich werden. Nach dem Vorbild deines Bruders.«

»Nun«, sagte sein Großvater, und in seinem Blick lag so etwas wie Bedauern, als er hinzufügte: »Da gibt es aber ein Problem.«

»Nämlich welches?«

»Der Ehe meines Bruders hat der König damals zugestimmt. Nur deshalb wurde sie möglich. Ich aber, Lennart, ich werde nicht zustimmen. Niemals.«

»Das kannst du nicht tun.«

»Das kann ich sehr wohl. Ich bin der König.«

»Warum, Großvater?«, fragte Lennart fassungslos. »Warum willst du mir mein Glück verwehren? Wenn selbst dein Vater seinem Sohn einst dieses Glück zugestand.« Und nun brach es doch aus ihm heraus: »Und überhaupt, Großmutter hat sich der Liebe doch auch hingegeben. Sie lebte mit ihrem Geliebten auf Capri.«

Noch während Lennart die Worte aussprach, bereute er diese, denn der König war bleich geworden. »Es tut mir leid, ich wollte nicht persönlich werden.«

»Schon gut«, sagte sein Großvater. »Wir sprechen ja auch, was dich angeht, über sehr persönliche Dinge. Allerdings gibt es einen entscheidenden Unterschied.«

»Und welchen?«

»Ich blieb mit deiner Großmutter bis an ihr Lebensende verheiratet. Darum geht es, mein Junge. Um die unantastbare Institution der Ehe.«

In diesem Moment mischte sich Lennarts Onkel Gusty ins Gespräch. »Lennart«, sagte er. »Du kannst deine Situation auch nicht wirklich mit der deines Großonkels vergleichen. Die Dinge liegen heute anders als damals.«

»Inwiefern?«

»Nun«, murmelte Gusty, »Karins Familie ist, wie soll ich sagen …«

Lennart spürte, dass sich ein unangenehmes Gefühl in seinem Magen breitmachte. Von dem Onkel kam nie etwas Gutes. Er war der Schrecken seiner Kindheit. Als kleiner Junge hatte Lennart Angst vor ihm gehabt, denn der Onkel war nicht sehr freundlich zu ihm gewesen.

»Er ist eifersüchtig«, hatte Karin kurz nach ihrem Kennenlernen erkannt, als sie zwei oder drei unangenehme Szenen zwischen Lennart und seinem Onkel miterlebt hatte.

»Eifersüchtig?«, hatte Lennart verwundert gefragt. »Aber warum denn das?«

»Weil du der Liebling deiner Großmutter – seiner Mutter –

bist. Das Nesthäkchen, so etwas wie ein unerwarteter kleiner Bruder, der aber nicht erwünscht ist.«

»So habe ich es noch gar nicht betrachtet«, hatte Lennart gemurmelt und seinen Onkel fortan mit anderen Augen gesehen. War er auch nur ein Junge, der sich nach der Liebe seiner Mutter sehnte? Plötzlich hatte er begriffen, dass es mehrere Arten von Abwesenheiten gab. Eine Mutter konnte anwesend sein – und ihr Kind dennoch in Einsamkeit verkümmern lassen. War das Onkel Gusty so gegangen?

Jetzt saß Onkel Gusty ihm gegenüber und rang um Worte, dann stieß er hervor: »Sie hat nicht den besten Leumund.«

»Was soll das heißen?«, fragte Lennart.

»Die Familie hat kein staatsbürgerliches Ansehen«, erklärte Onkel Gusty rundheraus. »Immerhin ist Karins Vater inzwischen in dritter Ehe verheiratet, und auch ihre Mutter hatte vor Karins Vater schon eine Ehe geschlossen, aus der zwei ihrer Geschwister stammen. Um nur ein Beispiel zu nennen.«

Lennart sprang auf und blitzte ihn an. »Es ist infam, sich auf Karins Familie zu stürzen, nun, wo dir die Argumente ausgehen. Du weißt sehr wohl, dass Karins Vater neben zahlreichen anderen sehr verdienstvollen Aufgaben und großem Erfolg im Berufsleben Revisor von Großvaters Jagdclub ist. Und das wird man nicht einfach ohne Grund, ist es nicht so, Großvater?«

Zornig wandte Lennart sich an den König, doch der hob nur abwehrend die Hand. Ein klares Zeichen, dass er keineswegs in das Gespräch, das sich zwischen seinem Enkel und seinem Sohn, dem Thronfolger, entsponnen hatte, involviert werden wollte.

»Karins Familie ist nicht gut«, beschied Gusty seinem Neffen mit schneidender Stimme. »Bitte erspare es mir, hier genauer ins Detail zu gehen. Und deshalb kann der König der Vermählung nicht zustimmen – womit sich dein Fall stark von dem meines Onkels unterscheidet.«

»Von mir aus«, sagte Lennart. »Ich werde Karin trotzdem heiraten. Großvater, du erlaubst?«

Der König nickte, Lennart neigte zum Abschied noch einmal ehrerbietig den Kopf und ging zur Tür. Er war keineswegs so siegesgewiss, wie er sich gab, denn er wusste: Karin ohne die Einwilligung seines Großvaters zu heiraten, war so gut wie ausgeschlossen. Dennoch: Er würde nicht nachgeben. Wieder tauchte ein Bild vor seinem inneren Auge auf. Das Bild eines kleinen, vierjährigen Jungen, der seine Ärmchen weinend nach seiner Mutter ausstreckte. Einer Mutter, die aus seinem Leben ging. Einfach so. Nein. Das Schicksal seiner Eltern und das Leid seiner Kindheit würden sich nicht wiederholen. Er würde Karin nicht gehen lassen. Er wollte mit ihr eine Familie gründen und mit ihr, auf der Insel Mainau, das Glück finden. Und dafür würde er kämpfen. Mit allen Mitteln.

Kapitel 5

Die kleine Menschenmenge, die sich am 20. Februar 1932 vor dem Standesamt in London versammelt hatte, brach in laute Jubelrufe aus, als Lennart und Karin Bernadotte am späten Vormittag als jung vermähltes Paar vor die Tür traten. Es hatte sich herumgesprochen, dass hier ein schwedischer Prinz eine Bürgerliche geheiratet hatte – und wenn man sich einen solchen Skandal für das englische Königshaus auch ganz und gar nicht vorstellen mochte, war es doch ungemein romantisch, zumal der schwedische Prinz für seine Liebste auf den Thron verzichtet hatte.

Lennart winkte den Jubelnden strahlend zu, während Karin etwas schüchtern den Strauß aus Märzenbechern vor ihr Gesicht schob und ihren Ehemann verstohlen von der Seite betrachtete. Wie gut er aussah mit seinem Tweed-Anzug, dem Einstecktüchlein, der Blume am Revers, dem vollen, im Seitenscheitel frisierten Haar und der Nickelbrille, die ihm ein intellektuelles Aussehen verlieh. Ihr Prinz, der ihretwegen von der Thronfolge ausgeschlossen worden war. Sie stand tief in seiner Schuld. Und sie war glücklich. Oder doch nicht? Eigentlich wusste sie gar nicht, ob sie glücklich oder tieftraurig war. Seit Lennart vor einigen Wochen verkündet hatte, sich durch nichts und niemanden von seiner Heirat mit Karin abbringen zu lassen, war die Hölle über sie und ihre Familie hereingebrochen. Man hatte ihren Vater derart denunziert, dass Sven Nissvandt einerseits um seinen Posten gebangt, andererseits ob all des Hasses überlegt hatte, diesen freiwillig aufzugeben. Doch dann hatte ihr Vater hocherhobenen Hauptes erklärt: »Ein Nissvandt kneift nicht.« Auch ihre Mor, ihr Bruder und ihre Stiefschwestern aus der ersten Ehe ihrer Mutter hatten schrecklich unter den Anfeindungen gelitten, das war eigentlich das Schlimmste gewesen, schlimmer noch als die bösen Blicke, die Tuscheleien und die offenen Gemeinheiten, denen sie, Karin, ausgesetzt war, sobald sie sich aus ihrer Wohnung im Schlossareal gewagt hatte. Wobei das nicht ganz stimmte: Lennarts Vater Wilhelm hatte seinem Sohn von Herzen zu dessen Entscheidung und seinem Mut, für seine Liebe zu kämpfen, gratuliert. Und Karin hatte er in seine Arme gezogen, ihr gesagt, wie sehr er sie schätze und wie sehr er sich freue, dass Lennart nun einen Menschen gefunden habe, der ihm seine ganze Liebe schenke. Karin hatte geglaubt, auch den Anflug eines schlechten Gewissens in seinen Augen zu sehen. Vermutlich wusste Wilhelm von Schweden, dass er dazu hätte beitragen können, Lennart eine glücklichere Kindheit zu bescheren. Die liebevollen Worte ihres künftigen Schwiegervaters hatten sie zwar sehr getröstet, aber das Wissen darum, dass ihre Lieben – auch Lennart – ihretwegen derart leiden mussten, erfüllte sie mit tiefer Traurigkeit und legte das Gefühl von Schuld wie eine schwere Last auf ihre Schultern. Als habe er ihre Gedanken erahnt, lächelte Lennart nun zu ihr herab, drückte fest ihre Hand, die in der seinen lag, und ging mit ihr durch die Menschenmenge davon. »Jetzt ist es vorbei, Karin«, sagte er zärtlich. »Jetzt beginnt unser eigenes Leben. Fernab von Anfeindungen und Missgunst.«

»Ja«, sagte sie. »Ja, das wäre schön.«

Dann musterte sie ihn zaghaft von der Seite. »Jetzt kannst du es nicht mehr rückgängig machen. Wie fühlt sich das an?«

Lennart blieb stehen und sah ihr zärtlich in die Augen. »Wunderbar fühlt sich das an, ganz wunderbar«, versicherte er. »Ich kann dir gar nicht sagen, wie frei ich mich fühle. Es ist, als sei eine Zentnerlast von mir abgefallen.«

»Und diese Zentnerlast ist nun auf mir gelandet«, entfuhr es Karin. Hastig fügte sie hinzu: »Ich meine…«

Lennarts Lächeln war erstarrt, entsetzt sah er sie an. »Karin!«, rief er. »Wie… Was…«

»Komm.« Sie nahm seine Hand. »Ich will es dir gerne erzählen. Aber das ist nichts, was wir hier einfach so auf der Straße besprechen sollten.«

»Das Hotel hat ein romantisches Mittagessen für uns vorbereitet«, setzte Lennart an.

»Ich freue mich darauf!«, versicherte Karin. Sie machte sich Vorwürfe, dass sie überhaupt von dem Thema angefangen und sich dadurch nun gewissermaßen ein Schatten über ihren Hochzeitstag gelegt hatte. Statt dass sie froh war, dass sie nun endlich verheiratet waren.

»Sicher?«, fragte er zögernd.

»Sicher.« Sie lächelte ihm zu. »Heiraten macht hungrig.«

Das Personal hatte sich die größte Mühe gegeben. Als Lennart und Karin das Hotel betraten, standen die Mitarbeiter Spalier und warfen mit Rosenblättern. Karin blinzelte. Gerade weil sie in Schweden so von Hass verfolgt gewesen war, fand sie diese Geste umso rührender.

Man geleitete sie in ein Separee, in dem ein einziger Tisch stand, der liebevoll mit weißem Leinen, funkelndem Kristall und auf Hochglanz poliertem Silber eingedeckt war. Auch hier war der Tisch mit Rosenblättern dekoriert. Als sie eintraten, begann ein Geiger zu spielen.

»Es ist wunderschön«, flüsterte Karin. »Und unglaublich romantisch.«

»Ich hoffe, das entschädigt dich etwas für den entgangenen, rauschenden Hochzeitsball?«, fragte Lennart zaghaft.

»Hast du das alles arrangiert?«, begriff sie.

»Nun ja, ich habe das Hotelpersonal gebeten, uns etwas vorzubereiten.«

»Ich danke dir, mein Schatz!«, sagte sie. »Das ist schöner als jeder Ball im Königspalast.«

Sie nahmen Platz – zwei Bedienstete waren eifrig herbeigeeilt, um ihnen die Stühle zurechtzurücken –, und der erste Gang wurde serviert.

Fragend sah Lennart Karin an. »Verzeih, wenn ich insistiere«, sagte er, als er den ersten Bissen genommen hatte, »aber was meintest du, als du sagtest, die Zentnerlast sei nun auf dir gelandet?«

»Das klang viel härter, als es gemeint war.« Rasch streckte Karin ihre Hand über den Tisch und legte sie auf die ihres frisch angetrauten Ehemannes. »Ich fühle mich ja auch viel freier, nun, wo wir verheiratet sind. Und ich bin sehr, sehr glücklich.«

»Aber?«

»Aber ich empfand es als schwere Bürde, was deine Familie der meinen angetan hat.«

Lennarts Blick verfinsterte sich. »Da kann ich dir nur beipflichten.«

»Und es ist auch eine Bürde, dass du wegen mir auf alles verzichten musstest«, fuhr Karin tapfer fort. »Das meinte ich, als ich sagte, diese Last sei nun auf mich übergegangen.«

»Vielleicht kannst du es anders sehen«, sagte Lennart. »Nämlich so, dass du mich von etwas befreit hast, das mich mein Leben lang unglücklich machte. Du weißt, dass ich der Ansicht bin, meine Mutter hat mich nur verlassen, weil sie es am Hof nicht aushielt. Das hat vielleicht dazu beigetragen, dass ich das Hofleben ablehne.«

Karin sah ihn zweifelnd an. Sie fürchtete, dass Lennart sich da etwas einredete, um den Schmerz des Verlassenseins zu lindern. Aber sie sprach es nicht aus, zumal sie nicht wollte, dass sich noch ein weiterer Schatten auf ihren Hochzeitstag legte, sondern lächelte ihrem Gatten zu. »Ich bin froh, dass du das sagst, Lennart«, sagte sie. »Und wenn es wirklich so ist, dann gehe ich noch glücklicher in unsere Ehe.«

»Es ist wirklich so«, beteuerte Lennart und lehnte sich etwas zurück, weil die beiden Kellner soeben ihre Teller abräumten. »Und außerdem«, fügte er noch hinzu, »außerdem braucht uns all das nun nicht mehr zu scheren. Auf lange Sicht werden wir uns ohnehin auf der Mainau niederlassen – vorausgesetzt, es gefällt dir dort ebenso wie mir – und weit weg vom schwedischen Königshof sein.«

»Ja«, bekräftigte Karin. »Aber wenn ich dich richtig verstanden habe, dauert es noch eine Weile, bis die Mainau bewohnbar ist. Und bis dahin …«

»… bis dahin suchen wir uns eine schöne Wohnung in Stockholm außerhalb des Hofes. Einverstanden?«

»Mehr als einverstanden. Ebenso wie mit diesem Essen.« Karin deutete auf den zweiten Gang, der ebenfalls mit viel Liebe angerichtet war. Sie ließen es sich schmecken.

***

»Und?«, fragte Karin am nächsten Morgen und küsste ihren frisch angetrauten Ehemann auf die Wange. »Ist das Staatsprotokoll so, wie wir es vermutet haben?«

Von London aus wollten sie sich auf Hochzeitsreise begeben, doch die zwei Tage nach ihrer Eheschließung hielten sie sich noch in der englischen Hauptstadt auf. Lennart hatte das Staatsprotokoll soeben durch einen Boten erhalten und es sogleich geöffnet und überflogen.

»Ja«, murmelte er mit Blick auf das Papier in seinen Händen. »Durch unsere Heirat habe ich das Erbrecht auf die Krone für mich und meine Nachkommen verwirkt.« Er legte den Arm um Karin und lächelte ihr schelmisch zu. »Du wirst also tatsächlich niemals Gattin und auch niemals Mutter des schwedischen Königs sein.«

Karin lachte. »Was für ein Glück«, sagte sie, doch sie spürte, dass Lennart nicht so heiter war, wie er sich gab. »Aber du schaust sehr bedrückt drein. Bereust du es am Ende doch?«

»Aber nein!«, rief er. »Keine Sekunde. Es ist nur ...«

»Ja?«

Lennart warf erneut einen Blick auf den Schrieb. »Wie es aussieht, gehe ich nun auch meiner Titel und Privilegien als Erbprinz verlustig.«

»Dann bist du kein Prinz mehr?«

»Nein, nicht mal mehr ein Graf, sondern nur noch Herr Bernadotte. Was mich an sich nicht stört, aber ... als einfacher Bürger habe ich auch meine Steuerfreiheit verloren. Wenn ich Steuern zahlen muss, stellt das meine Berechnungen hinsichtlich unseres Lebensunterhalts vollkommen auf den Kopf. Zumal ich das Erbe meiner Mutter ja für die Mainau vorgesehen habe.«

Schon wieder fühlte sich Karin schuldig. Nun hatte Lennart

für sie nicht nur auf die Thronfolge verzichtet, sondern auch noch seinen Titel verloren.

»Es tut mir leid!«, sagte sie bedrückt.

Er wandte sich ihr zu. »Damit wir uns nicht missverstehen, Karin«, sagte er, »der Titel ist mir vollkommen egal. Wirklich egal. Ich möchte nicht, dass du deshalb nun auch noch von einem schlechten Gewissen gequält wirst, hörst du?«

»Ja«, sie nickte, konnte aber nicht verhindern, dass sich ein Gefühl der Beklemmung auf ihre Brust legte.

»Das einzige Problem, das wir haben, ist finanzieller Natur. Und das ist etwas, mit dem wohl jeder Mensch, der selbst für seinen Lebensunterhalt aufkommen muss, zu tun hat. Wir werden eine Lösung finden, das verspreche ich dir. Aber ich habe eine Bitte.«

»Ja?«

»Bitte lass dich nicht zu sehr von einer vermeintlichen Schuld niederdrücken, die du gar nicht hast. Wenn jemand Schuld hat, dann ist es meine Familie. Von der wir uns nun befreit haben. Wenn du nun aber die Jahre an meiner Seite damit zubringst, ein schlechtes Gewissen zu haben, dann haben sie am Ende doch gewonnen.«

Karin nickte langsam. Seine Worte hatten sie in ihrem tiefsten Inneren getroffen, dort, wo der Schmerz über all die Hetze und die Missgunst saß, denen sie und ihre Familie in den letzten Wochen ausgesetzt gewesen waren. Und sie hatte das Gefühl, dass sie den Schmerz ein wenig aufzulösen vermochten. Auch kam ihr in den Sinn, was ihr Vater gesagt hatte: »Ein Nissvandt kneift nicht.«

Wie recht er hatte!

»Du hast recht«, murmelte sie. »Die finanziellen Dinge lassen sich regeln. Wir werden das schon schaffen.«

»Ich bin froh, dass du das so siehst«, sagte Lennart und fügte dann hinzu: »Und ich bin überzeugt, dass das auch nicht Großvaters Meinung ist. Zumal nicht er, sondern Onkel Gusty das Staatsprotokoll offiziell verkündet hat.«

»Liegt das nicht eher daran, dass der König wie jedes Jahr an der französischen Riviera Urlaub macht?«

»Mag sein«, sagte Lennart. »Aber ich denke, das kam Großvater ganz gut zupass, dass er dieserart um die unangenehme Aufgabe herumkam.« Ein wenig bitter fügte er hinzu: »Und Onkel Gusty, der in seiner Abwesenheit die Regierungsgeschäfte leitet, auch. Ich glaube, es gibt kaum etwas, das er lieber verkündet hätte.«

Kapitel 6

Monsieur Bernadotte? Ein Telegramm.«

Lennart öffnete die Tür und nahm das Telegramm entgegen, das der Hoteldiener ihm auf einem Silbertablett reichte.

»Hoffentlich nicht noch ein Staatsprotokoll«, murmelte Karin, die noch träge und glückstrunken von einer rauschenden Liebesnacht auf dem großen Doppelbett lag. »Damit hatten wir doch abgeschlossen.«

»Nicht ganz – aber fast – es ist von Großvater!«, rief Lennart erschrocken und auch ein wenig verwundert.

Mit einem Satz setzte sich Karin auf. Alle Trägheit war wie fortgeblasen.

»Dem König?«

»Ja«, murmelte Lennart und fügte mit traurigem Unterton hinzu: »Einen anderen habe ich nicht mehr.«

»Was schreibt er denn?«

Karin sah Lennart über die Schulter, während dieser las. Und dann riefen sie beide wie aus einem Munde: »Er gratuliert uns zur Hochzeit!«

Sprachlos sahen sie einander an. Karin fing sich als Erste wieder. »Ja, aber«, stammelte sie, »er war doch dagegen. Was soll das bedeuten?«

»Ich weiß es nicht«, murmelte Lennart, »aber ich sagte dir

ja schon, der, der am meisten dagegen war, war Onkel Gusty. Wahrscheinlich hat er tatsächlich Druck auf Großvater ausgeübt. Und der konnte sich ihm nicht entziehen, weil er ja selbst in Liebesdingen ein wenig unkonventionell ist.«

»Und er will sich nun mit uns versöhnen?«

»Vielleicht ist es auch nur eine Geste der Höflichkeit«, sagte Lennart und starrte nachdenklich auf das Telegramm. »Aber ... es bedeutet mir viel.«

»Ja«, sagte Karin und schmiegte sich enger an ihn. »Ja, natürlich tut es das.«

»Vielleicht begegnen wir ihm ja, nun, wo wir morgen ebenfalls an die Riviera reisen. Aber in erster Linie begegnen wir Vater. Und darauf freue ich mich.«

»Ich mich auch«, sagte Karin. »Dass dein Vater uns von Anfang an so wohlwollend gegenüberstand, weiß ich sehr zu schätzen.«

»Ich auch.« Lennart ließ sich nach hinten auf das Bett fallen und starrte an dessen Himmel, ein Kunstgebilde aus hellblauer, mit Goldfäden durchwirkter Seide. Dann wandte er sich mit einem Lächeln seiner Frau zu.

»Wir haben noch ein wenig Zeit, bis wir mit dem Kofferpacken beginnen müssen. Ich finde, die sollten wir nutzen.«

* * *

Karin legte den Kopf weit in den Nacken. Sie hatte sich ein schickes Tuch eng um den Kopf gebunden, um ihr dunkles, glänzendes Haar zu schützen, und genoss den Fahrtwind, der ihr ins Gesicht blies. In Lennarts komfortablem Mercedes waren sie auf dem Weg zur Riviera. Zu Lennarts Vater und, wenn es denn sein sollte, auch zu seinem Großvater. Karin betrachtete ihren Mann unauffällig von der Seite. Wie gelöst er wirkte! Und was für eine Heiterkeit und Präsenz er ausstrahlte! Sein dunkles Haar wehte ein wenig im Fahrtwind, die Augen hinter den Gläsern seiner Nickelbrille funkelten vergnügt, als er nun den Kopf wandte und ihr zuzwinkerte. Offenbar hatte er ihren Blick gespürt. Mit der Linken hielt er das Steuer nach wie vor fest umklammert, aber seine Rechte legte er auf ihren Oberschenkel. Wie aufregend sich das anfühlte! Und aufregend war auch das, was vor ihnen lag. Sie würden so viel sehen, so viel erleben – und so vielen Menschen begegnen. Auf das Zusammentreffen mit Prinz Wilhelm von Schweden freute Karin sich zwar, aber mit dessen Lebensgefährtin Jeanne Leocadie de Tramcourt war sie nie warm geworden. Die Frau war ihr auf eine undefinierbare Weise suspekt. Noch viel mehr Sorgen bereitete ihr aber der Umstand, dass sie nun vielleicht auch dem König begegnen würden. Und selbst wenn König Gustav V. ihnen ein Glückwunschtelegramm geschickt und Lennart Karin wieder und wieder erklärt hatte, sein Großvater habe eigentlich gar nichts gegen eine Ehe, belastete sie die möglicherweise bevorstehende Begegnung. Lennart schien das nicht zu bemerken. Und das war gut so. Er sollte endlich glücklich sein – und gerade, weil er ihretwegen auf so viel verzichtet hatte, war es ihre Aufgabe, ihm dieses Glück zu schenken.

»Wieso sind dein Vater und dein Großvater eigentlich ausgerechnet so gern an der französischen Riviera?«, nahm sie das Gespräch wieder auf.

»Großvater liebt die Gegend. Und Vater... Nun, sein Hausarzt hat ihm das empfohlen, da ihm das schwedische Klima vor allem während der Wintermonate nicht sonderlich bekommt.«

»Diese Empfehlung hat ihm sicherlich nicht gut gefallen«,

überlegte Karin. »Er hängt doch so an Schweden. War das nicht auch der Grund, warum er die Mainau nicht übernehmen wollte?«

»Ich glaube, die war ihm einfach zu einsam und vor allem: zu wild«, sagte Lennart lachend. »Aber du hast schon recht. Vater hängt sehr an Schweden. In Frankreich hat er aber ohne Frage ein zweites Zuhause gefunden. Was sicherlich auch daran liegt, dass es Jeannes Heimatland ist.«

»Hegst du eigentlich noch Groll gegen sie?«, fragte Karin. »Immerhin hat ihr Erscheinen deine Zweisamkeit mit deinem Vater doch ruckartig beendet.«

Lennart zuckte die Achseln. »Inzwischen bin ich erwachsen, und ich denke, sie macht Vater glücklich. Mehr muss mich nicht interessieren.«

Karin bemerkte sehr wohl, dass Lennart die Frage ausweichend beantwortet hatte, doch inzwischen hatten sie schon Èze erreicht, das kleine Dorf an der französischen Riviera, in dem das französische Domizil von Lennarts Vater stand.

»Das ist ja hinreißend!«, rief Karin entzückt, als sie das kleine Steinhaus erblickte, das sich vor der großartigen Kulisse des Mittelmeeres an den Steinhang schmiegte.

»Warte, bis du die Aussicht von der Terrasse aus siehst«, sagte Lennart. »Man hat das Gefühl, direkt auf dem Meer zu sitzen. Und das Dorf wird dir auch gefallen, es gibt unzählige Steinstufen, gesäumt von Steinhäuschen, überall stehen Blumen, und dann noch der Botanische Garten, wir müssen unbedingt in den Botanischen Garten«, sprudelte es aus Lennart heraus, während er den Wagen parkte. Karin wollte gerade etwas erwidern, doch da wurde schon die Tür aufgestoßen, und ein großer, schlanker, dunkelhaariger Mann Ende vierzig stürzte heraus. Er eilte auf das Auto zu, riss die Beifahrertür auf und reichte Karin galant den Arm. Dann drückte er sie fest an sich. »Meine Liebe«, sagte er. »Ich freue mich so, dich zu sehen.«

Lennart hatte den Wagen inzwischen umrundet und beobachtete die Szenerie mit einem Lächeln. Wie gut es tat, dass zumindest einer in der Familie seine Frau so herzlich willkommen hieß. Da spürte er, dass sie beobachtet wurden. Er hob den Kopf und erblickte Jeanne, die langjährige Lebensgefährtin seines Vaters. Auch sie betrachtete Wilhelm und Karin – doch in ihren Augen lag keine Freude, sondern Kälte und, Lennart stutzte, doch er täuschte sich nicht: Eifersucht. Es war so absurd, dass er beinahe aufgelacht hätte, doch gleichzeitig war es zutiefst traurig. Jeanne war eine sehr besitzergreifende Frau und auf alles und jeden eifersüchtig, der oder das die Aufmerksamkeit ihres Liebsten beanspruchte.

Inzwischen hatte Prinz Wilhelm von Schweden seine Schwiegertochter wieder losgelassen und sich seinem Sohn zugewandt. »Mein Junge«, sagte er. »Wie schön, dass ihr da seid. Und natürlich die allerherzlichsten Glückwünsche zur Hochzeit.«

Nach einem ausgiebigen Abendessen bei Lennarts Vater fuhr das frisch vermählte Paar weiter nach Nizza, um sein Hotel, das Hotel Ruhl, zu beziehen, ein schmuckes Gebäude mit Ecktürmchen. Sie bewohnten ein wunderschönes, großzügiges Zimmer, doch Karin hatte gar keinen Blick und auch keine Geduld für all die Annehmlichkeiten: Sie konnte es kaum erwarten, endlich das Meer aus der Nähe zu sehen. Lennart hatte recht gehabt, der Blick von Wilhelms Terrasse, auf der sie das Abendessen eingenommen hatten, war atemberaubend gewesen, hatte jedoch ihren Wunsch, das Meer aus der Nähe zu sehen, nur noch verstärkt. Als typische Schwedin vermisste sie das Wasser.

Doch Lennart bremste sie. »Lass uns erst die Koffer auspacken«, bat er. »Es ist schon spät, und ich bin etwas müde nach der langen Fahrt. Wenn wir das Auspacken nach unserem Abendspaziergang noch erledigen müssen, gerät es zur Qual.«

»Also schön«, gab Karin nach und machte sich daran, ihre Kleider in den Schrank zu räumen.

»Das ist eins der Dinge, die ich am Prinzsein wohl am meisten vermisse«, seufzte er scherzhaft. »Dass ich nun selbst meine Koffer auspacken muss.«

»Nun«, sagte Karin, »es ehrt dich, dass du nicht davon ausgehst, dass ich das für dich erledige.«

»Warum sollte ich?«, fragte er und zog sie in seine Arme. »Du bist doch meine Frau und nicht meine Dienerin.«

Lachend befreite sie sich. »So kommen wir nie ans Meer!«

Da unterbrach ein schrilles Klingeln ihre Turtelei. Sie fuhren auseinander. Das Telefon auf Lennarts Nachttisch läutete.

Er hob ab. »Oui?«

»L'aide de camp de sa Majesté le Roi de Suède«, meldete sich eine Stimme.

»Bonsoir«, erwiderte Lennart. Sein Herzschlag beschleunigte sich. Ein Adjutant seines Großvaters! Der Mann teilte ihm mit, seine Majestät, der König von Schweden, wünsche ihn und seine Frau zu sehen.

Die Gedanken in Lennarts Kopf fuhren Achterbahn, als er den Hörer langsam wieder auf die Gabel sinken ließ. Das konnte nichts Gutes bedeuten. Oder doch?

»Was ist denn nur geschehen?«, fragte Karin besorgt. »Wer war das? Du bist ja leichenblass. Und du zitterst. Komm, setz dich erst einmal.«

Sie nötigte ihren Gatten auf das Bett, setzte sich neben ihn und nahm seine Hand. »Bitte sag doch«, drängte sie. »Wer war das? Und was wollte er?«

»Das war ein Adjutant meines Großvaters«, stieß Lennart hervor. »Der König wünscht, uns zu sehen.«

Karin schnappte nach Luft. »Ich habe ja damit gerechnet, dass wir ihm begegnen werden. Aber kaum, dass wir angekommen sind? So schnell? Was hat das zu bedeuten?«

»Ich fürchte nichts Gutes!«, sagte Lennart, der bemerkte, dass sich das ihm schon so vertraute ungute, fast schmerzende Gefühl in seinem Magen breitmachte, das er erstmals beim Fortgang seiner Mutter im Alter von vier Jahren bewusst wahrgenommen und das ihn seither immer wieder begleitet hatte. Wenn er Zielscheibe von Onkel Gustys Bosheiten wurde, zum Beispiel.

Stumm sahen sie einander an.

»Ich glaube nicht, dass es etwas Schlechtes ist«, tröstete Karin. »Sonst hätte er uns doch nicht per Telegramm gratuliert. Wahrscheinlich will er nur seinen Enkel sehen.«

»Möglich«, bestätigte Lennart. »Wir haben wohl keine Wahl. Wir müssen hingehen. Und uns auf das Schlimmste gefasst machen.« Dann fügte er, ein wenig trotzig, hinzu: »Wir leisten dem Befehl des Königs von Schweden Folge.«

»Aber das müssen wir nicht sofort tun«, sagte sie. »Oder will er uns jetzt gleich sehen?«

Lennart schüttelte den Kopf. »Morgen früh«, sagte er und fügte dann bittend hinzu: »Ich weiß, wie gern du ans Meer wolltest, aber ich glaube, auf den Schreck brauche ich jetzt erst mal einen Drink. Einen starken.«

Karin lächelte ihn verständnisvoll an. »Das Meer kann warten«, versicherte sie. »Lass uns an die Bar gehen.«

Kapitel 7

Das Hotel d'Angleterre, das der schwedische König schon vor Langem zu seinem Hauptsitz auserkoren hatte, wenn er an der französischen Riviera weilte, war unweit des Hotel Ruhl gelegen, sodass Lennart und Karin nicht den Wagen nehmen mussten, als sie sich am nächsten Morgen auf den Weg zum König machten. Hand in Hand gingen sie durch die morgendlichen Straßen von Nizza, doch die geschäftige Stimmung – Zeitungsburschen, Restaurantbesitzer, die ihre Cafés öffneten, der Duft, der aus den Boulangerien drang – nahmen sie kaum wahr. Sie waren viel zu aufgeregt, beide hatten unruhig geschlafen und schlecht geträumt. Plötzlich blieb Lennart stehen. »Warum müssen wir dem Befehl des Königs eigentlich Folge leisten?«, fragte er. »Das haben wir hinsichtlich unserer Eheschließung ja auch nicht getan.«

Es hupte, und Karin zog ihren Gatten rasch weiter. »Du stehst mitten auf der Straße«, ermahnte sie ihn, während der Fahrer des Wagens, den Lennart blockiert hatte, aus dem heruntergekurbelten Fenster erbost einen Schwall französischer Worte auf sie niederregnen ließ.

Karin lächelte ihm entschuldigend zu, woraufhin der Mann sich trollte, dann sagte sie: »Was meinst du? Inwiefern willst du dem Befehl des Königs nicht Folge leisten?«

»Na ja«, murmelte Lennart. »Das ging mir schon heute Nacht durch den Kopf. Wir haben so schwere Monate hinter uns. Aber jetzt haben wir es geschafft. Wir sind verheiratet und auf unserer Hochzeitsreise – und die soll uns niemand verderben.«

Doch Karin zog ihn entschieden weiter. »Wir würden doch aber unsere Reise nicht genießen können, wenn wir nicht erfahren, was der König von uns will. Wir würden die ganze Zeit darüber nachdenken.«

»Da hast du natürlich recht.« Lennart atmete einmal tief durch, straffte sich und nickte seiner Frau bestätigend zu. »Außerdem bin ich ja kein Feigling. Auch wenn ich das Gefühl habe, einen Eisklumpen im Magen zu haben.«

»Nein«, sagte Karin und gab ihm einen Kuss auf die Wange. »Nein, das bist du sicher nicht. Du bist einer der mutigsten und entschlossensten Männer der Welt, Herr Bernadotte.«

***

Wenig später betraten sie das Hotel d'Angleterre durch den Haupteingang. Obgleich Karin versucht hatte, sich Lennart gegenüber gelassen zu zeigen, musste sie zugeben, dass sie mindestens ebenso aufgeregt war wie er. Ihre Knie zitterten so sehr, dass sie die Stufen, die von der Lobby des Hotels aus in den kleinen Salon führten, der dem König bei dessen Besuchen vorbehalten war, kaum bewältigen konnte. Ein Diener öffnete ihnen die Tür, dann standen sie vor ihm. Seiner Hoheit König Gustav V. von Schweden. Lennart senkte den Kopf, Karin knickste. Der König, der soeben Zeitung gelesen hatte, faltete diese in aller Seelenruhe zusammen und nahm dann Karin ins Visier. Lang ruhte sein Blick auf ihr, und Karin hatte das Gefühl, unter seinen Blicken zu einem Häuflein Elend zusammenzuschmelzen. Warum um alles in der Welt starrte der König sie so an? Sie merkte, dass auch Lennart an ihrer Seite sich anspannte, wie ein Tiger, der zum Sprung ansetzte, bereit, seine Liebste zu verteidigen. Das gab ihr Kraft. Sie atmete tief ein, richtete sich zu ihrer vollen Größe auf und erwiderte den Blick des Königs so gelassen, wie es ihr eben möglich war.

Dann, nach einer scheinbaren Unendlichkeit, kam Bewegung in den König. Der Vierundsiebzigjährige schnellte erstaunlich behände empor und schoss auf Karin zu. Dabei breitete er jedoch die Arme weit aus, und ein Strahlen flog über sein Gesicht. Es war unverkennbar, dass Seine Majestät gute Absichten hegte. Vor Karin angekommen, schloss er seine vollkommen überrumpelte Schwiegerenkelin in seine Arme und küsste sie herzhaft rechts und links auf die Wange. Dann schob er sie ein Stück von sich und sah ihr direkt in die Augen, als er fortfuhr: »Lass uns vergessen, was gewesen ist. Ich will nicht nur Lennarts Großvater sein, ich will auch dein alter Großvater sein.«

Karin schossen Tränen in die Augen, während sie Schwedens König glücklich und gerührt ansah. »Danke«, flüsterte sie und bemerkte bestürzt, dass auch in den Augen des Königs Tränen schwammen. Gustav V. griff in die Tasche seines Jacketts und hielt kurz darauf ein mit dunklem Samt bezogenes Schmuckkästchen in der Hand. Er öffnete es, und Karin starrte sprachlos auf eine zauberhafte Brosche, die in Weiß und Grün schimmerte. Das Stück musste aus Saphiren und Diamanten gearbeitet sein!

»Die sollst du zur Erinnerung von mir bekommen.«

Er entnahm das Schmuckstück dem Etui, schob die Schachtel wieder in seine Tasche, fragte schüchtern: »Darf ich?« und beugte sich vor, um Karin die Brosche an den Kragen zu heften.

»Sie steht dir wunderbar zu Gesicht«, sagte er. Erst dann wandte er sich seinem Enkel zu, der die Ereignisse stumm und glücklich verfolgt hatte. »Mein lieber Junge.« Wie zuvor Karin, zog Schwedens König nun auch Lennart in seine Arme und küsste ihn herzlich auf beide Wangen. »Ich freue mich so über eure Anwesenheit. Ja, und heute Abend bin ich bei meinen Freunden auf Cap Ferrat, ihr seid auch eingeladen, dafür habe ich gesorgt. Und morgen wird es besonders lustig beim Tennis in Monte Carlo, darum habe ich gedacht, euch mitzunehmen. Und übermorgen ist hier in Nizza ein Galadiner, da möchte ich, dass ihr mitgeht. Ich möchte euch vielen guten Freunden vorstellen. Und übrigens – ihr könnt gern gleich mit mir Lunch essen.«

Lennart wechselte einen ungläubigen Blick mit Karin. Da hatten sie die halbe Nacht an der Bar verbracht, um sich voller Sorge auszumalen, was der König ihnen wohl Schreckliches an den Kopf werfen würde, und nun überschüttete dieser sie geradezu mit Freundlichkeit und Überschwang und hatte die nächsten Tage schon für sie verplant. Was einerseits rührend war, denn es zeigte, dass er sich nicht für seinen abtrünnigen Enkel und die bürgerliche Schwiegerenkelin schämte, aber andererseits war es nicht das, was sie sich unter ihrer Hochzeitsreise vorgestellt hatten.

König Gustav von Schweden schien auf eine Reaktion seines Enkels zu warten. Der überrumpelte Lennart schaffte ein Lächeln. Dann blickte er wieder zu Karin, die ihm jedoch nur aufmunternd zunickte.

»Danke, Großvater«, sagte Lennart. »Ich danke dir von ganzem Herzen.« Dann fügte er hinzu: »Und auf den Lunch freue ich mich auch. Ich habe nämlich vor lauter Aufregung heute Morgen keinen Bissen heruntergebracht.«

In den folgenden Tagen ließen sich Lennart und Karin bereitwillig mit Beschlag belegen. Lennart musste sich eingestehen, dass es Balsam für seine Seele war, dass der König sich so offen mit ihm und Karin zeigte. Als wäre er stolz auf sie. Und Karin genoss die lockere und fröhliche Stimmung, die so ganz anders war als am schwedischen Hof. Gustav V. schleppte sie von einer Veranstaltung zur nächsten – die Franzosen rollten dem tennisbegeisterten und in der Gegend wohlbekannten schwedischen König den roten Teppich aus. Doch sosehr sie sich über die öffentlich zur Schau getragene Gunst des Königs freuten – indem er seinen seines Titels enthobenen Enkel und dessen Gattin überall mit hinnahm, setzte er ja ein deutliches Signal –, so anstrengend war es auch.

»Ich habe mir unsere Hochzeitsreise irgendwie anders vorgestellt«, gestand Karin, als sie am siebten Abend spätnachts von einem siebengängigen Dinner zurückkehrten. »Ich bin vollkommen erschöpft und habe das Gefühl, nie mehr im Leben auch nur einen Bissen herunterzubekommen.«

»Das geht mir ähnlich«, ächzte Lennart. »Ich kann morgen unmöglich das opulente Frühstück mit Großvater einnehmen.«

»Ich vermute, ein Mitglied des Königlichen Haushalts könnte sich nicht krankmelden. Aber …«

»… aber ich bin ja nun kein Mitglied des Königlichen Haushalts mehr«, ergänzte Lennart. »Und außerdem hat Großvater sicher Verständnis.«

König Gustav V. von Schweden hatte nicht nur Verständnis, er zeigte sich sogar äußerst besorgt und schickte den Arzt seines Vertrauens, der ihn in seine französische Auszeit begleitet hatte, zu seinem Enkel und dessen Gattin.

Doktor Cassermann, den Lennart schon lange kannte und der ihn schon häufig behandelt hatte, lächelte dem jungen Paar zu. Er sollte sich als die Rettung erweisen. »Das ist kein Leben für junge Leute auf der Hochzeitsreise«, beschied er nach einer kurzen Untersuchung. »Macht euch unsichtbar. Wenn ich den König treffe, sage ich ihm, dass ihr im Bett bleiben müsst.«

***

»Ach, tut das gut, derart ungezwungen und in kleiner Runde zu Abend zu essen«, seufzte Karin und trank genussvoll einen Schluck Wein, während ihre Blicke von der Terrasse ihres Schwiegervaters, auf der sie wieder einmal das Abendessen einnahmen, über das Meer schweiften.

»Es schmeckt wirklich köstlich, Jeanne«, lobte sie. Man mochte über die Lebensgefährtin ihres Schwiegervaters sagen, was man wollte – kochen konnte sie.

»Das finde ich auch«, bekräftigte Lennart und nahm noch einen Bissen von seinem Coq au Vin. Dann deutete er auf sein leeres Weinglas. »Dürfte ich noch mal einen Schluck bekommen?«

»Aber natürlich, mein lieber Junge!« Etwas peinlich berührt gab Wilhelm dem Diener ein Zeichen. »Mein Sohn hat keinen Wein mehr«, sagte er mit leisem Vorwurf in der Stimme.

Lennart bemerkte, dass der Diener einen unsicheren Blick in Richtung Jeanne warf, und rollte innerlich die Augen. Er hatte schon des Öfteren bemerkt, dass diese ungemein knausrig war. Vermutlich hatte sie die Anweisung erteilt, nicht zu viel Wein auszuschenken.

»Natürlich, Eure Hoheit«, sagte der Diener dann und schenkte rasch nach. »Bitte verzeihen Sie.«

Jeanne kniff die Lippen noch fester zusammen, doch Lennart beschloss, sich davon die Laune nicht verderben zu lassen, sondern prostete seinem Vater zu. »Aber was, wenn Großvater herausfindet, dass wir hier mit euch sitzen und es uns gut gehen lassen, während der Arzt uns doch Bettruhe verordnet hat?«

»Dann sagen wir einfach, dass auch Kranke ab und an etwas essen und trinken müssen. Aber eben nicht in derart großer Gesellschaft«, erwiderte Wilhelm von Schweden gelassen.

»Ich hoffe, er wird das akzeptieren. Ich bin nämlich sehr, sehr froh, dass wir uns so gut verstehen, und möchte das nicht gleich wieder aufs Spiel setzen.«

»Das wirst du nicht.« Prinz Wilhelm legte ihm begütigend die Hand auf den Unterarm und lächelte ihm ermutigend zu. »Wenn Großvater das herausbekommt, dann wird er es schon verstehen. Und außerdem stand er immer hinter dir und hat großes Verständnis für dich. Dass er dich und Karin nun überall so herumgereicht hat, soll das für alle Welt sichtbar machen.«

»Onkel Gusty wird schäumen«, sagte Lennart vergnügt.

»Das denke ich auch«, grinste Wilhelm. Dann hob er sein Glas in Richtung Karin. »Wobei dein Großvater sicherlich auch mit seiner bezaubernden Schwiegerenkelin angeben wollte.«

Karin lachte fröhlich, und Lennart warf einen raschen Blick auf Jeanne. Es war eindeutig: Nicht nur Onkel Gusty schäumte!

Kapitel 8

»Ich bin so glücklich, dass wir uns mit deinem Großvater versöhnt haben«, sagte Karin, als sie nach ihrem Besuch an der französischen Riviera auf dem Weg zur Insel Mainau waren, wo sie den restlichen Sommer verbringen und bis zum Herbst bleiben wollten.

»Ich auch«, entgegnete Lennart. »Allerdings – nach dem, was man so hört, ist Onkel Gusty sehr verärgert und hat ihm deshalb ziemlich zugesetzt.«

»Als wäre er schon der König«, murmelte Karin. »Aber ich habe dir ja schon mal gesagt: Dein Onkel ist eifersüchtig darauf, dass du ein solch inniges Verhältnis zu seinen Eltern hast. Dass der König dir und mir, der Frau aus angeblich so verwerflicher Familie, nun öffentlich so viel Aufmerksamkeit zuteilwerden lässt, musste ihm sauer aufstoßen.«

Lennart nickte. »Du hast recht«, sagte er. »Das war wirklich zu erwarten.« Dann fuhr er fort: »Großvater tut mir leid. Und eigentlich hätte mich seine Reaktion auch nicht verwundern dürfen. Er ist ein großherziger Mann. Schon meine Mutter …« Er brach ab. Karin sah ihn fragend an. Sie wusste, dass Lennart nicht gern von seiner Mutter sprach.

»Ja?«, fragte sie nun vorsichtig. »Was ist mit deiner Mutter?«

»Nun, als sie an den schwedischen Hof kam, hatte auch sie

es wirklich nicht leicht«, fuhr Lennart fort. »Es ging eher steif zu, und meine Großmutter war …, du kennst sie ja, sie konnte durchaus …«

»Streng und steif wirken«, ergänzte Karin und fügte dann hinzu: »Ich habe mich immer ein wenig vor ihr gefürchtet.«

»Das haben wir wohl alle«, sagte Lennart. »Wobei ich angeblich ihr erklärter Liebling war.«

»Das kann ich verstehen.« Sie schmiegte sich an ihn. Dann nahm sie den Gesprächsfaden wieder auf. »Deine Mutter hat sich also ein wenig vor deiner Großmutter gefürchtet.«

»Ich denke schon«, sagte Lennart. »Aber mein Großvater hat sich sehr um sie bemüht, und die beiden hatten eine wirklich enge Bindung, die auch die Scheidung meiner Eltern überdauert hat. Sie nennt ihn immer noch Papa, und soweit ich weiß, unterstützt er sie auch finanziell. Außerdem hat er seinerzeit versucht, den Vater meiner Mutter vor dem Exekutionskommando zu retten, aber das ist ihm nicht gelungen.«

Karin merkte auf. Lennart hatte noch nie mehr als zwei Worte über seinen Großvater mütterlicherseits verloren. Sie wusste nur, dass irgendetwas Schreckliches geschehen war, das mit der russischen Revolution zusammenhing. Jetzt drückte sie mitfühlend seine Hand. »Was genau ist denn passiert?«, wagte sie zu fragen, doch Lennart wich aus.

»Unsere Familie hat schon wirre Zeiten hinter sich«, murmelte er. »Wollen wir hoffen, dass es das für die nächsten Generationen war und wir nun ein Leben in Frieden verbringen können.«

»Und was bietet sich dafür besser an als die Mainau«, sagte Karin, die begriff, dass sie Lennart mit ihrer direkten Frage überfordert hatte.

»Was bietet sich dafür besser an als die Mainau«, wiederholte Lennart dankbar, während sie weiter auf die Insel zufuhren.

»Wie glücklich du mit einem Mal aussiehst«, stellte Karin fest.

»Das bin ich auch«, erwiderte er. »Ich habe eben gedacht: zwei so heiße Lieben zur gleichen Zeit. Du und die Mainau. Das ist das wahre Glück. Ganz besonders, wenn man berücksichtigt, dass ihr beide nicht miteinander um meine Gefühle konkurriert, sondern eine harmonische Einheit bildet, die zu einem gemeinsamen Zukunftsplan gehört.«

Gerührt sah Karin ihn an. »Das hast du aber schön gesagt.«

***

Die Mitarbeiter der Insel Mainau standen rechts und links der Brücke Spalier, als die Frischvermählten auf der Insel eintrafen.

»Eure Königlichen Hoheiten! Was für eine Freude, Sie zu sehen! Und meine allerherzlichsten Glückwünsche zur Vermählung«, sagte Victor Nohl, nachdem sie ausgestiegen waren, und fügte hinzu: »Von uns allen.«

»Danke, mein lieber Herr Nohl«, sagte Lennart gerührt und schüttelte dem Hofgärtner, der ihm, als er noch ein kleiner Junge gewesen war, geduldig alles erklärt hatte, die Hand. Er stellte Karin vor, dann begrüßte er Nohls Frau, die im Schloss nach dem Rechten sehen würde, die alte Frau Walser, die im Lauenhaus an der Brücke wohnte und die ihn schon in Kindertagen mit Kuchen verwöhnt hatte, Inselverwalter Minges, den Buchhalter Herrn Riedle und drei weitere, junge Gärtner, die Lennart noch nicht persönlich kannte. Auch Herr Billet, der Kutscher seines Urgroßvaters, war noch in Amt und Würden. Der inzwischen über Siebzigjährige, aber nach wie vor äußerst agile Nohl hatte sie auf sein Geheiß hin eingestellt.

Nachdem Lennart und Karin ihnen allen die Hand geschüttelt und von jedem Einzelnen mit einem »Sehr erfreut, Eure Königliche Hoheit« angesprochen worden waren, sagte Lennart: »Aber bitte nennen Sie uns einfach Herr und Frau Bernadotte. Für meine Heirat mit Karin musste ich all meine Titel aufgeben.«

»Aber das geht doch nicht!«, rief Herr Nohl und sah Lennart mit seinen so leuchtenden wie durchdringenden Augen empört an. Schon als Kind war Lennart aufgefallen, dass der Blick des Hofgärtners fast stechend war. »Das ist doch nicht richtig! Ich meine, ich würde mir natürlich nie anmaßen, die Entscheidungen des Königs anzuzweifeln, aber …«, er unterbrach sich kurz, dachte nach und fügte dann hinzu: »Doch, ich denke, diese Entscheidung muss ich anzweifeln, auch wenn ich mich damit vermutlich der Majestätsbeleidigung schuldig mache.«

Beinahe trotzig sah er Lennart in die Augen und blickte dann Karin an. Die konnte sich ein Lachen nicht verkneifen und legte dem Hofgärtner, der mit seiner direkten Art ihre Schüchternheit einfach davonfegte, beschwichtigend die Hand an den Oberarm. »Wir kommen gerade von einem Urlaub mit meinem Schwiegergroßvater zurück, und ich kann Ihnen versichern: Der König ist uns gegenüber sehr wohlwollend.«

»Aber warum lässt er Ihren Gemahl dann nicht mehr Prinz sein?« Herr Nohl schien alles andere als überzeugt, wartete eine Antwort auch gar nicht ab, sondern schüttelte entschieden den Kopf. »Also, hier auf der Mainau sind und bleiben Sie ein Prinz, Königliche Hoheit, und Sie sind nun eine Prinzessin. Wir alle«, sagte er und blickte einen Mitarbeiter nach dem anderen an, »wir alle werden Sie entsprechend anreden.«

»Bitte, tun Sie das nicht!«, rief Lennart. »Es wäre mir nicht recht! Wir würden uns vorkommen wie Hochstapler, wenn wir uns als etwas ausgeben, das wir gar nicht sind.«

»Aber Sie sind es doch«, murmelte Herr Nohl bekümmert

und wiederholte: »Aber Sie sind es doch. Von Geburt an. Man kann Ihnen das doch nicht einfach wegnehmen!«

»Wissen Sie was?«, kam es da von Lennart, »ich glaube, ich habe eine Idee. Königliche Hoheiten sind wir wirklich nicht, aber die Hoheiten der Mainau schon. Was halten Sie davon, uns einfach in Zukunft so anzusprechen? Als Hoheit? Ohne Königlich?«

»Das ist doch eine gute Idee«, meldete sich der Buchhalter Martin Riedle zu Wort, der das Gespräch bisher schweigend verfolgt hatte. Karin sandte ihm ein dankbares Lächeln. Riedle war etwa in ihrem Alter und sah, wie sie fand, ganz und gar nicht so aus, wie man sich einen klassischen Buchhalter vorstellte. Eher war er das genaue Gegenteil: Er war groß, schlank, hatte braunes, gut geschnittenes Haar, einen sehr wachen Blick, und er strahlte eine unglaubliche Präsenz aus. Vor allem aber schien er auf Nohl eine beruhigende Wirkung zu haben. Denn der nickte jetzt langsam und besänftigt. »Also schön«, brummte er. »Dann machen wir das so.«

Auch von den anderen Mitarbeitern kam ein zustimmendes Nicken.

Nohl fügte noch hinzu: »Ich will Sie ja nicht in Verlegenheit bringen, Hoheit. Wie Sie sicherlich wissen, ist das Schloss seit langer Zeit unbewohnt, und das … nun ja, das sieht man ihm auch an. Ich habe mir erlaubt, mit meiner Frau und einigen Freunden zwei Zimmer im Nordflügel für Sie herzurichten. Aber komfortabel ist es nicht. Vielleicht möchten Sie lieber wieder ins Inselhotel …«

»Das ist aber freundlich von Ihnen!«, unterbrach Karin den Hofgärtner gerührt.

»Überaus freundlich«, bekräftigte Lennart.

»Und wir brauchen auch keinen großen Komfort«, versicherte Karin. »Uns reicht es ganz bescheiden.«

»Sie haben das Schloss ja noch nicht gesehen«, knurrte Nohl.

»Das wollen wir nun schnell nachholen«, sagte Lennart. Er nickte seinen Mitarbeitern noch mal zu, bedankte sich für den herzlichen Empfang und machte sich daran, ins Auto zu steigen.

»Die Leute sind alle ganz herzlich und wunderbar«, sagte Karin erleichtert, als sic außer Hörweite waren. »Ganz anders als die stocksteifen Diener am schwedischen Hof. Ich habe mich gleich wohlgefühlt.«

»Nicht wahr?«, fragte Lennart glücklich. »Hier auf der Insel gelten unsere Regeln.«

»Herr Nohl ist ja wirklich eine Marke. Er erinnert mich an die knorrigen alten Bäume, die hier stehen.«

Lennart lachte. »Ein guter Vergleich«, sagte er. »Zumal er hier auf der Mainau so verwurzelt ist. Herr Nohl ist wirklich ein sehr eigenwilliger Mensch. Er sagt, was er denkt. Ich hoffe nur, ich werde niemals mit ihm aneinandergeraten.«

»Das könnte unangenehm werden«, bestätigte Karin.

In diesem Moment tauchte das Schloss vor ihnen auf. »Oh!«, stieß Karin aus.

»Oh?« Lennart blieb stehen und sah seine Frau beunruhigt an. »Das klingt ja nicht so, als würdest du dich auf Anhieb in unser Märchenschloss verlieben.«

»Märchenschloss ist ein gutes Stichwort«, versetzte Karin nachdenklich. »Es wirkt auf mich, als befände es sich im Dornröschenschlaf.« Sie betrachtete die graubraune Fassade, an der der Putz an mehreren Stellen abbröckelte, und die rissigen, ebenso graubraunen Fensterläden.

»Dann wecken wir es gemeinsam wieder auf.« Lennart gab ihr einen Kuss. »Bist du bereit?«

»Mehr als bereit.«

Kapitel 9

Lennart spürte sein Herz hart gegen seine Brust schlagen, als er mit dem riesigen Mainau-Schlüsselbund seines Vaters das mächtige Eingangsportal aufsperrte. Was würde Karin sagen? Würde ihr gefallen, was sie sah? Was, wenn sie die Hände über dem Kopf zusammenschlug und erklärte, niemals werde sie hier einziehen?

Dann, beruhigte Lennart sich selbst, würden sie eben doch vorerst ins Inselhotel ziehen und auf der Insel oder dem Festland ein neues, kleines Häuschen bauen. Und ins Schloss könnten dann die Verwaltung und die Mitarbeiter einziehen.

Zu seiner Erleichterung empfing sie im Foyer nicht wie letztes Mal staubige Dunkelheit, sondern freundliches Licht und viel Luft: Irgendjemand, Lennart vermutete, dass es das Ehepaar Nohl gewesen war, hatte seine Hausaufgaben gemacht. Offenbar wollten auch sie, dass »Ihre Hoheit« sich sogleich wohlfühlte. Gerührt sah Lennart sich um. Es glänzte und blitzte, als sei ein ganzer Putztrupp wochenlang unterwegs gewesen, um alles zu wienern und auf Hochglanz zu bringen! Es war gar kein Vergleich zum letzten Mal. Freilich täuschte das nicht darüber hinweg, dass der Putz bröckelte und sich in den Wänden Risse befanden – aber es war ein wunderbarer erster Gesamteindruck!

Zu seiner Erleichterung schien das auch Karin zu finden.

Wie verzaubert stand sie inmitten eines Lichtkegels, der von draußen hereinfiel, und sah sich um. »Lennart«, sagte sie, »das ist ganz wundervoll.«

Glücklich nahm er ihre Hand. »Das finde ich auch«, sagte er. »Wenn du erlaubst, würde ich nun mit der Schlossführung beginnen.«

»Du lieber Himmel, sind das viele Möbel!«, rief Karin, als sie das erste Zimmer betraten, ein Appartement, das der Großherzog mit seiner Gemahlin als Sommerresidenz genutzt hatte.

»Da weiß man ja gar nicht, wo man anfangen soll.« Sie drehte sich zwischen ausladenden Barocksesseln und allerlei Nippes einmal um die eigene Achse.

»Schwindet dein Elan schon?«, fragte Lennart verzagt.

»Unsinn!«, erwiderte Karin resolut. »Man kann das sehr hübsch herrichten. Und das Schloss ist derart riesig – es müssen schließlich nicht alle Möbel in einem Raum sein. Die kann man ja verteilen.«

»Ich fürchte, in den anderen Räumen sieht es nicht besser aus!«, murmelte Lennart. »Meine Urgroßeltern liebten Möbel. Es ist wie im Stockholmer Schloss: Man hat den Eindruck, von all den Möbeln regelrecht erschlagen zu werden.«

Seufzend sah er sich um. »Wir sollten das hier alles verkaufen und den Erlös in die Sanierung des Schlosses stecken.«

»Du willst das hier verkaufen?«, rief sie entsetzt. »Das kannst du nicht machen. Das ist doch das Erbe deiner Ahnen.«

Er seufzte. »Das schon, aber du weißt, dass ich manchmal das Gefühl habe, dass das Erbe meiner Ahnen mich erdrückt. Ich sehne mich nach weiten, freien Räumen. Und nach modernen und komfortablen Möbeln. Diese hier«, er deutete auf die Sessel, »sind doch nicht bequem.«

»Das würde ich bestreiten«, sagte Karin und ließ sich auf einem der Sessel nieder. Eine Staubwolke stieg auf, und sie musste husten. Hier war der Putztrupp also nicht gewesen, dachte Lennart. Aber das wäre wohl auch zu viel verlangt. Unmöglich konnten Frau Nohl und ihre Helferinnen das ganze Schloss reinigen – und es machte in Räumen, die sie gar nicht nutzen würden, auch keinen Sinn.

»Du hast recht«, sagte sie. »Sie sind wirklich nicht bequem. Vor allem aber sind sie staubig. Ich würde vorschlagen«, sie sah sich mit gerunzelter Stirn um, »wir überlegen uns, welchen Teil des Schlosses wir für uns herrichten wollen. Dann suchen wir uns einige Möbel aus, die uns gefallen …«

»… da werden wir wohl kaum etwas finden«, wandte Lennart ein. »Wie gesagt, ich mag es gemütlich. Und modern.«

»Da bin ich anderer Ansicht«, erwiderte Karin. »Ja, die Räume sind überladen. Ja, die Möbel sind verstaubt. Und weil die Räume so überladen sind, können sie ihre Wirkung gar nicht entfalten. Aber glaube mir, das wird ganz anders aussehen, wenn ich hier erst einmal durch bin.«

Lennart gab ein undefinierbares Knurren von sich.

Karin erhob sich, ging zu ihm und nahm seine Hand. »Liebster«, sagte sie. »Warum bist du auf einmal so in dich gekehrt und schlecht gelaunt? Das hier soll doch unser Zuhause werden, das Heim für eine glückliche Familie.«

Lennart stutzte. Karin hatte recht. Hatte er nicht zuvor mit wild klopfendem Herzen und der Sorge, dass das Schloss Karin nicht gefallen könnte, die Tür aufgeschlossen? Und nun begeisterte sie sich dafür, und er stänkerte so herum? Was war eigentlich in ihn gefahren?

»Bitte entschuldige«, sagte er. »Auf der Mainau zu leben, ist mein Traum, das weißt du. Es ist nur … Mit einem Mal erinnert mich dieses Schloss an meine Kindheit im Stockholmer Schloss.«

»Einfach nur, weil es ein Schloss ist?«, fragte Karin. »Denn einen anderen Grund kann es nicht geben, schließlich warst du hier sehr, sehr glücklich.«

»Vermutlich einfach nur, weil es ein Schloss ist«, bestätigte Lennart. »Und weil mit all den Nachteilen, die ein Schloss hat, auch die Erinnerungen an mein Leben in Stockholm wieder hochkommen. Vollgestellt und ungemütlich und riesig, mit wenig Komfort.«

»Es gibt aber einen wesentlichen Unterschied«, ließ sich Karin vernehmen. »Das hier, mein Liebling, ist dein Schloss. Und du kannst damit machen, was du willst.« Fragend sah sie ihn an. »Was willst du daraus machen?«

»Unser Zuhause«, sagte er leise. »Einen gemütlichen Ort voller Glück und Lachen.«

»Na, siehst du«, erwiderte Karin ermutigend. »Und das wird dir auch gelingen. Das wird *uns* auch gelingen. Statt die Nachteile zu sehen, sollten wir uns lieber darüber freuen, dass wir dieses Schloss und diese Insel haben.«

»Du hast recht.« Lennart lächelte wieder und zog Karin in seine Arme. »Bitte entschuldige meine schlechte Laune. Da war ich so aufgeregt und habe so sehr gehofft, dass dir das Schloss gefällt – und dann habe ich mich derart unmöglich benommen.«

»Du hast dich nicht unmöglich benommen«, korrigierte Karin. »Du warst nur überfordert, müde und außerdem deinen Erinnerungen ausgeliefert.«

»Ich bin wohl wirklich ein wenig erschöpft. Und hungrig von der langen Reise.«

»Ich auch«, sagte Karin, deren Magen sogleich zu knurren begann. »Gibt es hier denn etwas zu essen?«

Lennart seufzte. »Ich fürchte nein«, sagte er. »Wir haben nichts mitgebracht, und die Küche ist im Keller – sie war seit Jahren nicht mehr in Betrieb, vermutlich kann man dort auch gar nicht mehr kochen.«

»Was schlägst du vor?«, fragte Karin und fügte dann rasch hinzu: »Ich kann auf keinen Fall hungrig zu Bett gehen. Du weißt, dann bekomme *ich* schlechte Laune.«

»Und das wollen wir nicht riskieren!«, lachte Lennart. »Nein, ich schlage vor, wir vertagen die weitere Schlossbesichtigung auf morgen früh, zumal es ohnehin bald dunkel wird. Und dann fahren wir nach Konstanz hinüber. Es ist eine bezaubernde Stadt, sie wird dir gefallen.«

»Das ist eine hervorragende Idee«, sagte Karin und gab ihrem Mann einen Kuss. »Aber zunächst würde ich gerne noch die Zimmer sehen, die das Ehepaar Nohl für uns vorbereitet hat.«

»Das lässt sich einrichten«, sagte Lennart und steuerte auf den Nordflügel zu.

Im zweiten Obergeschoss angekommen, stellte das Ehepaar zu seiner Freude fest, dass hier jemand nicht nur geputzt, sondern auch renoviert hatte: Der Flur war nicht nur ordentlich gefegt und gewischt worden – jemand hatte auch die Wände geweißelt. Lennart öffnete gleich das erste Zimmer auf der rechten Seite, und Karin stieß einen entzückten Schrei aus. »Das ist ja wunderschön«, rief sie. »Genau so habe ich es mir vorgestellt!«

»Die Mitarbeiter haben sich wirklich Mühe gegeben!« Auch Lennart war gerührt. Durch die Fenster fiel die Abendsonne ins Zimmer und tauchte den Raum in ein warmes Licht. Gemütliche Sitzmöbel standen unter dem Fenster, und an der hinteren Wand befand sich ein liebevoll eingedeckter Esstisch, auf dem eine Brotmahlzeit angerichtet war. Ein üppiger Blumenstrauß rundete die Szenerie ab.

»Das war Frau Nohl«, erkannte Karin. »Was für eine liebe und umsichtige Seele.«

»Da kann ich dir nur beipflichten«, erwiderte Lennart, während er sich umsah. »Sie haben das ganze Zimmer renoviert, losen Putz abgeschlagen, geweißelt, geschrubbt und gewienert.«

»Und wo geht es dort drüben hin?«, erkundigte sich Karin und deutete auf eine offene Flügeltür.

»Ich vermute, dass sie dort unser Schlafzimmer eingerichtet haben«, sagte Lennart, und er lächelte seiner Frau liebevoll zu.

Tatsächlich! Im Nachbarzimmer befand sich ein ausladendes, mit weißem Leinen frisch bezogenes Doppelbett zwischen zwei schmucken Nachttischchen.

»Gott sei Dank kein Himmelbett«, seufzte Lennart erleichtert. »Da würde ich Albträume bekommen.«

Erneut meldete sich Karins Magen lautstark. Sie sahen einander an und lachten, dann sagte Lennart: »Wo nun Frau Nohl so liebevoll für uns eingedeckt hat, schlage ich vor, dass wir unseren Ausflug nach Konstanz verschieben. Ist dir das recht?«

»Sehr recht!«, erwiderte Karin und strahlte.

Kapitel 10

Am nächsten Morgen, Schlag acht Uhr, trafen die Bernadottes Herrn Nohl wieder: Lennart hatte sich mit seinem Hofgärtner im Schlosshof verabredet, um die wichtigsten anstehenden Maßnahmen zu besprechen, doch einem Impuls folgend bat er ihn nach oben in ihre privaten Räumlichkeiten. »Sie haben alles so schön für uns hergerichtet – wir waren ganz gerührt«, sagte Lennart.

Nohl brummte etwas Unverständliches, es war aber offensichtlich, dass er sich über das Lob freute.

Karin, die es sich auf dem Sessel vor dem Fenster gemütlich gemacht hatte, sprang auf, als die beiden Männer das Zimmer betraten, eilte Herrn Nohl entgegen und schüttelte ihm die Hand. »Ich danke Ihnen von ganzem Herzen. Ihnen und Ihrer Frau. Was für ein wunderbares Willkommen gestern Abend. Wir waren ganz überwältigt.«

Victor Nohl wirkte etwas verlegen. »Das ist das Mindeste«, sagte er. »Wir hatten auch noch einige Zimmer im Torbogenhaus hergerichtet, wir wussten ja nicht, dass Sie ohne Personal kommen.« Es klang etwas vorwurfsvoll, und Nohl fügte noch hinzu: »Zu Zeiten des Großherzogs reiste ja immer der ganze Hof mit.«

»Ich erinnere mich!«, lachte Lennart. »Und die Hofbediensteten waren ständig überall. Und alle trugen Schwarz. Ebenso wie meine Urgroßmutter. Aber was Ihre Bemühungen angeht: Das ist nicht das Mindeste. Das ist überwältigend liebenswürdig.«

Der alte Hofgärtner wusste gar nicht, wohin er ob all der anerkennenden Worte schauen sollte.

»Es tut mir sehr leid, dass ich Ihnen gar nichts anbieten kann«, versetzte Karin. »Wir haben nicht daran gedacht, Verpflegung mitzubringen. Nachher werden wir wohl nach Konstanz hinüberfahren müssen, um einige Einkäufe zu tätigen.«

»Meine Käthe hat ja gestern Abend miterlebt, dass Sie ohne Dienerschaft angereist sind und sich nur noch Herr und Frau Bernadotte nennen«, sagte Nohl. »Sie war ganz entsetzt. Die Herrschaften sind es doch gar nicht gewohnt, sich selbst um alles zu kümmern, zumal die Küche sich im Keller befindet und es im Schloss kaum fließendes Wasser gibt, hat sie gesagt und schon befürchtet, dass Sie Hunger leiden müssen. Und da hat sie Ihnen was vorbereitet.«

Er zog das Leinentuch vom Korb, und Karin brach in Rufe des Entzückens aus. Die Frau des Hofgärtners hatte sich wirklich Mühe gegeben: In dem Korb befanden sich frisches Brot, gekochte Eier, Tomaten, kleine Kuchen, Äpfel, Käse, Wurst und mehrere Marmeladen.

»Die hat sie alle selbst eingekocht, meist von Früchten, die sie hier auf der Mainau fand«, murmelte Nohl.

»Wie reizend!«, fand Karin. »Bitte bestellen Sie Ihrer Frau die herzlichsten Grüße und dass wir sehr gerührt sind. Sie hat uns aus einer Notlage gerettet.«

Karin begann, die Leckereien aus dem Korb auf den Tisch zu räumen, und holte Geschirr und Besteck herbei. Dann sagte sie: »Aber sie muss sich keine Sorgen machen. Ich komme ja aus einer bürgerlichen Familie und bin es gewohnt, auch einfache Arbeiten zu verrichten. Wenngleich meine Eltern ebenfalls zwei Dienstmädchen beschäftigten.«

»Also, meine Käthe wäre gern bereit, hier im Schloss weiterhin mit anzupacken – einen Teil hat sie sich ja schon vorgenommen. Das können Sie ja gar nicht alleine schaffen.« Hastig fügte er hinzu: »Und es ist auch gar nicht Ihre Aufgabe.«

Karin musste schmunzeln. Es war reizend, wie der brummige Herr Nohl sich bemühte, das richtige Verhalten an den Tag zu legen, obgleich er keine Ahnung hatte, wie dieses aussah. Dass der einstige Prinz kein Prinz mehr war, verunsicherte ihn zutiefst.

»Das Angebot nehmen wir gerne an«, sagte Lennart an ihrer statt. »Und wir können uns das auch leisten, meine Mutter hat mir eine größere Summe Geldes vermacht.«

»Das …«, setzte Nohl wütend an, und sein Gesicht hatte sich rot verfärbt, sodass sie den Eindruck hatte, er werde gleich gegen die herzlose Mutter, die ihren Sohn verlassen hatte, lospoltern. Es war seiner Miene eindeutig anzusehen, was er von ihr hielt. Doch dann gelang es ihm, seine Emotionen niederzukämpfen, und er ergänzte: »Das ist aber sehr freundlich von Ihrer Mutter.«

Lennart, der den inneren Kampf des Hofgärtners offenbar ebenso beobachtet und durchschaut hatte wie Karin, nickte ihm zu. »Ich fürchte nur, es ist nicht damit getan, das Schloss gründlich zu putzen. Vielmehr müsste es renoviert werden.«

»Das sehe ich auch so, Eure Hoheit«, erwiderte Nohl. »Und ich fürchte, da geht es nicht nur um abbröckelnden Putz.«

»Ich pflichte Ihnen bei«, sagte Lennart. Er sah sich im Zimmer um und deutete dann auf die geflochtenen elektrischen Leitungen, die zwischen Wand und Boden befestigt waren. »Hier haben Sie das ja hübsch zur Seite geräumt, sodass es kaum auffällt, aber an anderen Stellen im Schloss sieht es anders aus. Und natürlich ist auch das hier keine Lösung.«

Nohl nickte. »Außerdem – wenn Sie hier wirklich wohnen wollen, brauchen Sie fließendes Wasser, und ich nehme an, es ist nicht ganz einfach, bei den dicken Mauern Rohre zu verlegen.«

»Aber wir haben doch fließendes Wasser?«, fragte Karin. »Sie haben uns ja freundlicherweise sogar das Badezimmer hergerichtet.«

»Das ist richtig, Eure Hoheit«, bestätigte Nohl. »Aber es ist, wenn ich das so sagen darf, nur eines von zwei Badezimmern im ganzen Schloss. Und die wenigen … äh … Aborte befinden sich in Wandschränken. Für den Anfang mag das ja reichen, aber …«

»Aber nicht auf Dauer, da haben Sie vollkommen recht.«

Karin und Lennart hatten inzwischen zugegriffen – Herr Nohl weigerte sich allerdings trotz guten Zuredens standhaft, sich an den Köstlichkeiten seiner Frau zu bedienen. Karin hatte gerade eine Scheibe des herrlich duftenden Brotes mit Butter und Erdbeermarmelade bestrichen und wollte hineinbeißen, als plötzlich etwas mitten auf ihrem Brot landete. Es war weiß und sah aus wie ein Splitter.

»Was ist denn das?«, rief Karin überrascht und auch ein wenig angeekelt.

Lennart und Herr Nohl blickten nach oben. »Ich fürchte«, sagte Lennart, »die Decke möchte uns daran erinnern, dass sie ebenfalls sanierungsbedürftig ist.«

Auch Karin schaute hinauf. Ihr war noch gar nicht bewusst gewesen, dass die ganze Decke von wundervollen Stuckarbeiten überzogen war.

»Oh«, rief sie. »Hoffentlich kann man sie retten. Sie ist wunderschön.«

»Ich denke, wir sollten schleunigst einen Termin mit einem Architekten machen, der sich mit der Sanierung alter Schlösser auskennt«, sagte Lennart. »Und dann packen wir es an.«

Lennart grinste Herrn Nohl an. »Und zwar nicht nur im Schloss, sondern auf der ganzen Insel.«

Nohls Miene versteinerte. »Was haben Sie vor?«

Es klang so scharf, dass Karin unwillkürlich zusammenfuhr. Auch Lennart war erschrocken, und selbst Nohl schien bemerkt zu haben, dass er sich etwas im Ton vergriffen hatte.

»Ich weiß, wie sehr Sie meinen Urgroßvater geschätzt haben«, sagte Lennart vorsichtig. Ihm war klar: Die Vegetation auf der Mainau war Nohls Domäne, und wenn er hier allzu sehr eingreifen wollte, würde er kein leichtes Leben haben. Er wählte seine Worte mit Bedacht und fuhr dann fort: »Ich weiß aber auch, dass Sie der Ansicht waren, man müsse dem, was mein Urgroßvater geschaffen hat, wieder Luft zum Atmen geben.«

»Sie wollen hier also nicht alles fällen?«, fragte Nohl misstrauisch und fügte hinzu: »Denn das, Eure Hoheit, könnten Sie nur über meine Leiche.«

»Nein, Herr Nohl«, versicherte Lennart. »Ich will hier nicht alles fällen. Vor allem nicht über Ihren Kopf hinweg. Ihr Wort und Ihre Meinung bedeuten mir viel.«

Nohl schien sein Misstrauen noch nicht ganz verloren zu haben, doch immerhin nickte er nun verhalten. »Es ist ja schon so, dass sich die heimischen Bäume sehr auf der Insel ausbreiten und den exotischen Gewächsen, die Ihr Urgroßvater herbrachte, den Lebensraum nehmen.«

»Sehen Sie!«, rief Lennart, erfreut darüber, dass er offensichtlich eine Art Zugang zu Nohl gefunden hatte. »Genau das meine ich. Ich will das, was mein Urgroßvater im Sinn hatte, als er den Park anlegte, wieder sichtbar machen. Und ich glaube, dass keiner den Wunsch und die Vision meines Urgroßvaters so gut kennt wie Sie. Bitte helfen Sie mir.«

Für einen Moment sahen sich die beiden Männer stumm in die Augen. Dann nickte Nohl langsam. »Ich denke, da lässt sich was machen«, sagte er. »Dann fangen wir am besten damit an, endlich diesen furchtbaren Efeu zu entfernen.«

»Gut«, erwiderte Lennart erleichtert. »Das ist dringend nötig. Ich denke, hier hat meine Urgroßmutter tatsächlich nicht richtig gehandelt. Sie wollte im Andenken an meinen Urgroßvater alles so lassen, wie es ist – was sie dabei aber vergaß, ist, dass die Natur ja nicht stehen bleibt, sondern sich weiterentwickelt. Richtig wäre gewesen, alles so zu pflegen und zu schneiden, dass es so blieb, wie es war, als er starb.«

»Das können wir ja nun tun«, sagte Nohl und stieß dann sogar noch ein »Und dafür bin ich dankbar« hervor, um rasch hinzuzufügen: »Mit Verlaub, Sie wissen, wie sehr ich die Großherzogin schätzte. Aber ich glaube, sie … nun ja …«

»Sie verstand nichts vom Aufbau eines Parks«, brachte Lennart es auf den Punkt. Er lächelte dem Hofgärtner zu und sagte dann vorsichtig: »Wie Sie sicher wissen, studiere ich Land- und Forstwirtschaft. Und ich habe gelernt, dass man einen Park so anlegt, dass man zunächst viel mehr anpflanzt, als man braucht. Die besten und kräftigsten Bäume bleiben. Und dann muss man die überflüssigen Bäume natürlich irgendwann fällen und entfernen, um den Park zu gestalten. Man muss auch deshalb lichten, weil die Bäume ja wachsen und Luft zum Atmen brauchen.«

»Das ist schon richtig«, sagte Nohl wieder eine Spur zurückhaltender. »Der Park wurde in der Grundstruktur als englischer Landschaftspark angelegt. Der Großherzog hat Baumarten aus aller Welt als Statussymbol anpflanzen lassen. Es geht also darum, diesen alten Baumbestand wieder freizulegen. Es gilt aber auch: Ist ein Baum erst mal gefällt, dann lässt sich das nicht rückgängig machen. Der Großherzog überlegte oft Jahre, bevor er sich entschied, einen Baum fällen zu lassen.«

Zu Lennarts Erleichterung mischte sich in diesem Moment Karin ins Gespräch und lenkte den Fokus damit von den Bäumen weg.

»Ich habe noch eine Idee«, sagte sie. »Wenn das Klima wirklich so günstig für die Blumen ist, warum pflanzen wir dann nicht noch viel mehr Blumen an – also nicht nur Pflanzen, sondern wirklich Blumen. Man könnte die Insel dann auch noch mehr für Touristen öffnen.«

»Das Interesse der Touristen ist tatsächlich groß«, sagte Nohl. »Die Großherzogin hat hier auch gern Gäste empfangen, der Großherzog wollte eher seine Ruhe. Aber in der letzten Zeit war das in Teilen der Insel wegen des schlechten Zustands viel zu gefährlich, wir konnten nur einige Bereiche für Besucher freigeben.« Er sah Karin an, und tatsächlich zog ein Lächeln über sein Gesicht, als er sagte: »Sie haben recht, Eure Hoheit. Die Insel ist mehr als gut dafür geeignet. Allerdings …«

»Ja?«, fragte Karin, während sie ihrem Gast, ihrem Mann und sich selbst Kaffee aus der Thermoskanne eingoss, die Herr Nohl mitgebracht hatte.

»Allerdings müssen wir tatsächlich erst einmal lichten«, und mit einem strengen Blick auf Lennart fügte er hinzu, »maßvoll lichten, bevor wir hier etwas Neues anpflanzen können. Ansonsten ist es zu dunkel. Und ich kann Ihnen versprechen, Hoheit«, sagte Victor Nohl, »wenn hier alles gerodet ist, dann werden Sie einen Blick auf den See haben, der Ihnen die Knie weich werden lässt.«

»Man kann von hier aus den See sehen?«, entfuhr es Karin überrascht. Gleich darauf fügte sie hinzu: »Natürlich kann man das. Wir sind ja auf einer Insel. Aber tatsächlich wäre ich beim Blick aus dem Fenster nicht darauf gekommen.«

»Tatsächlich erinnere ich mich auch nicht daran, dass man von hier aus Seeblick hat«, sagte Lennart. »Als ich als Kind hier war, war alles schon sehr zugewachsen.« Fragend sah er Nohl an. »Spräche etwas dagegen, die dem See zugewandte Ostfassade des Schlosses freizulegen?«

Zu seiner Überraschung schüttelte Nohl den Kopf. »Gar nicht«, sagte er. »Hier können Sie gerne lichten, das sind vor allem heimische Bäume. Aber natürlich mit Bedacht, damit die Bäume, die stehen bleiben, keinen Lichtschock bekommen.«

»Natürlich«, bekräftigte Lennart.

»Nach und nach werden wir die ganze Insel lichten – und dann eben auch mehr und mehr Blumen anpflanzen«, ergänzte Nohl. »Und wenn ich noch einen Vorschlag machen dürfte?«

»Jeden, Herr Nohl«, ermunterte ihn Lennart. »Ich würde behaupten, es gibt niemanden, der die Insel und ihre Bedürfnisse so gut kennt wie Sie.«

Nohl nickte. »Ja, Hoheit, das ist wohl so.«

Lennart war beeindruckt. Nohl war wirklich ein ausgesprochen authentischer Mann ohne viele Schnörkel. Er hätte erwartet, dass ihm Lennarts Kompliment peinlich sein oder er es ablehnen würde. Dass er es nicht tat, hatte nichts mit einem überhöhten Selbstbewusstsein zu tun, sondern einfach damit, dass es nicht weniger als eine Tatsache war, die der ehemalige Prinz da benannte.

»Was schlagen Sie also vor?«

»Die Gestaltung des Schlossvorhofs, Hoheit«, setzte Nohl an, und Lennart unterbrach ihn sogleich. »Da können wir sehr,

sehr gerne Hand anlegen, Herr Nohl«, bekräftigte er. »Ich finde nicht, dass sie sonderlich gut zum Stil des Schlosses passt.«

»Dieser Ansicht bin ich ebenfalls«, freute sich Nohl. »Außerdem sind die vielen kleinen Beete sehr pflegeintensiv und damit teuer – und wir wollen unser Augenmerk doch darauf richten, den Rest der Insel in Schwung zu bringen.«

»Ich weiß nicht«, murmelte Karin. »Ich habe ja noch nicht allzu viel von der Insel gesehen – aber wenn wir die Mainau zu einer Blumeninsel machen wollen, ist es dann nicht falsch, ausgerechnet Blumenbeete zu entfernen?«

»Nicht diese Art von Blumenbeeten«, erwiderte Lennart. »Du kannst es jetzt noch nicht erahnen, aber sie sind sehr … popelig und sehen aus wie Teller voller Weihnachtsplätzchen.«

»Ich denke, wenn wir mit den Blumen tatsächlich Touristen auf die Insel locken wollen, dann brauchen wir regelrechte Blütenmeere«, sagte Nohl. »Die Wiesen müssen übersät sein mit Tulpen und später im Jahr dann mit Rosen …«

»… und allerlei exotischen Pflanzen«, ergänzte Lennart und fügte dann, an seine Frau gewandt, hinzu: »Natürlich wird es trotzdem Beete geben, aber diese Beete müssen dem großzügigen Geist der gesamten Insel entsprechen. Sie müssen Weite und Freiheit und Exklusivität spiegeln und dürfen eben nicht …«

»… popelig sein und wie Teller voller Weihnachtsplätzchen aussehen«, ergänzte Karin lachend. »Ich verstehe schon.«

Kapitel 11

Es war Ende März, und die sonst so üppige Vegetation der Mainau lag noch im Winterschlaf, als Lennart und Karin an ihrem ersten Morgen Hand in Hand über die Mainau gingen. Und dennoch hatte Lennart, wie jedes Mal, wenn er auf der Insel war, das Gefühl, sich regelrecht mit Leben vollzusaugen. Mit Leben und Lebendigkeit. Schon immer hatte er sich auf der Insel wohlgefühlt, ihre besondere Magie verspürt, war heiterer Stimmung gewesen. Aber jetzt ergriff ihn ein derart jubelndes Glücksgefühl, dass er glaubte, das Herz müsse ihm aus dem Leibe springen. Er war tatsächlich hier, am schönsten Ort der Welt, mit der Frau, die er liebte und die nun die seine war. Und die nicht nur unglaublich aufregend war, sondern ihm auch und vor allem das Gefühl gab, angekommen und zu Hause zu sein. Sie hatten schwere Zeiten hinter sich. Sie hatten so für ihre Liebe gekämpft. Nun, dessen war Lennart sich mit einem Mal ganz sicher, konnte sich nur alles zum Besseren wenden.

»Was ist denn das für ein Baum?«, fragte Karin plötzlich in seine Gedanken hinein und zeigte auf ein großes, wildwucherndes Exemplar, das über und über mit grünen, meist herzförmigen Blättern bedeckt war.

Lennart musste lachen. »Es ist ja schon merkwürdig, dass dir von allen Bäumen auf der Insel ausgerechnet der auffällt.«

»Nun ja, er hat ja auch ein besonderes Aussehen«, fand Karin. »Ich habe einen solchen Baum noch nie gesehen.«

»Viele Bäume auf der Insel haben ein besonderes Aussehen«, konstatierte Lennart. »Aber ausgerechnet dieser spricht dich an. Du scheinst es zu spüren. Wie schade, dass wir schon verheiratet sind.«

»Du bedauerst, dass wir verheiratet sind? Wegen eines Baumes?«, fragte Karin kopfschüttelnd. »Lennart Bernadotte, manchmal finde ich dich seltsam!«

»Ich bedauere nicht, dass wir verheiratet sind, ich bedauere, dass wir *schon* verheiratet sind«, konkretisierte Lennart.

»Und könntest du mir auch den Grund dafür verraten?«, fragte Karin.

»Das kann ich«, erklärte er. »Der Großherzog hat diesen Baum gepflanzt.«

»Was kein Alleinstellungsmerkmal ist«, versetzte Karin. »Wenn ich es richtig verstanden habe, hat dein Urgroßvater etliche Bäume auf der Insel gepflanzt.«

»Das stimmt schon«, bestätigte Lennart, »aber mit diesem Baum hat es etwas ganz Besonderes auf sich. Es handelt sich um einen Maulbeerbaum, und mein Urgroßvater hat ihn kurz nach der Hochzeit mit meiner Urgroßmutter, Prinzessin Luise von Preußen, im September 1856 gepflanzt. Meine Urgroßmutter war mit ihrem ersten Kind schwanger und hatte den Traum, diesem Kind, sollte es ein Mädchen werden, zur Hochzeit ein Kleid nähen zu lassen, das aus der Seide dieses Baumes hergestellt würde.«

»Da hat sie aber weit im Voraus gedacht«, rief Karin. »Das Kind ist nicht mal auf der Welt, und sie denkt schon an dessen Hochzeit?« Ein wenig bitter fügte sie hinzu: »Wobei das in euren Kreisen ja nicht unüblich ist.«

»He«, er zog sie in die Arme. »Da ging es ausnahmsweise mal nicht um Macht und Etikette, sondern um eine glückliche werdende Mutter, die neben ihrer Familie auch die Mainau und ihre Bäume sehr liebte.«

»Du hast recht«, sagte Karin. »Entschuldige. Ich merke einfach immer wieder, wie sehr mir diese schwere Zeit noch nachhängt.«

»Das ist ja auch kein Wunder«, sagte Lennart. »Der Hof hat dir und deiner Familie übel mitgespielt. Ich glaube aber auch, dass es teilweise nicht einmal böse gemeint war ...«

Karin hob abwehrend die Hand. »Lass uns nicht mehr darüber sprechen«, bat sie. »Das ist zum Glück vorbei. Erzähl mir lieber, wie es mit den Bäumen weiterging. Das Kind, das deine Urgroßmutter unter dem Herzen trug, als sie die Bäume pflanzten, war ja ein Junge.«

»Richtig«, bestätigte Lennart. »Friedrich II. Aber Großmutter Viktoria kam wenige Jahre später zur Welt.«

»Und hat sie tatsächlich ein Brautkleid aus der Seide dieses Maulbeerbaumes getragen?«

Lennart schüttelte den Kopf. »Das hat leider nicht geklappt«, sagte er. »Aber mein Urgroßvater hat es wirklich ernst gemeint. Er ließ nicht nur einen, sondern gleich dreihundert weiße Maulbeerbäume pflanzen – das muss im Jahr nach der Hochzeit gewesen sein.«

»Dreihundert!«, rief Karin. »Und wo sind diese Bäume alle?«

»Leider abgestorben – bis auf diesen hier«, sagte Lennart.

»Was ist passiert?«

»Offenbar ist das Klima hier auf der Mainau nicht sonderlich geeignet für Maulbeerbäume«, erwiderte Lennart. »Und wenn ich es richtig weiß, stellen Mäuse eine echte Gefahr für Maulbeerbäume dar. Urgroßvaters Gärtner waren wirklich sehr erfahren, aber sosehr sie sich auch bemühten: Sechzig der jungen Pflanzen gingen schon im ersten Jahr ein. Es war ein sehr kaltes Jahr, vielleicht haben die zarten Pflanzen auch den Frost nicht gut vertragen.«

»Und nun eine dumme Frage«, sagte Karin. »Ich habe keine Ahnung, wie Seide entsteht. Wächst sie auf Bäumen, so wie Baumwolle?«

»Nein«, sagte Lennart. »Es ist wesentlich komplizierter. Seide wird von Seidenspinnerraupen hergestellt, die mit den Blättern der Maulbeerbäume gefüttert werden.«

»Und es müssen unbedingt Blätter von Maulbeerbäumen sein?«

»Ja. Sie essen nichts anderes. Die Raupen werden immer größer und dicker, und schließlich spinnen sie um sich herum einen Kokon aus einem langen Faden.«

»Einem Seidenfaden!«, erkannte Karin.

»Genau«, bekräftigte Lennart. »Der Kokon besteht aus einem langen Seidenfaden, aus dem dann schließlich der Stoff gewebt wird.«

»Das heißt, deine Urgroßeltern wollten hier auch eine Seidenzucht anlegen.«

»Ich denke, ja«, sagte Lennart. »Anders würde das keinen Sinn machen.«

Karin lachte. »Aber deine Aussage von vorhin macht auch keinen Sinn.«

»Welche denn?«

»Dass du es bedauerst, dass wir schon verheiratet sind, bezog sich vermutlich darauf, dass ich sonst vor dem Altar ein Kleid aus Mainau-Seide hätte tragen können. Aber wenn das schon deine Urgroßeltern nicht geschafft haben und alle Maulbeerbäume eingegangen sind …«

»Also, ich bin überzeugt, dass wir es schaffen würden – inklusive Seidenraupenzucht auf der Mainau«, sagte Lennart augenzwinkernd. »Aber da wir ja nun schon verheiratet sind, macht es eigentlich keinen Sinn mehr. Außer für unsere Tochter.«

»In Ordnung«, Karin lachte. »Wenn ich irgendwann guter Hoffnung sein sollte, können wir ja noch mal über eine Seidenraupenzucht nachdenken. Und bis dahin haben wir, glaube ich, genug zu tun.«

Dann fragte sie: »Also, die Setzlinge für die Maulbeerbäume kamen aus China. Und woher stammen all die anderen exotischen Bäume? Und wie hat dein Urgroßvater sie auf die Insel gebracht? Ist er einfach hingefahren und hat sie geholt? Ich kann mir das irgendwie gar nicht vorstellen.«

Lennart lachte. »Ganz so war es auch nicht. Mein Urgroßvater kam viel herum, und auf seinen Reisen hat er die Pflanzen dann auch tatsächlich selbst ausgesucht. Aber er hat nicht jede einzelne Pflanze eigenhändig hierhergebracht, sondern die Bäume auf die Mainau schicken lassen. Samt genauer Anweisungen an seine Gärtner, wohin sie welchen Baum pflanzen sollten.«

»Und woher kommen die Bäume zum Beispiel?«

»Viele aus Kew Gardens, das ist in der Nähe von London. Etliche Zitrusarten hat er an der französischen Riviera gekauft und für diese dann die Winterhäuser gebaut, weil es natürlich für sie hier im Winter zu kalt ist. Und er hat den italienischen Rosengarten angelegt, direkt beim Schloss, da, wo früher der Kräutergarten der Komturei war.«

»Das muss eine großartige Zeit gewesen sein«, sagte Karin. »Ich hätte sie gerne erlebt.«

»Ich auch«, bestätigte Lennart. »Meine Urgroßmutter hat

mir oft von dem mondänen Leben erzählt, das sie hier auf der Mainau führten. Urgroßvater war ungemein stolz auf sein Arboretum, und er zeigte es auch gern. Ein berühmter Gast nach dem anderen kam auf die Insel. Natürlich waren auch Napoleon III. und Kaiserin Eugénie hier.«

»Napoleon ist doch in der Nähe aufgewachsen, richtig? Auf Schloss Arenenberg?«

»Richtig«, bestätigte Lennart. »Er hat einen Teil seiner Jugend hier verbracht. Und seine Frau war ja eine ausgesprochen glamouröse Person. Sie liebte Schmuck und schöne Kleider.«

»Ich habe mal gehört, sie soll so kalt gewesen sein.«

»Davon weiß ich nichts«, erwiderte Lennart. »Urgroßmutter fand im Gegenteil, dass sie ein sehr großes Herz hatte. Aber sie kam immer, selbst wenn es ein kleiner Besuch war, mit großem Gepäck. Bei ihrem Kofferpacker handelte es sich übrigens um den Mann, von dem deine Lieblingshandtasche ist.«

»Louis Vuitton?«, vergewisserte sich Karin. »Ich wusste gar nicht, dass der Kofferpacker war.«

»Doch«, sagte Lennart. »Damals kam das Reisen mit der Eisenbahn erst auf. Davor sind die Menschen mit der Pferdekutsche gefahren, und die Reisekisten hatten runde Deckel, damit Regenwasser, wenn die Kisten hinten auf die Kutschen gespannt wurden, ablaufen konnte. Für das Reisen mit der Eisenbahn waren diese Kisten mit den runden Deckeln aber denkbar unpraktisch.«

»Weil man sie nicht stapeln konnte«, erkannte Karin sofort.

»Richtig«, bestätigte Lennart. »Das erkannte Louis Vuitton und erfand einen Koffer mit flachem Deckel, so, wie man ihn heute nutzt. Es war eine Sensation. Alle wollten bei ihm kaufen.«

»Und damit war er ein gemachter Mann«, vermutete Karin.

»Das war er«, sagte Lennart. »Wobei er das als Kofferpacker der Kaiserin auch schon vorher war. Es war ja allgemein eine Zeit, in der es unglaublich viel zu verpacken gab. Wenn der Hof verreist ist, war das immer ein halber Umzug, das kenne ich noch aus meiner Kindheit. Was da alles mitgenommen wurde! Spiegel, Statuen und natürlich Unmengen an Kleidern. Ich erinnere mich noch an die Krinolinen, die meine Urgroßmutter immer trug.«

»Und wann war die Kaiserin hier auf der Mainau?«

»Das Jahr kann ich dir leider nicht sagen. Aber ich weiß, dass sie im Rittersaal getanzt haben. Wenn es interessiert, kann ich es aber herausfinden. Meine Urgroßeltern haben sehr umfassende Gästebücher geführt, da muss es entsprechende Einträge geben.«

»Das wäre grundsätzlich einmal interessant«, sagte Karin. »All die alten Gästebücher zu studieren.« Sie lachte glücklich. »Ich habe das Gefühl, dass wir uns die Insel Stück für Stück erobern, dass wir sie regelrecht entblättern, je mehr wir von ihrer Geschichte enthüllen.«

»Und ich habe das Gefühl, je mehr wir über sie erfahren, desto mehr liebe ich die Insel. Es ist, als würde ich gerade zu den alten Bäumen eine echte Beziehung aufbauen, so, als wären sie menschliche Wesen. Klingt das sehr seltsam?«

»Ganz und gar nicht«, erwiderte Karin und drückte seine Hand.

»Ich habe den Eindruck, dass die Bäume mich auf diesem morgendlichen Spaziergang begrüßen wie alte Freunde und alte Bekannte. Ich bin so dankbar, dass es sie gibt.«

»Und sie sind vermutlich dankbar, dass es *dich* gibt«, erwiderte Karin. »Dass da jemand ist, der sich um sie kümmert und der ihnen Luft zum Atmen verschafft.«

»Ja«, sagte Lennart, »wir sind Freunde, die Bäume und ich. Ich freue mich so darüber, dass die Insel nun immer lichter und blühender wird.«

»Und wenn sich im Herbst ihre Blätter bunt verfärben, ist das sicherlich auch ein wundervolles Bild«, sagte Karin verträumt. »Du hast schon recht, Lennart. Diese Bäume sind ganz besonders – und ihre Beziehung zu dir auch. Zumal du über sie in gewisser Weise auch mit deinem Urgroßvater verbunden bist, der sie hierherbrachte.«

Zärtlich lächelte sie ihn an. »Ich denke, der Großherzog wäre begeistert, dass sein Urenkel sich nun mit so viel Herzblut seines Lebenswerks annimmt.«

Kapitel 12

Ihr ausgedehnter Morgenspaziergang hatte Lennart und Karin über die ganze Insel geführt: Zum Torbogengebäude nördlich des Schlosses und dem Areal der Gärtnerei, dann waren sie am Nordufer entlangspaziert bis zur Brücke, hatten sich besonders lang im Arboretum aufgehalten, waren über die Südseite zurückgegangen, und schließlich hatten sie das Innere der Insel erkundet. Karins Augen leuchteten vor Glück. Wieder im Schloss angekommen, machten sie nochmals einen Rundgang durch den Mittel-, den Nord- und den Südflügel, und als sie diesen beendet hatten, sah Lennart Karin hoffnungsvoll an.

»Und?«, erkundigte er sich. »Sollen wir es wagen und hier einziehen? Du kennst die Alternativen?«

Sie nickte. »Uns ein neues Haus hier auf der Insel bauen oder uns eine Wohnung auf dem Festland suchen. Also mein Wunsch ist klar.«

»Du möchtest in die Sommerresidenz des Großherzogs einziehen?«, riet Lennart.

»Ganz genau«, bekräftigte Karin. »Das Schloss ist einfach wunderschön, auch wenn wir natürlich noch eine Menge Arbeit hineinstecken müssen.«

Fragend sah sie ihn an. »Und du? Was ist deine Lieblingsvorstellung?«

Lennart zögerte. »Ich habe zwar, wie du weißt, nicht die besten Erinnerungen an das Leben in einem Schloss, aber hier auf der Insel und hier in diesem Schloss war ich tatsächlich immer glücklich.«

»Und das wird auch so bleiben«, erwiderte Karin und schlang die Arme um ihren Mann. »Du wirst sehen, in diesem Schloss wird es bald noch viel mehr schöne Erinnerungen geben. Erinnerungen an Kinderlachen und reines Glück. Es wird das Heim einer fröhlichen Familie. Unserer Familie.«

»Das klingt wundervoll«, sagte Lennart glücklich. »Und dank Herrn und Frau Nohl haben wir im Nordflügel ja schon zwei bewohnbare Zimmer.«

»Dann lass uns doch direkt im Nordflügel weitermachen«, schlug Karin vor. »So können wir unseren Lebensraum Schritt für Schritt erweitern.«

»Ja«, sagte Lennart. »Der Nordflügel ist auch deshalb gut gewählt, weil es hier einen Personen- und einen Speiseaufzug gibt.«

»Du gehst davon aus, dass dich die Arbeiten auf der Insel derart anstrengen werden, dass du abends nicht mehr die Treppe hinaufkommst?«, scherzte sie.

Er lachte. »Ich dachte eher an die Handwerker, die ihre Materialien dann viel leichter hinauf- und hinunterbekommen.«

»Das stimmt«, sagte Karin. »Wenn es noch ein Argument für den Nordflügel gebraucht hätte, dann hätten wir es nun. Und im Übrigen«, fügte Karin hinzu, »beschleichen mich beim Anblick des Aufzugs gleich Heimatgefühle.«

»Weshalb das?«, erkundigte sich Lennart verblüfft.

»Na ja«, erwiderte seine Frau lachend. »Schließlich finden sich genau solche Aufzüge auch in den Stockholmer Patrizierhäusern.«

»Stimmt, daran habe ich gar nicht gedacht. Also noch ein

guter Grund für den Nordflügel. Und dass Schweden im Norden liegt, zählen wir einfach auch dazu.«

Karin lachte. Dann sagte sie: »Ich finde wirklich, dass dieses Schloss sehr gut konzipiert ist.«

»Wie meinst du das?«

»Dadurch, dass es zu jedem Flügel eine Eingangstür und ein eigenes Treppenhaus gibt, sind es ja im Grunde drei Häuser. Das heißt, wenn wir später einmal den Südflügel renovieren, wird uns das im Nordflügel nicht weiter stören.«

»Das stimmt«, sagte Lennart, und Karin fügte hinzu: »Ich muss aber sagen, dass ich den Mittelflügel auch wunderschön finde. Diese riesige, lichtdurchflutete Halle.«

»Vor allem, wenn man sich vorstellt, dass man durch die hinteren Fenster eigentlich den See sehen kann«, sagte Lennart. »Das muss unglaublich sein. Man tritt durch die großen Eingangstüren und blickt aufs Wasser.«

»Ich kann es nicht erwarten, bis es so weit ist«, sagte Karin und fragte dann: »Was sind das eigentlich für prachtvolle Wappen am Giebel des Mittelflügels? Das sind doch nicht die Wappen deiner Familie? Die kenne ich doch!«

»Nein«, bestätigte Lennart. »Die Wappen haben mit den Bernadottes nichts zu tun. Das sind die Wappen des Deutschen Ordens. Diese edlen Ritter haben mich als Kind sehr fasziniert. Und andererseits war ich ein wenig böse mit ihnen, weil sie einst in einer echten Ritterburg lebten und diese dann abgerissen und das Schloss gebaut haben.«

»Deshalb auch die Wappen. Sie haben sich hier als Bauherren verewigt.«

»Ganz richtig«, bestätigte Lennart. »Und ich war ihnen vielleicht auch ein bisschen zu Unrecht böse. Eigentlich waren wir nämlich schuld daran, dass sie die Burg abreißen mussten.«

»Wer ist wir?«, fragte Karin verwirrt. »Die Bernadottes?«

»Nein«, lachte Lennart. »Die reichen nicht so weit in die Vergangenheit zurück. Mit ›wir‹ meine ich die Schweden. Die haben die Insel und das Schloss nämlich im Dreißigjährigen Krieg so sehr zerstört, dass die Ritter die Burg abreißen mussten.«

»So verwerflich ich es finde, dass unsere Landsleute diese schöne Insel zerstörten«, sagte Karin, »ich bin dankbar, dass ich nicht in einer Burg leben muss. Und du kannst es auch sein.«

»Wieso das?«, fragte Lennart verwundert.

»Nun, damit, in einer Burg zu leben, hätte ich mich vermutlich dann doch nicht anfreunden können«, lachte sie. »Mit dem Schloss hingegen schon.«

»Da bist du mit Großmutter ganz und gar einer Meinung«, grinste Lennart. Dann gab er ihr einen Kuss. »Bitte entschuldige mich, aber ich habe mich mit Herrn Nohl in der Gärtnerei verabredet. Wir wollen überlegen, wo und wie wir anfangen.«

»Damit, die Insel von einem Dschungel in einen Park zu verwandeln?«, fragte Karin scherzhaft.

»Ganz genau«, nickte Lennart. »Möchtest du mitkommen?«

Karin schüttelte den Kopf. »Das überlasse ich dir. Ich nehme mich lieber des Schlosses an – überlege, welche Zimmer wir als Nächstes herrichten könnten und was wir mit den vielen Möbeln machen.«

»Da hast du dir aber was vorgenommen«, sagte Lennart. »Die schweren Möbel kannst du doch gar nicht allein bewegen.«

»Ich werde schon Helfer finden«, war Karin überzeugt. »Erst mal geht es mir darum, mir einen Überblick zu verschaffen.«

Lennart nickte. »Und ich werde auf dem Weg zu Herrn Nohl noch bei unserem Verwalter vorbeigehen und ihn bitten, sich nach einem Architekten für uns umzusehen.«

In der Gärtnerei wurde Lennart schon von Herrn Nohl erwartet. »Eure Hoheit«, sagte er, und Lennart hatte das Gefühl, dass der Hofgärtner beinahe platzte vor Tatendrang. »Dann kann es also losgehen.«

»In der Tat, wie gehen wir vor?«

»Wir machen einen Spaziergang über die Insel und sehen uns jeden einzelnen Baum an«, erklärte Nohl. »Über allem steht, den Bäumen, die Ihr Urgroßvater herbrachte, mehr Lebensraum zu verschaffen. Kranke und weniger schön gewachsene Bäume fällen wir tendenziell zuerst. Und wie ich schon sagte: Wir müssen die Bäume natürlich dringend von Efeu befreien.«

»Gut«, bestätigte Lennart. »Dann lassen Sie uns aufbrechen.«

Während sie Seite an Seite über die Insel schritten, versuchte Lennart, ein Gespräch mit dem Hofgärtner aufzunehmen, doch als dieser alle seine Versuche mit brummiger Einsilbigkeit vereitelte, gab Lennart auf. Ohnehin hatte er genug damit zu tun, mit Nohl Schritt zu halten, denn der ältere Herr rannte regelrecht über die Mainau, um, wenn sie einen Baum erreicht hatten, den sie markieren wollten, ruckartig stehen zu bleiben. Dann und wann hielt er zu Lennarts Freude aber auch an, um ihn auf einen ganz besonderen Baum hinzuweisen und ihm dessen Geschichte zu erzählen. Langsam konnte sich Lennart ein immer besseres Bild machen: Nohl war kein Mann, der sich mit Belanglosigkeiten aufhielt, und dazu zählten eben Plaudereien. Aber wenn er etwas sagte, dann saß jedes Wort.

Sie begannen unterhalb des Schlosses, wo sie besonders viele Bäume markierten – schließlich sollte die Blickachse zwischen Schloss und See wieder frei werden –, und arbeiteten sich dann langsam in Richtung Brücke und Festland vor. Auf einer großen Wiese in der Inselmitte blieb Lennart stehen. »Ich bin mir unschlüssig, wie viele Bäume wir hier wegnehmen sollten.«

Nohl funkelte ihn an. »Gar keine«, sagte er. »Hier bleibt alles stehen.«

Lennart spürte leisen Ärger in sich aufsteigen. Er wollte Nohl ja unbedingt einbeziehen, aber der führte sich auf, als träfe er hier alle Entscheidungen.

Bleib ruhig, mahnte er sich. Wenn du dich mit Nohl anlegst, hast du verloren. Im schlimmsten Fall würde der Hofgärtner seinen Hut nehmen und alles Wissen über die Mainau mitnehmen, das er sich über die Jahre angesammelt hatte und auf das Lennart so dringend angewiesen war.

»Weshalb?«, fragte er daher friedfertig. »Stehen die Bäume nicht viel zu dicht?«

»Die sind alle vom Großherzog«, brummte Nohl. »Und hier tat er sich besonders schwer, auch nur einen Baum zu fällen.«

»Hm«, machte Lennart und dachte daran, was man ihm im Studium vermittelt hatte: Beim Anlegen eines Parks pflanzte man erst viel, um dann die Landschaft zu gestalten.

»Wissen Sie«, sagte er vorsichtig zu dem stur und schweigend vor sich hin stapfenden Nohl, »ist das hier nicht vergleichbar mit dem Bau eines Hauses? So wie ein Architekt ein Haus baut, bauen wir Räume im Freien, es ist ein Zusammenspiel aus Fläche und Bewuchs, das ein perfektes Gesamtbild ergibt.«

Nohl sah ihn an, als hätte er den Verstand verloren. Vielleicht war es besser, das Thema für den Moment fallen zu lassen. Um Nohl dann auf andere Weise zu überzeugen. Nachdenklich hob Lennart seine Kamera an, die er am Morgen noch eingepackt hatte, richtete sie auf die baumbestandene Wiese und begann, zu fotografieren. Er hatte eine Idee.

Kapitel 13

Als Lennart um die Mittagszeit ins Schloss zurückkehrte, um mit Karin eine Mahlzeit einzunehmen – mittlerweile waren sie in Konstanz gewesen und hatten sich mit ausreichend Nahrung versorgt –, traf er seine Frau zu seiner Enttäuschung nicht an. Rufend und suchend ging er durchs ganze Schloss, bis er sie schließlich im ehemaligen Appartement von Lennarts Urgroßeltern antraf. Karin war nicht allein: Bei ihr befanden sich drei weitere Frauen, die allesamt hochrote Köpfe aufwiesen und dabei waren, zu wienern, zu räumen und zu putzen.

»Lennart!«, rief Karin, als sie ihn erblickte, und strich sich eine Strähne aus der verschwitzten Stirn. »Stell dir vor, Frau Nohl, Frau Minges und Frau Riedle haben sich bereit erklärt, mir zu helfen, die Möbel und all den Nippes zu sortieren und gründlich abzustauben. Ist das nicht reizend?«

»Ganz reizend«, bekräftigte Lennart, nickte Frau Nohl freundlich zu und begrüßte auch Anja Minges, die Gattin seines Verwalters, und Ilse Riedle, die Frau seines Buchhalters. »Haben Sie vielen herzlichen Dank für Ihre Unterstützung.«

»Das ist doch selbstverständlich, Eure Hoheit«, sagte Frau Nohl.

»Ich würde Ihnen meine Gattin dennoch gern zum Essen

entführen«, sagte Lennart. »Und Sie sind doch sicherlich auch hungrig?«

Doch Karin schüttelte den Kopf. »Sei mir nicht böse, Lennart«, sagte sie leise, während die anderen Frauen ihre Putzarbeit etwas verhalten – sie schienen nicht zu wissen, ob sich das vor Seiner Hoheit ziemte, aber andererseits hatte Ihre Hoheit ja sogar selbst den Putzlappen geschwungen – fortsetzten. »Ich würde hier gerne weitermachen«, fuhr Karin fort. »Wir sind gerade so schön in Schwung. Würde es dir etwas ausmachen, allein zu essen?«

»Aber hast du denn gar keinen Hunger?«, wunderte sich Lennart. »So viel, wie du schon gearbeitet hast?«

Karin schüttelte den Kopf. »Tatsächlich nicht. Und ehrlich gesagt, glaube ich, dass die Frauen ein Picknick vorbereitet haben. Sie haben alle Körbe mit Essen dabei. Es wäre unhöflich, wenn ich nicht daran teilnehme.«

Lennart nickte und seufzte gespielt dramatisch auf. »Dann muss ich mein Mittagessen wohl einsam und alleine zu mir nehmen.«

Karin schenkte ihm ein mitleidiges Lächeln. »Mein armer Schatz«, sagte sie und formte mit ihren Lippen einen Luftkuss. »Ich mache es heute Abend wieder gut. Dann essen wir gemeinsam.«

Wenn Lennart ehrlich war, kam es ihm ganz gelegen, dass seine Gattin keine Zeit hatte, mit ihm zu speisen. Seit er vorhin die Fotos von den Bäumen gemacht hatte, ging ihm ein Gedanke nicht mehr aus dem Kopf: Hatte nicht entweder seine Großmutter oder seine Urgroßmutter auf dem Speicher von Schloss Mainau eine Dunkelkammer eingerichtet? Wenn er Glück hatte, ließe diese sich ohne viel Aufwand wieder auf Vordermann bringen. Dann könnte er tatsächlich schnell die Fotos entwickeln, die er vorhin von der dicht bewachsenen Wiese aufgenommen hatte. Sein Herz schlug etwas schneller vor Aufregung, als er im Nordflügel die Treppen zum Speicher emporstieg. War die Dunkelkammer tatsächlich hier, im Nordflügel, gewesen? Er konnte sich nicht mehr genau erinnern.

Auf dem Speicher war es staubig und dunkel. Es gab zwar einige Gaupen und Dachfenster, aber diese waren natürlich geschlossen. Lennart hatte wohlweislich eine Taschenlampe mitgenommen und leuchtete sich den Weg. Ein wenig gruselig war es schon, und plötzlich erinnerte er sich, dass er sich hier oben immer schon gefürchtet hatte. Um die Angst einzudämmen, hatten seine Großmütter stets mit ihm gesungen. *Små grodorna*, ein altes, schwedisches Kinderlied.

Lennart sah sich vorsichtig um, als bestehe tatsächlich die Gefahr, dass in der Dunkelheit einer seiner Mitarbeiter herumschlich und sich wunderte, dass sein Chef auf dem Dachboden Kinderlieder sang, dann hob er an: »Små grodorna, små grodorna, är lustiga att se.«

Er öffnete die erste Tür zu seiner Linken und leuchtete hinein. Auch hier konnte er nichts erkennen, da ihn schwarze Dunkelheit umfing – und so gehörte sich das ja auch für eine Dunkelkammer. Lennart durchquerte den Raum und stieß die Fensterläden auf – und dann schnappte er nach Luft und blickte vollkommen verzaubert auf den Bodensee. Ein leiser Wind strich über die Oberfläche, die Sonne reflektierte in den sich kräuselnden Wellen, vereinzelt sah Lennart Segelboote und Linienschiffe über das Wasser kreuzen. Es war magisch. So würde der See sich bald von allen Stockwerken des Schlosses aus präsentieren! Er hätte jubeln mögen!

Dann drehte er sich um – und nun entrang sich tatsächlich ein Schrei der Begeisterung seiner Brust: Die Dunkelkammer seiner Großmütter war noch vollkommen intakt! Lennarts Blick streifte über die lange Tischplatte, die die eine Seite der Wand einnahm. Dicht an dicht standen hier die Metallwannen für die Entwicklerflüssigkeit, freilich von einer dicken Staubschicht überzogen. Lennart sah die Lampen mit den roten Birnen, unter denen die Bilder entwickelt wurden, an den Wänden hingen fein säuberlich verschiedene Entwicklungszangen, und darüber war eine Leine gespannt, auf der sich noch einige Fotos befanden!

Lennart hielt gespannt den Atem an, als er darauf zuging, vorsichtig das erste Bild von der Leine nahm und es ins Licht hielt. Er konnte es nicht fassen, das war doch nicht möglich! Seine Großmutter und seine Urgroßmutter blickten mit großen Augen in die Kamera. Beide sahen etwas unvorteilhaft aus und waren offensichtlich vom Fotografen überrascht worden. Und dieser Fotograf hatte noch keine große Übung, aber viel Talent. Es war ein kleiner Junge, der soeben von seiner Urgroßmutter eine Kamera geschenkt bekommen hatte. Eine Brownie Box. Lennart schloss die Augen, und es war ihm, als reise er sechzehn Jahre in die Vergangenheit. Wie glücklich er gewesen war, als die Urgroßmutter ihm die Kamera geschenkt hatte. Und wie überrascht waren die beiden älteren Damen, als er sie gleich darauf fotografiert hatte. An jenem Tag hatte er auch Herrn Nohl kennengelernt – und nach einer Schaufel gefragt. Weil er einen Schatz suchen wollte. Doch nachdem er die Kamera in der Hand gehalten hatte, hatte Lennart gesagt, er brauche die Schaufel nicht mehr, denn er habe seinen Schatz schon gefunden. Diese Kamera. Und jetzt war er Herrn Nohl wiederbegegnet und würde nun tatsächlich gemeinsam mit ihm einen Schatz heben. Einen Schatz, zu dem sein Urgroßvater einst den

Grundstein gelegt hatte, als er den Park auf der Insel Mainau schuf. Diesen Schatz zwischen all dem Gestrüpp wiederzufinden, würde viel Arbeit bedeuten, aber sie würde sich mehr als lohnen.

Lächelnd ging Lennart zurück zu der Wäscheleine und zog auch die anderen Fotos herunter. Betrachtete sie im hereinfallenden Licht. Es waren all die Fotos, die er in Kindertagen gemacht hatte, als er Seite an Seite mit Herrn Nohl über die Insel gegangen war. Was für ein unglaublicher Zufall! Lennart stellte beglückt fest, dass er teilweise genau die gleichen Orte fotografiert hatte wie heute. Damit besaß er einen direkten Vergleich über den Wandel der Insel! Nun konnte er es noch weniger erwarten, seinen Film von heute Morgen zu entwickeln. Die Entwicklerflüssigkeit war sicherlich nicht mehr zu verwenden, aber er würde nach Konstanz hinüberfahren und sich neue besorgen. Jetzt gleich, in der Mittagspause. Und heute Abend würde er sich dann in die Dunkelkammer zurückziehen. Dann wäre Karin diejenige, die allein essen musste!

Lennart hatte Karin angeboten, ihm in der Dunkelkammer Gesellschaft zu leisten, doch die hatte lachend abgewinkt und verkündet: »Entwickle du deine Fotos, ich bereite so lange das Abendessen zu. Denn darauf bestehe ich: dass wir gemeinsam essen.«

Das hatte Lennart sich nicht zweimal sagen lassen. Voller Eifer war er in die Dunkelkammer geeilt, hatte erst einmal gründlich sauber gemacht, wozu er viele Eimer mit Wasser treppauf und treppab geschleppt hatte. Sodann hatte er begonnen, zu entwickeln. Bevor er den Film in die Flüssigkeit gab, schaltete Lennart zunächst alle künstlichen Lichtquellen aus und aktivierte lediglich den lichtdichten Ventilator, den seine Großmutter und seine Urgroßmutter an den Fenstern angebracht hatten. Immer wieder warf Lennart einen ungeduldigen Blick in die Schale mit der Entwicklerflüssigkeit, in der nach und nach erst einzelne Schemen und dann auch immer deutlichere Details erkennbar wurden. Zufrieden ließ Lennart das Bildmaterial in die nächste Schale gleiten, in der die Entwicklung gestoppt werden sollte, bevor er mit der Fixierung begann. Jetzt mussten die Bilder noch gewässert werden, ehe er sie trocknen konnte.

Als die Bögen schließlich nebeneinander auf der Leine hingen, seufzte er beglückt auf. Die Zeit würde nun ohne ihn arbeiten, und er konnte sein Abendessen mit Karin genießen.

»Das ist ja wirklich unglaublich, wie sehr sich manche Bereiche verändert haben und andere gar nicht«, sagte Karin, als sie eine Stunde nach dem Abendessen beieinandersaßen und die Aufnahmen betrachteten – sie hatte inzwischen das Geschirr abgespült und Lennart die neuen und die alten Fotos vom Speicher geholt.

»Nicht wahr?«, fragte Lennart eifrig. »Und was für ein Zufall, dass ich teilweise fast genau aus der gleichen Perspektive fotografiert habe wie damals.«

»Ich glaube nicht, dass das ein Zufall ist«, sagte Karin nachdenklich. »Ich glaube, irgendein Teil von dir hat sich daran erinnert, dass du schon einmal an dieser Stelle standest und ein Bild gemacht hast.«

»Möglich«, erwiderte Lennart nachdenklich. »Durchaus möglich. Aber natürlich habe ich nicht von allen Stellen Bilder gemacht, die ich damals fotografiert habe. Ich will morgen gemeinsam mit Herrn Nohl und den alten Fotos noch mal über die Insel gehen und sehen, was sich verändert hat.«

»Apropos Herr Nohl: Ist er das?«, fragte Karin und deutete

auf ein Bild, das einen Endfünfziger mit einem Spaten zeigte, der lachend über die Schulter blickte.

»Richtig«, sagte Lennart.

»Da sah er aber noch jung aus!«, rief Karin.

»War er aber gar nicht!«, sagte Lennart.

»Hm«, machte Karin. Dann fragte sie: »Warum hingen die Fotos eigentlich noch auf dem Speicher? Hat es dich denn damals gar nicht interessiert, wie sie geworden sind?«

»Das frage ich mich auch schon die ganze Zeit«, sagte Lennart. »Ich weiß, dass ich immer nur fotografieren wollte und tagelang mit Herrn Nohl über die Insel gegangen bin.«

»Dann hast du diese Bilder gar nicht entwickelt?«

»Doch«, sagte Lennart langsam. »Ich erinnere mich, wenn auch nur ganz schemenhaft, daran, wie Großmutter mit mir dort oben stand und mir alles zeigte. Ich weiß auch noch, wie aufgeregt ich war, als wir die Bilder aufgehängt haben.«

»Aber warum hast du sie denn dann nicht abgehängt?«

»Ich meine mich zu erinnern«, sagte Lennart nachdenklich, »dass wir am nächsten Tag sehr kurzfristig abreisen mussten – warum, weiß ich nicht mehr. Aber mir fällt nun wieder ein, wie traurig ich war, Abschied nehmen zu müssen. Und dass mir erst in der Kutsche einfiel, dass wir die Bilder vergessen hatten. Urgroßmutter wollte sie mir zusenden, aber das hat sie wohl nicht getan.«

»Das war doch im Sommer 1916«, murmelte Karin, »vielleicht hing es mit irgendwelchen Ereignissen im Großen Krieg zusammen?«

»Das ist wahrscheinlich«, sagte Lennart. »Vielleicht wollte mich Großmutter wegen der Schlacht an der Somme zurück nach Schweden bringen.«

Lennart betrachtete noch einmal den Bilderstapel in seiner

Hand. »Umso schöner, dass ich sie jetzt nach all den Jahren wiedergefunden habe. Und das ausgerechnet an dem Tag, an dem ich zum ersten Mal seit damals wieder mit der Kamera in der Hand über meine geliebte Insel gegangen bin.«

Victor Nohl, den Lennart am nächsten Morgen traf, war vollkommen begeistert über seinen Fund – und ungewöhnlich redselig. »Was für ein junger Hüpfer ich damals noch gewesen bin!«, rief er, und Lennart stimmte ihm lachend zu. Die umstrittene Wiese erwähnte er nicht, und Nohl dankte es ihm, indem er freundlich sagte: »Wenn Sie einverstanden sind, würden wir heute mit den Fällarbeiten am Schloss beginnen.«

»Mehr als einverstanden!«, rief Lennart. »Lassen Sie uns anfangen.«

* * *

In den nächsten Tagen war die Insel erfüllt von dem Lärm der Kettensägen und den Rufen »Baum fällt!«. Lennart selbst legte natürlich nicht Hand an, dafür mangelte es ihm an Erfahrung, aber er überwachte gemeinsam mit Nohl die Baumfällarbeiten.

Und wie ein kleines Kind rannte er wieder und wieder ins Schloss, um zu überprüfen, ob man schon den See sehen konnte – wurde aber wieder und wieder enttäuscht. Dazu war die Mainau einfach noch zu bewachsen. Aber lang würde es nicht mehr dauern, und dann, dachte Lennart, würde er auch von seinem Wohnzimmer aus den Blick aufs Wasser genießen können.

Herr Nohl hatte ihm erzählt, dass im Sommer ein großes Lichterfest rund um den See stattfinden würde, bei dem alle Städte und Dörfer am Bodensee illuminiert wurden. Außerdem sollte es Feuerwerke geben. Vielleicht, dachte Lennart, hätten sie bis dahin so viel gerodet, dass sie auch das Schloss beleuchten könnten und es dann von den anderen Ufern aus sichtbar wäre. Ein schönes Ziel!

Am Abend zog sich Lennart erneut in seine Dunkelkammer zurück. Er wollte nun endlich die Idee verfolgen, die er bei der Auseinandersetzung um die Baumfällarbeiten gehabt hatte: die Bilder von der Wiese mit den Mammutbäumen so bearbeiten, dass die Bäume, die er zu fällen gedachte, nicht mehr zu sehen wären. Damit könnten sie sich die Wirkung vor Augen führen, bevor sie sich ans Fällen machten – und damit würden sie das Risiko minimieren, zu hart einzugreifen. Vor allem könnte er damit vielleicht Herrn Nohl überzeugen – zumal der ja so begeistert von seinen Bildern gewesen war. Allerdings war sein Vorhaben eine große technische Herausforderung, und er war nicht ganz sicher, ob sie ihm gelingen würde. Behände zog Lennart den Filmstreifen, der mit Silberhalogenidkristallen überzogen war, aus der Kamera und schaltete die Lampe unter der Milchglasscheibe an. Aufgeregt legte er das erste Negativ mit den großen Bäumen auf. Er griff nach einem skalpellartigen Messer und begann, die ersten Bestandteile auf dem Negativ zu entfernen, indem er die in der Gelatine eingebetteten Silberteilchen vorsichtig abschabte. Stundenlang saß Lennart an dem Pult und bearbeitete die verschiedenen Negative, wobei er immer wieder das Retuschierbesteck austauschte: Mal hatten die Messer feinere und mal breitere Klingen. Als er auch das letzte Negativ erfolgreich bearbeitet hatte, stieß er einen tiefen Seufzer aus und streckte sich. Erst jetzt bemerkte er, wie verspannt er durch das stundenlange Arbeiten in gebückter Haltung war. Zufrieden blickte er auf sein Werk.

Lennart gönnte sich nur eine kurze Pause, dann machte er sich daran, die Bilder zu entwickeln, und während des Abendessens mit Karin war er ganz zappelig. Er konnte es nicht erwarten, nachzusehen, wie die Bilder geworden waren.

»Nun geh schon hinauf«, sagte sie, als er den letzten Bissen heruntergeschluckt hatte.

»Wirklich?«, fragte er. »Und du bist mir nicht böse?«

»Nein«, sagte sie. »Ich verstehe dich doch.«

»Was habe ich für ein Glück mit dir.« Er küsste sie und eilte hinauf. Mit wild klopfendem Herzen nahm er die Bilder ab. Und dann stieß er einen Jubelschrei aus. Es war großartig geworden! Nicht nur, dass ihm seine Arbeit technisch perfekt gelungen war, man konnte dank der Fotografie nun auch erkennen, wie wunderbar frei und weit die Wiese wirken würde – und wie hervorragend die Mammutbäume zur Geltung kämen.

Er war sich sicher, dass jeder seine Euphorie teilen und es jetzt umso schneller mit den Fällarbeiten vorangehen würde.

Kapitel 14

Inselverwalter Gerhard Minges hatte hinsichtlich der Architektensuche rasch Erfolg gehabt. Drei Tage, nachdem Lennart ihn mit diesem Auftrag betraut hatte, suchte er ihn in der Gärtnerei auf. »Eure Hoheit«, sagte er. »Ich habe gute Nachrichten. Es ist mir gelungen, einen Architekten ausfindig zu machen, der sich auf die Sanierung von alten Gebäuden spezialisiert hat. Wenn es Ihnen passt, kann er gleich heute Nachmittag vorbeikommen.«

Lennart zögerte, aber nur für einen Moment. Er hatte so viel damit zu tun, die Fällarbeiten zu beaufsichtigen, dass er eigentlich keine Pause machen wollte – aber andererseits musste es mit der Sanierung des Schlosses ja auch vorangehen. Sie mussten unbedingt noch im Frühjahr damit beginnen. Zum einen, weil sie im Herbst nach Schweden zurückkehren würden, zum anderen, weil die Arbeiten in der kalten und nassen Jahreszeit ohnehin ruhen mussten. »Gut«, sagte er daher. »Ich erwarte ihn um zwei Uhr. Ich schlage vor, dass wir uns dann in Ihrem Büro treffen – ich habe ja noch kein eigenes.« Noch etwas, um das er sich kümmern musste, dachte Lennart. Momentan war die ganze Insel sein Arbeitsplatz, und das war auch gut so, aber auf die Dauer würde er sich ein oder zwei Räume einrichten müssen. Von denen gab es ja genug.

»In Ordnung«, erwiderte der Verwalter. »Ich informiere Herrn Reich.«

»Das ist der Name des Architekten?«, vermutete Lennart.

»Ja«, erwiderte Minges, »wenn ich noch eine Empfehlung geben dürfte?«

»Jede«, sagte Lennart.

»Nun, Herr Reich heißt Frank mit Vornamen.«

»Ja, und?«, fragte Lennart perplex, »ich habe nicht vor, ihn zu duzen.«

»Wenn Sie Vor- und Nachnamen zusammensetzen …«

»Frank Reich«, murmelte Lennart und begriff dann: »Oh, ich verstehe. Der Mann heißt Frankreich. Wie originell.«

»Das fanden seine Eltern offensichtlich auch«, sagte Minges. »Ich kenne ihn schon eine Weile, daher weiß ich das. Es gibt wohl irgendwelche wie auch immer gearteten verwandtschaftlichen Beziehungen mit Frankreich, die Familie kommt ursprünglich aus Straßburg. Wie Sie sich denken können, war die Schulzeit nicht einfach für ihn. Der Große Krieg …«

»Ich verstehe sehr genau«, sagte Lennart, der die Namensgebung noch immer originell fand. »Sie wollen mir sagen, dass ich diesen Umstand auf keinen Fall ansprechen soll.«

»Sehr richtig, Eure Hoheit«, sagte Gerhard Minges und klang erleichtert. »Ich denke, das würde das Miteinander sehr vereinfachen. Herr Reich ist da etwas empfindlich.«

»Das kann ich verstehen«, sagte Lennart. »Wobei die Versuchung schon sehr groß ist, ihn mit seinem Vor- und Nachnamen anzusprechen.«

»Bitte, Eure Hoheit …«

»Ich werde das nicht tun«, versprach Lennart. »Sie können sich auf mich verlassen.«

Frank Reich war pünktlich auf die Minute, und Lennart und Herr Minges ließen dem Architekten gemeinsam mit Karin, die sich diesen wichtigen Termin natürlich nicht hatte entgehen lassen wollen, zunächst einmal eine ausführliche Schlossführung angedeihen. Die verlief allerdings ganz und gar nicht so, wie die Bernadottes es sich erhofft hatten: Karin, die sich über Frank Reichs Namen natürlich ebenso amüsiert hatte wie ihr Gatte, beobachtete besorgt, dass der Architekt zunehmend kritisch die Stirn runzelte und mehrfach vor sich hin murmelte. Als sie am Ende des Rundgangs schließlich im Büro von Gerhard Minges, das im Erdgeschoss des Südflügels gelegen war, Platz nahmen, stieß Frank Reich ein lautes Seufzen aus und erklärte: »Ich bedaure, Ihnen das mitteilen zu müssen, aber ich fürchte, die Sanierung des Schlosses wird ein Vermögen kosten.«

»Das ist mir bewusst«, sagte Lennart knapp. »Und ebenso bewusst ist mir, dass der Zustand des Schlosses sich nicht verbessert, wenn ich warte. Ich habe also keine andere Wahl. Außerdem gehe ich davon aus, dass ich Zuschüsse bekommen werde, oder nicht?«

»Schon«, wand sich der Architekt, »aber das bedeutet einigen Aufwand.«

»Natürlich!«, rief Lennart. »Ein Schloss zu sanieren, bedeutet Aufwand.«

Karin warf ihm einen mahnenden Blick zu. Reiß dich zusammen, sollte er bedeuten. Lennart atmete tief ein und wieder aus. »Können Sie mir denn eine grobe Kostenschätzung geben, was die Sanierung des Schlosses angeht?«, fragte er. »Und eine Schätzung bezüglich der zu erwartenden Zuschüsse.«

»Man kann natürlich nicht in die Mauern blicken«, sagte der Architekt unbestimmt. »Das ist ganz schwer zu schätzen.«

»Dann schätzen Sie nicht, sondern machen Sie mir eine Kostenaufstellung, die auf Ihren Erfahrungen beruht«, verlangte Lennart und erhob sich zum Zeichen, dass das Gespräch beendet war. Der Architekt stand hastig ebenfalls auf und schüttelte erst Lennart und dann Karin die Hand – was Lennart als unhöflich und ungehörig empfand, wie Karin anhand seines Blickes deutlich erkennen konnte.

Als Frank Reich die Tür hinter sich geschlossen hatte, sah Lennart seine Gattin tatsächlich empört an. »Ich sage dir, mit dem haben wir unsere Zeit verschwendet. Man hat das Gefühl, die Aufgabe, das Schloss zu sanieren, sei ihm jetzt schon zuwider. Mit so einem Mann können wir Schloss Mainau doch unmöglich aus seinem Dornröschenschlaf erwecken.«

»Nein«, pflichtete Karin ihm bei. »Nein, das können wir wohl nicht. Mit diesem Architekten sind wir falsch beraten.«

»Wie sehen Sie das?«, wandte sich Lennart an Gerhard Minges, der die ganze Zeit über mit etwas bedröppelter Miene dagesessen hatte.

»Leider genauso«, gestand er unglücklich. »Es tut mir leid, dass ich Ihre Zeit verschwendet habe, Eure Hoheiten. Immerhin kam Herr Reich auf meine Empfehlung.«

»Sie können nun wirklich nichts dafür!«, tröstete Karin den geknickten Verwalter. »Und wir finden sicherlich einen besseren Architekten.«

»Ich werde mich gleich an die Arbeit machen!«, versprach Gerhard Minges. »Und wenn ich Sie richtig verstehe, soll ich Herrn Reich auch davon in Kenntnis setzen, dass Sie sich gegen ihn entschieden haben?«

»Ja«, bestätigte Lennart. »Ja, bitte tun Sie das.«

Beim zweiten Anlauf war der Verwalter erfolgreicher, schon am nächsten Tag eilte ein weiterer Architekt herbei. Sein Name war Reinhold Schänzle, und er brachte gleich einen ganzen Trupp von Fachleuten mit: einen Stuckateur, einen Malermeister, einen Elektriker, einen Sanitärfachmann und einen Bodenleger. Dieses Mal ging die Begehung deutlich schneller, war dabei aber viel effektiver. »Dieser Mann hier ist voller Elan und hat für jedes Problem sofort eine Lösung parat«, flüsterte Karin Lennart in einem unbemerkten Moment zu. »Und dass er seine Leute gleich mitbringt, ist natürlich genial«, pflichtete Lennart ihr bei. »Ich bin gespannt, was er sagt, wenn er sich alles angesehen hat.«

Nach der Begehung kamen der Architekt, die Handwerker, die Bernadottes und der Verwalter in Gerhard Minges' Büro zu einer Besprechung zusammen. Schänzle nickte ihnen aufmunternd zu. »Dass das eine große Sache ist, muss ich Ihnen ja nicht sagen«, setzte er an. »Aber ich habe auch gute Nachrichten. Und vor allem eine Menge Vorschläge.«

»Wir sind gespannt«, sagte Lennart ermunternd.

»Zum einen ist die Sanierung von Schloss Mainau natürlich meiner Meinung nach in höchstem Maße förderfähig«, setzte der Architekt an. »Sowohl die Stadt als auch das Land haben ein entschiedenes Interesse daran, dass das Schloss nicht verfällt. Wenn Sie möchten, könnte ich die entsprechenden Anträge für Sie vorbereiten.«

»Das wäre natürlich großartig«, sagte Lennart, nachdem er einen beredten Blick mit Karin gewechselt hatte.

»Um die Kosten zunächst in einem überschaubareren Rahmen zu halten, wäre auch eine Teilsanierung möglich«, fuhr der Architekt dann fort.

»Teilsanierung?«, fragte Lennart.

»Zunächst einmal müssen wir natürlich den Bestand sichern

und Sorge tragen, dass nicht noch mehr kaputtgeht. Das würden wir im gesamten Gebäude machen, um weitere Kosten zu verhindern.«

Lennart nickte. »Gut.«

»Auch das Verlegen von Elektroleitungen sollten wir zunächst für das gesamte Schloss andenken«, ließ sich nun der Elektriker vernehmen. »Das bedeutet nicht, dass wir jedes einzelne Zimmer mit Strom versehen. Aber wir sollten zumindest die Voraussetzungen dafür schaffen, dass wir später nachrüsten können, ohne noch einmal allzu viele Wände zu öffnen.«

»Auch das klingt sehr plausibel.«

»Gleiches gilt für die Wasser- und Abwasserleitungen«, warf der Klempner ein wenig schüchtern ein.

Karin lächelte ihm aufmunternd zu. Dann sagte sie: »Das klingt bisher aber noch nicht nach einer Teilsanierung. Außer, dass sie für manche Bereiche nur die Vorrichtungen schaffen.«

»Wir wollten Ihnen vorschlagen, stockwerk- und flügelweise vorzugehen«, erklärte der Architekt. »Sie sagen uns, welchen Flügel Sie bewohnen wollen – diesen sanieren wir dann zuerst. Anschließend entscheiden wir, ob es direkt weitergeht oder ob wir eine Pause machen müssen.«

»Das ist eine hervorragende Idee!«, rief Lennart. »Und es kommt unseren Plänen vollkommen entgegen.«

»Dann sind wir uns einig?«, fragte der Architekt.

»Wir sind uns einig«, erklärte Lennart. »Wenn Sie mir einen Kostenvoranschlag schicken und mir sagen, wann Sie in etwa anfangen können.«

»Anfangen können wir sofort«, sagte Schänzle und sandte Lennart und dann Karin ein Lächeln. »Ehrlicherweise gibt es zurzeit nicht allzu viele Bauvorhaben. Sie haben also Glück – zumal es dadurch für Sie günstiger wird.«

»Da haben wir ja wirklich Glück«, bekräftigte Karin, die den Architekten immer sympathischer fand.

»Was den Kostenvoranschlag angeht, tue ich mir allerdings ein wenig schwer«, fuhr der Mann fort. »Eine grobe Schätzung kann ich Ihnen machen – aber erfahrungsgemäß kann man bei solch wunderbaren alten Gemäuern nie sagen, welche Überraschungen sie bergen.« Er zögerte einen Moment. »Ich würde Ihnen die Kostenschätzung so machen, dass es sehr wahrscheinlich günstiger wird. Heißt: Ich plane die üblichen Katastrophen ein. Und wenn die nicht eintreten, haben Sie Geld übrig. Was halten Sie davon?«

»Davon halte ich sehr viel«, erwiderte Lennart, »und ich danke Ihnen von Herzen.«

Das Angebot des Architekten war hoch – aber das hatten Karin und Lennart nicht anders erwartet. »Wenn es uns zu viel wird, unterbrechen wir. Und die Grundsanierung sowie den Ausbau des Nordflügels können wir uns auf jeden Fall leisten«, überlegte Lennart. »Und wenn wir dann noch die Förderungen bekommen …«

»Vor allem aber kann er sofort anfangen«, sagte Karin. »Somit werden wir die Umbaumaßnahmen am Anfang noch begleiten können.«

Tatsächlich rückten die Handwerker bereits drei Tage später an und verwandelten den Nordflügel in eine riesige Baustelle. Lennart und Karin störte das weniger als befürchtet, denn sie waren ohnehin den ganzen Tag über im Schloss oder auf der Insel unterwegs. Gemeinsam mit Frau Nohl und ihren Helferinnen putzte Karin einige Zimmer im Südflügel gründlichst. Sodann schleppten zwei junge Burschen, deren Aufgabe es ansonsten war, auf der Insel auszuhelfen, auf ihre Anweisungen die Möbel aus dem zu sanierenden Nordflügel herüber, um Platz für die Handwerker zu schaffen. Karin und Frau Nohl reinigten die kostbaren Stücke gründlich und sortierten sie danach, ob sie noch voll in Schuss waren oder einer Sanierung bedurften. Außerdem ordneten sie die Möbel nach ihrer Art: In den einen Raum kamen Sitzgruppen, in den zweiten Schränke und in den dritten Kommoden. Raum für Raum arbeiteten sie sich vorwärts, bis sie eines schönen Morgens in einem Schlafzimmer standen, das an Pomp nicht zu überbieten war.

»Du lieber Himmel«, murmelte Karin. »Darin würde mein Mann niemals nächtigen.«

Frau Nohl warf ihr einen eigenartigen Blick zu. »Das ist das Schlafgemach der Großherzogin«, sagte sie.

»Oh«, entfuhr es Karin, und sie fügte hinzu: »Muss ich es deshalb schön finden?«

Frau Nohl musste lachen. »Nein«, bekräftigte sie. »Das müssen Sie ganz sicher nicht.« Mit gesenkter Stimme fügte sie hinzu: »Ich bin zwar etwas älter als Sie und war der Großherzogin treu ergeben, aber das muss ich ganz deutlich gestehen: Ich finde es auch nicht schön.«

Die beiden Frauen lachten, und Karin trat ans Fenster, um die Läden zu öffnen und etwas Licht und Luft hereinzulassen. Dann wandte sie sich nochmals um und ließ ihren Blick aufmerksam durch das Zimmer schweifen.

»Es wird nicht besser«, stellte sie fest und fügte, als sie die Bilder bemerkte, erschrocken hinzu: »Das sind ja lauter Tote!«

»In der Tat«, murmelte Frau Nohl. »Das ist mir noch nie aufgefallen. Aber ich war bisher auch selten im Schlafgemach der Großherzogin.«

Beklommen starrte Karin auf die Gemälde – fünfundzwanzig an der Zahl, wie sie feststellte, nachdem sie gezählt hatte.

»Lauter Menschen auf dem Totenbett«, murmelte sie. »Wahrscheinlich sind das Vorfahren meines Mannes, und die Großherzogin wollte ihnen damit die letzte Ehre erweisen.«

»Darin war sie gut«, sagte Frau Nohl, schickte dann aber hastig eine Entschuldigung hinterher. Karin sagte: »Ich weiß, worauf Sie anspielen. Mein Mann hat mir gleich zu Anfang erklärt, dass die Insel nur deshalb so verwilderte, weil sie alles so lassen wollte, wie es war, als ihr Gemahl verstarb. Als ehrende Erinnerung an ihn.«

»O ja«, sagte Frau Nohl. »Und das Schloss ist auch voller Erinnerungen.«

»Da haben Sie allerdings recht«, sagte Karin und blickte schaudernd auf die Bilder. »Wohin mit all diesen Gemälden und mit dem Nippes?«

»Ich fürchte«, erwiderte Frau Nohl und seufzte ergeben, »ich fürchte, dafür brauchen wir ein eigenes Zimmer. Oder sogar zwei.« Dann sah sie Karin zögernd an. »Sie wissen, dass mein Mann und ich heute Abend in den Urlaub fahren wollten?«

»Natürlich!«, rief Karin. »Und den haben Sie sich auch redlich verdient. Sie haben so geschuftet!«

»Aber kann ich Sie denn wirklich mit alldem hier alleinlassen?« Sie machte eine weitausholende Geste.

»Natürlich können Sie das!«, rief Karin. »Kommen Sie bloß nicht auf die Idee, mir anzubieten, Ihren Urlaub abzusagen. Und es ist ja nicht so, dass ich allein dastünde. Die anderen sind ja auch noch da.«

»Gut«, murmelte Frau Nohl, »wenn Sie meinen? Aber auch mein Mann hat ein schlechtes Gewissen, dass wir ausgerechnet jetzt fahren, wo es so viel zu tun gibt.«

»Viel zu tun gibt es immer«, versetzte Karin. »Im Herbst wollen wir doch die ganzen Zwiebeln einsetzen, und alles muss geschnitten werden. Und im Frühjahr …«

»Sie haben ja recht«, sagte Frau Nohl. »Außerdem könnten wir zu gar keinem anderen Zeitpunkt verreisen, weil meine Nichte doch oben in Hamburg heiratet.«

»Na, sehen Sie!«, rief Karin und fragte dann: »Werden Sie Ihren Urlaub also in Hamburg verbringen?«

Frau Nohl schüttelte den Kopf. »Nein«, sagte sie. »Wir bleiben den Inseln treu – wir machen Urlaub auf Sylt. Mein Mann kann es kaum erwarten, die Vegetation dort genauer in Augenschein zu nehmen.« Mit einem Lächeln fügte sie hinzu: »Und wahrscheinlich bringt er dann auch was mit, was hier auf der Mainau eine neue Heimat finden wird.«

Kapitel 15

Platsch, Platsch, Platsch. Mit einem gleichmäßigen Geräusch tauchten die Ruder ins Wasser, als das Boot in den nächtlichen See hinausglitt.

»Ein wenig unheimlich ist das ja schon«, flüsterte Karin. »Es ist so unglaublich dunkel. Und so still.«

»Nur so lange, bis sich deine Augen an die Dunkelheit gewöhnt haben«, versprach Lennart. »Vergiss nicht, du hast bis gerade eben noch in das gleißende Scheinwerferlicht geblickt, mit dem wir das Schloss von unten her beleuchten.«

»Nicht direkt hinein«, schränkte Karin ein. »Aber du hast natürlich recht.«

»Die Sterne sind heute zum Greifen nah«, sagte Lennart leise. »Sie geben uns auch ein wenig Licht. Und schau, wie wunderschön die Ufer ringsum illuminiert sind. Dieses Lichterfest ist eine ganz wunderbare Idee.«

Er hatte aufgehört, zu rudern. Ganz ruhig lag das Boot im Wasser. Wie still es war. Und wie friedlich, dachte Karin.

»Nun bin ich aber gespannt, wie unser Schloss aussieht«, sagte Lennart. »Wir müssen noch ein Stückchen rudern.«

Doch so weit Lennart auch ruderte und sosehr er sich auch anstrengte: Sie wurden bitter enttäuscht.

»Man sieht ja überhaupt nichts von unserem Schloss«, konstatierte Karin. »Dabei haben wir doch so viel gerodet. Und wie kann das überhaupt sein – schließlich sehen wir den See ja inzwischen auch von unseren Räumen aus. Dann müssten wir doch zumindest unsere Fenster sehen.«

»Das tun wir auch.« Lennart deutete hinauf. »Das Obergeschoss und das Dach kann man tatsächlich erkennen, wenn man genau hinsieht. Aber wir haben das Schloss ja von unten angeleuchtet. Je weiter es nach oben geht, desto dunkler wird es. So weit reichen die Scheinwerfer nicht.«

»Aber es ist schon enorm, wie dicht der Bewuchs noch ist«, sagte Karin. »Dass wir nicht mal einen Lichtschimmer hindurchleuchten sehen.«

Dann beugte sie sich vor und legte ihrem Gatten liebevoll eine Hand auf das Knie. »Sei nicht enttäuscht«, sagte sie. »Beim Lichterfest im nächsten Jahr werden wir das ganze Schloss sehen. Das verspreche ich dir.«

Er lächelte ihr durch die Dunkelheit zu. »Ich dir auch. Gleich morgen werde ich die Männer bitten, sich vollkommen auf die Freilegung der Ostfassade zu konzentrieren. Und wenn Nohl aus dem Urlaub zurückkommt, wird er staunen.«

»Das glaube ich auch«, sagte Karin und fügte dann hinzu: »Aber wir dürfen es nicht übertreiben.«

Lennart nickte. »Das weiß ich, keine Sorge«, sagte er. »Erstens ist dafür meine Ehrfurcht vor Urgroßvaters Vermächtnis viel zu groß und zweitens meine Angst vor Herrn Nohls Zorn.«

»Herrn Nohls Zorn?«, hakte Karin nach und fügte dann hinzu: »Der wird dich niemals treffen, dafür hat er viel zu viel Respekt vor dir, Hoheit.«

»Er würde ihn vielleicht nicht vollumfänglich ausleben«, gab Lennart zu. »Aber er würde es schon verstehen, sein Missfallen zum Ausdruck zu bringen.«

»Du denkst also, Herr Nohl wäre nicht einverstanden mit dem Fällen der Bäume?«, fragte Karin verwirrt. »Er sagt doch selbst, dass man den Dschungel lichten muss.«

»Ja, aber sehr behutsam. Er hat mir mehrfach erklärt, dass für die bleibenden Pflanzen und Bäume die Gefahr eines Lichtschocks besteht, wenn man nun zu schnell zu viel rodet.«

»Ich verstehe«, sagte Karin. »Wollen wir dann vielleicht lieber warten, bis er zurück ist?«

Lennart schüttelte den Kopf. »Nein«, sagte er. »So viel Geduld habe ich nicht. Herr Nohl ist schließlich nicht der einzige Gärtner, der sich gut auskennt, und die Bäume, die gefällt werden sollen, sind größtenteils markiert. Ich werde mit der Silberaxt fällen.«

»Mit der Silberaxt? Wie meinst du das?«

»Das erkläre ich dir, wenn wir wieder zurück im Schloss sind.«

Lennart hatte inzwischen umgedreht, und Karins Augen flogen zum anderen Ufer. Wie heimelig es aussah mit all seinen Lichtern. Fast bedauerte sie es, dass ihre kleine nächtliche Ausfahrt schon zu Ende war – doch gleichzeitig freute sie sich auf ihr Bett. Der Tag war anstrengend gewesen. Außerdem war sie neugierig, was Lennart ihr zu dem Begriff »Silberaxt« erklären würde.

Kaum im Schloss angekommen, erinnerte sie ihn daran.

»Komm«, erwiderte er, nahm ihre Hand und führte sie ins Wohnzimmer, wo auf dem Tisch neben dem grünen Sessel, in dem er in den Abendstunden gerne saß und las, seine Lektüre bereitlag. Er griff nach einem der Bücher und reichte es Karin. *Hermann Fürst zu Pückler-Muskau*, las sie den Namen des Autors. Und dann den Titel: *Andeutungen über Landschaftsgärtnerei verbunden mit der Beschreibung ihrer praktischen Anwendung in Muskau.* »Ist das ein Verwandter von dir?«

»Nicht, dass ich wüsste«, erwiderte Lennart. »Vor allem aber hat er in Deutschland an der Neiße den ersten englischen Park geschaffen und ist damit sehr bekannt geworden.«

»Und der hatte eine Axt aus Silber?«, fragte Karin.

»Er hat den Begriff Goldaxt geprägt«, erwiderte Lennart. »Mit der Goldaxt vorgehen – damit meinte er, vorsichtig und sensibel zu lichten.«

»Verstehe«, sagte Karin. »Und weshalb hast du die Goldaxt in Silberaxt umbenannt? Weil du nicht ganz so vorsichtig vorgehen willst wie er?«

»Weil ich denke, als ehemaliger Prinz reicht mir eine Axt aus Silber«, erklärte er grinsend.

»Verstehe«, erwiderte sie augenzwinkernd.

»Weißt du, Karin«, sagte Lennart, »die Insel war einfach zugewachsen. Und das bedeutet, dass die Pflanzen sich gegenseitig erdrücken und einander den Lebensraum nehmen.«

»Aber was, wenn es doch ein Baum zu viel ist? Es dauert lange, bis der wieder da ist.«

»Genau diese Angst hatte ich auch, sie hat mich regelrecht gelähmt. Aber dann ist mir etwas gelungen. Warte.«

Erst jetzt fiel Lennart auf, dass er Karin ja noch gar nicht von seinem retuschierten Bild erzählt hatte. Dabei war er doch so stolz und begeistert gewesen! Aber die Tage waren so angefüllt gewesen mit Dingen, die sie erledigen mussten – er hatte es einfach vergessen und war außerdem so auf die Baumfällarbeiten konzentriert gewesen. Umso mehr freute er sich jetzt auf Karins Reaktion. Er ging nach nebenan, um das Foto zu holen.

»Schau«, sagte er, als er wieder neben ihr Platz nahm. »Das hier ist das Original«, er reichte ihr ein Foto. »Und hier ist es mir mit einer speziellen Technik beim Entwickeln gelungen, die Bäume, die ich fällen möchte, wegzuretuschieren. So können wir jetzt schon erkennen, wie es aussehen wird, wenn wir nur noch die drei äußeren stehen lassen. Dann eröffnet sich eine wundervolle Blickachse auf den See.«

»Das sieht fabelhaft aus!«, rief Karin.

»Nicht wahr?«, fragte Lennart. »Die Mammutbäume kämen viel besser zum Vorschein. Und Dank der Fotoretusche kann ich Herrn Nohl vielleicht überzeugen.« Er seufzte.

»Was ist?«, fragte Karin. »Glaubst du nicht dran, dass Herr Nohl einverstanden ist?«

»Ich habe in der Tat ein wenig Angst vor der Auseinandersetzung«, gestand Lennart. »Aber vor allem sorge ich mich um die Mammutbäume. Schließlich stehen zwei davon bereits seit 1864, und der dritte kam gute zehn Jahre später dazu.«

»Aber wieso schaust du denn dann so betrübt?«, hakte Karin nach.

»Ich hoffe, dass die Bäume sich nicht von selbst irgendwann von uns verabschieden«, murmelte er.

»Wieso sollten sie das tun?«

»Nun, sie stehen ja immerhin hier schon seit hundertvierzig Jahren, und wir haben keinerlei Erfahrung damit, wie lange Mammutbäume bei uns überleben. Sie sind unseren dünnen, kalkigen Boden ja nicht gewohnt. Und wenn wir nun ihr Umfeld stark verändern … da muss man schon vorsichtig sein.«

»Du hast doch Herrn Nohl an deiner Seite«, sagte sie. »Und wenn ein Licht an diesem Ort den Mammutbäumen schaden würde, würdest du ihn niemals davon überzeugen. Du kannst dich also entspannen und die Verantwortung abgeben.«

»Da hast du allerdings mehr als recht«, sagte Lennart und fügte hinzu: »Ein gutes Gefühl.«

* * *

Nachdenklich ging Lennart am nächsten Morgen zum Arboretum und blickte ehrfürchtig an den alten Mammutbäumen hinauf. Hier an diesem Ort spürte er die Kraft der Insel auf ganz besondere und unmittelbare Weise. Er breitete seine Arme aus, um den Stamm zu umschlingen, kam allerdings nicht einmal zur Hälfte darum herum. Unglaublich, dachte Lennart und presste seine Wange an den rauen Stamm. Vor allem, wenn man überlegte, dass die Bäume in ihrer Heimat in Kalifornien noch viel dicker waren. Er war voller Demut.

Kapitel 16

»So langsam ist die Aussicht wirklich atemberaubend!«, rief Karin aus einem Fenster im zweiten Stock heraus ihrem Mann zu, der etwa fünfzig Meter unter ihr an der Uferpromenade arbeitete. Lennart winkte zu ihr herauf. Er war umgeben von regelrechten Holzbergen aus gefällten Ulmen, Linden, Buchen und Kastanien, die sich am Ufer stapelten.

»Das ist sie tatsächlich«, bestätigte Lennart, als er sich später am Abend nach getaner Arbeit – der einzigen Tageszeit, in der im Nordflügel kein Baulärm herrschte – in seinen grünen Ohrensessel setzte und die Aussicht auf den Bodensee genoss. »Es ist wirklich wundervoll. Morgen kehrt Nohl aus dem Urlaub zurück. Ich bin so gespannt, was er sagt.«

»Ich auch!«, erwiderte Karin. »Hoffentlich kommt er nicht mit dem Auto – dann würde er die Pracht gar nicht sehen.«

»Ich glaube, sie nehmen das Linienschiff«, sagte Lennart.

»Dann lass uns doch noch einmal mit dem Boot hinausfahren und schauen, wie viel vom Schloss man schon sieht und wie sehr sich die Sicht verändert hat, seit Herr Nohl in den Urlaub gefahren ist«, sagte Karin aufgeregt. »Immerhin waren wir seit dem Lichterfest nicht mehr draußen.«

»Das ist eine hervorragende Idee!«, rief Lennart. »Vor lauter Arbeit haben wir uns dafür nie die Zeit genommen. Also los, bevor es dunkel wird! Das Schloss ist heute schließlich nicht beleuchtet.«

»Gut.« Hastig zog Karin sich ihre Schuhe an und eilte dann hinter ihrem Mann die Treppe hinab. Auf dem Weg nach unten sah sie sich zufrieden um. Seit sie die Insel vor wenigen Monaten als frisch verheiratetes Paar betreten hatten, war wirklich viel passiert – nicht nur außen, sondern auch im Inneren. Die Bauarbeiten, die in ihrem Stockwerk begonnen hatten, waren schon weit fortgeschritten, die Stuckdecken teilweise bereits saniert, die Böden abgeschliffen und morsche Dielenbretter ausgetauscht, und auch die Wände waren frisch verputzt und geweißelt worden. Sogar die Rohre für das Wasser und die elektrischen Leitungen waren verlegt, und in einem der Zimmer auf der Etage, die Lennart und Karin bewohnten, wurde derzeit eine eigene Küche eingerichtet.

Wie viel sich aber tatsächlich auch im Außenbereich getan hatte, wurde ihr erst wenig später bewusst, als sie mit Lennart auf den See hinausruderte. »Das ist ja unglaublich!«, rief sie, als ein guter Teil des Schlosses vor ihnen auftauchte. »Man kann ja beinahe das ganze Schloss sehen.«

»Na ja, das ganze noch nicht, aber immerhin einen sehr, sehr großen Teil«, pflichtete Lennart ihr bei, und in seiner Stimme schwangen Stolz und Zufriedenheit. »Scheint so, als hätte die viele Arbeit sich gelohnt!«

»Was wohl Herr Nohl sagen wird, wenn er morgen zurückkommt?«

»Das frage ich mich auch«, sagte Lennart und gestand: »Ein wenig mulmig ist mir schon.«

Victor Nohl hatte einen hochroten Kopf, als er ihnen, gefolgt von seiner Frau, am nächsten Morgen über den Landungssteg entgegeneilte. »Eure Hoheiten!«, schmetterte er. »Das ist ja ein Empfang! Erst sehen wir das Schloss vom Schiff aus – uns hat fast der Schlag getroffen –, und dann begrüßen Sie uns auch noch an der Schiffsanlegestelle!« Seine blauen Augen schienen zu glühen, als er Lennart fixierte und fragte: »Sie werden doch nicht meine seltenen Nadelhölzer gefällt haben?«

»Natürlich nicht!«, rief Lennart.

Frau Nohl, die soeben Karin begrüßte, berichtete: »Er war ganz außer sich, als er das Schloss gesehen hat. Er hat wieder und wieder gesagt: Wenn sie nur meine seltenen Nadelgehölze nicht geopfert haben. Wenn Sie nur meine seltenen Nadelgehölze nicht geopfert haben.«

»Ich kann Sie beruhigen«, versicherte Lennart nochmals. »Auf die habe ich besonders gut aufgepasst.«

»Na, dann will ich mich freuen!«, rief Victor Nohl, und seine blauen Augen blitzten in gewohnter Weise. »Und zwar ganz mächtig. Die Insel kommt wirklich wunderbar daher, das muss ich schon sagen.«

Lennart fiel ein Stein vom Herzen.

»Dürfte ich Sie dann auf einen Kaffee einladen? Nach der langen Reise?«, fragte er, doch Nohl winkte ab. »Meine Frau will sicherlich erst mal nach Hause ins Torbogenhaus. Und ich muss mich sofort auf einen Rundgang begeben, um mich zu überzeugen, dass wirklich kein wertvolles Nadelgehölz gefällt wurde.«

»Ich begleite Sie.«

Nohl war ungewöhnlich gesprächig, als sich die beiden Männer kurz darauf auf einen Rundgang über die Mainau begaben, und Lennart überlegte kurz, ob er die Gunst der Stunde nutzen und Nohl die retuschierten Fotografien schon zeigen sollte, entschied sich dann aber dagegen. Er wollte dem alten Hofgärtner nicht zu viel auf einmal zumuten. Stattdessen probierte er es mit einer Frage. »Was wäre denn aus Ihrer Sicht der nächste Schritt?«

»Der Schlossvorhof«, erwiderte Nohl. »So, wie wir es vor einiger Zeit geplant hatten.«

»Das«, sagte Lennart zufrieden, »halte ich nach wie vor für eine ausgesprochen gute Idee. Aber ich denke, es ist nicht damit getan, die Beete zu verändern.«

Sie hatten den Schlossvorhof erreicht, und Lennart deutete auf den riesigen Friedensengel, der inmitten der Beete auf einem hohen Marmorpodest thronte. »Ich denke, der Engel würde sich woanders besser machen. Vielleicht finden wir ja jemanden, der sich über die Statue freuen würde. Aber ich würde auch dafür plädieren, die Bananenstauden und Palmen von hier fortzubringen – die sind an einem anderen Platz der Insel besser aufgehoben.«

»Da stimme ich Ihnen zu, Hoheit«, sagte Nohl. »Ich finde, die Gestaltung des Vorhofes passt nicht zum Charakter der Fassade und lenkt von dieser ab.«

»Sie sprechen aus, was ich empfinde!«, rief Lennart. »Ich schlage vor, hier einfach eine schlichte Rasenfläche zu gestalten. Dann kommen auch die Bäume dort hinten besser zur Geltung.«

»Hervorragend!«, stimmte Nohl begeistert ein. »Ganz genauso machen wir es. Und ich hätte auch schon eine Idee, wohin unser Engel fliegen könnte.«

»Und wohin?«, fragte Lennart, beglückt darüber, dass sie heute so wunderbar miteinander harmonierten.

»Die Gemeinde Litzelstetten freut sich sicherlich sehr über das Geschenk. Vor der Kirche würde sich der Engel gut machen.«

»Wunderbar«, befand Lennart. »Würden Sie der Gemeinde die Offerte überbringen?«

»Es wird mir ein Vergnügen sein, Eure Hoheit.«

Lennart lächelte seinem Gefährten zu.

»Und wenn wir schon mal dabei sind«, fuhr er fort, »es gibt da noch weitere unlebendige Dinge, die für meinen Geschmack viel zu viel Raum auf der Insel einnehmen oder unglücklich platziert sind.«

»Unlebendige Dinge?«, fragte Nohl perplex, begriff dann aber und fügte rasch hinzu: »Sie meinen Statuen, Hoheit.«

»Statuen, Medaillons, Büsten… Wie es scheint, gibt es auf der Insel nicht nur Andachtsstätten für Verwandte von mir, sondern auch für Pudel. Wenigstens Letztere könnte man einebnen.«

Lennart kam sich ein wenig pietätlos vor, als er das sagte – aber schließlich war die Mainau ja kein Friedhof, kein Ort für den Tod, sondern mehr und mehr für das Leben! Zu seiner Erleichterung schien sich Nohl weder an seinen Ideen noch an seinen Worten zu stören. Er nickte nur und sagte: »Ich werde das veranlassen, Eure Hoheit.«

»Fein«, sagte Lennart. »Und nach der Umgestaltung des Schlosshofs? Was ist als Nächstes dran?«

»Der Rosengarten«, erwiderte Nohl. »Er muss sehr stark zurückgeschnitten werden, sodass man die Terrassen, die Südfassade des Schlosses und die Kirche wieder sieht.«

Dann fragte er: »Wussten Sie eigentlich, dass diese Rosen auf einer Burg wurzeln?«

»Auf der Burg der Deutschordensritter?«, vergewisserte sich Lennart.

»Richtig«, sagte Nohl. »Teile des Abbruchmaterials der Burg wurden als Untergrund für diesen Rosengarten verwendet.«

»Das ist ja schön«, fand Lennart. »Eine Art Würdigung für die Deutschordensritter, dass ihre Burg nicht einfach weg ist, sondern dass nun Rosen auf den Trümmern blühen.«

»Wobei ja auch der Schwedenturm an sie erinnert. Und das Torbogenhaus, das früher das befestigte Burgtor war. Und eigentlich auch das Schloss«, sagte Nohl. »Immerhin war es ihre eigene Entscheidung, es zu bauen.«

»Aber nur, weil die Schweden zuvor ihre Burg so sehr zerstört haben.«

»Das ist allerdings richtig«, bestätigte Nohl.

»Also, machen wir uns an den Rosenschnitt«, sagte Lennart tatendurstig. »Ich gehe davon aus, dass meine Frau da stark mit Hand anlegen will. Sie liebt den Rosengarten und holt jeden zweiten Tag frische Sträuße und kann dann gar nicht aufhören, daran zu riechen. Es ist ihre große Leidenschaft.«

»So, wie Ihre das Fotografieren«, sagte Nohl. »Es ist wirklich beeindruckend, welche Fähigkeiten Sie da haben.«

»Danke«, sagte Lennart und spürte, dass sein Herz schneller zu schlagen begann. Das war die perfekte Gelegenheit. »Die Fotografie bietet noch mehr Möglichkeiten«, sagte er und zog, bevor er es sich anders überlegen konnte, das retuschierte Bild aus der Tasche. »Sehen Sie. Erkennen Sie es?«

Verblüfft starrte Nohl auf das Bild. »Das …«, sagte er, »das ist die Wiese, an der wir unsere Meinungsverschiedenheit hatten.« Sein Kopf lief hochrot an. »Sie haben die Bäume während meiner Abwesenheit fällen lassen!«

»Aber nein!«, rief Lennart erschrocken. »Das hätte ich niemals getan. Ich habe die Bäume wegretuschiert, damit wir uns einen Eindruck verschaffen können, wie es aussehen würde.«

»So was geht?«, fragte Nohl vollkommen verblüfft.

»So was geht«, bestätigte Lennart. »Und wir können gern

hinaufgehen, damit Sie sich überzeugen, dass alle Bäume noch stehen.«

»Ich glaube Ihnen schon!«, sagte Nohl, und ein feines Lächeln zog über sein Gesicht. »Da kann ich auf meine alten Tage noch was lernen.«

»Was die Technik angeht?«

»Nein«, sagte Nohl. »Was die Gestaltung der Insel angeht. Sie hatten recht. Das sieht wunderbar aus.«

Lennart hielt den Atem an. »Dann sind Sie einverstanden?«

Nohl lächelte und nickte. »Ja«, sagte er. »Ich bin einverstanden. Unter einer Bedingung.«

»Nun bin ich gespannt.«

»Ich denke, es macht Sinn, einen Traktor zu kaufen.«

»Ja«, bekräftigte Lennart. »Das hilft uns in der Landwirtschaft, aber auch jetzt beim Roden. Mit dem Traktor wären wir so viel schneller. Und außerdem könnten wir deutlich effizienter all das frisch geschlagene Holz wegschaffen.«

»Dann ist es abgemacht«, freute sich Nohl und fügte hinzu: »Ich bin nur gespannt, was unser alter Kutscher dazu sagt. Als Sie das erste Mal mit einem Automobil auf die Insel kamen, murmelte er etwas von Teufelszeug.« Rasch schob er nach: »Aber bitte verraten Sie ihm nicht, dass ich Ihnen das gesagt habe.«

»Natürlich nicht!«, versprach Lennart lachend. »Und inzwischen gefällt es Herrn Billet doch sehr gut, auch ab und an mit dem Auto zu fahren. Vielleicht fährt er ja auch mal Traktor«, scherzte Lennart. »Ich finde Ihre Idee nämlich so gut, ich will es nicht bei dem einen belassen.«

»Sie wollen gleich mehrere Traktoren kaufen?«, vergewisserte sich Nohl.

»Das nicht, aber ein Bodenfräser und eine Mähmaschine

würden uns sicherlich ebenfalls viel Arbeit ersparen. Es kann doch nicht angehen, dass wir unsere Wiesen noch mit der Sense mähen!«

»Da kann ich Ihnen nur beipflichten«, sagte Nohl und fügte hinzu: »Ich wäre begeistert.«

Kapitel 17

Karin und Lennart standen im vordersten Zimmer des Nordflügels, das die Handwerker voller Stolz als ersten fertig sanierten Raum des Erdgeschosses übergeben hatten, und freuten sich. Wie schön er geworden war, frisch gestrichen, die breiten Dielen geölt, und durch das Fenster eröffnete sich ein gigantischer Blick auf den Bodensee.

»Hier will ich mein Büro einrichten«, erklärte Lennart sogleich und drehte sich dann voller Elan zu seiner Frau um. »Lass uns Möbel kaufen gehen.«

»Aber wir haben doch einen ganzen Schlossflügel voller Möbel!«, rief Karin kopfschüttelnd.

Lennart sah sie strafend an und sagte: »Du weißt doch, was diese Möbel mit mir machen. Nein, Karin, im Rest des Schlosses können wir von mir aus alte Möbel mit neuen mischen. Aber hier, in meinem Büro, da muss es ganz nach mir aussehen. Und nach Zukunft.«

»Und wie sieht es ganz nach dir und nach Zukunft aus?«, erkundigte sich Karin misstrauisch.

»Weit«, sagte Lennart und breitete die Arme aus. »Weit, frei und modern.«

Dann wiederholte er seine Bitte: »Lass uns ins Möbelhaus Fretz nach Konstanz fahren.«

»Können wir uns das denn erlauben?«, fragte Karin zweifelnd. »Wir haben doch so furchtbar viel zu tun.«

»Und ob wir uns das erlauben können«, sagte Lennart. »Wir sind schließlich gut vorangekommen. Und außerdem: Ein Büro will eingerichtet sein.«

»Also schön«, gab Karin nach, und sie musste sich eingestehen, dass sie sich sehr auf den Ausflug nach Konstanz freute. Sie war erst einmal in der entzückenden Stadt gewesen – und diese hatte ihr ausnehmend gut gefallen.

Kaum hatten sie das Möbelhaus in der Fürstenbergstraße betreten, als Lennart auch schon einen leisen Begeisterungsschrei ausstieß. Zu Karins Entsetzen schoss er auf einen furchtbar hässlichen Stahlrohr-Stuhl zu, der an einem ebenso hässlich anmutenden Stahlrohr-Schreibtisch stand. Schon hatte er sich auf dem Schreibtischstuhl niedergelassen und strahlte seiner Frau, die Arme im Nacken verschränkt, entgegen. »Das ist es, Karin!«, rief er. »Genau das habe ich gesucht. Wie findest du es?«

»Scheußlich«, sagte Karin ehrlich. »Und es passt ganz und gar nicht zu einem Schloss.«

Lennart wirkte für einen Moment verletzt, doch dann hellte sich seine Miene wieder auf. »Eins der Dinge, die ich so an dir liebe, ist ja, dass du einem nie etwas vormachst«, sagte er. »Ich finde diese Möbel aber wirklich sehr schön. Und sie sind … «, er überlegte kurz und fuhr dann fort. »Ich glaube, ich brauche sie einfach, um mich von dem Alten vollständig zu lösen. Da brauche ich diesen unglaublichen Kontrast.«

Karin seufzte. »Ich verstehe dich ja«, sagte sie und fügte dann einschränkend hinzu: »Zumindest ein bisschen. Und ich schlage dir einen Kompromiss vor.«

»Nämlich welchen?«

»Es ist ja *dein* Arbeitszimmer. Das muss ich nicht schön finden. Solange du diesen unglaublichen Kontrast nicht durch das ganze Schloss und vor allem: durch unseren gemeinsamen Lebensraum ziehst, bin ich einverstanden.«

»Versprochen«, sagte Lennart erleichtert und gab ihr einen Kuss.

***

»Na«, knurrte Herr Nohl, als Lennart ihn erstmals in sein neues Büro bat und er die Möbel erblickte, »ich würde sagen, die Schweden sind zurückgekommen und wüten auf der Mainau.«

»Wie bitte?«, fragte Lennart irritiert. Dann musste er lachen. »Jetzt verstehe ich! Sie beziehen sich auf den Dreißigjährigen Krieg, als die Schweden über die Bodenseeregion herfielen und alles kurz und klein schlugen.«

»Nun ja«, sagte Nohl. »Ich will Sie nicht mit Ihren Vorfahren vergleichen. Sie gehen hier maßvoll vor, das muss ich schon sagen. Und glauben Sie mir, Hoheit, das erzähle ich auch allen, die anderer Ansicht sind. Sie wissen ja, die Leute reden. Nichts für ungut, aber weil Sie hier für alle sichtbar so unglaublich mit anpacken und voranmachen, da sagen die Leute eben, der Schwede sei zurück und wüte auf der Mainau. Und zumindest, was diese Scheußlichkeiten angeht«, er deutete auf die Möbel, »muss ich zustimmen.« Hastig fügte er ein »mit Verlaub« hinzu.

Lennart legte den Kopf in den Nacken und lachte herzhaft. »Mein lieber Nohl«, erklärte er, »das ist entzückend.«

»Nicht, dass Sie denken, wir seien hier schwedenfeindlich«, räumte Nohl rasch ein. »Mein Vater hat mir zwar als Kind noch damit gedroht, wenn ich nicht brav sei, käme der Schwede, um mich zu holen, aber das war nur so eine Redensart.«

»Ich fühle mich auch ganz und gar nicht feindlich behandelt«, versicherte Lennart. In Gedanken fügte er hinzu: Zumindest jetzt nicht mehr, wo Sie Vertrauen zu mir gefasst haben und etwas weniger brummig sind. Laut sagte er: »Und was die Möbel angeht: Meine Frau findet die ebenfalls ganz und gar entsetzlich. Sie stehen mit Ihrer Meinung nicht allein da.«

»Ihre Hoheit war mir schon immer sympathisch«, sagte Nohl und zwinkerte ihm zu. Dann ergänzte er: »Ich frage mich auch, was der alte Großherzog wohl gesagt hätte?«

Lennart grinste. »Ich glaube, er hätte uns aufmunternd zugenickt und sich darüber gefreut, dass wir endlich wieder Ordnung auf die Insel bringen und ihr Luft zum Atmen geben.«

»Ja«, bekräftigte Nohl, »ja, dieser Ansicht bin ich ebenfalls. Aber die Möbel, die hätten ihm nicht gefallen.«

* * *

»Darf ich dich aus deinem furchtbaren Büro an einen wesentlich schöneren Ort entführen?«

Kaum war Nohl fort, stand auch schon Karin vor ihm. Sie trug ein, wie Lennart fand, entzückendes, wadenlanges weißes Sommerkleid mit großen, schwarzen Punkten. Flüchtig fragte er sich, wie es so sauber sein konnte, wenn sie doch den ganzen Tag wahlweise gegen den Staub des Schlosses ankämpfte oder in der Erde wühlte, dann wurde ihm klar, dass sie sich eigens für ihn umgezogen hatte.

»Du hast dich aber fein gemacht«, sagte er. »Möchtest du wieder mit mir in die Stadt fahren? Wobei ich nicht finde, dass das ein schönerer Ort ist als mein Büro. Kein Ort ist schöner als mein Büro.«

Doch Karin schüttelte den Kopf. »Nicht in die Stadt. Und ich verspreche dir: Der Ort, an den ich dich entführe, ist schöner als dein Büro.«

Leise fügte sie hinzu: »Wobei das nicht schwer ist.«

»He!«, rief er. »Das habe ich gehört!«

Sie warf ihm eine Kusshand zu, dann fragte sie: »Also, was ist? Kommst du mit?«

»Wenn du mir verrätst, wo es hingehen soll?«

»Es ist so heiß heute«, sagte sie, »da dachte ich, wir könnten ein wenig schwimmen gehen. Am Nordstrand.«

Sofort stand Lennart auf. »Da musst du mich nicht groß überreden! Die Aussicht darauf, meine entzückende Frau in Badebekleidung zu sehen… Ich gehe nur noch rasch meine Badesachen packen.«

»Musst du nicht.« Karin deutete auf den Korb, den sie in der Hand hielt. »Und ein kleines Picknick habe ich auch vorbereitet.«

»Du hast also damit gerechnet, dass ich Ja sage?«

»Natürlich!«, erwiderte Karin keck. »Und wenn du Nein gesagt hättest, hätte ich alle Köstlichkeiten allein gegessen.«

Zehn Minuten später lagen sie Seite an Seite am Nordstrand. »Weißt du eigentlich, dass hier schon die Hofdamen und Hofherren gebadet haben?«

»Wirklich?«, sagte Karin und fragte dann: »Zusammen?«

»Um Himmels willen!«, rief Lennart. »Streng getrennt natürlich. Also zu unterschiedlichen Zeiten. Es gab Zeiten, die waren den Damen vorbehalten, und andere den Herren.«

»Und wem gehörte dieses Badehäuschen?«, fragte Karin und deutete auf das kleine, reich verzierte Gebäude, das direkt am Ufer stand. »Den Hofdamen oder den Hofherren?«

»Beiden!«, sagte Lennart.

»Beiden?«, vergewisserte sich Karin. »Wie revolutionär.«

»Allerdings«, bestätigte Lennart. »Sie hielten sich dort zwar nicht zeitgleich auf, aber nach dem damaligen Glauben wurde eine Frau ja schon schwanger, wenn sie ein gemeinsames Badehaus nur erblickte.«

»Und?«, fragte Karin. »Wurde eine der Hofdamen schwanger?«

»Nicht, dass ich wüsste.«

***

»Schneller, Kläre, vielleicht holed mer se noch ein.«

Als Karin und Lennart nach ihrem kurzen Badeausflug zurück in Richtung Schloss gingen, drang eine unbekannte Stimme an ihr Ohr. Verwundert drehte Karin sich um und erblickte ein beleibtes Ehepaar mittleren Alters, das sich ihnen schnaufend näherte. Ihren Blick schien der Mann zum Anlass zu nehmen, mit ihr das Gespräch aufzunehmen. »Wardded Se!«, rief er. »Ned so schnell. 'S isch ja so hoiß heud.«

Hilfe suchend sah Karin Lennart an. »Wer ist der Mann?«, fragte sie. »Und woher kommt er? Deutscher ist er jedenfalls nicht.«

Lennart schmunzelte. »Doch«, sagte er. »Das ist ein Deutscher. Und was für einer. Was du da hörst, mein lieber Schatz, ist Badisch. Ich verstehe es, weil meine Urgroßmutter immer so gesprochen hat. Der Mann hat uns aufgefordert, zu warten, weil es heute ja so heiß sei.«

»Oh«, machte Karin. »Aber all unsere Mitarbeiter und die Frauen, mit denen ich das ganze Schloss gewienert habe, kommen doch auch von hier – und die hören sich ganz anders an.«

»Weil sie sich in deiner Gegenwart bemühen, Hochdeutsch

zu sprechen«, erklärte Lennart. »Aber glaube mir, wenn sie sich untereinander unterhalten …«

»Stimmt«, murmelte Karin. »Jetzt, wo du es sagst, ich habe schon ein paarmal gehört, wie sie miteinander sprachen, und nichts verstanden, was ich aber darauf zurückführte, dass sie sehr schnell redeten. Schließlich ist Deutsch für mich eine Fremdsprache.«

Inzwischen hatte das Ehepaar zu ihnen aufgeschlossen und strahlte sie mit glühenden Wangen an. Der Mann zog umständlich ein nicht mehr ganz blütenweißes Taschentuch hervor und tupfte sich die Stirn.

»Send Sui dr einschdige Brinz?«, wollte er wissen.

»Herbrt. Der verschdood di doch it. Des isch a Schwed«, kam es belehrend von seiner Frau.

Lennart lächelte dem Ehepaar verbindlich zu. »In der Tat habe ich etwas Mühe, Sie zu verstehen«, sagte er. »Und meine Gattin dürfte damit noch größere Schwierigkeiten haben. Aber meine Urgroßmutter, Großherzogin Luise, sprach ebenfalls Dialekt. Daher ist mir die Mundart vertraut.«

»Hosch des g'hert, Herbrt?«, flüsterte die Frau andächtig. »Der hot gsait, mir schwäzad wie d' Großherzogin.«

»I hons g'hert«, bestätigte Herbert und wandte sich dann wieder Lennart zu. »Ond ois ko i eana saga: Dr Großherzog, der hädd des fei guad gfonda, was Sui dahanna dänd.«

Lennart übersetzte amüsiert und hastig. Dann fragte er: »Da Sie ja nun wissen, wer ich bin, gestatten Sie mir die Frage: Wer sind Sie?«

»Dr Herberd ond Gläär Schneggle«, erwiderte der Angesprochene ernst.

Lennart musste sich das Lachen verkneifen. »Sehr erfreut.« Er wollte seinem Gegenüber die Hand drücken, doch der zog seine Rechte hastig zurück. »Mommend!«, rief er und rieb seine Pranke dann ordentlich mit seinem weißen Schweißtuch trocken. »Jetzt kennad se«, sagte er und schüttelte erst Karin, dann Lennart kräftig die Hand, wobei dieser feststellte, dass sie immer noch schweißnass war. Sodann fragte Herr Schneckle: »Mogsch au, Glärle?«, und reichte seiner Gattin das Tuch, die sich daraufhin etwas verlegen die Hand wischte.

»Sehr schön, Herr und Frau Schneckle«, sagte Lennart. »Und was tun Sie hier?«

Herbert Schneckle glotzte ihn an. »Ha, die Insel besichtiga«, sagte er, und seine Frau fügte hinzu: »Mir sen Turischda. Fuffzig Pfennig hemmer zahld. Bro Bärson.«

Touristen! Lennart wusste, dass es Touristen auf der Insel gab, dann und wann hatte er in den letzten Wochen einzelne Personen oder größere Gruppen aus der Ferne gesehen, aber diese waren immer auf Abstand geblieben. Er hoffte, dass nicht allzu viele Touristen so aufdringlich sein würden wie Herr und Frau Schneckle. Sosehr er sich über deren Begeisterung freute: Würde er nun allzu oft derartige Besucher bekommen, würden die Arbeiten auf der Insel stillstehen.

»Es war uns eine Freude, Sie kennenzulernen«, verabschiedete er sich daher hastig. »Aber meine Frau und ich müssen nun ins Schloss zurück. Die Pflicht ruft.«

»Abr selbschtverschdändlich!«, zeigte sich Herr Schneckle einsichtig und verzichtete zu Lennarts großer Erleichterung darauf, ihm erneut die Hand zu schütteln, sondern sagte nur: »Des war ons fei a Ehr.«

»Mir auch, Herr und Frau Schneckle. Mir auch«, sagte Lennart. Und dann eilte er, seine Gattin an seiner Seite, in Richtung Schloss davon.

Kapitel 18

Lennart und Karin mussten immer noch kichern, als sie das Schloss erreicht hatten. »Ein wunderbarer Badeausflug, und dann noch eine so herzerfrischende Begegnung«, sagte Lennart, »jetzt kann ich voller Elan an meine Buchhaltung gehen. Herr Riedle kommt gleich.«

Karin nickte und gab ihrem Mann einen Kuss. »Und ich übe badisch«, sagte sie.

»Das klingt bestimmt ganz reizend, mit deinem schwedischen Akzent«, sagte Lennart und hatte gerade sein Büro betreten, als es auch schon an der Tür klopfte.

Auf Lennarts »Herein« betrat Martin Riedle das Zimmer.

»Herr Riedle«, begrüßte ihn Lennart. »Wie schön, dass Sie es möglich machen konnten. Ich fürchte nämlich«, er machte eine weitausholende Bewegung, »ich fürchte, all das hier kostet mich so viel, dass ich nach Konstanz fahren und Geld aus Schweden besorgen muss.«

Der Buchhalter sandte ihm einen erstaunten Blick. »Das ist aber nicht nötig, Eure Hoheit«, sagte er. »Hier gibt es Geld genug.«

»Ist das Ihr Ernst?«, fragte Lennart.

»Mein voller Ernst, Eure Hoheit«, bekräftigte der Buchhalter. »Ich habe die entsprechenden Unterlagen dabei, dann können wir sie gemeinsam durchgehen.«

»Bitte. Nehmen Sie Platz.«

Lennart wies auf den runden Tisch mit den passenden Stühlen, der auf seinen Stahlrohrbeinen unmittelbar vor dem Fenster stand.

»Danke, Eure Hoheit«, sagte Martin Riedle, legte die Unterlagen auf den Tisch und nahm Platz. »Und wenn ich das sagen darf: Diese Möbel sind außerordentlich geschmackvoll.«

Lennart lachte auf. »Schön, dass Sie das sagen. Meine Gattin findet sie absolut grauenhaft, und Herr Nohl ebenfalls.«

»In Geschmacksfragen sind meine Frau und ich uns auch selten einig«, verriet Martin Riedle leutselig. »Ich lasse ihr meistens ihren Willen.«

»Womit Sie sicherlich viel zum häuslichen Frieden beitragen«, scherzte Lennart.

Martin Riedle hatte inzwischen die Bücher aufgeschlagen, und Lennart zeigte sich beeindruckt darüber, wie akkurat Einträge und Zeilen aufgeführt waren.

»Hier.« Der Buchhalter deutete auf die erste Spalte. »Hier sehen Sie die Einnahmen, die wir aus dem Verkauf von Getreide generieren, hier ist das Saatgut aufgelistet, hier das Brennholz, hier die Schlachtung …«

Lennarts Augen flogen über die Tabelle, und ein tiefes Gefühl der Befriedigung überkam ihn. Das waren sehr stabile Zahlen! Wie gut es das Schicksal doch mit ihm meinte! Er hatte zwar ein Schloss zu sanieren, aber im Gegensatz zu vielen anderen Schlossherren hatte er das Glück, dass seine Besitzungen so viel abwarfen, dass er die Sanierung davon finanzieren konnte, wie es schien. Wobei, korrigierte er sich, andere Schlossherren hatten schließlich ebenfalls Besitzungen, mit denen sie Einnahmen erzielten.

»Es ist davon auszugehen, dass die Einnahmen aus dem

Forstbetrieb in den folgenden Jahren deutlich steigen werden«, erläuterte Riedle eifrig weiter.

Lennart nickte. »Durch die große Abholzung«, sagte er und fragte dann: »Können wir die Hölzer nicht bereits in diesem Jahr veräußern? Dann würden den hohen Ausgaben sofort Einnahmen gegenüberstehen.«

Doch Riedle schüttelte den Kopf. »Dazu würde ich nicht raten, Eure Hoheit«, sagte er. »Abgelagertes Holz kann viel teurer verkauft werden als frisch geschlagenes. Aber im Wald liegt generell viel Potenzial. Unser Wald auf dem Festland umfasst vierhundertfünfzig Hektar und ist wirklich in einem guten Zustand. Wir verzeichnen einen Zuwachs von vierzehn Kubikmeter pro Hektar und Jahr. Das kann Ihnen viel einbringen. Aber ich glaube, dass wir einen anderen Bereich haben, mit dem wir den Ausgaben sofort Einnahmen gegenüberstellen können.«

Fragend sah Lennart ihn an. »Und der wäre?«

Er blickte wieder auf die Bücher. Was fehlte denn noch? Woraus außer aus Forstbetrieb und Getreide sowie Schlachtung erzielten sie noch Einnahmen?

Martin Riedle erkannte die Ratlosigkeit seines Chefs und blätterte mit einem geheimnisvollen Lächeln die Seite um. Erstaunt las Lennart die Überschrift: »Einnahmen aus dem Tourismusbetrieb«. Und dann musste er lachen.

»Was ist daran so komisch?«

»Nun«, sagte Lennart, »ich bin gerade einem urbadischen Touristenpaar begegnet.«

»Wurden Sie belästigt, Eure Hoheit?«, fragte der Buchhalter besorgt, doch Lennart winkte ab. »Es war sehr amüsant«, versicherte er. »Aber kann man bei den paar Besuchern wirklich schon von einem Tourismusbetrieb sprechen?«

»Schauen Sie sich mal die Zahlen an«, forderte Martin Riedle ihn auf. »Es waren in diesem Jahr fünfundvierzigtausend. Doppelt so viele wie im letzten Jahr.«

»Fünfundvierzigtausend?«, wiederholte Lennart. »Das kann ich gar nicht glauben! Ich meine, ich habe schon immer mal Touristen gesehen, aber dass es derart viele sind?«

»Das verläuft und verteilt sich über das Jahr ganz gut«, sagte Riedle. »Und die Insel ist doch recht groß. Die meisten kommen wegen der Bäume – aber auch aus Neugierde.«

»Aus Neugierde darauf, was wir aus der Insel machen?«, vermutete Lennart.

»So ist es, Eure Hoheit. Die Menschen finden es aufregend, dass ein junges Paar aus dem schwedischen Königshaus nun auf der Insel lebt.«

»Das habe ich gerade gemerkt«, sagte Lennart und fügte dann hinzu: »Wir sind aber nicht mehr königlich.«

»Das macht die Leute umso neugieriger«, versicherte Riedle. »Sie umweht nun der Hauch des Verbotenen.«

Lennart lachte, und auch Riedle grinste. Sie waren im selben Alter, und sie verstanden sich blendend.

»Und dann bin ich auch noch Schwede. Der Kinderschreck.«

»Kinderschreck?«, fragte der Buchhalter verständnislos.

»Das hat mir Herr Nohl erzählt. Es rührt noch vom Dreißigjährigen Krieg her. Dass man hierzulande zu den Kindern immer noch sagt: ›Wenn du nicht brav bist, holt dich der Schwede.‹«

»Also zu mir hat das noch keiner gesagt«, versicherte Martin Riedle und fügte augenzwinkernd hinzu: »Aber ich bin ja auch jünger als Herr Nohl. Und ich hätte auch keine Angst vor Ihnen.«

»Da bin ich ja beruhigt«, scherzte Lennart und deutete dann wieder auf das Buch. »Laut dem Ehepaar, dem ich gerade begegnete, kostet der Eintritt fünfzig Pfennig je Besucher.«

»Das ist richtig«, bestätigte Riedle.

»Das sind ja zweiundzwanzigeinhalbtausend Mark!«, überschlug Lennart. »Das ist aber ordentlich – vor allem dafür, dass ich diese Einnahmequelle bisher einfach übersehen habe.«

»Das liegt sicherlich daran, dass wir hierfür bisher keine Ausgaben tätigen mussten – denn diese werden ja immer mit Ihnen abgesprochen. Und dann hatten Sie ja auch noch so viel zu tun …«

»Danke, dass Sie mich verteidigen«, sagte Lennart. »Ein wenig peinlich ist mir das aber schon.«

»Von mir wird es keiner erfahren, Eure Hoheit«, versprach der Buchhalter.

»Das wäre mir sehr recht!«, erwiderte Lennart. Dann fragte er: »Ich nehme an, die Karten für die Touristen werden von Frau Walser im Lauenhaus an der Brücke zum Festland verkauft?«

»Sehr richtig, Eure Hoheit«, bekräftigte Martin Riedle.

»Wie alt ist Frau Walser eigentlich mittlerweile?«, wollte Lennart wissen. »Sie schien mir schon uralt, als ich noch ein Kind war.«

»In den Augen von Kindern sind auch wir uralt«, ließ sich Riedle weise vernehmen, und Lennart pflichtete ihm bei: »Da haben Sie natürlich recht.« Dann fragte er: »Mir fällt gerade auf, dass ich Frau Walser seit dem Tag unserer Ankunft nicht mehr gesehen habe. Nun liegt das Lauenhaus natürlich am anderen Ende der Insel, aber nicht einmal, wenn wir über die Brücke gefahren sind, habe ich etwas von ihr bemerkt.«

»Sie würde niemals wagen, Sie einfach anzusprechen, Eure Hoheit«, sagte Riedle. »Und niemals einfach so herauskommen. Aber sie weiß immer, wann Sie kommen und wann Sie gehen.«

»Das ist mir ein wenig unheimlich.«

»Muss es nicht«, erwiderte Riedle. »Sehen Sie es eher so: Frau Walser ist eine Art Wachfrau. Sie kennt jeden, der auf die Insel kommt, und würde sofort Alarm schlagen, wenn sich jemand Unbefugtes Zutritt verschaffen wollte.«

»Aber die Touristen kennt sie doch auch nicht«, wandte Lennart ein.

»Nein, für die öffnet sie ihr Fenster und verkauft ihnen eine Karte.«

»Ich habe fast ein schlechtes Gewissen, dass ich gar nie nach ihr gefragt habe«, gestand Lennart und ergänzte dann spontan: »Haben Sie noch ein wenig Zeit?«

»Sicher, Eure Hoheit.«

»Was halten Sie denn dann davon, wenn wir Frau Walser einen kurzen Besuch abstatten?«

»Eine hervorragende Idee.«

Eine halbe Stunde später saßen sie in Frau Walsers gemütlichem Wohnzimmer im Erdgeschoss des Lauenhauses. Die kleine, zierliche Frau mit dem strengen, grauen Dutt konnte ihr Glück kaum fassen. »Nein, Eure Hoheit, dass Sie mich einmal besuchen kommen«, rief sie ein ums andere Mal, um dann hinzuzufügen: »Aber jetzt habe ich gar nichts vorbereitet. Ich hätte doch einen Kuchen gebacken.«

»Ich komme ja auch vollkommen unangemeldet«, half Lennart der Brückenwärterin aus ihrer Verlegenheit. »Und ich komme wegen Ihnen und nicht wegen Ihres Kuchens.«

»Wenn Sie wüssten, was Ihnen entgeht«, sagte Martin Riedle augenzwinkernd. »Frau Walser backt den besten Kuchen der ganzen Insel.«

»Das weiß ich noch«, sagte Lennart. »Den habe ich als Kind schon geliebt.«

»Daran erinnern Sie sich?« Frau Walser war offensichtlich gerührt.

»Mehr als das, Frau Walser«, versetzte Lennart, »ich schmecke ihn regelrecht auf der Zunge.« Dann wandte er sich an Riedle und sagte: »Und ich muss Sie korrigieren, werter Herr Riedle. Frau Walser backt nicht den besten Kuchen der Insel, was keine Kunst wäre, da hier sonst niemand backt, sondern den besten Kuchen vom ganzen Bodensee.«

Riedle lachte. »Also gut«, sagte er. »Ich erweitere mein Kompliment. Sie backen den besten Kuchen vom ganzen Bodensee.«

Sichtlich verlegen winkte Frau Walser ab. »Jedenfalls backe ich gerne noch mal einen Kuchen für Sie, Eure Hoheit. Für Sie und die entzückende Frau Gemahlin. Ich freue mich so, dass Sie hier sind und unserer lieben Insel so viel Gutes tun. Die Touristen sind auch ganz begeistert, und …«

Lennart warf Martin Riedle einen etwas hilflosen Blick zu. Nachdem Frau Walser ihre erste Scheu verloren hatte, redete sie ohne Punkt und Komma.

»Genau deshalb sind wir auch hier, liebe Frau Walser«, unterbrach der Buchhalter entschlossen. »Wegen der Touristen. Und natürlich, weil Seine Hoheit Sie gerne wiedersehen wollte«, fügte er noch hinzu.

»Ja«, sagte Lennart. »Das war der Hauptgrund. Meine Frau und ich, wir haben Sie richtig vermisst in den letzten Monaten.«

»Ich wollte ja nicht stören«, sagte Frau Walser schüchtern. »Sie waren immer so beschäftigt, und Sie haben ja so viel zu tun. Und was das alles kostet! Die Sanierung des Schlosses und die ganze Insel auf Vordermann bringen.«

»Und damit wir das alles bezahlen können, sind die Touristen sehr wichtig, Frau Walser«, sagte Lennart. Dann fügte er hinzu: »Ich erinnere mich jetzt an den ersten Touristen, den ich je gesehen habe. Er hatte eine Kamera bei sich, und ich hörte meine Urgroßmutter zu meiner Großmutter sagen: ›Das ist ein Tourist.‹ Lange Zeit habe ich darüber nachgegrübelt, was das eigentlich ist. Es schien mir etwas sehr Geheimnisvolles.«

Frau Walser lachte, und Riedle merkte an: »Soweit ich von meinem Vater weiß, der vor mir für die Buchführung auf der Insel zuständig war, erreichte der Tourismus nach der Revolution von 1918 die Insel. Davor kamen nur in Einzelfällen Besucher – und die mussten auch keinen Eintritt bezahlen.«

»Das ist richtig«, sagte Frau Walser.

»Und weshalb kam nach 1918 der Tourismus auf die Insel?«, fragte Lennart und vermutete: »Lag es daran, dass Deutschland nun kein Kaiserreich mehr war und die Bürger darauf drängten, die Insel auch für sie zugänglich zu machen?«

»Eher daran, dass die Zeiten auch in finanzieller Hinsicht durch all die Umbrüche für Ihre Familie schwierig waren«, erläuterte Riedle. »Die Mainau für Besucher zu öffnen, bedeutete eine kleine Einnahmequelle.«

»Die jetzt sehr gewachsen ist«, sagte Lennart. »Und wer weiß – vielleicht können wir ja noch mehr tun, um den Tourismus auf der Mainau zu fördern.«

Als Lennart am Abend Karin von seinen neuen Erkenntnissen berichtete, war sie ganz begeistert.

»Das ist ja wunderbar«, rief sie. »Dann ist meine Idee, im Herbst etliche Blumenzwiebeln einzupflanzen, ja noch besser. Man muss den Inselgästen schließlich etwas bieten.«

»Du hast recht«, sagte Lennart. »Darauf sollten wir setzen. Neben unseren Hauptumsätzen im Bereich Land- und Forstwirtschaft kann der Tourismus eine wachsende und immer größer werdende Einnahmequelle werden.«

Kapitel 19

Ich denke, langsam wird es Zeit, den Heimweg anzutreten«, sagte Karin an einem verregneten Morgen Anfang Oktober 1932. »Wenn ich ehrlich sein soll: Das war eine ziemlich kalte Nacht. Ich habe schrecklich gefroren.«

»Das tut mir leid«, erwiderte Lennart. »Ich hätte dich doch wärmen können.«

»Das hast du ja«, versetzte sie. »Ich habe mich die ganze Nacht über an dich gepresst. Was du allerdings gar nicht bemerkt hast.«

»Was bin ich nur für ein Ehemann!«, sagte er gespielt betroffen. »Soll ich vielleicht jetzt?«

Er schickte sich an, Karin die Bluse wieder zu öffnen, die sie gerade angezogen hatte, doch sie wehrte lachend ab. »Untersteh dich!«, sagte sie. »Da kommt gleich noch ein schöner, dicker Wollpullover drüber. Im Ernst, Lennart. Es wird Zeit, nach Schweden zurückzukehren.«

»Ich will die Mainau aber nicht verlassen«, seufzte er.

»Ich ja auch nicht«, wandte sie ein. »Aber wir waren uns doch einig, dass es noch eine ganze Weile dauern wird, bis wir das Schloss auch in den kalten Monaten bewohnen können. Und bis dahin müssen wir die Insel eben von Schweden aus verwalten. Und wir haben hier unsere Pflicht erfüllt. Alle Zwiebeln sind in der Erde. Das wird im kommenden Frühling die reinste blühende Freude sein.«

»Du hast recht«, sagte Lennart und bemerkte, dass ihm der Gedanke an den bevorstehenden Abschied von seiner Insel wie ein Klumpen im Magen lag. »Lass uns fahren.«

Als er den Wagen einige Tage später von der Insel lenkte, standen die Mitarbeiter wie schon bei ihrer Ankunft Spalier. Diesmal winkten sie ihnen zum Abschied. Es war schwer gewesen. Die Frauen hatten geweint, und auch Lennart hatte kräftig blinzeln müssen. Vom Rücksitz her duftete Frau Walsers frisch gebackener Kuchen, den sie ihnen mitgegeben hatte.

Eigentlich, dachte Lennart, hätte der Duft tröstlich sein müssen, aber das war nicht der Fall. Das unangenehme Gefühl im Magen breitete sich aus und ergriff nach und nach seinen ganzen Körper. Ein Zustand, den er aus Kindertagen kannte. Ein Gefühl von Einsamkeit und drohendem Unheil hatte sich seiner bemächtigt. Es fühlte sich an, als müsse er für immer gehen und als habe er die Heimat, die er doch gerade erst wieder gefunden hatte, wieder verloren. Dabei würde er doch im Frühjahr zurückkehren! Was war nur in ihn gefahren?

* * *

»Es ist zwar nicht mit der Mainau zu vergleichen, aber wir machen es uns hier auch schön, du wirst sehen«, sagte Karin, als sie eine Woche später in ihrer neuen Wohnung standen, die ihre Eltern in ihrem Auftrag für sie angemietet hatten. »Und es ist viel besser als die kleine Junggesellenwohnung, in der du gehaust hast, nachdem du aus dem Stockholmer Schloss ausgezogen bist.«

»Doch, hier lässt es sich aushalten«, bestätigte Lennart und sah sich in der schmucken Maisonette-Wohnung um. »Zumal wir auch hier Aussicht auf den See haben, wenn auch nur auf den Mälarsee und nicht auf den Bodensee.«

»Ein Ersatz ist es doch trotzdem – und nicht gerade ein kleiner. Der Mälarsee ist mindestens doppelt so groß wie der Bodensee«, sagte Karin und schlang von hinten die Arme um ihren am Fenster stehenden Gatten. Ihr Herz schlug schneller. Sie hatte tausendfach überlegt, wie sie es ihm sagen sollte, hatte unzählige Sätze konstruiert und wieder verworfen, hatte sich Szenen ausgemalt, in denen sie und er die Hauptrolle spielten – und nun stieß sie einfach hervor: »Zumal die Junggesellenwohnung für uns zu klein geworden wäre.«

Lennarts Hand hatte die ihre gestreichelt, die auf seinem Bauch lag, nun hielt er in der Bewegung inne. Dann wandte er sich langsam zu ihr um und sah sie ungläubig an, während er fragte: »Willst du mir damit sagen … Du meinst, du bist …«

Sie nickte hastig. »Ja«, sagte sie. »Ja, Lennart. Ich bin schwanger. Wir erwarten ein Kind.«

Sie sah in seine Augen, die feucht wurden, sie sah Erschütterung und unbändiges Glück, sie sah, dass ihr Ehemann von innen regelrecht zu leuchten begann, sie entdeckte eine Festigkeit an ihm, die sie sonst nur auf der Mainau erlebt hatte. Und sie hatte das Gefühl, dass sein Glück auf das ihre überschwappte, sie umhüllte und umarmte, während sie hier an diesem Fenster vor der Kulisse des Mälarsees standen.

Er hob die Hand und berührte ihre Wange. Ganz zart und sacht. Staunend. »Karin«, sagte er. »Du wirst Mutter.«

Nun löste sich eine Träne aus ihrem Augenwinkel und rann ihre Wange hinab. Eine Glücksträne. Sacht strich er sie fort.

»Ja, Lennart«, sagte sie. »Und du wirst Vater. Ein wunderbarer Vater.«

»Und du eine wunderbare Mutter! Was für ein Glück dieses Kind doch hat.«

Und dann sank er vor seiner Frau auf die Knie, umschlang ihre Hüften und küsste ihren Bauch, während er flüsterte: »Willkommen, mein kleines, geliebtes Kind. Möge dein Leben sehr, sehr glücklich werden. Ich werde alles dafür tun, was in meiner Macht steht. Das verspreche ich dir.«

***

Der Winter, der nun folgte, ihr erster Winter als Ehepaar, stand unter einem ganz besonderen Zauber. Es gab nur sie beide und das Ungeborene. Stundenlang saßen sie eng aneinandergeschmiegt auf ihrem kleinen Sofa vor dem Kamin und sahen ins munter flackernde Feuer, während draußen die Schneeflocken herabsanken und alles in eine weiß glitzernde Landschaft verwandelten. Das Einzige, was Lennart zu seinem Glück fehlte, war die Mainau. Täglich telefonierte er mit Verwalter Minges und gelegentlich auch mit Buchhalter Riedle. Er wollte auf dem Laufenden bleiben.

»Auf der Insel schneit es heute auch«, sagte er verträumt, nachdem er wieder einmal ein Telefonat beendet hatte. »Das muss bestimmt ganz wundervoll aussehen, wenn der Schnee unser Schloss umhüllt und die Flocken sacht in den See sinken.«

»Ich kann es auch nicht erwarten, bis wir unsere Winter auf unserer Insel verbringen können«, sagte Karin und legte eine Hand auf ihren Bauch. »Dieses kleine Wesen wird noch viele Geschwister bekommen, und dann wird Kinderlachen über die ganze Insel schallen.«

»Wir machen eine Schneeballschlacht«, rief Lennart, und seine Augen leuchteten wie die eines kleinen Jungen.

»Und wir bauen einen Schneemann!«, fiel Karin begeistert ein. »Oder nein! Eine ganze Schneemannfamilie. Die Bernadottes aus Schnee.«

Innig sahen sie einander an. Sie waren voller Träume. Ihre Zukunft würde großartig werden. Und unendlich glücklich!

Kapitel 20

Wieder einmal stand Lennart am Fenster und sah hinaus, wie er es schon so oft getan hatte. In unmittelbarer Nachbarschaft wurde die Västerbron-Brücke gebaut, und er konnte nicht anders, als die riesigen Brückenbogen mit Karins wachsendem Bauch zu vergleichen. Doch im Gegensatz zu diesen Brückenbogen wirkte Karins Bauch alles andere als stabil. Auch jetzt lag sie auf dem Sofa und stieß plötzlich ein Stöhnen aus, das Lennart erschrocken zusammenfahren ließ. »Karin!«, rief er, eilte zum Sofa, ging neben ihr in die Knie und nahm ihre Hand. »Sind es schon wieder diese Kopfschmerzen?«

»Ja«, flüsterte sie und wirkte dabei so kraftlos, als erschöpfe es sie fast zu Tode, zu sprechen. »Ja, ich halte es wirklich nicht mehr aus, Lennart.«

Er war einerseits froh, dass sie über Kopf- und nicht über Unterleibsschmerzen klagte, schließlich dachte er sich, so schlimm es war, dass Karin litt – aber das Kind war durch Kopfschmerzen immerhin vermutlich nicht in Gefahr. Doch seine Sorge um seine Frau war selbstverständlich riesig.

»Ist dir auch wieder schwindelig?«, fragte er.

»Ja«, bekräftigte sie. »Obgleich ich liege. An Aufstehen ist gar nicht zu denken.«

»Das reicht jetzt«, versetzte Lennart entschlossen. »Ich rufe

Großvater an, er soll uns Doktor Cassermann schicken. Er fragt ohnehin ununterbrochen nach deiner Befindlichkeit.«

Zu Lennarts Überraschung protestierte Karin nicht – dabei schätzte sie es ansonsten überhaupt nicht, wenn man Aufhebens um sie machte –, sondern nickte nur schwach und fügte noch hinzu: »Und meine Mutter. Ich brauche jetzt meine Mutter.«

Lennart wollte etwas erwidern, doch er schluckte die Worte im letzten Moment herunter. Es passte ihm irgendwie nicht, dass Karin nach ihrer Mutter verlangte – er war doch da. Doch er ging hart mit sich ins Gericht. War er etwa eifersüchtig, weil seine Frau eine Beziehung zu ihrer Mutter hatte – ganz im Gegensatz zu ihm? Wie schäbig und missgünstig wäre das. Oder wollte er nicht, dass sich jemand zwischen Karin und ihn drängte? Wie auch immer, sagte sich Lennart, fest stand, dass seine Reaktion mehr als merkwürdig war. Und er hatte eigentlich auch gar keine Zeit, darüber nachzudenken. Hastig griff er zum Hörer und ließ sich zunächst mit seiner Schwiegermutter verbinden, die versprach, sofort herbeizueilen, und dann mit dem Palast. König Georg V. war äußerst besorgt und versicherte, seinen Leibarzt direkt zu ihnen zu schicken.

Anna-Lisa Nissvandt traf keine zwanzig Minuten nach Lennarts Anruf ein.

»Wie geht es ihr?«, fragte sie atemlos, nachdem Lennart ihr die Tür geöffnet hatte.

»Nicht gut, fürchte ich«, erwiderte der. »Ihre Kopfschmerzen werden immer schlimmer, und sie sagt, sie hat das Gefühl, dass ihr Kopf bald platzt.«

»Das arme Kind.« Schon eilte Anna-Lisa ins Wohnzimmer, begrüßte ihre Tochter und fühlte besorgt ihre Stirn.

»Mor!«, weinte Karin. »Ich habe solche Schmerzen.«

Lennart stand daneben und fühlte sich hilflos und irgendwie auch – wieder einmal – ausgeschlossen.

Er war erleichtert, als es erneut an der Tür klingelte.

»Guten Tag«, begrüßte Doktor Cassermann Lennart. »Wo ist denn die Patientin? Der König ist in heller Aufregung.«

»Das sind wir alle«, erwiderte Lennart und fügte hinzu: »Es geht ihr gar nicht gut. Bitte kommen Sie.«

Anna-Lisa Nissvandt erhob sich sofort, um dem Arzt Platz zu machen, der sich, nachdem er die Patientin begrüßt hatte, gleich an die Untersuchung machte.

Als er fertig war, sah er sie ernst an. »Sie leiden an einer Schwangerschafts-Eklampsie nebst beginnender Schwangerschaftsvergiftung.«

»Du lieber Himmel!«, rief Lennart erschrocken.

»Es ist auch nicht ganz ungefährlich«, bestätigte Doktor Cassermann. »Aber in den Griff zu bekommen. Vorausgesetzt«, er hob mahnend den Zeigefinger, »vorausgesetzt, Sie schonen sich und vermeiden jede, und ich meine wirklich jede, Aufregung.«

»Natürlich«, versprach Lennart. »Dafür werde ich sorgen.«

Von Karin kam es matt: »Wir wollten eigentlich noch einmal nach Deutschland fahren, bevor die Kleine zur Welt kommt. Ich habe doch letzten Herbst so viele Zwiebeln gepflanzt, und unser Gärtner erzählte am Telefon, wie schön die alle blühen.«

Ihre Worte hatten sie so viel Kraft gekostet, dass sie nicht weitersprechen konnte.

»Liebling!« Lennart eilte an ihre Seite und nahm ihre Hand. »Die Blumen blühen auch im nächsten Jahr noch. Wichtig seid nun ihr beide. Du und das Kind.«

»Da kann ich Ihrem Gemahl nur beipflichten«, bekräftigte Doktor Cassermann. »Wenn Sie sich nicht schonen, riskieren Sie Ihr Leben. Und das Ihres Kindes.«

Als der Mediziner sich verabschiedet hatte – nicht ohne das Versprechen, am Abend noch einmal nach der Patientin zu sehen –, blickten sich Lennart, Anna-Lisa und Karin beklommen an. Karin rannen die Tränen über die Wangen. »Ich habe mich so auf den Frühling auf der Insel gefreut.«

Liebevoll strich ihre Mutter ihr eine verschwitzte Strähne aus der Stirn. »Es werden noch viele weitere Frühlinge kommen«, sagte sie. »Doktor Cassermann hat recht. Es ist wichtig, dass du nun wieder auf die Beine kommst.«

»Und die Mainau ist bei Herrn Nohl und seinem Trupp in den besten Händen«, versuchte Lennart seine Frau – und auch sich selbst – zu trösten.

Sie schüttelte den Kopf. »Nein«, sagte sie. »Nur weil ich nicht fahren kann, muss das doch nicht für dich gelten. Gerade jetzt im Frühjahr gibt es auf der Insel so viel zu tun, und wir haben uns doch so darauf gefreut.«

»Aber noch mehr freuen wir uns auf das Kind«, sagte er. »Ich lasse dich doch jetzt nicht allein! Schon aus egoistischen Gründen: Ich hätte ja keine ruhige Minute. Und wie schon gesagt: Die Mainau – das haben Herr Nohl und seine Kollegen ganz gut im Griff.«

»Meinst du wirklich?«, fragte Karin.

»Ich meine wirklich«, bestätigte Lennart. »Wahrscheinlich machen sie das viel besser als wir. Immerhin sind sie im Gegensatz zu uns wirkliche Gärtner. Und Herr Nohl kennt die Insel wie seine Westentasche.« Er lächelte ihr zu. »Ich mache dir einen anderen Vorschlag: Wenn das Kind im Mai zur Welt gekommen ist, warten wir noch ein paar Wochen. Und dann verbringen wir den Rest des Sommers auf unserer wunderschönen Insel. Mit unserem Kind. Es soll seinen ersten Sommer auf der Mainau erleben. Wie findest du das?«

»Das«, flüsterte Karin getröstet, »ist eine ganz wunderbare Vorstellung. Ich danke dir. Von Herzen.«

***

Die letzten Wochen der Schwangerschaft verlebte Karin wie durch einen Schleier. Und sie war unendlich dankbar, dass Lennart sich entschieden hatte, bei ihr zu bleiben und nicht auf die Insel Mainau zu fahren. Und als am 3. Mai 1933 die kleine Birgitta das Licht der Welt erblickte, hatte sie das Gefühl, der glücklichste Mensch der Welt zu sein. So wie Lennart auch. Sie sah es in seinen Augen. Wie zärtlich er dreinblickte, wenn er seine kleine Tochter betrachtete. Und gleichzeitig wirkte er so ungemein traurig und verloren. Sie glaubte zu wissen, woran das lag. »Du denkst an deine Mutter, nicht wahr?«

Er nickte. »Ja. Jetzt, wo ich selbst Vater bin und diese … unbeschreiblichen Gefühle habe, kann ich Mor umso weniger verstehen.«

»Vielleicht liegt es an ihrer eigenen Kindheit«, vermutete Karin. »Ich habe mich neulich einmal mit deinem Vater über sie unterhalten. Sie muss als kleines Mädchen ebenfalls ziemlich einsam gewesen sein.«

»Ja, das war sie«, bestätigte Lennart. »Sie war noch kein Jahr alt, als meine Großmutter, Prinzessin Alexandra von Griechenland und Dänemark, am Ufer der Moskwa stürzte. Sie war im siebten Monat schwanger. Am nächsten Tag brachte sie noch meinen Onkel Dmitri Pawlowitsch zur Welt. Aber mehr Kraft hatte sie nicht. Nach sechs Tagen im Koma starb sie.«

»Was für ein schreckliches Schicksal«, flüsterte Karin.

»Nun ja, ein ganz ähnliches wie das meine«, sagte Lennart bitter. »Nur, dass meine Großmutter keine Wahl hatte. Dem

Tod kann man nicht entkommen. Meine Mutter hatte eine Wahl. Sie hätte nicht gehen müssen.«

»Da hast du recht«, sagte Karin nachdenklich. »Und glaube mir, ich will sie wirklich nicht verteidigen. Aber vielleicht ist es ja so, dass sie ging, weil sie einem erneuten Verlassenwerden zuvorkommen wollte?«

»Wie meinst du das?«

»Sagtest du mir nicht einmal, sie sei bei Verwandten aufgewachsen, die dann aber auch starben?«

»Richtig. Großfürst Sergei Alexandrowitsch Romanow und seine Frau, Prinzessin Elisabeth von Hessen-Darmstadt. Sergei starb 1905 bei einem Bombenattentat.«

»Dann hat sie zwei Mal jemanden verloren – durch den Tod –, der ihr so unendlich nah war. Das hat vermutlich die Unfähigkeit in ihr ausgelöst, Mutter zu sein.«

»Möglich«, sagte Lennart. »Aber wenn jeder, der verlassen wird, keine gute Mutter oder kein guter Vater sein kann …«

»Das habe ich nicht gesagt, Lennart«, unterbrach Karin ihn. »Du darfst das nun nicht auf dich beziehen. Ich habe überlegt, ob es bei deiner Mutter so gewesen sein könnte.«

»Es macht wohl keinen Sinn, sie das zu fragen. Denn wenn es so wäre, dann weiß sie es vermutlich selbst nicht.«

»Das denke ich auch«, sagte Karin. »Lass uns lieber versuchen, in unserer kleinen Familie alles richtig zu machen. Und diesem kleinen Wesen hier alle Liebe zu geben, die sowohl deiner Mutter als auch dir versagt wurde.«

»Ja«, murmelte Lennart. »Vielleicht hast du recht. Und vielleicht sollte ich Mutter wirklich verzeihen. Sie ist ja noch zwei weitere Male durch die Hölle gegangen. Insgesamt hat ihr der Tod vier Mal besonders nahestehende Menschen genommen.«

»Dein Großvater«, wusste Karin sofort. »Er wurde 1919 als

Mitglied der Zarenfamilie von den Bolschewiki ermordet. Aber wer noch?«

Lennarts Herz begann zu rasen. Darüber hatte er noch nie mit jemandem gesprochen. Er öffnete den Mund und schloss ihn wieder. Kalter Schweiß stand ihm auf der Stirn. Die Kehle wurde ihm eng.

»Lennart?« Karins Stimme kam wie von weiter Ferne.

»Ich hatte einen kleinen Bruder«, flüsterte Lennart. »Meine Mutter hat ja wieder geheiratet – Fürst Sergei Michailowitsch Putiatin. Roman kam 1918 zur Welt und starb ein Jahr später.«

»O Gott!«, flüsterte Karin. »Wie schrecklich.«

Sie nahm seine Hand. »Es tut mir leid. Wie sehr muss dich das belastet haben.«

Er nickte, sah sie an, und dann betrachtete er seine Tochter, Birgittas kleines Gesichtchen. »Wenn ihr etwas geschehen würde – das würde ich nicht überleben.«

»Nein«, sagte Karin. »Nein, ich auch nicht.«

»Ich sollte Mutter verzeihen. Aber dennoch, weißt du, Karin, sie mag noch so viele liebe Menschen verloren haben. Aber ich bin noch da. Ich lebe. Und ich sollte doch auch wichtig für sie sein.«

»Ach, Liebling, das bist du doch auch!«, rief Karin. »Aber sie kann das nicht so nah an sich heranlassen, weil sie Angst vor dem Schmerz des Verlustes hat. Diese These habe ich aufgestellt, bevor ich vom Tod deines kleinen Bruders wusste. Aber jetzt scheint sie mir noch viel plausibler.«

»Sie hat mich verlassen, da hat sie erst zwei und noch nicht vier Verluste hinter sich gehabt«, wandte Lennart ein. »Aber im Grunde hast du vollkommen recht. Ich will versuchen, Mutter zu verzeihen. Jetzt, wo mich das Leben so unendlich reich beschenkt hat.«

Kapitel 21

Karin hatte das Gefühl, nie zuvor in ihrem Leben so glücklich und so… vollkommen gewesen zu sein. Und sie dachte, dass sie dieses ihr Glück umso mehr genießen konnte, als es ihr in den letzten Wochen so schlecht gegangen war. Sie hatte so viel Milch, dass sie glaubte, ihre Brüste würden platzen. »Ich weiß gar nicht, wohin damit«, sagte sie zu ihrer Mutter, die zu Lennarts Leidwesen nicht von ihrer Seite wich und gar nicht genug von ihrer kleinen Enkeltochter bekommen konnte.

»Du könntest abpumpen und die Milch der Säuglingsstation zur Verfügung stellen«, schlug Anna-Lisa Nissvandt vor. »Es gibt jede Menge arme Würmchen, deren Mütter nicht so viel Milch haben.« Leise fügte sie hinzu: »Oder gar keine Mutter mehr.«

Diese Worte trafen Karin mitten ins Herz. Wieder musste sie an Lennart denken, der momentan in seinem Arbeitszimmer nebenan mit der Mainau telefonierte. Natürlich, in seinen ersten Lebensjahren war Maria Pawlowna für ihren Sohn da gewesen – aber war sie das wirklich? Und sie selbst war mutterlos aufgewachsen. Was für ein Schicksal.

Während das kleine Mündchen ihrer Tochter nach ihrer Brustwarze suchte und die Kleine dann gierig trank, bis sie vor Erschöpfung einschlief, hatte Karin das Gefühl, dass die übersprudelnde Muttermilch in ihrem Fall ein Symbol für die übersprudelnde Mutterliebe war, die sie empfand. Als wolle das Schicksal an ihr und Birgitta gutmachen, was es an Lennart, seiner Mutter und seiner Großmutter verbrochen hatte.

Zärtlich betrachtete sie Birgittas Gesichtchen.

»Sie ist wunderschön«, sagte Lennart leise neben ihr. Karin schreckte ein wenig zusammen. Sie war derart in der Betrachtung ihres winzigen Wunders gefangen gewesen, dass sie das Kommen ihres Gemahls gar nicht bemerkt hatte.

»Das ist sie allerdings«, flüsterte Karin. »Ich bin vor Liebe für dieses kleine Menschenkind ganz außer mir, und nun, wo ich dieses Glück erleben darf, verstehe ich deine Mutter, sosehr ich es probiere, umso weniger. Dass sie dich verlassen hat. Ich könnte das niemals. Es würde mir das Herz zerreißen.«

Gerührt und dankbar drückte Lennart ihre Hand. Und nach einer Weile beschloss er: »Informieren sollten wir meine Mutter über die Geburt ihrer Enkelin schon.«

Karin nickte, während sie dachte, was für ein Glück sie mit ihrer eigenen Mutter hatte. Wobei Karin manchmal das Gefühl gewonnen hatte, dass deren Omnipräsenz Lennart durchaus zu schaffen machte und ihm gelegentlich etwas zu viel wurde. Auch wenn er versuchte, es zu verbergen, fiel ihr doch auf, dass Lennart zunehmend gereizt reagierte, je öfter ihre Mutter auftauchte. Das beunruhigte sie, und sie fragte sich, warum das so war. War er eifersüchtig auf die enge Bindung zwischen ihr und ihrer Mutter? Und wenn ja: Weshalb? Weil es einen anderen Menschen in ihrem Leben gab außer ihm, zu dem sie eine enge Bindung hatte, oder weil er sich diese enge Bindung auch immer gewünscht, aber sie nie bekommen hatte? Insofern war Karin froh, als Lennarts Vater, der über die Geburt seiner Enkeltochter regelrecht außer sich war vor Glück, sie einlud, den Sommer 1933 auf Stenhammar zu verbringen. Immerhin zu seinem Vater hatte Lennart mehr und mehr eine herzliche und auch innige Bindung – der Besuch würde ihm guttun.

»Ich freue mich wirklich darüber und denke, wir sollten annehmen«, sagte Lennart, während er seine Tochter auf den Armen wiegte.

»Ich halte das ebenfalls für eine gute Idee«, erwiderte Karin und lächelte ihm zu. »Allerdings würde das bedeuten, dass wir dann auch den Sommer nicht auf unserer Insel verbringen werden – nachdem wir nun schon im Frühjahr nicht dort waren.«

Ein Schatten flog über Lennarts Gesicht. »Ich weiß«, murmelte er. »Es ist nur …«

»Was?« Karin sah ihn voller Spannung an. »Was ist mit dir? Was treibt dich um?«

»Ach«, er richtete seinen Blick auf Birgittas zartes Gesicht. »Es ist nur … Sie ist so klein und rein und unschuldig …«

»Du willst ihr die lange Reise nicht zumuten?«, fragte sie.

»Nein, das ist es nicht«, erwiderte Lennart bedrückt. Dann stieß er hervor: »Als wir die Insel im letzten Herbst verließen, hatte ich so ein merkwürdiges Gefühl. Als würde es … ein Abschied für immer sein.«

»Wie meinst du das?«, fragte Karin alarmiert.

»Die politische Situation, Karin«, erwiderte er. »Dieser Hitler, der im Januar die Macht ergriffen hat. Der ist mir unheimlich.«

»Aber Hitler ist doch weit weg vom Bodensee.«

Doch Lennart schüttelte den Kopf. »Ich habe ein ganz merkwürdiges Gefühl, und alles in mir sträubt sich dagegen, mit diesem zarten Wesen auch nur in die Nähe dieses Mannes zu kommen.«

»Ich glaube, ich verstehe dich«, sagte Karin. »Und es spricht ganz und gar nichts dagegen, dass wir den Sommer bei deinem Vater verbringen. Aber glaubst du nicht, dass die Mainau uns braucht?«

»Es ist ja nicht so, als würde es nur in unserer Anwesenheit vorangehen«, erwiderte Lennart. »Natürlich braucht die Insel uns. Aber wie lange lag sie nun brach – seit Urgroßvaters Tod ist dort nichts mehr passiert. Und jetzt, da ich die Verwaltung übernommen habe, wird das Schloss renoviert, und Herr Nohl und seine Arbeiter kümmern sich mit ganzer Kraft darum, den Dschungel in einen Park zu verwandeln.«

Je mehr Lennart sprach, desto mehr hellte sich seine Miene auf. »Ich wäre auch lieber auf der Mainau, aber wenn wir dort wären, würde das für die Insel selbst keinen allzu großen Unterschied machen. Und es wird noch viele Sommer geben. Ich hoffe sehr, dass sich die Lage in Deutschland wieder beruhigen wird.«

Karin nickte. »Gut«, sagte sie. »Dann lass uns den Sommer auf Stenhammar verbringen. Dein Vater wird sich freuen, sein Enkelkind um sich zu haben.«

Kapitel 22

»Da bist du also.«

Staunend beugte sich Prinz Wilhelm von Schweden über die kleine Birgitta in ihrem Körbchen und machte Anstalten, sie herauszuheben.

»Vorsicht«, wollte Karin rufen. »Ihr Köpfchen. Du musst ihr Köpfchen stützen.«

Doch Lennart legte ihr seine Hand auf den Arm. »Lass ihn«, raunte er. »Er weiß, was er tut. Und wenn nicht, dann sind wir im Bruchteil einer Sekunde zur Stelle.«

Doch in der Tat schob Wilhelm von Schweden seine Arme so unter das kleine Menschenkind, dass das winzige Köpfchen in seinen auf einmal riesig wirkenden Händen lag – und die Füßchen in seiner Ellenbeuge. Sie sahen einander an, der Großvater und die Enkeltochter. Er voller Ernst, Demut, Liebe und Glück, sie mit dem noch ein wenig verschleierten und dennoch ungemein präsenten Blick, der allen Neugeborenen eigen ist.

»Da bist du also«, flüsterte der schwedische Prinz erneut, und Karin sah ergriffen, dass ihr Schwiegervater feuchte Augen hatte. Und dann beugte Wilhelm sich vor und küsste das kleine Mädchen sacht auf die Stirn.

Karin sah Lennart von der Seite an. Und bemerkte, dass eine Träne der Rührung über seine Wange rann.

»Ich habe viel falsch gemacht«, sagte Wilhelm von Schweden später leise, als er neben Karin auf dem Sofa in seinem Salon saß, während Jeanne, die die Enkelin ihres Lebensgefährten weitaus desinteressierter und kühler betrachtet hatte, zu Karins Erleichterung in der Küche verschwunden war, um die Zubereitung des Abendessens zu überwachen, und Lennart vom Arbeitszimmer seines Vaters aus seinen obligatorischen Anruf auf der Mainau tätigte.

»Was meinst du?«, fragte Karin, obgleich sie eigentlich wusste, worauf der Schwiegervater anspielte.

»Lennart«, sagte Wilhelm. »Wir sprachen ja schon einmal über seine Mutter. Aber, was mir jetzt klar geworden ist: Es hätte in meiner Macht gelegen, Lennarts unglückliche Kindheit zu verhindern.«

»Indem du dich mehr um Maria Pawlowna bemüht hättest?«, fragte Karin zweifelnd. »Wenn ich ehrlich sein darf: Ich finde nicht, dass ihr gut zueinander gepasst habt.«

»Da gebe ich dir recht«, bestätigte Wilhelm. »Aber andere Ehepaare, zumal in unseren Kreisen, bekommen das auch hin. Doch ich spiele auch weniger darauf an, dass ich an der Ehe hätte festhalten sollen. Ich denke, Maria wäre so oder so gegangen. Nein, diesen Schmerz hätte ich meinem Sohn nicht ersparen können, der liegt in der Verantwortung seiner Mutter. Aber …«

Karin sah ihn abwartend an und sagte nichts. Wilhelm musste entscheiden, ob und wann er weitersprechen wollte. Und da fuhr er auch schon fort: »Aber ich hätte ihn nicht im Stich lassen dürfen. Er hätte hier bei mir bleiben sollen. Auf Stenhammar. Oder ich hätte mit ihm in Fyrkanten bleiben müssen. Wobei ich da unglücklich war. Aber er war es ja auch. Ich habe ihn ausgeliefert. Ich habe meinen armen kleinen Jungen ausgeliefert.«

Verzweifelt sah er Karin an. Dann flüsterte er: »Ich werde mir das nie, niemals verzeihen.«

Dann strich er seiner Enkeltochter sacht über die Wange. »Was du für ein Glück hast, dass du so wunderbare Eltern hast.«

»Warum sagst du Lennart nicht all das, was du mir gesagt hast?«, fragte Karin. »Es würde ihm so guttun.«

»Ich …«, setzte Wilhelm an, und dann fügte er ganz leise hinzu: »Ich glaube, ich traue mich nicht. Mir ist das alles jetzt erst in dieser Klarheit bewusst geworden. Und ich bin so dankbar, dass Lennart mir nicht zu grollen scheint, er hält ja regen Kontakt zu mir, ich möchte da keine Wunde aufreißen.«

Karin nickte. »Vielleicht ist das richtig«, sagte sie. »Und, auch wenn das keine Entschuldigung sein soll: In euren Kreisen ist es ja durchaus üblich, dass es eine große Distanz zwischen Eltern und Kindern gibt. Da ist Lennart kein Einzelfall.«

»Ja«, flüsterte Wilhelm von Schweden. »Und das Paradoxe ist, dass Maria unter genau diesen Dingen gelitten hat. Und trotzdem hat sie ihren Sohn nicht davor geschützt, sondern ihn noch mehr hineingetrieben. Und ich auch.«

In diesem Moment wurde die Tür aufgerissen, und Jeanne platzte herein. Strafend, als hätte sie ihren Gatten und dessen Schwiegertochter in einer diffamierenden Situation ertappt, musterte sie die beiden. »Wilhelm«, sagte sie schneidend. »Ich brauche deine Hilfe.«

Wilhelm seufzte und stand auf. »Ich komme.« Im Gehen warf er Karin noch einmal einen Blick zu. Sie las darin: Und für diese Frau habe ich meinen Sohn im Stich gelassen.

* * *

»Wenn ich überlege, dass wir nach Stenhammar gekommen sind, weil wir davon ausgingen, hier einen harmonischen Sommer verbringen zu können ...«, murmelte Lennart verärgert, als er am nächsten Morgen mit Karin und Birgitta, die im Kinderwagen fröhlich vor sich hin gluckste, durch den weitläufigen Park spazieren ging.

»Ich weiß«, pflichtete Karin ihm bei, »die Stimmung, die Jeanne verbreitet, ist derart angespannt und niedergedrückt, dass es nicht auszuhalten ist. War sie schon immer so ein Drachen?«, fragte sie und fügte dann hinzu: »Ich habe sie ja nur einmal gesehen, auf unserer Hochzeitsreise, und da schien sie mir zwar sehr reserviert zu sein, aber lang nicht so unfreundlich wie jetzt.«

»Ich habe es dir zwar damals nicht gesagt, um dich nicht zu verunsichern«, erwiderte Lennart, »aber sie hat dich mit ihren Blicken fast erdolcht. Ich hatte den Eindruck, dass sie furchtbar eifersüchtig auf dich war.«

»Eifersüchtig? Auf mich?«, fragte Karin verblüfft. »Warum denn das?«

»Weil Vater dich mag«, erwiderte Lennart schlicht. »Sie erträgt es nicht, wenn Vater jemanden mag. Sie hat auch versucht, alle seine Freunde zu vertreiben, und ich glaube, teilweise ist ihr das auch gelungen.« Er hob die Schultern und senkte sie wieder. »Mag sein, dass ich mich täusche, aber in meiner Kindheit herrschte auf Stenhammar immer ein reges Kommen und Gehen von lauter Künstlern und Schriftstellern.«

»Und das ist nicht mehr so?«

»Wir sind erst zu kurz hier, als dass ich das wirklich beurteilen könnte«, meinte Lennart. »Aber ein wenig kommt es mir schon so vor, als sei es einsamer um meinen Vater geworden.«

Ja, dachte Karin, den Eindruck habe ich auch. Und er macht sich die schlimmsten Vorwürfe. Doch sie sagte nichts. Dazu hatte sie nicht das Recht. Wenn der Tag gekommen war, würde Wilhelm Lennart von sich aus sagen, was er empfand.

»Sie ist seit vielen Jahren mit ihm zusammen«, sagte Lennart in ihre Gedanken hinein. »Und in diesen Jahren wusste sie schon immer, was sie wollte, und sie verstand es, ihre Interessen gegenüber meinem friedliebenden Vater durchzusetzen.«

»Sie ist ja zum Glück nicht den ganzen Sommer hier«, tröstete Karin. »Die meiste Zeit über hält sie sich in Èze auf.«

»Aber wenn sie hier ist, dann verändert sich wirklich alles«, knurrte Lennart. »Sie spielt sich auf, als sei sie die Königin von Schweden. Und ich glaube, genau das ist ihr Problem.«

»Wie meinst du das?«

»Dass sie nicht mit Vater verheiratet ist. Im Gegensatz zu dir mit mir. Du bist mit einem Prinzen – oder mit einem ehemaligen – vermählt, sie nicht.«

»Denkst du wirklich, dass es ihr um derartige Äußerlichkeiten geht?«, fragte Karin, die Wilhelm nun noch mehr bedauerte, erschrocken.

»Ich denke schon, wobei es ihr nicht nur um den Titel geht, sondern auch darum, meinen Vater voll und ganz zu vereinnahmen. Und dass sie in Äußerlichkeiten verharrt und furchtbar eitel ist, wird allein schon daran deutlich, dass niemand wissen darf, dass sie neun Jahre älter ist als Vater.«

»Sie ist älter als er?«, fragte Karin überrascht. »Dann hat sie sich aber gut gehalten, sie sieht aus, als sei sie zehn Jahre jünger als Wilhelm.«

»Und darauf ist sie stolz«, sagte Lennart. »Und das kann sie auch sein.«

»Und was weißt du sonst noch über sie?«

»Nicht viel. Sie hält sich da sehr bedeckt und gibt sich äußerst geheimnisvoll.«

»Immerhin ist sie eine gute Köchin«, versuchte Karin, ihren Gatten zu trösten.

»Das mag sein – aber ihre Knausrigkeit macht das Ganze kaputt und führt dazu, dass Vater überall blamiert wird. Sie serviert den Gästen billigen Wein, und Pralinen werden so lange gehortet, bis sie schlecht sind. Das kommt nicht gut an. Bei seinen literarischen Freunden, aber auch beim Adel aus der Umgebung.«

»Der Adel kann sie vermutlich ohnehin nicht leiden und kommt gar nicht erst, wenn sie hier ist. Und dann auch noch ich. Zwei nicht adelige Frauen sind dann wohl doch zu viel.«

»Liebling«, beunruhigt sah Lennart sie an. Ihn plagte nach wie vor die Angst, dass ihr die schreckliche Behandlung durch seine Familie vor der Hochzeit noch nachging.

Doch sie lächelte ihm nur beruhigend zu. »Keine Sorge, Lennart«, sagte sie. »Das war nur ein Scherz.«

Er nickte. »Trotzdem«, sagte er. »Je mehr Zeit ich mit Jeanne verbringe, desto unsympathischer wird sie mir.«

»Ich glaube auch, sie ist schlicht und einfach eifersüchtig«, erwiderte Karin nun. »Sie und ihre Familie sollen bei deinem Vater ganz oben stehen. Und weil er so ein begeisterter Großvater ist, hat sie jetzt noch einen Grund mehr, eifersüchtig zu sein.«

Lennart blieb stehen und sah seine Frau fragend an. »Du findest also auch, dass sie sich merkwürdig verhält.«

»Ja, darüber sprechen wir doch die ganze Zeit«, sagte Karin verwundert.

»Es ist nur, weil … Ich habe mich schon für einen Moment gefragt, ob es nicht auch an mir liegen könnte.«

»An dir? Weshalb denn an dir?«

»Ich fühle mich einfach unwohl hier, ganz abgesehen von Jeanne. Irgendwie so, als hätte ich meine Rolle nicht gefunden. Und ich weiß auch ganz genau, woran das liegt: Bisher war ich auf Stenhammar immer als Lausbub. Jetzt bin ich ein Familienvater. Die Rolle, die ich mit diesem Ort verbinde, ist eine andere geworden. Und ich habe mir gedacht, vielleicht nehme ich deshalb auch alles ganz anders wahr.«

»Das tust du sicherlich.« Karin gab ihm einen Kuss. »Aber in allererster Linie ist und bleibt es Jeanne, die sich merkwürdig verhält.«

Kapitel 23

»Was für eine Freude! Und was für ein nettes Butzele du bist!« Frau Walser strahlte über das ganze Gesicht, als Karin, Lennart und die kleine Birgitta im Frühjahr 1934 auf die Insel kamen.

Im Gegensatz zur Anfangszeit hatte sie ihre Scheu verloren und kam nun beim Anblick der Ankömmlinge aus dem Haus geeilt.

Während die gut ein Jahr alte Birgitta die Alte nur mit großen Augen ansah, schüttelte Lennart der Brückenwärterin herzlich die Hand, und auch Karin, die neben ihrer Tochter Platz genommen hatte, um während der langen Fahrt mit ihr zu spielen, winkte vom Rücksitz aus.

»Kommen Sie mich morgen besuchen?«, fragte Frau Walser hoffnungsfroh. »Ich muss etwas mit Ihnen besprechen, das die Touristen betrifft.«

»Hoffentlich nichts Schlimmes?«, fragte Lennart. Nicht auszudenken, dieser schreckliche Hitler hätte die Mainau als Ausflugsziel für seine eigens gegründete Organisation »Kraft durch Freude« auserkoren.

Doch Frau Walser schüttelte den Kopf. »Nein, es ist etwas Gutes, denke ich. Wenn Sie möchten, kommen Sie doch morgen zum Mittagessen zu mir. Dann müssen Eure Hoheit nicht kochen. Wo Sie doch immer noch kein Personal haben«, fügte sie etwas missbilligend hinzu.

Karin musste lachen. Trotz der langen Fahrt fühlte sie sich erfrischt und voller Vorfreude – sie war ja schon so lange nicht mehr auf der Mainau gewesen! Und für Birgitta war es sogar das erste Mal. Wie gut es tat, wieder hier zu sein! »Wir kommen sehr gerne zum Mittagessen, liebe Frau Walser«, versprach sie. »Sagen wir, um halb eins?«

»Das ist eine gute Zeit, Eure Hoheit«, bekräftigte Frau Walser. Dann wandte sie sich an die kleine Birgitta. »Ja, und du? Was soll die Frau Walser dir denn kochen? Darfst du schon alles essen?«

Birgitta gluckste, und Karin schickte sich an, zu übersetzen: »Birgitta isst eigentlich alles. Nur scharf sollte es nicht sein.«

»Bei mir gibt's nichts Scharfes!«, versicherte Frau Walser beinahe empört. »Bei mir gibt's ordentliche badische Hausmannskost.« Sie wandte sich wieder an Birgitta. »Das wird dir schmecken, Schatzele«, versicherte sie.

Birgitta strahlte.

»Unglaublich!«, staunte Karin, als sie wenig später mit ihrem Mann und ihrer Tochter das Schloss betrat. »Das ist ja gar kein Vergleich zu unserem Besuch vor zwei Jahren.«

»Das will ich meinen«, bestätigte Lennart zufrieden. »Seitdem wurde ja auch unermüdlich weitersaniert.«

Staunend ging Karin auf das Eingangsfoyer zu. Die großen Fenster der schweren Türen waren bei ihrer Abreise noch mit Holz vernagelt gewesen. Jetzt waren Glaselemente eingesetzt worden, durch die man quer durch die prächtige Halle hindurch zum anderen Ende blicken und den See sehen konnte.

»Zauberhaft«, flüsterte Karin ergriffen. Sie öffnete die mittlere der drei Eingangstüren und betrat die Halle. Wie wunderschön sie war mit ihren Bögen und Säulen, und wie leicht und transparent sie wirkte durch das Licht, das nun von beiden Seiten hereinfiel.

Als sie sich umsah, erkannte sie, dass die Nohls vom Torwärterhaus, wo sie lebten, über den Schlosshof auf sie zueilten. Wie sie sich über das Wiedersehen freuten!

»Lennart«, rief sie nach ihrem Mann, der, die kleine Birgitta auf dem Arm, bereits in Richtung Nordflügel abgebogen war. »Die Nohls kommen.«

»Ich bin gleich da!«, rief er, und Karin eilte schon einmal nach draußen. Strahlend ging sie auf das Ehepaar zu und schloss beide nach kurzem gegenseitigem Zögern in die Arme. Und dann wollten sie einander gar nicht mehr loslassen.

»Wie gut es tut, dass Sie wieder da sind«, sagte Frau Nohl und tupfte sich die Augen.

»Das kann ich nur zurückgeben, meine liebe Frau Nohl«, versetzte Karin. »Ich habe Sie alle so vermisst.«

»Und da ist ja auch des Butzele!«, rief Frau Nohl, die über Karins Schulter geblickt und Lennart entdeckt hatte. Hastig fügte sie hinzu: »Und natürlich Seine Hoheit.«

Lächelnd trat Lennart zu der kleinen Gruppe. »Darf ich vorstellen?«, sagte er. »Dieses entzückende Wesen ist Birgitta, unsere Tochter.«

»Noi, du bisch aber goldig!« Vor lauter Aufregung war Frau Nohl, die sich sonst stets sehr bemühte, mit den Hoheiten Hochdeutsch zu sprechen, in schönstes Badisch verfallen. »Gugg, was d' Frau Nohl dir mitbrocht hot.«

Sie griff in einen Korb, den sie bei sich trug, und zog eine entzückende rote Holzrassel mit weißen Punkten heraus.

Birgitta strebte dem Geschenk entgegen und griff begierig

danach, während Karin fragte: »Sie sind nun nach Frau Walser schon die Zweite, die Birgitta ›Butzele‹ nennt. Was bedeutet es?«

Frau Nohl musste lachen. »Es klingt hinreißend, wenn Sie es aussprechen«, sagte sie, überlegte kurz und übersetzte dann: »Kleiner Schatz.«

»Kleiner Schatz«, murmelte Karin. »Ja, das ist sie wirklich. Unser kleiner Schatz.«

»Wir haben Ihnen wieder etwas zu essen hergerichtet, Eure Hoheiten«, ließ sich Frau Nohl eifrig vernehmen.

»Das habe ich gehofft, liebe Frau Nohl«, sagte Karin, während sie der Rassel auswich, die ihre Tochter engagiert hin- und herschwenkte. »Dürfen wir Sie denn zu dem Essen, das Sie zubereitet haben, einladen?«

Doch Victor Nohl winkte ab. »Wir freuen uns auf ein gemeinsames Mahl«, sagte er, »aber nun lassen wir Sie erst einmal ankommen. Ich helfe Ihnen nur noch eben mit dem Gepäck.«

»Also«, machte Karin, als sie sich glücklich seufzend in ihrem Lieblingssessel niederließ. »Ich finde nicht, dass sich die Stimmung hier in Deutschland sonderlich verändert hat. Und das, obwohl dieser Hitler inzwischen sogar die Macht übernommen hat.«

Lennart zuckte die Achseln. »Ganz geheuer ist er mir nach wie vor nicht, aber ich habe offen gestanden schon den Eindruck, dass es ihm gelingt, etwas Ordnung in das deutsche Chaos der Weimarer Republik zu bringen. Das Land scheint mir strukturierter als bisher, sofern ich das beurteilen kann.«

Karin nickte. »Und ich habe gelesen, dass es ihm geglückt ist, die Arbeitslosigkeit zu senken. Das trägt sicherlich zu einer besseren und damit letztendlich auch friedlicheren Stimmung im Land bei.«

»Ja, der Arbeitsdienst«, bestätigte Lennart. »Allerdings finde ich die äußeren Formen, derer sich Herr Hitler bedient, etwas merkwürdig.«

»Wie meinst du das?«

»Ich habe in der Zeitung ein Bild von den Arbeitern gesehen, die zur Baustelle marschierten. Sie hatten allesamt einen Spaten über der Schulter, als wäre es ein Gewehr, und sie marschierten, als zögen sie in den Krieg.«

»Vielleicht will Herr Hitler so ihr Gemeinschaftsgefühl stärken«, vermutete Karin.

»Möglich«, bestätigte Lennart. »Aber ich finde, das wäre eine sehr befremdliche Art und Weise, dieses Ziel zu erreichen. Das, was sie bauen, das gefällt mir wiederum ganz gut.«

»Allerdings«, bekräftigte Karin eifrig. »Wenn Hitler wirklich so viele Autobahnen schafft, wie er ankündigt, dann wird die Pendelei zwischen Schweden und der Mainau um ein Vielfaches einfacher.«

»Ein schneller Autoweg entlang des Rheins ist eine gute Sache«, stimmte Lennart zu. »Überhaupt würden etwas mehr Struktur und Ordnung dem Land durchaus guttun.«

Kapitel 24

Den Vormittag nutzten Lennart und Karin für einen ausgiebigen Spaziergang über die Insel. Lennart hatte natürlich seine Kamera dabei – und auch die Aufnahmen, die er vor zwei Jahren gemacht hatte. Dadurch konnten sich die Bernadottes den Wandel direkt vor Augen führen.

»Es ist wirklich unglaublich, was sich alles verändert hat«, bemerkte Karin staunend. »Es ist eine ganz andere Insel.«

»Nein«, widersprach Lennart ein wenig verträumt. »Es ist keine andere Insel. Es ist unsere geliebte Mainau, die nun nach und nach wieder zu sich selbst gefunden hat.«

Sie erreichten die Wiese, mit der Lennart so lange gehadert hatte, bis er sich dann, nach seiner Fotoretusche, entschieden hatte, nur die Mammutbäume stehen zu lassen.

Stumm und andächtig standen sie da, Hand in Hand, während Birgitta in ihrem Kinderwagen vergnügt vor sich hin krähte.

»Es war die beste Entscheidung überhaupt«, sagte Karin. »Es ist wundervoll.«

Pünktlich zum Mittagessen fanden sie sich bei Frau Walser ein, die sie schon freudig und aufgeregt erwartete. »Das riecht aber köstlich«, freute sich Karin, als sie das Lauenhaus betraten.

»Das will ich meinen«, sagte Frau Walser. »Es gibt Maultaschen in der Brühe und danach einen schönen Rostbraten mit Spätzle.«

Sie strahlte Birgitta an. »Des wird dir auch schmecken, Schätzele.«

Karin stellte amüsiert fest, dass die Inselbewohner offensichtlich in Gegenwart ihrer Tochter deutlich mehr in Mundart verfielen, als wenn sie nur mit ihnen sprachen. Zu Karins Erleichterung konnte sie Frau Walser – im Gegensatz zu Frau Nohl – aber noch einigermaßen verstehen.

Die Brückenwärterin hatte in ihrem Esszimmer liebevoll eingedeckt, gutbürgerlich und gemütlich, dachte Karin. Sie saßen im Erdgeschoss des Lauenhauses, und durch das geöffnete Fenster konnten sie die Menschen sehen, die über die Brücke kamen und gingen.

»Ich muss mich gleich im Voraus entschuldigen«, sagte Frau Walser. »Ich muss so sitzen, dass ich die Touristen beobachten kann. Wenn jemand über die Brücke kommt, muss ich ihm eine Karte verkaufen. Ich hoffe, Sie empfinden das nicht als unhöflich.«

»Aber woher denn, liebe Frau Walser!«, rief Lennart. »Das ist doch in unserem Interesse!«

Frau Walser servierte die Maultaschen – der kleinen Birgitta drückte sie zu deren Begeisterung eine Brezel in die Hand – und wünschte guten Appetit. Sie hatte kaum den ersten Bissen gegessen, als sie auch schon zum Fenster eilen und vier Eintrittskarten verkaufen musste.

»Das ist auch der Grund, warum ich mit Ihnen sprechen wollte«, sagte sie. »Der Herr Minges und der Herr Riedle können Ihnen die Zahlen viel besser sagen als ich – aber es kommen wirklich immer mehr Touristen auf die Insel.«

»Ich weiß«, sagte Lennart. »Ich stehe mit beiden Herren auch von Schweden aus in regelmäßigem Austausch.«

Frau Walser nickte. »Entschuldigen Sie mich einen Augenblick.« Sie ging nach nebenan in die Küche und kehrte gleich darauf mit einem herrlichen Rostbraten und einer großen Schüssel Spätzle zurück. »Selbst geschabt«, sagte sie. Dazu reichte sie frischen Salat von der Insel. Sodann eilte sie ans Fenster, um erneut Eintrittskarten zu verkaufen, forderte Lennart und Karin aber auf, auf jeden Fall schon einmal anzufangen. Als Frau Walser endlich wieder saß, sagte sie: »Was ich noch mit Ihnen besprechen wollte: Die Touristen wollen nicht nur Eintrittskarten, sie fragen auch zunehmend nach Stocknägeln. Und ich muss ihnen immer sagen, dass es das nicht gibt.«

»Was ist das – Stocknägel?«, fragte Karin, und Lennart erklärte es ihr: »Das sind kleine Schildchen, die man auf einen Wanderstock nageln kann. Je mehr dieser Schildchen ein solcher Wanderstock hat, desto mehr ist sein Besitzer herumgekommen.«

»Ich verstehe«, sagte Karin. »Und könnte man solche Stocknägel herstellen?«

»Da gibt es sicherlich Spezialisten dafür«, erwiderte Lennart. »Wir sind ja nicht die Einzigen, bei denen solche Stocknägel angefragt werden.«

»Und wenn Sie schon dabei sind«, sagte Frau Walser, während sie ihren Gästen ungefragt noch einen Nachschlag gab – Birgitta hatte die Brezel beiseitegelegt und stopfte die Spätzle mit ihren kleinen Patschehändchen direkt in den Mund. »Die Gäste fragen auch nach Postkarten.«

»Das ist ja nun überhaupt kein Problem!«, erwiderte Lennart. »Ich habe genügend Motive aufgenommen, die wir sofort drucken lassen könnten.«

»Und wenn sie von Eurer Hoheit persönlich sind, dann verkaufe ich sie noch mal besser!«, freute sich Frau Walser.

In diesem Moment klopfte es erneut von außen an die Scheibe.

»Wieder ein Tourist!«, rief Frau Walser und sprang auf. »Normalerweise sehe ich, wenn jemand kommt. Aber jetzt war ich abgelenkt.« Sie wirkte etwas verlegen.

Eilig öffnete Frau Walser das Fenster.

»Guten Tag«, hörten Lennart und Karin den Mann sagen. »Ich hätte gern zwei Eintrittskarten.«

»Macht eine Mark!«, erklärte Frau Walser.

Der Tourist bezahlte und fragte dann: »Sagen Sie, weil es heute so heiß ist... bekomme ich irgendwo auf der Insel auch etwas zu trinken? Wasser? Und vielleicht eine Tasse Kaffee?«

»Leider nein«, bedauerte Frau Walser. »Wir haben kein Restaurant oder Café. Aber wissen Sie was – wenn Sie Kaffeedurst verspüren, kommen Sie einfach zu mir. Ich brühe Ihnen gern eine Tasse auf.«

»Das ist aber sehr freundlich«, freute sich der Tourist und verabschiedete sich, gefolgt von seiner Frau, gut gelaunt.

»Das haben Sie wirklich gut gemacht«, lobte Karin die Brückenwärterin. »Sie haben sofort reagiert, und der Mann hat sich so gefreut.«

Lennart fragte: »Kommt das öfter vor? Dass Besucher nach einer Tasse Kaffee oder einem anderen Getränk fragen?«

»Bisher nicht, aber das wird sich vermutlich ändern, wenn jetzt immer mehr Menschen auf die Insel kommen.«

Lennart schob sich nachdenklich die letzte Gabel Rostbraten mit Spätzle in den Mund. Im Vorjahr hatten sich die Zahlen erneut verdoppelt, und langsam hatte Lennart das Gefühl, nicht die Land- und Forstwirtschaft, sondern der Tourismus sei die Zukunft der Mainau.

»Kann ich Ihnen noch einen Kaffee anbieten? Und ich habe zum Nachtisch natürlich auch einen Kuchen gebacken.«

»Wie?«

Lennart schreckte aus seinen Gedanken hoch.

»Frau Walser hat dich gefragt, ob du einen Kaffee haben möchtest. Und sie hat Kuchen für uns gebacken.« Aus Karins Stimme klang leise Verwunderung.

»Beides ist eine hervorragende Idee«, sagte Lennart langsam. »Und bitte verzeihen Sie, dass ich gerade so abwesend war. Aber ich glaube, ich habe auch eine gute Idee.«

»Wegen der Touristen?«, fragte Frau Walser.

»Wegen der Touristen und Ihrem Kaffee und Ihrem Kuchen, der ja bekanntlich der beste vom ganzen Bodensee ist«, sagte Lennart. »Aber das erzähle ich Ihnen bei Kaffee und Kuchen.«

»Ich bin gleich wieder da!« Frau Walser sprang auf. In der Tür wandte sie sich noch einmal um. »Und ich bin furchtbar neugierig.«

»Ich auch«, flüsterte Karin ihrem Mann zu. »Was in aller Welt hast du nur vor?«

»Warte es ab«, sagte Lennart grinsend.

Im nächsten Moment war Frau Walser auch schon zurück. Auf einem großen Tablett, das sie vor sich hertrug, balancierte sie einen herrlich duftenden Apfel-Streuselkuchen, eine Kaffeekanne, Milch und Zucker.

»Natürlich mit echten Mainau-Äpfeln«, verkündete sie stolz.

»Er schmeckt köstlich«, konstatierte Karin, nachdem sie probiert hatte. In diesem Moment begann Birgitta ärgerlich zu protestieren.

»Ja, isst dir die Mutti alles weg!«, rief Frau Walser, während sie mit ihrer Kuchengabel ein Kuchenstück aufnahm, um es Birgitta in den Mund zu schieben. Die Kleine wollte danach greifen, doch stattdessen schlug sie das Kuchenstück herunter und verzog enttäuscht ihr Gesichtchen.

Karin reagierte rasch und schob ihrer Tochter ein weiteres Stück in den Mund. Dann sagte sie zu ihrem Mann: »Nun spann uns aber bitte nicht weiter auf die Folter. Was ist das denn für eine wunderbare Idee?«

Lennart nahm rasch noch einen Schluck Kaffee, dann ließ er verlauten: »Wie wäre es, wenn ich gegenüber dem Lauenhaus einen kleinen Kiosk bauen würde? Dann müssten Sie nicht mehr Ihr Wohnzimmer opfern und könnten im Kiosk die Karten verkaufen. Und obendrein Postkarten, Stocknägel und«, er machte eine kleine Kunstpause, bevor er fortfuhr, »Ihren Kaffee und Ihren Kuchen.«

»Meinen Kuchen?«, echote Frau Walser erschrocken. »Aber ist der denn gut genug für die Touristen?«

»Gut genug für mich ist er ja auch, und ich bin schließlich ein ehemaliger Prinz«, scherzte Lennart.

»O nein, bitte verzeihen Sie, Eure Hoheit, ich wollte nicht sagen, dass etwas für Sie gut genug ist, aber für die Touristen nicht, und …«

»Keine Sorge«, beruhigte Lennart die aufgeregte Frau lachend. »Ich verstehe sehr gut, was Sie meinen! Sie haben Sorge, ob Ihre Backkünste ausreichen, um Geld dafür zu verlangen. Lassen Sie mich Ihnen versichern: Das tun sie. Kein Bäcker kann so backen wie Sie.«

»Aber Eure Hoheit, jetzt machen Sie mich ganz verlegen«, sagte Frau Walser, doch dann sprudelte es aus ihr heraus. »Man müsste den Leuten aber dann mindestens drei verschiedene Sorten Kuchen anbieten. Im Sommer könnte ich auch Erdbeerkuchen …«

»Lasten Sie sich nur nicht zu viel auf, liebe Frau Walser«,

warnte Lennart und fügte dann hinzu: »Aber ich freue mich sehr, dass Ihnen meine Idee zuzusagen scheint.«

»Wird Ihnen das nicht zu viel?«, wandte Karin ein. »Ich meine, ich finde die Idee ja auch gut, aber Sie müssten dann Kuchen backen, Kaffee kochen, Karten verkaufen – und das alles nicht mehr von Ihrem Wohnzimmer aus, sondern vom neuen Kiosk gegenüber.«

»Aber nein«, rief Frau Walser. »Im Gegenteil! Ich bin ja froh, wenn ich endlich einmal was zu tun bekomme! Seit mein Erwin gestorben ist, wurde mir die Zeit doch manchmal allzu lang. Meine Bücher kenn ich alle auswendig, und so viel handarbeiten kann man gar nicht, wie ich Zeit habe.«

»Dann ist es also abgemacht«, freute sich Lennart. »Und wenn keine Touristen da sind, können Sie jederzeit in Ihr Wohnzimmer. Sie haben von hier aus ja alles und jeden im Blick.«

»Das will ich meinen!«, versetzte Frau Walser zufrieden.

»Und wenn irgendwann so viele Touristen auf die Mainau kommen, dass Sie das nicht mehr schaffen, dann können wir Ihnen immer noch eine Hilfe zur Seite stellen«, schlug Karin vor.

Beinah empört sah Frau Walser sie an und verkündete: »Da müssen viele Touristen kommen, bevor ich das nicht mehr schaffe.«

Dann fragte sie: »Noch ein Stück Kuchen?«

Lennart und Karin nickten beide einvernehmlich.

Kapitel 25

»Wie schön, Sie wiederzusehen!« Karin eilte dem Ehepaar Riedle, das soeben die Schlossterrasse betreten hatte, mit ausgebreiteten Armen entgegen. Lennart folgte ihr auf dem Fuß, Birgitta schlief im Schatten der Schlossmauern friedlich in ihrem Kinderwagen. Nachdem Karin spontan beschlossen hatte, sowohl bei dem Treffen mit dem Buchhalter als auch bei dem Treffen mit dem Verwalter dabei sein zu wollen, um sich einen möglichst breiten Überblick zu verschaffen, hatte Lennart die Idee geäußert, jeweils auch deren Frauen dazu zu bitten und aus den Geschäftstreffen Kaffeestunden zu machen. Karin war begeistert gewesen – zumal ihr die beiden Frauen ja seinerzeit sehr beim Schlossputz geholfen hatten. Da war ohnehin schon lange ein Dank fällig. Und für heute Nachmittag hatten sie eben das Ehepaar Riedle zu sich bestellt.

»Das finde ich auch, Eure Hoheiten, danke für die Einladung.« Der Buchhalter deutete Karin gegenüber einen Handkuss an, schüttelte Lennart kräftig die Hand und schob dann seine etwas schüchtern dreinblickende Gattin nach vorne. Die zierliche blonde Frau in ihrem zartgeblümten Glockenkleid, das Haar in sanften Wellen frisiert, war, wie Karin fand, von bezaubernder Schönheit. Das war ihr gar nicht aufgefallen, als sie gemeinsam das Schloss geschrubbt hatten!

»Meine Frau Ilse kennen Sie ja bereits«, sagte Riedle.

»Eure Hoheiten«, brachte Ilse mit zittriger Stimme hervor und schickte sich an, zu knicksen. Karin schwankte zwischen Entsetzen, Mitleid und Amüsement. Und sie wunderte sich auch ein wenig. Sie kannten sich doch! Und Ilse hatte noch nie Anstalten gemacht, zu knicksen. Doch jetzt, wo sie darüber nachdachte, wurde ihr bewusst, dass sie mit Ilse während der umfassenden Reinigungsaktion eigentlich kaum ein Wort gewechselt hatte. Das war nicht groß aufgefallen, da meistens die so tüchtige wie redselige Frau Nohl an ihrer Seite gewesen war. Erst jetzt wurde ihr klar, wie schüchtern die junge Frau offensichtlich war. Dass sie, die doch selbst immer wieder mit Schüchternheit zu kämpfen hatte, das nicht bemerkt hatte. Jetzt lächelte sie der anderen freundlich zu.

»Aber Sie müssen doch vor uns nicht knicksen, meine Liebe«, sagte sie rasch. »Und eigentlich ist die Anrede Eure Hoheiten auch schon zu viel, wir lassen uns nur so nennen, weil unsere Mitarbeiter darauf bestehen. Mein Mann ist kein Prinz mehr, und ich bin schlicht eine Bürgerliche.«

»Es tut mir leid!«, sagte Ilse und platzte dann heraus: »Ich bin nur so furchtbar aufgeregt.«

Gleich darauf lief sie feuerrot an. Sie wurde Karin immer sympathischer.

»Soll ich Ihnen was verraten?«, fragte sie und hakte Ilse Riedle unter, um mit ihr in Richtung des liebevoll eingedeckten Tisches zu schlendern, der auf der Terrasse im Halbschatten stand. »Aufgeregt, das bin ich auch. Ich fühle mich nämlich hier auf der Mainau manchmal etwas einsam, zumal ich hier keine Freunde habe – zumindest keine in meinem Alter. Und nun bin ich ja auch noch Mutter und habe so viele Fragen.«

»Oh!«, rief Ilse, die ihre Scheu augenblicklich verlor. »Da

können Sie sich von Herzen gerne immer an mich wenden. Ich habe auch zwei Kinder.«

»Das berichtete mir mein Mann bereits«, sagte Karin. »Sie sind fünf und sieben Jahre alt.«

»Sie sind aber gut informiert.« Ilse war offensichtlich geschmeichelt.

»Natürlich bin ich das«, sagte Karin. »Wie ich Ihnen schon sagte, ich bin wegen Ihres Besuchs mindestens ebenso aufgeregt wie Sie. Ich fand Sie nämlich schon während unserer gemeinsamen Putzaktion sehr sympathisch. Ich hoffe, dass wir Freundinnen werden.«

»Das wäre zu schön!«, rief Ilse, und Karin dachte, dass sie jetzt, da sie etwas weniger befangen schien, noch liebenswürdiger und charmanter wirkte. Nun trat ihr lebhaftes Wesen deutlich zum Vorschein.

Sie hatten inzwischen Platz genommen und bedienten sich an Kuchen, Kaffee und selbst gemachter Limonade, für die Männer gab es ein kühles Bier.

Karin deutete zu den Stufen, die vom Südflügel des Schlosses aus direkt auf die Terrasse führten, die zwischen Schloss und Rosengarten gelegen war. »Ich finde das ungemein praktisch«, sagte sie, »und ich hatte mir überlegt, dort ein Gartenzimmer einzurichten.«

»Eine hervorragende Idee«, fand Ilse. »Eine Art Übergang zwischen drinnen und draußen.«

Karin nickte. »Ich denke darüber nach, dort eine kleine Küche bauen zu lassen. Das wäre ideal für eine Bewirtung im Freien.«

»O ja!«, rief Ilse. »Und wenn ich es richtig weiß, hat man von den hinteren Fenstern aus auch aus diesem Raum einen hervorragenden Seeblick. Sie könnten sich dort aufhalten, während Ihre Kleine draußen ein Nickerchen macht.«

»Oh«, sagte Karin, »ich glaube, für diesen Fall bevorzuge ich den Rosengarten. Er ist immer noch einer meiner Lieblingsorte.«

»Da kann ich Sie nur zu gut verstehen«, versicherte Ilse. »Der Duft der Rosen ist einfach himmlisch – ebenso wie der Kuchen. Haben Sie den gebacken?«

Dann wurde sie wieder verlegen. »Ich meine, ich weiß natürlich, dass Hoheiten eigentlich keine Hausarbeiten erledigen«, fügte sie hastig hinzu. »Also haben Sie den Kuchen vermutlich nicht gebacken.«

»Ich bin ja eigentlich gar keine Hoheit«, korrigierte Karin augenzwinkernd. »Aber der Kuchen ist trotzdem nicht von mir. Ich koche zwar leidenschaftlich gern, aber was meine Backkünste angeht, so kann ich mit dem Kuchen von Frau Walser nicht mithalten.«

»Der Kuchen ist von Frau Walser?«, rief Ilse entzückt. »Die backt wirklich ganz fantastisch, mein Mann hat mir dann und wann ein Stück mitgebracht.«

»Da sind wir uns ganz und gar einig«, plauderte Karin. Wobei sie nun bemerkte, dass Lennart und Martin Riedle sich mit ernsten Mienen unterhielten und dabei ausgesprochen bedrückt wirkten.

»Was für eine Laus ist euch denn über die Leber gelaufen?«, fragte Karin erschrocken. »Sind die Bilanzen schlecht?«

»Nein«, erwiderte Lennart. »Mit den Bilanzen hat das nichts zu tun.«

»Was ist denn passiert?«

»Etwas Schreckliches. Ernst Röhm hat angeblich einen Putsch geplant und wurde deshalb umgebracht. Und über achtzig weitere Männer, vielleicht auch mehr, darunter der letzte Reichskanzler der Weimarer Republik, Kurt von Schleicher«, informierte Martin Riedle.

»Wie bitte?«, rief Karin fassungslos. »Aber … Röhm ist doch auf Hitlers Seite. Er ist doch Stabschef der SA.«

Lennart blickte auf seine Uhr. »Mehr weiß ich auch nicht, aber in fünfzehn Minuten kommen Nachrichten im Radio. Ohne uns die Stimmung verderben zu wollen, aber vielleicht sollten wir hinauf ins Wohnzimmer gehen und hören, ob wir etwas erfahren.«

»Unbedingt«, versetzte Riedle. »In Zeiten wie diesen ist es sehr wichtig, auf dem Laufenden zu bleiben.«

Karin fröstelte plötzlich. In der Tat: Die unbeschwerte Stimmung dieses Sommernachmittags war verflogen, und sie wurde auch nicht besser, als die beiden Ehepaare mit der kleinen Birgitta wenig später gemeinsam im Bernadotte'schen Wohnzimmer um das Radiogerät saßen. Der Nachrichtensprecher berichtete mit ernster Stimme über den Vorfall und kündigte dann den Reichsminister für Volksaufklärung und Propaganda, Joseph Goebbels, an. Während sie dessen Kommentaren zu den Vorfällen lauschten, wechselten Lennart und Karin immer wieder beklommene Blicke. Goebbels lobte Hitler für seine Ruhe und Kaltblütigkeit. Wie, fragte sich Karin entsetzt, konnte man sich anerkennend über einen Massenmord äußern? Engagiert behauptete Goebbels im Radio doch tatsächlich, diese fünfundachtzig Morde seien zum Wohle des Vaterlandes geschehen. Das konnte doch nicht sein! Und irgendwie glaubte sie auch nicht an das, was da aus dem Radio klang: Wahrscheinlich hatte Röhm gar keinen Putsch geplant, sondern man hatte nur einen Vorwand gebraucht, sich seiner zu entledigen.

»Das zeigt, was für Bestien diese Nationalsozialisten eigentlich sind«, sagte Lennart düster. »Auch wenn sie das unter dem Deckmantel von Struktur und Ordnung, und wie sie das Land voranbringen, zu verbergen versuchen.«

»Allerdings«, murmelte Riedle. »Wenn man sieht, wie schnell und skrupellos sie sich sogar gegen eigene Leute wenden, dann kann man sich vorstellen, wie sie mit vermeintlichen Feinden umgehen. War Röhm nicht homosexuell?«

»Ich glaube. Das passt denen gar nicht in den Kram.«

Karin schauderte erneut. Plötzlich fiel ihr ein, was Lennart kurz nach Birgittas Geburt gesagt hatte: Er wolle sein kleines, zartes Mädchen nicht einmal in die Nähe dieses Herrn Hitler bringen. Karin hatte das für übertrieben gehalten. Aber jetzt wurde ihr mit schrecklicher Gewissheit klar, wie recht Lennart gehabt hatte.

Kapitel 26

»Ich habe beschlossen, dass wir uns von den Ereignissen nicht die Stimmung verderben und schon gar nicht unseren Elan nehmen lassen«, sagte Lennart, als er mit Karin am nächsten Morgen beim Frühstück zusammensaß. Sie hatten es sich in ihrer eigenen Küche im zweiten Stock des Nordflügels zubereitet, die die Bauarbeiter vor zwei Jahren eingebaut hatten, und genossen es nun an ihrem Esstisch vor dem weit geöffneten Fenster. »Sieh dir all das hier an«, sagte Lennart, während er sich am Blick auf den funkelnden Bodensee erfreute. »Vor zwei Jahren haben wir hier noch kein Stück See gesehen, der Putz ist von der Decke auf dein Marmeladenbrot gefallen, und die Küche war im Keller. Wir haben so viel erreicht, das lasse ich mir von diesem Hitler nicht verderben.«

»Da hast du völlig recht«, sagte Karin.

»Mir fällt gerade ein«, sagte Lennart, »dass ich kürzlich ein Werk von Theodor Fontane gelesen habe. *Cécile*. Da schreibt er von der Insel der Seligen. Das hier ist unsere Insel der Seligen. Und die der Menschen, die hierherkommen. Womit wir wieder beim Thema wären.«

»Die Stocknägel und die Postkarten.«

»Ja«, bekräftigte Lennart und nahm einen Schluck Kaffee. »Und der Kioskbau. Ich würde wieder Architekt Schänzle damit beauftragen – und natürlich den zugehörigen Handwerkertrupp.«

»Eine hervorragende Idee«, fand Karin. »Die haben ja wirklich überzeugende Arbeit geleistet. Ich hoffe nur, sie haben Zeit.«

»Das finden wir gleich heraus«, sagte Lennart. »Sobald ich unten im Büro bin, rufe ich ihn an.«

Schänzle hatte Zeit, eilte sofort auf die Insel, und mit der ihm eigenen Zielstrebigkeit machte er sich umgehend an die Planung, die er Lennart und Karin gleich am nächsten Tag präsentierte.

»Wunderbar!«, rief Lennart begeistert. »Genau so habe ich es mir vorgestellt. Wann können Sie anfangen?«

Schänzle lachte. »Na, sofort!«, sagte er. »Aber nur, wenn meine Männer und ich mit Frau Walsers Kuchen verpflegt werden.«

»Dafür verbürge ich mich persönlich!«, versprach Lennart. »Und Frau Walser wird begeistert sein: Schließlich kann sie es kaum erwarten, ihre Kuchen an die Touristen zu verkaufen.«

»Na, dann!«, sagte Schänzle und erhob sich. »Ich bin in einer Stunde zurück – mit meinen Leuten.«

»Ich wüsste nicht, was ich ohne Sie täte, lieber Herr Schänzle«, sagte Lennart herzlich.

»Es ist mir eine Ehre, Eure Hoheit«, erwiderte Schänzle ernst. »Und ehrlicherweise profitiere ich davon. Das Schloss für Sie sanieren zu dürfen und der Architekt Ihres Vertrauens zu sein, das hat mir eine Menge Reputation eingebracht.«

»Nun«, scherzte Lennart, »wir Schweden müssen doch unter Beweis stellen, dass wir nicht nur zerstören, sondern auch gestalten können.«

Der Architekt lachte. »Das haben Sie nun wirklich zur

Genüge bewiesen«, sagte er und fügte augenzwinkernd hinzu: »Der Großherzog wäre begeistert gewesen.«

»Eine Frage habe ich noch«, ergänzte Lennart.

Schänzle hob abwehrend die Hand. »Ich weiß schon«, sagte er. »Wie lange wird es dauern?«

Lennart grinste. »Sie kennen mich gut.«

»Das will ich meinen«, sagte Schänzle. »Die längste Zeit wird wohl die Trocknungsphase des Fundaments in Anspruch nehmen. Das dauert bei den Temperaturen etwa drei Wochen. Aber in der Zeit können wir in den anderen Bereichen vorarbeiten, Leitungen verlegen, das Holz zusägen, sodass wir den Rest in zwei Wochen schaffen.«

»Also fünf Wochen ab heute?«, fragte Lennart.

Schänzle nickte. »Fünf Wochen ab heute.«

Schänzle und seine Truppe enttäuschten Lennart auch dieses Mal nicht. Fünf Wochen nach dem ersten Spatenstich war der Kiosk bereits fertig, und Lennart und Karin konnten es kaum glauben. »Da waren Sie ja wirklich rasend schnell«, lobte Lennart bei der Eröffnung, die sie mit den Bauarbeitern, dem Architekten, den Ehepaaren Riedle, Minges und Nohl sowie den Gärtnereimitarbeitern, Birgitta und Frau Walser feierten – natürlich gab es Frau Walsers Kuchen!

»Ja«, strahlte Schänzle stolz, »wir haben alles gegeben. Damit die arme Frau Walser ihr Wohnzimmer endlich wieder für sich hat.«

Am nächsten Morgen öffnete der Kiosk offiziell seine Pforten. Frau Walser war schon seit den frühen Morgenstunden auf den Beinen gewesen, und im Schloss hob Karin schnuppernd den Kopf. »Ich behaupte, ich rieche den Kuchenduft bis hier.«

Lennart lachte. »Ich bin auch neugierig«, sagte er. »Lass uns das Frühstück heute am Kiosk einnehmen.«

»Eine hervorragende Idee.« Karin packte Birgitta in den Kinderwagen, und das Ehepaar spazierte gut gelaunt über die Insel.

Am Kiosk empfing sie eine aufgeregte Frau Walser. Sie hatte sich schick gemacht, über einem geblümten Kleid trug sie eine blütenweiße Schürze. Offenbar war sie am Vortag noch beim Friseur gewesen, denn die nun etwas kürzeren grauen Haare lagen in ordentlichen Wellen um ihren Kopf.

»Sie sehen bezaubernd aus, Frau Walser«, machte Karin der Brückenwärterin ein Kompliment.

»Vielen Dank, Eure Hoheit«, strahlte Frau Walser. »Das kann ich nur zurückgeben. Aber Eure Hoheit sehen ja immer wunderschön aus. Darf ich Ihnen einen Kuchen anbieten? Apfel? Streusel? Oder Rhabarber? Ich habe auch Rhabarber, bin mir aber nicht sicher, ob das gut ankommt. Rhabarber zieht ja solche Fäden. Und Sie brauchen einen Kaffee. Seine Hoheit schwarz, Ihre Hoheit mit Milch und Zucker. Ach, und was habe ich denn für das Butzele? Ein Stück Marmorkuchen?«

Lennart und Karin wechselten einen amüsierten Blick. Sie wussten ja, dass Frau Walser besonders viel redete, wenn sie aufgeregt war – aber ein derartiger Wortschwall wie jetzt hatte sich bislang noch nicht über sie ergossen.

»Ich nehme gern ein Stück Streuselkuchen«, sagte Karin ruhig. »Und einen Kaffee. Die Kleine schläft ohnehin.« Nachdem auch Lennart seine Bestellung aufgegeben hatte, wandte er sich an Karin. »Es ist wirklich schön geworden«, sagte er.

»Ja«, bestätigte sie und betrachtete wohlgefällig die Kuchentheke, die Postkartenständer, in denen Lennarts beste Aufnahmen glänzten, und die Auslage mit den Stocknägeln.

Sie hatten gerade auf der kleinen Sitzgruppe Platz genommen, als auch schon die ersten Besucher über die Brücke spaziert kamen.

»Da sind sie!«, rief Frau Walser aufgeregt und wandte sich dann besorgt zu den Bernadottes um. »Ob sie uns finden? Was, wenn sie sofort zum Lauenhaus gehen? Das steht immerhin ein Stück weiter vorne.«

»Das wird nicht passieren«, sagte Karin beruhigend. »Der Kiosk ist viel zu offensichtlich. Außerdem haben wir am Lauenhaus ein Schild angebracht, auf dem steht, dass es die Karten am Kiosk gibt.« Sie deutete nach oben, wo in der Tat groß und breit »Eintrittskarten« stand.

In diesem Moment hatten die Touristen auch schon den Kiosk erreicht. Es war ein junges Paar, und der Mann bemerkte sogleich: »Das duftet aber herrlich. Kann man bei Ihnen auch Kaffee und Kuchen bekommen?«

»Aber selbstverständlich!«, rief Frau Walser glückstrahlend, und ihr Strahlen wurde noch breiter und glücklicher, als die beiden sich ausgerechnet für Rhabarberkuchen entschieden. Zu Lennarts und Karins Erleichterung schien das Paar sie nicht zu erkennen, sondern ließ sich am Nachbartisch nieder und genoss seine Mahlzeit.

»Das wird wunderbar, Frau Walser, Sie werden sehen«, sagte Karin zum Abschied. »Wir gehen nun wieder zum Schloss zurück, aber ich schaue später noch einmal vorbei.«

»Sehr gerne, Eure Hoheit«, sagte Frau Walser und versprach: »Ich werde Ihnen ein Stück Kuchen reservieren. Und dem Butzele auch.«

* * *

Der Erfolg des ersten Tages sollte sich in den kommenden Wochen fortsetzen: Die Gäste rissen Frau Walser den Kuchen beinahe aus den Händen, drei pro Tag sollten, vor allem an den Wochenenden, schnell nicht mehr ausreichen. Die meisten Gäste wollten im Sitzen speisen, was zur Folge hatte, dass die beiden kleinen Tischchen mit den vier Stühlen, die sie für den Kiosk vorgesehen hatten, um weitere ergänzt werden mussten. Auf Lennarts Bitte hin zimmerte der Schreiner rasch einige Tische und Bänke, die sie im Außenbereich aufstellten. Hier genossen die Besucher nun Kaffee und Kuchen, doch gleichermaßen erstarkte die Nachfrage nach etwas Salzigem.

»Die Leute wollen Würstchen!«, berichtete Frau Walser nach Ablauf eines Monats empört. »Die Nachfragen häufen und häufen sich.«

»Wer kann Würstchen Ihrem Kuchen vorziehen!«, entgegnete Lennart ebenso empört. Karin warf ihm einen strafenden Blick zu. Machte Lennart sich etwa über die arme Frau Walser lustig?

»Ich glaube, das ist ganz normal«, ließ sie sich rasch vernehmen. »Kuchen, so köstlich er auch sein mag, ist eher etwas für den Nachmittag oder als Nachtisch. Am Mittag wollen die Leute etwas Herzhaftes.«

»Nun ja, ein paar Würstchen warm zu machen, ist nun wirklich kein großes Problem«, murmelte Frau Walser. »Aber mit den Sitzplätzen wird es langsam eng. Vor allem, wenn es kälter wird oder mal regnet …«

»Ich denke, bei Regen kommen die Leute ohnehin nicht auf die Mainau«, sagte Lennart. »In der kalten Jahreszeit hingegen schon. Vor allem, wenn sie sich hier mit heißen Würstchen und Getränken aufwärmen können.«

»Du hast doch schon wieder etwas vor«, riet Karin.

»Richtig«, bekräftigte Lennart. »Wir bauen hinten am Kiosk eine Gaststube an.«

»Was?«, rief Karin. »Aber das wird doch dann zu viel für Frau Walser.«

»Also, da muss ich Ihrer Gemahlin recht geben, Eure Hoheit. Nicht, dass ich mir das kräftemäßig nicht zutrauen würde. Das ist es nicht. Aber wenn ich bedienen, kochen, backen und Karten verkaufen muss …«

»Das geht nicht, das ist zu viel«, pflichtete Lennart ihr sogleich bei. »Dann hätten wir immer unzufriedene Kunden, weil immer jemand warten muss. Nein, meine liebe Frau Walser, dann bekommen Sie jemanden zur Seite gestellt, das ist doch gar keine Frage.«

»Und wann willst du bauen?«, fragte Karin.

»Sofort«, erwiderte Lennart. »Ich rufe gleich meine Handwerker an.«

»Sie verschwenden aber auch keine Zeit, Eure Hoheit«, sagte Frau Walser bewundernd. »Sie sind ein sehr tatkräftiger Mann.«

»Anders hätten wir die Mainau nicht so schnell zu dem machen können, was sie heute ist«, erwiderte Lennart. »Aber das mit der Tatkraft kann ich nur zurückgeben.«

Kapitel 27

»Habe ich es doch gewusst«, sagte Lennart, als er am Abend mit Karin, die gerade die kleine Birgitta zum Schlafen gebracht hatte, im Wohnzimmer beisammensaß. Dann fügte er erklärend hinzu: »Ich war gerade in der Bibliothek meines Urgroßvaters und habe tatsächlich eine Abhandlung über die Gastronomie auf der Mainau gefunden. Das hier«, sagte Lennart und schob Karin einen ledergebundenen Band mit Goldprägung über den Tisch, »das hier ist das Gästebuch der Weinschänke auf der Mainau, das im Jahr 1809 beginnt. Du weißt schon, unten am Hafen im Wehrturm.«

»Oh!« Ehrfürchtig öffnete Karin den Deckel und las auf der ersten Seite in schnörkeliger Handschrift: *Gästebuch der Weinschänke auf der Insel Mainau, 1809.*

Sie blätterte die Seiten um und sah etliche kunstvolle Einträge, die sie jedoch allesamt nicht entziffern konnte, zumal sie ja in deutscher Sprache verfasst waren.

»Schade«, seufzte sie. »Kannst du etwas verstehen?«

»Nur mit viel Mühe«, bekannte Lennart. »Aber wir können Herrn Nohl oder Herrn Minges fragen, die haben sicherlich viel Freude daran. Und mir fällt gerade wieder etwas ein. Ich glaube, meine Großmutter hat mir erzählt, dass es im Torbogenhaus mal ein kleines Wirtshaus gab.«

»Wir greifen also in jedem Fall auf eine alte Tradition zurück, wenn wir unsere Gäste hier bewirten«, sagte Karin. »Und zu Zeiten deiner Urgroßeltern wurde Gastfreundschaft auf der Mainau ohnehin großgeschrieben.«

»Ja«, lachte Lennart. »Urgroßvater hat immer gesagt: Das Hotel hat wieder geöffnet, wenn er mit meiner Urgroßmutter auf die Insel kam.«

»Er hätte lieber seine Ruhe gehabt, nicht wahr?«, fragte Karin.

»Richtig«, bestätigte Lennart. »Aber du weißt ja, man nannte meinen Urgroßvater auch ›Wie-du-willst-Luise‹.«

Karin schmunzelte. Dann sagte sie: »Aber vergleichen kann man das nicht: Weder zu Zeiten des Deutschordens noch zu Zeiten deiner Urgroßeltern war die Insel wirklich touristisch.«

»Da hast du natürlich recht. Und bevor mein Urgroßvater den Park auf den Grundlagen anlegte, die Esterházy geschaffen hatte, waren das hier alles nur Wiesen.« Er erhob sich und ging ans Fenster, um hinauszusehen. »Weißt du, was ich sehe, Karin?«

Lächelnd stand sie auf und trat neben ihn. Lennart schäumte vor Begeisterung und Temperament nur so über. Sie kannte das schon an ihm. Dann brachen die Ideen regelrecht über ihn herein, doch er war ihnen nicht hilflos ausgeliefert, sondern er verstand es, sie zu ordnen und zu sortieren, so, wie er auch den Park geordnet und sortiert hatte.

»Was du siehst?«, wiederholte sie seine Frage. »Einen Park, den du auf den Grundlagen des Arboretums, das dein Urgroßvater einst schuf, wieder sichtbar gemacht hast. Eine Insel, die du liebst. Und ich glaube, du siehst auch den Bodensee.«

»Ja, ja, Karin, das stimmt ja alles«, sagte Lennart ungeduldig. »Aber vor allem sehe ich Trauben.«

»Trauben?«, wiederholte Karin verblüfft und sah ihren Mann derart verwundert an, dass Lennart unversehens lachen musste. »Nun hältst du mich endgültig für verrückt.«

»Das tue ich«, erwiderte Karin zärtlich. »Und genau darum liebe ich dich so sehr. Was also ist mit den Trauben? Möchtest du sie essen?« Lennart wirbelte zu seiner Frau herum und sah sie mit glühenden Augen an. »Trinken möchte ich sie, Karin. Trinken! Und unsere Gäste auch.«

»Du möchtest unseren Gästen Traubensaft anbieten?«, fragte Karin verwundert.

»Himmel, du bist heute aber begriffsstutzig«, sagte Lennart. »Wein! Ich möchte Wein anbauen. Das hat schließlich der Deutsche Orden auch schon getan.«

»Wein!«, rief Karin. »Oh, ich war wohl tatsächlich ein wenig begriffsstutzig.«

»Stell dir das doch nur mal vor, Karin«, begeisterte sich Lennart. »Wenn wir unseren Gästen Wein aus eigenem Anbau ausschenken könnten.«

»Es wäre unglaublich stimmig«, pflichtete Karin ihm bei. »Wir bewirten unsere Gäste mit dem, was unsere Insel uns schenkt. Wein, für die Kinder könnte es ja durchaus auch Traubensaft geben oder Apfelsaft aus unseren eigenen Äpfeln.«

»Und die Obstkuchen von Frau Walser nicht zu vergessen!«, begeisterte sich Lennart. »Und die Milch, die Eier und die Butter für diese Kuchen kommen von unseren Kühen und Hühnern.«

»Und das Mehl von unserem Getreide!«, fiel Karin ein. »Lennart, das ist großartig.« Dann wandte sie ein: »Aber ich denke nicht, dass die paar Trauben, die hier an den Schlossmauern wachsen, ausreichen werden. Und auch wenn ich nicht viel vom Weinbau verstehe: Ob das nun ausgerechnet Trauben sind, die sich für Wein eignen, bezweifle ich.«

»Da pflichte ich dir bei«, sagte Lennart, »und mir ist auch bewusst, dass das ein langfristig angelegtes Projekt ist und es dauern wird, bis wir unseren ersten Wein ausschenken können. Aber ich glaube, dass es sich lohnt. Wein braucht guten Boden. Und den haben wir hier.«

»Was hast du vor?«

»Ich möchte einen Weinberg anlegen, vielleicht rund um den Schwedenturm, und ich meine mich auch zu erinnern, dass es hier schon einmal einen Weinberg gab.« Er runzelte die Stirn. »Es ist wie verhext. Immer wenn wir auf der Insel sind, kommen irgendwelche Erinnerungsfetzen in mir hoch. Dinge, die ich irgendwoher weiß, aber sie sind nicht vollständig im Gedächtnis geblieben.«

»Wenn es Erinnerungen an die Mainau sind, weißt du sie wahrscheinlich von deiner Urgroßmutter«, sagte Karin.

»Vermutlich«, bestätigte Lennart. »Ich glaube, sie hat mir erzählt, dass es am Südhang einen Weinberg gab und auch einen Weinkeller der Komturei.«

»Ein merkwürdiges Thema für einen kleinen Jungen«, fand Karin. »Hat sie wirklich mit dir über Wein gesprochen?«

»Vermutlich nicht«, überlegte Lennart. »Wenn, dann hat sie sich wahrscheinlich mit Großmutter darüber unterhalten. Nach meinem damaligen Gefühl haben die beiden Frauen ständig geplaudert. Und ich habe kräftig meine Ohren gespitzt.«

»Das sieht dir ähnlich«, lachte Karin.

Kapitel 28

Lennarts Freude über seine Weinberg-Idee wurde schnell getrübt: Am nächsten Morgen marschierten – anders ließ es sich nicht sagen – zwei Herren in braunen Hemden über den Schlosshof und begehrten, den Herrn Bernadotte zu sprechen.

»Bittermann von der Arbeiterfront«, bellte der größere der beiden. »Ich teile Ihnen mit, dass Sie regelmäßig Betriebsversammlungen einzuberufen haben.«

Lennart starrte den Mann an. »Wie bitte?«, fragte er. »Darf ich fragen, welche Befugnis Sie haben, mir zu sagen, dass ich Betriebsversammlungen einberufen soll?«

»Jede«, erklärte der Mann kalt. »Ihren Betriebsobmann haben wir bereits ausgewählt. Rudi Häberle. Er wird eine Betriebsversammlung in den nächsten Tagen einberufen. Daran haben Sie teilzunehmen. Guten Tag.«

Mit einer unfassbar zackigen Bewegung machten die Männer kehrt – der kleinere der beiden hatte kein Wort gesprochen – und marschierten davon. Konsterniert sah Lennart ihnen nach. In diesem Moment kam mit besorgter Miene Herr Minges aus dem Schloss geeilt.

»Was wollten die beiden Herren denn?«, erkundigte er sich. »Meiner Erfahrung nach bedeutet es nie etwas Gutes, wenn sie auftauchen.«

»In der Tat ist das wohl auch dieses Mal so«, murmelte Lennart. »Er hat mir erklärt, ich müsse einen Betriebsrat gründen, und hat auch schon einen Obmann bestimmt. Rudi Häberle.«

Minges seufzte. »Ich habe befürchtet, dass das auf uns zukommt«, sagte er. »Gleiches hört man von zahlreichen anderen Unternehmen.«

»Aber was soll das?«, fragte Lennart. »Was will man damit bezwecken?«

»Was wohl …«, schnaubte Gerhard Minges. »Kontrolle. Der Häberle soll vermutlich die Mitarbeiter ausspionieren und auf Linie bringen.«

Lennart seufzte. »Na. Das kann ja was werden.«

***

»Wir machen das so und nicht anders, Herr Bernadotte«, fuhr Rudi Häberle Lennart an, als dieser vor der Betriebsversammlung auf den neuen Inselobmann zuging, um mit ihm über die Sitzordnung zu sprechen.

»Was erlauben Sie sich!«, schoss Lennart zurück. Er hatte bislang nicht viel mit Herrn Häberle zu tun gehabt, da dieser direkt Herrn Nohl unterstand, der aber wiederum kürzlich angedeutet hatte, dass Herr Häberle der Partei beigetreten sei und sich seither sehr verändert habe. Kein Wunder also, dass die Nazis ausgerechnet ihn zum Inselobmann auserkoren hatten.

Bisher war Häberle Lennart aber noch nicht negativ aufgefallen. Wie alle anderen auch hatte Häberle ihn mit »Eure Hoheit« angesprochen und ihn mit Respekt behandelt. Dass er ihn nun nur noch »Herr Bernadotte« nannte, war ein Affront, eben weil die Inselarbeiter – und somit auch Herr Häberle – so großen Wert darauf legten, ihn mit »Eure Hoheit« anzusprechen. Und nun hatte Häberle Lennart auch noch so harsch widersprochen, als es darum ging, die Sitzordnung für die Betriebsversammlung, die erstmals im Beisein der Braunhemden stattfand, festzulegen.

»Es macht überhaupt keinen Sinn, das Lehrmädchen Grete neben mich zu setzen.«

Feindselig sah Häberle ihn an, und Lennarts Herz begann unter seinem Blick auf unangenehme Weise schneller zu schlagen.

»Es geht hier nicht darum, wo sich das Lehrmädchen oder Sie oder irgendein anderer Arbeiter wohlfühlen. Eine Betriebsversammlung ist mit Sicherheit keine Vergnügungsveranstaltung.«

»Da sind wir durchaus einer Meinung!«, versetzte Lennart scharf, der es immer noch nicht glauben konnte, was für einen Ton sich sein Mitarbeiter ihm gegenüber erlaubte. »Aber es herrschte bisher ein angenehmes Betriebsklima, und genau dieses Betriebsklima ist mir für die Mainau sehr wichtig. Wie Sie sehr wohl wissen, sehe ich uns alle als eine große Familie an. Und in einer Familie darf man sich auch wohlfühlen.«

»Noch einmal, eine Betriebsversammlung ist keine Vergnügungsveranstaltung. Sie werden sich an einige Punkte halten müssen, die wir Ihnen vorgeben.«

Da platzte Lennart der Kragen. »Ich bin hier immer noch der Chef!«, ging er seinen Mitarbeiter an. »Was erlauben Sie sich, so mit mir zu sprechen.«

Der Mann verzog keine Miene, sondern bedachte Lennart erneut mit eisigem Blick. »Ihnen mag die Mainau vielleicht gehören«, sagte er knapp. »Aber auch ein Herr-nicht-mehr-Prinz hat die Pflicht, sich an gewisse Regeln zu halten, die wir aufstellen.«

»Mit *wir* meinen Sie vermutlich den Herrn Hitler und seine Nationalsozialisten«, schnaubte Lennart. »Es ist ja nicht zu übersehen, dass Sie mit diesen Herren sympathisieren. Und übrigens weise ich Sie darauf hin, dass wir hier auf der Mainau eine Betriebskleidung haben.«

Abfällig musterte er das braune Hemd seines Mitarbeiters, an dem eine rote Armbinde mit Hakenkreuz angebracht war.

»Ich muss ganz bestimmt keine Betriebskleidung mehr tragen«, ließ Häberle ihn hochnäsig wissen. »Ich wurde als Betriebsobmann bestellt. Außerdem bin ich, wie Sie wissen, Mitglied der NSDAP und der Deutschen Arbeitsfront.«

»Und dann glauben Sie gleich, sich so benehmen zu können?«, fragte Lennart. »Hören Sie, Häberle, unser Miteinander war immer von gegenseitigem Respekt geprägt. Und ich schätze Ihre Fähigkeiten und Ihr Können wirklich sehr. Aber auf gegenseitigen Respekt muss ich bestehen. Wenn Sie mir den nicht entgegenbringen, müssen Sie sich eine andere Arbeit suchen.«

Für einen Moment blitzte so etwas wie Unsicherheit in Häberles Augen auf. Dann sagte er: »Glauben Sie nur ja nicht, dass Sie damit durchkommen. Sie können mir nicht so einfach kündigen, nur, weil ich nicht mehr vor Ihnen buckle.«

»Niemand muss vor mir buckeln, und das wissen Sie ganz genau!«, rief Lennart, der nun langsam wirklich wütend wurde.

Doch Häberle, der wieder Oberwasser gewonnen hatte, sandte ihm nur einen kalten Blick. »Sie werden sich damit abfinden müssen, dass nun andere Zeiten angebrochen sind. Und die gelten auch für Herrn Hochwohlgeboren aus Schweden. Zumindest, wenn er bei uns in Deutschland ist. Meine Aufgabe besteht darin, der Belegschaft das politische Leitbild der NSDAP nahezubringen und damit diesen Betrieb in die Volksgemeinschaft einzubinden. Und das werde ich auch tun.«

Mit einem beklommenen Gefühl ging Lennart zwei Tage später zur Betriebsversammlung, die im Südflügel stattfand. Hier gab es einen großen Raum, und hier hatten auch schon gelegentlich Mitarbeiterzusammenkünfte stattgefunden, die aber einen sehr ungezwungenen Charakter gehabt hatten. Jetzt war die Stimmung eine ganz andere. Und im Gegensatz zu sonst gab es auch keine freie Platzwahl, sondern auf jedem Tisch standen Platzkärtchen. Häberle hatte sich durchgesetzt, und Lennart musste neben dem schüchternen Gärtnermädchen Grete Platz nehmen. Er legte ja sonst überhaupt keinen Wert auf seinen Rang, aber er war immerhin der Herr der Insel Mainau und hatte bislang ganz selbstverständlich vorn in der Mitte gesessen. Es war eine Entmündigung! Immerhin durfte Karin an seiner freien Seite Platz nehmen. Mit lächerlich zackigem Schritt, wie Lennart ihn auch zwei Tage zuvor bei seinen ungebetenen Gästen beobachtet hatte, marschierte kurz darauf der neue Betriebsobmann mit stolzgeschwellter Brust herein und betrat das Podest, räusperte sich und brüllte dann: »Werte Kameraden, wertes Ehepaar Bernadotte, ich freue mich, Sie hier alle heute zur ersten Versammlung begrüßen zu dürfen.« Lennart zuckte zusammen. »Warum schreit er denn so?«, flüsterte er Karin zu.

»Keine Ahnung«, flüsterte sie zurück. »Vielleicht denken sie, je lauter, je glaubwürdiger? Und dass er uns einfach nur Bernadottes nennt, ist eine Provokation.«

»Das sehe ich ebenso«, erwiderte Lennart.

Auch die anderen Mitarbeiter waren, wie Lennart bei einem Blick in deren Gesichter erkennen konnte, mehr als irritiert über die Lautstärke des Betriebsobmanns, der nun brüllend fortfuhr: »Vorneweg möchte ich Ihnen allen versprechen, ich werde als politischer Hoheitsträger des Betriebes die Seele des

Kampfes und der schaffenden Menschen hier an der Stätte unserer Arbeit sein.«

Was redete der Mann nur für einen Unfug!, dachte Lennart und wechselte einen betroffenen Blick mit Gerhard Minges. Das hier war seine Insel! Was spielte sich der Mann da vorne so auf? Plötzlich fuhr ihm wieder das altbekannte Unbehagen in den Magen, unter dem er lange so gelitten, das sich in den letzten Jahren mit Karin aber verflüchtigt hatte.

»Bevor wir fortfahren, möchte ich hier aber auch nochmals auf die einzuhaltende Sitzordnung hinweisen. Es ist von immenser Wichtigkeit, dass sich daran strikt gehalten wird. Wer also nicht auf dem ihm zugewiesenen Platz sitzt, wird aufgefordert, diesen zu tauschen.«

Raunen und Kopfschütteln machte sich unter den anwesenden Mitarbeitern breit.

Häberle, der wohl befürchtete, die Stimmung könne kippen, wechselte schnell auf ein weiteres Thema, das er sich auf seinen kleinen schmierigen Spickzettel notiert hatte.

»Und nun kommen wir zu etwas Erfreulicherem, ich möchte Sie alle und auch Sie, Herr Bernadotte, sowie Ihre Gattin zum Sommerfest der NSDAP einladen.«

Erneut flog ein Raunen durch den Raum, aber wie Lennart mit einem gewissen Argwohn bemerkte, klang es zufrieden. Zum Sommerfest ließ sich manch einer dann doch gern einladen.

»Selbstverständlich gehe ich davon aus, dass sich Herr Bernadotte an diesem Punkt großzügig erweist und Ihnen allen die Gelegenheit einräumt, dort hingehen zu können.«

Lennart schnappte nach Luft, hatte dieser Häberle gerade tatsächlich mehr oder minder dafür gesorgt, dass seine Arbeiter einen freien Tag bekamen. Gerade als er etwas erwidern wollte, begann Häberle, in seine Richtung blickend zu klatschen. Und die Arbeiter stimmten freudig mit ein.

Was für ein perfides Spiel, dachte Lennart bitter.

***

»Ach, tut das gut, nach diesem unerfreulichen Ereignis mit euch zusammenzusitzen«, seufzte Lennart und prostete Ilse und Martin Riedle zu. »Und ich würde vorschlagen, dass wir auch endlich zum Du übergehen.«

»Es ist uns eine Ehre«, freute sich Martin Riedle, und auch seine Gattin strahlte. Dann sagte sie: »Aber was ist denn eigentlich passiert? Mein Mann war, als er nach Hause kam, sehr gedrückter Stimmung und hat nur etwas von einer Betriebsversammlung gesagt?«

Abwechselnd berichteten Karin, Lennart und Martin, was sich zugetragen hatte. Ilse nickte bedrückt. »Ja«, sagte sie, »das höre ich von überall. Furchtbar, diese Nazis.«

»Wie steht denn eigentlich Herr Minges dazu?«, fragte Karin. »Unser Verwalter?«

»Zu Herrn Häberle?«, vergewisserte er sich. »Nun, ich denke mal, genauso ablehnend wie ich.«

»Ich hätte vielleicht eine Idee«, ließ Karin verlauten. »Wie wäre es, wenn wir den Herrn Häberle einfach loswerden?«

»Das ist mal wieder eine deiner hervorragenden Ideen, mein Schatz«, bekräftigte Lennart und hob sein Glas. »Die Frage ist nur: Wie? Wie sollen wir Herrn Häberle loswerden?«

»Wir könnten ihm einen noch verantwortungsvolleren Posten anvertrauen«, sagte Karin und fügte spöttisch hinzu: »Weil er doch inzwischen ein so *wichtiger* Mann ist.«

»Einen noch verantwortungsvolleren Posten?«, fragte Lennart verdutzt. »Er macht mir so schon genug Ärger. Außerdem wollen wir ihn doch loswerden!«

»Würden wir, oder zumindest brächte es mehr Abstand zwischen ihn und uns«, sagte Karin geheimnisvoll.

»Nun mach es doch nicht so spannend!«, rief Lennart, und auch Ilse und Martin Riedle sahen sie ungeduldig an.

»Wir könnten ihm vorschlagen, den Wolkenhof auf dem Festland zu übernehmen. Als Pächter!«

»Karin!«, rief Lennart überschwänglich. »Was für ein Segen, dass ich dich geheiratet habe! Du hast einfach die besten Ideen.«

»Ich hoffe, du hast mich nicht nur geheiratet, weil ich die besten Ideen habe«, sagte sie augenzwinkernd.

»Und ich hoffe, du weißt, dass das natürlich nicht so ist.«

Sie lächelten einander liebevoll an.

Riedle ließ sich nachdenklich vernehmen: »Das wäre wirklich die perfekte Lösung für alle. Zumal das Gut ohnehin immer ein wenig zu kurz gekommen ist, weil wir uns so auf die Mainau konzentriert haben. Einnahmen hat es uns kaum gebracht.«

»Aber mit einem Pächter würde es das«, fuhr Karin fort. »Nämlich die Einnahmen der Pacht.«

»Vor allem aber wären wir ihn los. Und das wäre großartig. Nur, wenn ich ihm das Angebot jetzt mache, wird er misstrauisch. Weil wir uns jetzt doch so gestritten haben. Er wird vermuten, dass ich ihn loswerden will. Und dann wird er nicht gehen, auch wenn das Angebot noch so gut ist.«

»Deshalb habe ich dich ja gefragt, wie Herr Minges ihn findet«, sagte Karin. »Meine nächste Frage wäre, ob Herr Minges ebenfalls schon mit ihm aneinandergeraten ist.«

»Das glaube ich nicht«, sagte Lennart. »Du kennst doch Herrn Minges. Er ist immer um Ausgleich bemüht.«

»Das bist du ja eigentlich auch«, erwiderte Karin. »Und dennoch hast du Herrn Häberle gegenüber die Contenance verloren.«

»Das stimmt, aber nein, Herr Minges und Herr Häberle sind noch nicht aneinandergeraten, soweit ich weiß.«

»Dann soll Herr Minges ihm das doch vorschlagen. Und du weißt, wie gut er etwas anpreisen kann.«

»O ja«, lachte Lennart. »Wenn Herr Minges nicht so ein hervorragender Verwalter wäre, hätte ich ihn schon längst zum Leiter der Reklameabteilung gemacht.«

»Na, dann«, sagte Karin, »dann schlag ihm das doch mal vor. Ich bin gespannt, was er sagt.«

Herr Minges war begeistert, und zwei Tage später kam er frühmorgens strahlend in Lennarts Büro. »Er hat eingeschlagen«, verkündete er. »Und das voller Begeisterung.«

»Habe ich es mir doch gedacht«, sagte Lennart. »Wie haben Sie das gemacht?«

»Ihn bei seiner Ehre gepackt. Dass der Führer fähige Männer wie ihn brauche. Innerlich habe ich mich dabei geschüttelt, können Sie mir glauben.«

»Und ob ich Ihnen das glaube! Und er war keine Sekunde misstrauisch?«

»Nicht eine. Er ist ja in der Tat sehr von sich überzeugt und erklärte, wenn es jemanden gäbe, der das Gut wieder auf Vordermann bringen kann, dann sei er es. Er will sofort anfangen.«

»Ich fürchte nur, wir werden dann einen anderen Betriebsobmann bekommen. Und wenn der auch so ist wie Häberle …«, murmelte Lennart. Dann sah er Minges an. »Es sei denn, wir würden jemanden aus unseren Reihen finden, der nur zum Schein Hitlers Machenschaften gutheißt.«

Doch Minges schüttelte bedauernd den Kopf. »Falls Sie mich

damit meinen, muss ich leider ablehnen. Das würde bedeuten, dass ich in die Partei eintrete. Und das kann und will ich nicht.«

»Was Sie mir noch sympathischer macht«, sagte Lennart anerkennend. »Nun ja, Hauptsache wir sind den Häberle erst mal los. Alles andere wird sich finden.«

Teil 2

1936–1939

Kapitel 29

»Ist das dein Ernst, Lennart? Du willst zu den Olympischen Spielen nach Berlin fahren?«, fragte Karin, als sie im Sommer 1936 einen Spaziergang über die Insel unternahmen.

»Aber natürlich, Liebes«, erwiderte Lennart. »Dieses Spektakel wollen wir uns doch nicht entgehen lassen.«

»Gib es zu, es geht dir nur darum, dein Horch-Cabriolet möglichst weit zu fahren«, neckte Karin ihren Gatten.

Bei der Erwähnung seines neuen Wagens flog ein Strahlen über Lennarts Gesicht. »Ist es nicht das schönste Auto der Welt?«, fragte er und eilte sogleich zum Fenster, um zum Schlosshof hinunterzusehen, wo der Horch parkte.

»Es ist wirklich schmuck«, bestätigte Karin, »aber das hast du über deinen Mercedes seinerzeit auch gesagt.«

»Da wusste ich ja auch nicht, dass ich eines Tages einen Horch besitzen würde«, konterte Lennart. »Jetzt, wo sich die Einnahmen aus der Insel derart stabil gestalten …«

»Also schön«, gab Karin nach. »Fahren wir mit deinem Horch zu den Olympischen Spielen. Denn du hast ja recht, das ist wirklich ein Großereignis, da mag man von den Nationalsozialisten halten, was man will.«

»Und die Autobahnen sind inzwischen auch gut genug ausgebaut, dass wir im Nullkommanichts in Berlin sind.«

»Im Nullkommanichts nun nicht gerade«, widersprach Karin. »Aber ja. Ich bin dabei. Unter einer Bedingung.«

»Jede, mein Schatz?«

»Wir nehmen die Kinder nicht mit. Die lange Autofahrt und auch die Spiele als solche, das ist nichts für sie. Ich werde sie zwar furchtbar vermissen, aber es ist die einzig vernünftige Lösung. Vor allem für Maria wäre das viel zu strapaziös.«

Im Vorjahr, am 6. November 1935, hatte Birgitta ein kleines Schwesterchen bekommen: Maria Lovisa, die von ihrer großen Schwester, ebenso wie von ihren Eltern, regelrecht vergöttert wurde.

Lennart nickte. »Da kann ich dir nur beipflichten«, sagte er, »auch wenn ich unsere kleinen Schätze natürlich ebenfalls sehr vermissen werde. Aber sie sind ja schon oft bei Frau Walser geblieben. Da sind sie in den allerbesten Händen. Und Frau Walser freut sich.«

»Nicht nur Frau Walser. Die ganze Inselbelegschaft freut sich, wenn sie sich um unsere beiden kümmern kann«, lachte Karin. »Vor allem unsere Große ist ja ohnehin so gut wie nie bei uns, weil sie ständig einen Mitarbeiter findet, der sie verwöhnt.«

»Dann ist es also abgemacht?«, fragte Lennart. »Wir fahren?«

»Wir fahren«, bestätigte Karin. »Und was hältst du davon, wenn wir noch die Riedles einladen? Wir haben schon so lange nichts mehr gemeinsam unternommen. Und Ilses Mutter wäre sicherlich bereit, deren Kinder für die Dauer unserer Reise zu betreuen.«

»Aber natürlich!«, rief Lennart. »Lass uns gleich fragen, ob sie Zeit haben.«

Die Riedles hatten Zeit, freuten sich, und zwei Wochen später fuhren die beiden Ehepaare – nach einem herzzerreißenden Abschied von Maria und Birgitta, der vor allem Karin sehr schwerfiel – mit offenem Dach gen Norden. Die beiden Männer saßen vorne, die Frauen hatten es sich auf der Rückbank gemütlich gemacht und plauderten angeregt miteinander. Sie waren gerade bis Villingen gekommen, als der Motor plötzlich ein seltsames Geräusch von sich gab.

»Was ist los?«, rief Ilse erschrocken. »Ist der Wagen kaputt?«

Lennart stieß ein Seufzen aus und lenkte das Fahrzeug an den Straßenrand. »Nein«, sagte er. »Es sind nur mal wieder Steine in die Bremstrommel geraten. Das passiert ständig.«

»Oh«, rief Ilse ängstlich. »Heißt das, dass wir nun nicht mehr bremsen können?«

Erschrocken griff sie nach Karins Hand, die diese sogleich beruhigend drückte. Sie kannte den Wagen ihres Mannes und dessen Kapriolen schon. »Mach dir keine Sorgen«, sagte sie. »Das passiert ständig, und Lennart war deshalb schon mehr als einmal in der Reparaturwerkstatt. Inzwischen weiß er selbst, wie man die Steine da rausbekommt.«

»Also ein ungefährlicher Konstruktionsfehler?«, vergewisserte sich Ilse, während die Männer bereits ausgestiegen waren und sich mit fachmännischen Mienen dem Problem widmeten.

»So ist es«, bestätigte Karin. »Mir macht viel mehr zu schaffen, dass das Auto, wie ich finde, nicht unbedingt gut in der Kurve liegt. Es ist etwas unbequem.«

»Und mir macht meine Blase zu schaffen«, gestand Ilse. »Aber ich wollte Lennart nicht schon wieder fragen, ob er wohl anhalten könnte.«

»Mir geht es ähnlich«, sagte Karin. »Dann ist das jetzt unsere Gelegenheit. Schlagen wir uns in die Büsche!«

* * *

Eigentlich mochte Lennart Berlin nicht. Er konnte gar nicht sagen, was genau ihn so sehr an der deutschen Hauptstadt störte. Irgendwie kam sie ihm immer ein wenig abweisend und unpersönlich vor. Preußisch eben. Aber als er den Wagen nun durch die Straßen lenkte, war er wider Willen beeindruckt. Dieser furchtbare Hitler hatte wirklich alles darangesetzt, Berlin im schönsten Glanz erstrahlen zu lassen. Die Straßen und Häuserzeilen waren über und über geschmückt mit Fahnen, Standarten und Girlanden – und es herrschte ein unendlicher Lärm. Der kam aber nicht nur von den Tausenden Menschen, die hier unterwegs waren, nein, entlang der Hauptstraßen waren in regelmäßigen Abständen Lautsprecher aufgestellt worden, aus denen sich schwungvolle Musik über die Massen auf den Straßen ergoss.

»Wenn die Olympiade beginnt, soll über diese Lautsprecher ununterbrochen über die Spiele berichtet werden?«, rief Lennart. »Das finde ich schon beeindruckend.«

»Ja«, murmelte Karin.

»Du klingst aber nicht begeistert«, kam es von der nach wie vor neben ihr auf der Rückbank sitzenden Ilse.

»Ich weiß auch nicht«, erwiderte Karin. »Es fällt mir einfach schwer, mich für irgendetwas zu begeistern, was mit diesem Herrn zu tun hat. Und diese Hakenkreuzfahnen sind einfach schrecklich.«

»Das kann ich gut verstehen«, erwiderte Ilse. »So geht es mir auch. Ich hege eine derart große Abneigung gegen Hitler, dass ich zuerst die Reise absagen wollte. Aber dann überzeugte mich Martin, dass wir nicht zulassen dürfen, dass er derart großen Einfluss auf unser Leben nimmt, dass er uns sogar die Freizeit verdirbt. Und er sagte mir auch, dass selbst die USA, die ja überlegt hatten, die Olympischen Spiele aufgrund Hitlers kruder Rassenpolitik zu boykottieren, nun doch teilnehmen.«

»Du meinst: Wenn die USA teilnehmen, können wir die Spiele auch besuchen?«, fragte Karin.

»So in etwa«, erwiderte Ilse. »Ich versuche einfach, nicht daran zu denken, dass Hitler mit dieser Olympiade zu tun hat.«

»Das gelingt mir nicht«, sagte Karin.

»Mir ja auch nicht«, gestand Ilse. »Und deshalb bin ich offen gestanden froh, dass unser Hotel etwas außerhalb liegt und wir diesem Wahnsinn zumindest an den Abenden entkommen.«

Das Hotel, für das sie sich entschieden hatten, befand sich kurz vor Potsdam in einer kleinen Gemeinde, deren Namen es trug: Die noble Hotelkette Kempinski war im Schloss Marquardt beheimatet.

»Das ist ja wunderschön«, entfuhr es Ilse, als Lennart den Wagen durch das weit geöffnete, kunstvoll gestaltete schmiedeeiserne Tor über die Einfahrt lenkte, und sie blickte begeistert auf die neubarocke Fassade mit den ausladenden Fenstern. »Ich wollte schon immer in einem Schloss übernachten.«

»Du bist jederzeit bei uns willkommen«, rief Karin. »Du hast ja nie auch nur ein Wort gesagt.«

Ilse lachte ein wenig verlegen. »Das käme mir auch komisch vor«, sagte sie. »Schließlich leben wir ja in Konstanz.«

»Nun, mein Angebot gilt«, erwiderte Karin, »und in den nächsten Tagen kannst du ja ausprobieren, wie es ist, in einem Schloss zu leben.«

Sie parkten den Wagen vor dem Eingang, ein Page eilte sogleich herbei, um ihnen das Gepäck abzunehmen, und Ilse flüsterte Karin zu: »Man fühlt sich wie eine Königin.«

Das ist gar kein so schönes Gefühl, schoss es Karin durch den Kopf, doch sie sagte nichts, sondern nickte ihrer Freundin nur zu. Zumal in diesem Moment ein weiterer Herr herbeieilte.

»Was für eine Ehre, Sie bei uns begrüßen zu dürfen!«, rief er. »Einar af Wirsén hat mich informiert und mich gebeten, Ihnen den Aufenthalt so angenehm wie möglich zu machen. Gestatten Sie, dass ich mich vorstelle? Louis Auguste Ravené mein Name. Ich bin der Eigentümer dieses Schlosses.« Er küsste erst den Damen die jeweils Rechte, schüttelte dann den Herren die Hand und fragte schließlich: »Darf ich Sie zu einem Glas Champagner in die Lobby einladen?«

»Sehr gern!«, nahm Lennart die Einladung an. »Nach der langen Fahrt können wir eine Erfrischung gut gebrauchen.«

»Fein. Gestatten Sie, dass ich vorausgehe?«

Während sie dem Schlossbesitzer rasch nach drinnen folgten, klärte Lennart seine Begleiter auf: »Einar af Wirsén ist der schwedische Botschafter. Karin und ich sollten ihm während unseres Aufenthalts in Berlin noch einen kurzen Besuch abstatten. Das gehört sich so.«

Inzwischen waren sie in der Lobby angekommen und nahmen dankbar die Champagnergläser entgegen.

»Ravené ist aber auch kein deutscher Name«, plauderte Lennart, nachdem sie einander zugeprostet hatten. »Woher kommen Sie?«

»Ich bin ein Nachkomme hugenottischer Flüchtlinge«, erwiderte der Schlossbesitzer lächelnd. »Sie haben sich hier einen Großhandel mit Stahl und Eisen aufgebaut, und das war in Zeiten des beginnenden Eisenbahnbaus natürlich ein sehr dankbares Geschäft«, erklärte Ravené und deutete damit an, wie seine Familie zu Reichtum gekommen war.

»Das kann ich mir denken«, sagte Lennart. »Da haben Ihre Vorfahren, wie man so schön sagt, aufs richtige Pferd gesetzt.«

Nachdenklich hörte Karin den beiden zu. Sie hatte es schon immer an Lennart bewundert, wie unbefangen dieser selbst mit

Menschen plaudern konnte, die er nie zuvor gesehen hatte. Ihr selbst fiel das deutlich schwerer. Und aufs richtige Pferd gesetzt hatten sie wohl auch. Der Tourismus auf der Mainau stieg immer mehr an, im letzten Jahr hatten fünfzigtausend Menschen die Bodensee-Insel besucht.

»Und leben Sie selbst hier?«, fragte Lennart.

»In den Sommermonaten«, sagte Ravené, »aber ich habe mich inzwischen auf einen kleinen Teil des Schlosses zurückgezogen.«

»So wie wir«, erwiderte Lennart. »Wir bewohnen das Schloss Mainau auch nur im Sommer, unser großer Traum ist es jedoch, eines Tages ganz auf die Insel überzusiedeln.«

»Was hält Sie davon ab?«, erkundigte sich Ravené.

Karin wurde nervös. Hoffentlich würde Lennart nicht zu vertrauensselig sein und diesem vollkommen fremden Mann offenbaren, dass sie sich nicht vorstellen konnten, ganz in einem Land zu leben, in dem ein Mann namens Hitler regierte. In den letzten Jahren hatte sich die Stimmung auf der Mainau sehr verändert, und das nicht nur wegen der albernen Betriebsversammlungen. Manch ein Mitarbeiter bekannte sich inzwischen zu Hitler, und war ihr Miteinander früher von großer Kollegialität und Offenheit geprägt gewesen, so musste man nun gut aufpassen, was man wem sagte. Vor allem aber waren unter den Besuchern, die auf die Insel kamen, immer mehr BDM-Gruppen und Herren in braunen Hemden und mit Hakenkreuzbinde, und Karin überlief bei ihrem Anblick stets ein Schauder. Zu ihrer Erleichterung gab Lennart dem Schlossbesitzer nun eine ausweichende Antwort: »Wissen Sie«, sagte er, »im Winter ist es auf der Insel doch noch recht kalt und ungemütlich.«

Die Diener hatten ihr Gepäck inzwischen auf ihre Zimmer

gebracht, die vor allem bei den Damen begeisterte Resonanz fanden. Nachdem sie sich etwas frisch gemacht hatten, gingen sie hungrig in eines der Restaurants, das einen herrlichen Blick auf den Schlänitzsee und den zugehörigen Park eröffnete, und ließen sich dann das eigens zusammengestellte Olympia-Menü schmecken, dass unter anderem mit einem Krebsschwänzchen-Cocktail und jungem Täubchen in Brühe aufwartete.

* * *

»Was für ein Gedränge!«, ächzte Lennart, als sie am folgenden Tag in die Stadt kamen. Sie hatten das Auto auf einem großen Parkplatz abgestellt und waren zu Fuß unterwegs. »Man hat ja keine Chance, durchzukommen.«

»Die Straße ist auch abgesperrt«, erwiderte Karin und deutete auf die Eisenzäune, die zwischen der Straße und dem Bürgersteig errichtet worden waren.

»Vielleicht marschiert gleich Hitler vorbei«, sagte sie und verzog das Gesicht.

»Na, auf den Anblick kann ich verzichten«, kam es von Lennart.

»Ich glaube, ihr täuscht euch«, rief Riedle und deutete nach vorn. »Das sind die Fackelläufer.«

»Tatsächlich!«, rief Karin und stellte sich etwas auf die Zehenspitzen, um zwischen der Menschenmenge hindurchlinsen zu können. Die Läufer sahen zu ihrem Erstaunen keineswegs erschöpft aus. Sie trugen weiße Sporttrikots, auf denen das Hakenkreuz prangte, und in ihren Händen hielten sie eine Magnesiumfackel, die, wie Karin wusste, am 20. Juli im griechischen Olympia auf der Peloponnes am olympischen Feuer entzündet worden war. Eigentlich ein schöner Gedanke, die

Flamme durch mehrere Länder zu tragen. Doch zu Deutschland passte das nicht, zumindest nicht zu diesem, selbst wenn Hitler und seine Nazis sich noch so große Mühe gaben, weltoffen und freundlich zu wirken.

»Da sind Leni Riefenstahl und ihr Kamerateam«, rief Lennart in diesem Moment aufgeregt und deutete nach vorn. Karin lächelte. Da war sie wieder, Lennarts überschäumende Begeisterung, die für das Kamerateam weitaus größer war als für den Sport, für den Lennart sich eigentlich gar nicht interessierte. Für das Kamerateam hingegen schon, schließlich liebte ihr Gatte Kameras fast genauso wie Pflanzen.

Als die Staffelläufer durch waren und die Straße wieder geöffnet wurde, strömten die Riedles und die Bernadottes mit der Masse weiter, vorbei an überfüllten Geschäften und reich geschmückten Schaufenstern.

»Unglaublich, wie viele Souvenirs es gibt«, sagte Ilse und betrachtete nachdenklich eine Anstecknadel mit den bunten Olympischen Ringen. »Das würde Birgitta gefallen.«

Lennart verzog das Gesicht. »Ich finde das alles langweilig.«

»Na ja«, meinte Riedle bissig, »es darf ja auch nicht ansatzweise den Eindruck erwecken, etwas mit entarteter Kunst zu tun zu haben.«

»Wir haben auch nicht mehr allzu viel Zeit«, drängte Lennart. »Ich kann mir vorstellen, dass vor dem Stadion ein unglaublicher Andrang herrscht.«

»Dann lasst uns doch aufbrechen«, sagte Karin. »Souvenirs können wir, wenn überhaupt, auch später noch kaufen.«

***

»Organisieren können sie, die Nazis, das muss man ihnen lassen«, brummte Lennart, als er seinen Wagen auf den Parkplatz des Olympiageländes lenkte. »Immerhin nehmen an der Eröffnung der Olympischen Sommerspiele Hunderttausende Zuschauer teil – eigentlich müsste doch ein furchtbares Chaos herrschen.«

»Ich denke, genau das will Hitler der ganzen Welt mit diesen Spielen präsentieren«, sagte Karin. »Er will den Gästen aus aller Welt zeigen, wie gut er hier alles im Griff hat und dass die deutschen Bürger in Sicherheit und Ordnung leben.«

Ilse neben ihr schnaubte abfällig. »Er kann dennoch nicht über seine unglaublichen Rassenideologien hinwegtäuschen.«

Sie hatten eine Schranke erreicht, ein Uniformierter beugte sich zu ihnen herunter. »Guten Tag«, sagte er höflich. »Dürfte ich Ihre Eintrittskarten sehen?«

»Selbstverständlich.« Lennart reichte ihm die Karten durch das Fenster.

Mit einem zufriedenen Nicken nahm der Mann sie entgegen und sagte dann: »Ihnen ist der Platz mit der Nummer hundertdreizehn zugewiesen. Sie fahren die zweite Reihe links und dann bis zum Ende.«

Lennart tat, wie ihm geheißen. Sie parkten den Wagen und gingen dann zu ihren Plätzen – auch hier folgten sie wieder den genauen Anweisungen, die die Ordner ihnen gaben.

Sie hatten gerade Platz genommen, als auch schon Leichtathlet Fritz Schilgen mit seiner Fackel auf das riesige, auf einem Marmorpodest installierte Kohlebecken zuschritt, um das Olympische Feuer zu entfachen. Sodann marschierten die verschiedensten Mannschaften ein. Zu Lennarts Unbehagen entrichteten etliche von ihnen nicht den Olympischen, sondern den Hitlergruß, als sie an der Ehrenloge, in der Hitler und seine

Mannen saßen, vorbeimarschierten. Und als der Deutsche Meister im Gewichtheben, Rudolf Ismayr, den Olympischen Eid sprach – ein, wie Lennart fand, so feierlicher wie bedeutender Moment –, hielt er dabei nicht, wie er das eigentlich hätte tun sollen, die Olympische Flagge mit den fünf Ringen, sondern die Fahne des Dritten Reiches.

»Von wegen, diese Veranstaltung ist nicht politisch«, knurrte Lennart verärgert.

»Immerhin«, sagte Karin, als in diesem Moment ein Hitlerjunge zwanzigtausend Tauben frei ließ, die sich in den Himmel über dem Stadion erhoben, »starten nun von hier aus Friedenstauben. Und das ist doch irgendwie ein schönes Zeichen.«

Lennart nickte, doch das beklommene Gefühl, das sich seiner erneut bemächtigt hatte, wollte nicht weichen. Was für eine dumme Idee es doch gewesen war, nach Berlin zu fahren, dachte er. Es war einfach nur voll und schrecklich und die von den Nazis so eifrig zur Schau gestellte Propaganda widerwärtig. Wenigstens, dachte er, hatten die Nationalsozialisten mit Helene Mayer auch eine Jüdin in die deutsche Olympiamannschaft aufgenommen, aber Lennart fürchtete, dass das auch nur eine Farce war. Er hatte am Morgen tatsächlich noch den schwedischen Botschafter besucht, und der hatte ihm berichtet, dass in Berlin sonst deutlich mehr Hetzplakate gegen Juden zu finden seien als jetzt, zu Olympiazeiten. Man habe sie vermutlich abgenommen, um vor der Welt gut dazustehen. Lennart schauderte unwillkürlich, und sein Drang, nach Hause zu fahren, wurde übermächtig. Diese Menschenmengen, die alle den rechten Arm nach oben streckten, die hässlichen Hakenkreuzfahnen – selbst oder gerade das Brandenburger Tor verunzierten sie –, all das war einfach zu beklemmend. Er war froh, dass sie sich entschieden hatten, nur wenige Tage in Berlin zu bleiben: In zwei Wochen wurde sein Onkel Gusty erwartet, dann sollte es auf der Berliner Pfaueninsel ein großes Sommerfest für ausländische Staatsoberhäupter geben, und neben König Boris von Bulgarien war eben auch der schwedische Erbprinz geladen. Insgesamt wurden eintausend Menschen erwartet. Lennart hatte kurz mit Karin erörtert, länger in Berlin zu bleiben, um Onkel Gusty zu sehen, doch rasch hatte sich das Paar dagegen entschieden. Zum einen war Lennarts Beziehung zu Onkel Gusty nach wie vor alles andere als herzlich, zum anderen sahen sie einander ohnehin häufig, wenn sie in Schweden waren. Vor allem hatte sich Karin strikt geweigert, die Kinder so lange allein zu lassen. Dann, hatte sie rundheraus erklärt, würde er ohne sie fahren müssen. Und tatsächlich hatte auch Lennart sich nicht vorstellen können, seine Töchter derart lange nicht zu sehen. Jetzt war er mehr als glücklich über die Entscheidung. Niemals hätte er es noch zwei weitere Wochen in Berlin ausgehalten!

Kapitel 30

Das ist wirklich die Insel der Seligen«, seufzte Lennart. Sie hatten die Riedles zu Hause abgesetzt und fuhren nun über die Brücke wieder auf die Insel, wobei sie manch empörten Blick von Touristen ernteten, die zu Fuß unterwegs waren und sich fragten, wer da die Frechheit besaß, ihren Spaziergang zu stören. Manche erkannten sie aber und winkten ihnen freundlich bis aufgeregt zu.

»O ja!«, bestätigte Karin. »Berlin war einfach nur laut und stinkend und voll. Ich bin so froh, wieder hier zu sein. Und vor allem: die Mädchen wieder zu sehen.«

Sie hatten kaum vor dem Lauenhaus gehalten, als auch schon die inzwischen dreijährige Birgitta auf ihren kurzen Beinchen auf sie zurannte. »Mamma!«, rief sie. »Mamma!« Karin fiel auf die Knie und umfing ihr kleines Mädchen, während ihr die Tränen der Wiedersehensfreude über die Wangen liefen. »Ach, mein kleiner Schatz«, rief sie, »ich habe dich ja so vermisst.«

Da hatte Birgitta auch schon ihren Papa entdeckt und stürzte freudig auf ihn zu, während Karin ihre kleine Maria begrüßte, die gerade auf Frau Walsers Arm aus dem Haus gekommen war.

»Da ist ja meine Süße!«, rief sie und fragte dann: »Wie ist es denn gegangen?«

»Gut ist's gegangen, Eure Hoheit«, strahlte Frau Walser. »Mehr als gut sogar. Die beiden sind ja solche Schätze.«

»In der Tat. Das sind sie«, bestätigte Karin und nahm ihre Tochter entgegen. Wie gut es sich anfühlte, wieder vereint zu sein. Lennart hatte recht – es war wirklich eine Insel der Seligen, voller Geborgenheit und Glück.

»Und es wurde Ihnen auch nicht zu viel?«, vergewisserte sich Karin. »Ich meine, Sie haben ja auch noch den Kiosk und ihre Bäckerei …«

»Ach, iwo«, winkte Frau Walser ab. »Die Maria, die lag meist fröhlich im Kinderwagen und hat vor sich hin gegluckst, und das Birgittchen, das hat eifrig Postkarten verkauft. Und Kuchen gegessen.«

»Letzteres kann ich mir besonders gut vorstellen«, sagte Karin und gab ihrer Tochter einen zärtlichen Kuss. »Mein kleines Schleckermäulchen.«

»Und außerdem«, fuhr Frau Walser fort, »kam Frau Nohl, wann immer sie etwas Luft hatte, und hat mit den beiden gespielt. Nur jetzt ist sie zum Restaurant hinüber, um dort nach dem Rechten zu sehen.«

»Die gute Seele«, seufzte Karin.

»Ja«, sagte Frau Walser und fügte nach einem kurzen Zögern hinzu: »Wissen Sie, dort braucht es auch so eine gute Seele.«

»Aber warum denn?«, fragte Karin beunruhigt. »Stimmt etwas nicht?«

Zwei Sommer zuvor hatte Lennart sich von der schlechten Stimmung durch den aufgezwungenen Betriebsrat nicht entmutigen lassen und sowohl seine Idee vom Weinbau als auch seine Idee von der Errichtung eines Restaurants vorangetrieben: Schänzles Leute hatten selbiges als Anbau am Landwirtschaftsgebäude errichtet. Frau Nohl hatte sich bereit erklärt, die Leitung zu übernehmen, ihr zur Seite standen zwei junge Bedienungen und zwei Küchenkräfte.

»Na ja«, sagte Frau Walser nun. »Sie wissen ja, dass das Restaurant immer gut besucht ist. Und je mehr Touristen auf die Insel kommen, desto mehr wollen dort essen.«

»Ich verstehe«, meldete sich Lennart zu Wort. »Es sind aber alle Tische belegt, und der eine oder andere muss warten, was für Ärger sorgt.«

»Richtig«, bestätigte Frau Walser. »In den letzten Tagen war es ganz besonders schlimm, Frau Nohl war manchmal richtig verzweifelt.«

»Dann«, sagte Lennart entschlossen, »müssen wir jetzt endlich was ändern.« Insgeheim ärgerte er sich, dass er so viel Zeit auf der Olympiade verschwendet hatte, wo es hier doch so viel zu tun gab!

»Aber was?«, fragte Frau Walser ratlos. »Was wollen Sie tun?«

»Ganz einfach«, erwiderte Lennart. »Wir bauen ein neues Restaurant. Und ich weiß auch schon, wo.«

»Ich frage dich jetzt nicht, ob du es ernst meinst«, sagte Karin, als sie gemeinsam mit Lennart und den Kindern im Auto im Schneckentempo über die Insel in Richtung Schloss fuhr. »Denn ich weiß, dass du es ernst meinst, und ich finde es auch gut, aber …«

»Aber?«, er lächelte ihr zu.

»Aber ich frage mich, ob die Zeit noch ausreichen wird. Es wird bald Herbst, und wir müssen zurück nach Schweden.«

»So viel Zeit, um alles anzuleiern, ist allemal«, sagte Lennart. »Ich rufe gleich Herrn Schänzle an.«

***

Als Lennart und Karin im Frühjahr wieder auf die Insel kamen, war die *Schwedenschenke* fertig, und Lennart bestand darauf, sie umgehend zu eröffnen.

»Aber wir haben doch gar nicht genug Personal!«, wandte Karin ein.

»Dann stelle ich mich eben selbst hinter die Theke, bis wir geeignete Leute gefunden haben. Und es gibt Würstchen und Frau Walsers leckeren Kuchen.«

»Im Grunde ist das ja wirklich eine gute Idee, und ich bin natürlich gerne bereit, zu bedienen«, sagte Karin.

»Aber?«, hakte Lennart nach.

»Aber ich bin der Ansicht, dass so eine Wirtshauseröffnung eine große und wichtige Sache ist, die viel Aufmerksamkeit auf sich ziehen und viele Besucher anlocken wird. Es wäre falsch, da nur mit einem Provisorium aufzuwarten.«

»Was für eine kluge Frau ich doch habe«, seufzte Lennart und gab Karin einen Kuss. »Da ist wohl mal wieder meine Ungeduld mit mir durchgegangen, und du hast natürlich recht.«

»Lieber warten wir noch ein bisschen und machen alles perfekt. Richtig perfekt. Lass uns Ausschau nach Personal halten. Und uns Gedanken über die Speisekarte machen«, bekräftigte Karin.

»Ich schlage vor, gutbürgerliche deutsche Küche, wie Frau Walser sie immer kocht«, sagte Lennart und zählte auf:

»Rostbraten, Maultaschen, Tafelspitz, Rouladen und Schnitzel. Das schmeckt uns und den Gästen. Und dem Großherzog hätte es bestimmt auch gemundet. Um dessen Wohlergehen und um dessen Meinung sorgen sich doch alle posthum so sehr.«

Karin lachte. »Aber nur, was die Umtriebe seines Urenkels, und nicht, was sein leibliches Wohl angeht«, schränkte sie ein. »Unabhängig davon würde ich auch ein paar schwedische Gerichte mit auf die Karte nehmen«, schlug Karin vor. »Immerhin sind wir Schweden, auch wenn der Großherzog keiner war.«

»Hervorragend«, sagte Lennart und schlug vor: »Janssons Versuchung.«

»Bücklingssalat«, kam es von Karin. »Und gebeizter Lachs.«

Dann fuhr sie fort: »Und ich finde, den ersten Abend reservieren wir für unsere Mitarbeiter. Und ich koche. Schwedisch. Es wird Zeit, dass wir mal wieder vollkommen ungezwungen und jenseits der steifen Betriebsversammlungen zusammenkommen.«

»Das ist eine schöne Geste«, fand Lennart, »wo sie uns doch seit vielen Jahren so treu zur Seite stehen.«

In den nächsten Tagen machten sich Lennart und Karin gemeinsam mit den aufgeregten Damen Walser und Nohl daran, die Speisekarte zu erstellen. Zu ihrer großen Freude fanden sie auch schnell einen überzeugenden Koch und zwei junge Bedienungen, die allesamt erklärten, innerhalb einer Woche anfangen zu können.

Am Abend vor der Eröffnung sah sich Karin zufrieden in der Gaststube um, die sie *Schwedenschenke* getauft hatten. Es war wunderschön geworden: Die Deckenbalken waren dunkel gestrichen und passten farblich zu den Stühlen, deren Holz dunkel und die Polster herrlich weich waren. Das reine Weiß der Wände wiederholte sich in den strahlend weißen Tischdecken, die der *Schwedenschenke* eine festliche Note verliehen. Für den Empfang der Mitarbeiter hatten sie festlich eingedeckt: mit spitz gefalteten, aufgestellten Servietten, auf Hochglanz polierten Kristallgläsern und silbernen Kerzenleuchtern. Der

Höhepunkt aber war das Geschirr des Großherzogs, das dieser nur zu besonderen Anlässen herausgeholt hatte – Lennart und Karin wussten, dass wohl niemand dieses Geschirr und diese Geste so zu schätzen wusste wie ihre treuen Mitarbeiter.

Etwas nervös standen sie Seite an Seite am Eingang und blickten ihren Gästen entgegen. Es war ein wenig wie Weihnachten, dachte Karin. Alle hatten sich fein gemacht, und in ihrer aller Gesichter leuchtete frohe Erwartung. Karin und Lennart begrüßten jeden Einzelnen mit Handschlag und baten sie dann, Platz zu nehmen. Als alle saßen, ließ Lennart seinen Blick über die etwa zwanzigköpfige Mannschaft schweifen. Das Ehepaar Nohl war mit dem gesamten Forst- und Gärtnereiteam gekommen, die Mitarbeiter der Landwirtschaft waren da und natürlich auch Herr und Frau Minges sowie Martin Riedle mit seiner Ilse – und die treue Frau Walser. Natürlich waren auch einige darunter, deren Gesinnung ihm ganz und gar nicht mehr passte, aber die versuchte Lennart an diesem Abend zu ignorieren. Heute sollte ihm Deutschlands politische Situation sein Glücksgefühl nicht streitig machen!

Karin hatte inzwischen jedem ein Glas Sekt gebracht und Frau Walser, der es offenbar furchtbar peinlich war, von Ihrer Hoheit bedient zu werden, genötigt, ihr dabei nicht behilflich zu sein.

Lennart hob sein Glas und schlug mit einem kleinen Löffel dagegen. Sofort verstummte das Gemurmel, und seine Gäste sahen ihn gespannt an.

»Liebe Mitarbeiterinnen und Mitarbeiter«, sagte Lennart feierlich. »Heute hat meine Frau für Sie gekocht – und Karin und ich werden Sie bedienen. Wir wissen wohl, dass es für viele von Ihnen nicht einfach ist, das anzunehmen«, er zwinkerte der verlegen lächelnden Frau Walser zu, »aber wir wissen auch, dass Sie es verdient haben. Mehr als verdient. Denn was Sie in den letzten Jahren für uns und die Mainau getan haben, geht weit über das übliche Maß hinaus.«

Er machte eine kurze Pause, ließ seine Blicke wohlwollend über seine Belegschaft gleiten und fuhr dann fort: »Ohne Sie wäre die Mainau nicht das, was sie heute ist. Dafür danken wir Ihnen. Ich glaube, dem Großherzog hätte das ziemlich gut gefallen.« Gelächter ertönte, dann hob Lennart sein Glas. »Und nun, meine lieben Mitarbeiter: auf einen schönen Abend. Und auf unsere Insel.«

»Auf einen schönen Abend. Und auf unsere Insel«, wiederholten die anderen und ließen ihre Gläser aneinanderklirren.

Kapitel 31

Der Gastronomiebetrieb wurde ein voller Erfolg. Immer mehr wuchs die Zahl derer an, die auf die Mainau strömten, die Blütenpracht bewunderten und es sich bei Frau Walser oder in der *Schwedenschenke* schmecken ließen. Die schwedischen Gerichte erfreuten sich besonders großer Beliebtheit, und weil es derart viel zu tun gab, standen Lennart und Karin tatsächlich tagtäglich zu den Stoßzeiten mit in der Wirtschaft. Er zapfte Bier, sie bediente, und beides kam bei den Gästen bestens an.

»Schon wieder ein Artikel in der Zeitung«, sagte Karin eines Morgens beim Frühstück zufrieden. »Aber ich sehe schrecklich aus.«

»Du siehst ganz bezaubernd aus, wie immer!«, empörte sich Lennart und linste auf das Foto. Es zeigte ihn hinter dem schön geschnitzten Tresen der Schwedentheke beim Bierzapfen, neben ihm stand Karin in einem strahlend weißen Kleid und hielt ein Tablett mit zwei Kaffeetassen und zwei Stück Kuchen in der Hand. *Ex-Prinz Bernadotte und Gemahlin bedienen auf der Mainau höchstpersönlich*, titelte das Blatt. Der darauffolgende Artikel begann mit den Worten: *Auch wenn sich manch ein Bürger um die Meinung des verblichenen alten Großherzogs sorgt und sich fragt, was der denn zu den Umtrieben sei-*

nes Urenkels sagen würde – es scheint, als sei mit dem jungen Paar nicht nur frischer Wind, sondern auch guter Geschmack auf die Insel eingezogen. Sowohl was die Gestaltung derselben als auch was die Kulinarik angeht. Bernadottes haben nämlich jüngst eine Schwedenschenke *eröffnet, in der man neben schwedischer auch gutbürgerliche deutsche Küche genießen kann. Es schmeckt – zumal die beiden selbst mit Hand anlegen. Der einstige schwedische Prinz und seine Gemahlin sind sich nicht zu schade, Bier zu zapfen und schmutziges Geschirr zu spülen. Ob das nun dem alten Großherzog gefallen hätte, lässt sich schwer sagen. Aber den Gästen gefällt's auf jeden Fall. Und nun dürfte klar sein: Der Schwede hat seinen Schrecken endgültig verloren. Und für die deutsch-schwedischen Beziehungen brechen rosige Zeiten an.*

»Das ist doch wirklich mal ein netter Artikel«, freute sich Karin.

»Das ist er in der Tat«, bestätigte Lennart. »Was allerdings die rosigen Zeiten zwischen Schweden und Deutschland angeht, bin ich nicht ganz so sicher.«

»Hitler?«, fragte Karin, doch eigentlich war es gar keine Frage, sondern eher eine Feststellung.

»Hitler«, bestätigte Lennart. »Auch wenn er bei der Olympiade versucht hat, uns allen das Gegenteil zu beweisen, steht für mich außer Frage: Das nimmt kein gutes Ende.«

»Davon bin ich überzeugt«, sagte Karin bedrückt. »Und ich kann mir vorstellen, dass es nicht mehr allzu lang dauert, bis auch wir in die Schusslinie geraten.«

»Wir?«, fragte Lennart verwundert. »Warum denn das?«

»Glaubst du nicht, dass in Krisenzeiten alte Wunden aufgerissen werden? Man redet immer noch vom bösen Schweden …«

»Jetzt siehst du Gespenster!«, rief Lennart. »Vom bösen Schweden ist nur noch scherzhaft die Rede.«

»Ich hoffe, dass das so bleibt. Was, wenn die Deutschen es ganz und gar nicht gut finden, dass sich mitten im Bodensee eine Insel befindet, die einem Schweden gehört?«

»Nun mal nicht den Teufel an die Wand«, sagte Lennart. »Wir haben die Insel zwar im Dreißigjährigen Krieg erbeutet, aber danach wurde sie von den Schweden befreit, und wir kamen durch Kauf in ihren Besitz. Und nun hören wir auf, uns schon wieder die Laune von diesen Nazis verderben zu lassen, sondern freuen uns lieber an unserer Insel und daran, dass unsere *Schwedenschenke* so gut angenommen wird.«

Allerdings ließen sich die finsteren Gedanken nicht ganz beiseiteschieben, denn unter jenen, die die Insel besuchten, waren auch etliche Braunhemden – und die kehrten zu Lennarts und Karins Ärger auch ausgesprochen gern in der *Schwedenschenke* ein.

»Mir fällt auf, dass sich diese Herren allesamt nicht zu benehmen wissen«, knurrte Lennart, als eine laut grölende Männergruppe erneut eine Runde Bier geordert und ihn aufgefordert hatte, sich zu ihnen zu setzen.

»Ich habe weder Zeit noch Lust, meinen Abend in Gesellschaft dieser Gestalten zu verbringen«, schnaubte er.

»Leg dich lieber nicht mit ihnen an, und tu ihnen den Gefallen«, bat Karin. »Du weißt, dass wir uns sonst nur Ärger einhandeln.«

»Jemand muss ihnen doch mal sagen, was er von ihnen hält.«

»Aber ich glaube nicht, dass das zielführend wäre, Lennart«, beharrte Karin. »Direkte Konfrontation bringt bei dieser Art von Menschen nichts. Ich halte sie allesamt nicht für sonderlich klug – wir sind es aber schon. Denk doch nur daran, wie wir Häberle losgeworden sind. Mach dir deine Klugheit und ihre Dummheit zu Nutzen. Und begib dich nicht auf ihr Niveau.«

»Du hast recht, meine kluge, schöne Frau«, sagte Lennart. »Ich werde mich also zu den Herren gesellen. Aber nur für eine einzige Runde.«

»Ah, der schwedische Prinz!«, grölte ein rotgesichtiger Dicker, der, wie Lennart wusste, die Landesstelle Baden und Württemberg des Reichsministeriums für Volksaufklärung und Propaganda leitete, worauf er auch bei jeder Gelegenheit hinwies. Franz Moraller hatte Lennart schon des Öfteren auf der Insel belästigt. Dann wandte er sich an den neben ihm Sitzenden: »Wir werden von einem schwedischen Prinzen bedient.«

»Er ist kein Prinz mehr«, ließ ihn dieser von oben herab wissen – anscheinend hatte er keinen Respekt vor dem Rang Morallers, dachte Lennart, bildete sich dafür aber umso mehr auf sein eigenes Aussehen ein. Tatsächlich war dieser Herr äußerlich genau das Gegenteil seines Braunen Bruders. Er war hochgewachsen und schlank, sein etwas zu langes braunes Haar fiel ihm in sein markantes, maskulines Gesicht, seine grünen Augen blickten beinahe überwach in die Welt. Ein solcher Geselle, dachte Lennart bei sich, war sicherlich viel gefährlicher als der kleine, dicke laute Mann. Er hatte Stil, er hatte Benimm, und er hatte Charisma.

Als der Dicke ihn nun anfuhr: »Das weiß ich auch, hältst du mich für dumm?«, lächelte er nur unverbindlich, sah Lennart an und sagte kühl: »Nehmen Sie doch Platz, Eure Hoheit.«

»Er ist keine Hoheit. Das solltest du doch eigentlich wissen. Wo du mich eigens darauf hingewiesen hast, dass er kein Prinz mehr ist«, kam es von dem Dicken. Sein Parteifreund hob nur eine Augenbraue und sah ihn an.

»Ob Hoheit, Prinz oder nicht: Ich nehme die Einladung gern an und setze mich zu Ihnen«, sagte Lennart, nachdem er jedem ein Glas Bier hingestellt hatte.

»Was heißt hier Einladung, Hoheit«, kam es von dem Attraktiven. »Es ist Euer Lokal und Eure Insel. Wobei die Frage ist …«

»Ja?«, fragte Lennart, der den Unterton des Mannes sehr wohl gehört hatte. »Was ist die Frage?«

»Nun, wir sind der Ansicht, dass unsere einstigen Besitztümer und Kolonien schnellstens wieder mit dem Mutterland vereint werden sollten.«

Es versetzte Lennart einen Stich. Karin hatte also richtig vermutet. Die Nationalsozialisten streckten ihre gierigen Finger nach seiner wunderbaren Insel aus! Ob sie gehört hatte, was hier gesprochen wurde? Jetzt bloß keine Regung zeigen! Nicht provozieren lassen. Sie sind dumm, hatte Karin gesagt, und wir sind es nicht. Dieser schöne Mann allerdings, Hans Hinkel, seines Zeichens Ministerialbeamter, war alles andere als dumm – und das war eine besondere Herausforderung, die Lennart annehmen wollte. Er lächelte ihm freundlich zu und wandte sich dann an die gesamte Tischrunde, die aus fünf Männern und ihm bestand.

»Das ist eine großartige Idee, meine Herren«, sagte er freundlich, und die Tischrunde brach in begeisterten Jubel aus. Die Männer hoben ihre Krüge und prosteten ihm zu.

Einzig Hinkel hatte sein Glas nicht angerührt, sondern sah ihn mit zusammengekniffenen Augen abwartend an. Er wusste offensichtlich, dass da noch etwas kommen würde.

Lennart schenkte ihm ein freundliches Lächeln, das der Mann nicht erwiderte, dann sagte er zu der Tischrunde: »Die

Idee ist so gut, dass ich mich in Schweden ebenfalls dafür stark machen werde, dass unser Land wieder Ansprüche auf alte Domänen anmeldet.«

»Ich wusste, dass wir mit Ihnen einen Gleichgesinnten gefunden haben! Ein schwedischer Prinz ist mit uns!«, rief Moraller und hieb Lennart auf die Schulter.

Hinkel starrte Lennart noch immer unbewegt an. »Und welche Gebiete wären das?«, erkundigte er sich mit hochgezogener linker Augenbraue.

»Nun, außer Finnland und dem Baltikum wären da noch Pommern und Mecklenburg.«

»Wie bitte!«, rief Moraller und knallte seinen Bierkrug so heftig auf den Tisch, dass die Flüssigkeit überschwappte. Hinkel sah Lennart kalt an und warnte ihn leise: »Treiben Sie es nicht zu weit, Bernadotte.«

Die anderen Herren schwiegen eisig.

»Aber nein!«, sagte Lennart freundlich. »Ich habe doch lediglich gesagt, dass ich Ihre Idee gut finde – es war wirklich nur als Bekräftigung gedacht.«

Dann hob er seinen eigenen Bierkrug an die Lippen und stürzte das Getränk hastig herunter, auch wenn es ihn innerlich schüttelte. Dann sagte er: »Wenn die Herren mich nun entschuldigen würden? Ich muss bedienen. Als ehemaliger Prinz muss man manchmal selbst mit anpacken. Ich wünsche noch einen schönen Abend allerseits.«

Kapitel 32

Das Telefon auf Lennarts Schreibtisch klingelte laut und eindringlich. Lennart hob ab.

»Ja, bitte?«

»Lennart!«, drang eine aufgeregte Stimme durch den Hörer. »Lennart, hier ist Sigvard.«

»Sigvard!«, rief Lennart überrascht. »Das gibt es ja nicht! Wie schön, von dir zu hören! Wie geht es dir?«

Sein Cousin – Sohn von Kronprinz Gusty – war vor drei Jahren zur Empörung des Hofes ebenfalls eine Ehe mit einer Bürgerlichen, der Deutschen Erika Patzek, eingegangen. Und Gusty hatte daraufhin keine andere Wahl gehabt, als auch dem eigenen Sohn den Titel zu entziehen, wie er das einst schon bei seinem Neffen getan hatte. Vielleicht bereute er ja, dass er damals so hart mit ihm verfahren war.

»Mir geht es gut und meiner Familie auch«, sagte Sigvard hastig. »Ich hoffe, bei euch ist ebenfalls alles in Ordnung?«

»Ja, natürlich«, erwiderte Lennart. Er überlegte kurz, ob er seinem Cousin von der unliebsamen Begegnung mit den Braunen Brüdern in der *Schwedenschenke* erzählen sollte, besann sich dann aber eines Besseren: Sigvard hatte nicht angerufen, um mit ihm zu plaudern oder sich nach seinem Wohlbefinden zu erkundigen, das konnte Lennart an seiner Stimme hören.

Er wollte ihm etwas mitteilen. Daher sagte er nun: »Aber ich kenne dich gut genug, um zu wissen, dass du etwas auf dem Herzen hast.«

Sigvard lachte nervös. »Das erkennst du selbst über so viele Kilometer hinweg durch die Telefonleitung.«

»Na hör mal. Wir sind schließlich zusammen aufgewachsen«, versetzte Lennart und fragte dann: »Also?«

»Carl will nun auch heiraten.«

»Unser Cousin Carl?«, rief Lennart.

»Großcousin«, konkretisierte Sigvard. »Astrids Bruder.«

»Und wer ist die Glückliche?«

»Die Frage ist weniger, *wer* sie ist, sondern *was* sie ist«, sagte Sigvard geheimnisvoll und ergänzte dann: »Er tritt in unsere Fußstapfen.«

»Eine Bürgerliche?«, rief Lennart viel zu laut.

»Du schreist mir ja das Ohr ab«, protestierte Sigvard und antwortete dann: »Du hast richtig vermutet. Eine Bürgerliche.«

»Wie empörend«, kicherte Lennart.

»Allerdings.« Es klang ernst.

»Aber du hast doch selbst eine Bürgerliche geheiratet?«, wunderte sich Lennart.

»Das ist auch nicht das, was ich empörend finde«, sagte Sigvard. »Empörend finde ich, dass Astrids Mann, Leopold von Belgien, seinem Schwager nun kurzerhand einen neuen Prinzentitel verpasst.«

»Nein!«

»Doch!« Und nach einer kleinen Pause: »Und das ist noch nicht alles.«

»Was denn noch?«

»Leopold bietet uns ebenfalls einen Titel an.«

»Wir sollen wieder Prinzen werden?« Für einen Moment

schlug Lennarts Herz schneller bei dem Gedanken. Zwar hatte er nie wirklich an seinem Titel gehangen, andererseits war es ihm auch nicht ganz egal, vor allem, weil er es schon als große Ungerechtigkeit empfunden hatte, als ihm dieser aberkannt worden war. Schließlich war er Erbprinz, und der Titel war Teil seines Namens, den er bei seiner Geburt erhalten hatte, und kein Amtstitel. Ja, dachte Lennart, ein wenig war es schon so gewesen, als hätte man ihm mit dem Titel einen Teil seiner Identität genommen. Es ging ihm weniger darum, ob er ein Prinz war oder nicht, als mehr um all die Verleumdungen und den Hass, der seinerzeit mit dem Entzug des Titels einhergegangen war. Sollte nun alles gut werden?

»Leider nein«, ließ die Stimme seines Cousins die flüchtigen Träume platzen. »Er will uns zwar ebenfalls Titel verleihen – aber wir sollen nur Grafen werden.«

»Grafen?«, rief Lennart. »Warum? Wir sind doch Prinzen! Das ist vollkommen unlogisch. Und auf eine Weise würdigt es uns noch einmal ein Stück herab. Carl soll Prinz werden und wir Grafen. Das degradiert uns erneut, auch wenn es uns natürlich in gewisser Weise im Status anhebt.« Er brach ab. »Das war jetzt ein bisschen kompliziert.«

»Ich weiß genau, was du meinst«, sagte Sigvard. »Also, ich für meinen Teil würde dankend ablehnen.«

»Ich auch«, versetzte Lennart überzeugt. »Da bleibe ich lieber Herr Bernadotte.«

Sie plauderten noch eine Weile, dann legte Lennart auf. Wie so oft, wenn er aufgewühlt war, trat er ans Fenster, öffnete es weit und blickte auf den See hinaus. Lauschte dem Geräusch der Wellen, die an die Kaimauer schlugen, die sein Urgroßvater einst hatte errichten lassen. Der Klang der Mainau, der einen perfekten Rhythmus mit seinem Herzschlag bildete.

Der Anruf Sigvards hatte ihn getroffen, hatte alte Wunden wieder aufgerissen, von denen er erst jetzt bemerkte, dass sie noch nicht verheilt waren. Weshalb machte man solche Unterschiede? Was dachte sich Leopold von Belgien? Waren er oder Karin weniger wert als Carl und dessen neue Gattin? Erst jetzt fiel ihm auf, dass er auf seine Frage, wer die neue Frau an Carls Seite eigentlich war, gar keine Antwort erhalten hatte. Er seufzte. Das war noch so etwas. In ihrer Welt kam es offensichtlich tatsächlich nicht so sehr darauf an, wer man war. Sondern nur darauf, was man war.

***

Vielleicht, um sich von all den unschönen Dingen in seinem Leben abzulenken – den Braunhemden im Restaurant, der schwelenden Angst, ob sie ihm vielleicht doch die Mainau wegnehmen würden, der politischen Stimmung in Deutschland und nun auch noch dem Anruf aus Schweden –, stürzte sich Lennart regelrecht in die Arbeit. Von früh bis spät war er auf den Beinen, hegte den Weinberg, den er tatsächlich angelegt hatte, half in der *Schwedenschenke* aus, brütete mit Riedle über den Zahlen, und gelegentlich schob er auch seine kichernden Töchter mit der Schubkarre über die Insel. Alles, nur nicht nachdenken. Nicht nachdenken, sondern sich darüber freuen, was aus der Mainau geworden war.

Und wie er das schon so oft erlebt hatte, überkam ihn eines Tages bei einem Gang über die Insel plötzlich ein Einfall – und wie immer musste er Einfälle seiner Frau sofort mitteilen. Er hastete ins Schloss, wo er sie in ihrem Gartenzimmer im Südflügel antraf, während die Kinder draußen auf der Terrasse spielten.

»Karin!«, keuchte er. »Wir brauchen mehr Platz für die Touristen.«

Karin, die gerade dabei war, das Abendessen zuzubereiten – sie hatte tatsächlich eine kleine Küche einbauen lassen, die sie oft und viel nutzte –, sah verwundert auf.

»Wie meinst du das?«

»Nun, unsere Idee, aus der Mainau eine Blumeninsel zu machen, ist schließlich voll aufgegangen. Aber es kommen immer mehr Menschen. Das heißt, wir brauchen mehr Platz für die Besucher und die Blumen«, sprudelte Lennart heraus und kam dann zum Punkt: »Ich werde die Landwirtschaft komplett auf das Festland verlegen.«

»Aber die meisten Äcker und Weiden sind doch ohnehin auf dem Festland?«, fragte Karin perplex.

»Richtig«, sagte Lennart und fragte dann: »Habe ich dir eigentlich erzählt, dass die Mainau, als mein Urgroßvater sie übernahm, zum Großteil an Bauern verpachtet war? Die Insel war übersät von Gemüsegärten und Äckern, und es standen überall Ställe und Schuppen, die sich bis zum Schlosshof erstreckten.«

»Nein, das hast du mir noch nicht erzählt«, sagte Karin. »Und davon, dass hier auf der Insel viel Landwirtschaft sei, kann heute ja auch keine Rede mehr sein.«

»Das stimmt«, sagte Lennart. »Aber nun will ich eben den ganzen landwirtschaftlichen Betrieb auf das Festland umsiedeln, sodass die Insel wirklich frei davon wäre.«

»Aber die Betriebsgebäude sind doch auf der Insel«, wandte Karin ein.

»Leider«, versetzte Lennart. »Sie nehmen wertvollen Platz weg. Die sind auf dem Festland bei den Äckern und Feldern viel besser aufgehoben.«

»Du willst neu bauen?«, rief Karin. »Du legst ein ganz schönes Tempo vor. Wir haben doch gerade erst die Gastronomie eröffnet.«

»Und die läuft ganz hervorragend.«

»Die Idee leuchtet mir ein«, sagte Karin nachdenklich, griff nach dem Tablett, auf dem sie eine kleine Brotzeit angerichtet hatte, und ging damit über die breiten Steinstufen nach draußen auf die Terrasse, »gerade jetzt, wo die Mainau bei den Touristen so gut ankommt, sollten wir die Gunst der Stunde nutzen. Und vor allem dürfen wir nicht nachlassen in unserem Bemühen, sie noch schöner und noch attraktiver zu machen.«

»Und um das den Besuchern auch kundzutun, habe ich etwas ganz Ketzerisches vor«, gestand Lennart, der ihr gefolgt war. »Der Umzug des Landwirtschaftsbetriebs war nämlich nicht mein einziger Einfall.«

»Noch ketzerischer als die Errichtung eines neuen landwirtschaftlichen Betriebsgebäudes?«

»Um einiges ketzerischer«, sagte Lennart augenzwinkernd. »Ich denke daran, Reklame zu machen!«

»Reklame! Als einstiger schwedischer Prinz! Was der alte Großherzog wohl dazu gesagt hätte?«, fragte Karin kichernd.

Dann wurde sie wieder ernst. »Ich finde, das ist ein hervorragender Plan«, sagte sie. »Zumal wir ja durch deine Fotografien die allerbesten Voraussetzungen für Reklame haben. Und im Grunde sind unsere Stocknägel und Postkarten ja auch schon so was wie Reklame.«

»Eben!«, rief Lennart begeistert. »Aber die Bilder reichen nicht aus. Wir brauchen auch einen Slogan dazu.«

»Er müsste kurz und prägnant sein«, murmelte Karin. »Und in einem Satz transportieren, was einen auf der Mainau erwartet.«

»Traumhafte Blumenidylle und leckeres Essen?«, schlug Lennart vor, schüttelte aber gleich darauf den Kopf. »Das klingt viel zu langweilig.«

»Irgendwas mit Romantik?«

»Schon besser«, erwiderte Lennart. »Aber noch nicht gut genug. Ich hab's!«, rief er dann plötzlich und sprang auf. »Eine Weltreise durch die Natur erleben Sie auf der Insel Mainau.«

»Das ist wirklich gut«, erwiderte Karin. »Eine Weltreise durch die Natur. Damit machen wir einen Ausflug auf die Insel zu einer kleinen Reise und transportieren außerdem, was für exotische Pflanzen es bei uns zu sehen gibt.«

Zufrieden nickten sie einander zu.

Kapitel 33

Den Sommer 1938 verbrachten Lennart und Karin nicht auf der Mainau. In Schweden stand ein großes Familienfest an: Zum 80. Geburtstag König Gustavs V. waren am 16. Juni 1938 etliche gekrönte Häupter wie das norwegische Königspaar und die Markgrafen von Baden sowie natürlich die ganze Familie angereist, auch entfernteste Familienmitglieder nahmen an dem pompösen, von Gusty ausgerichteten Fest teil.

»Ich glaube, dieses Familienfest ist sein schönstes Geschenk«, murmelte Karin, als sie hinter Lennart auf dem Gärdet stand, wie das alte Paradefeld genannt wurde. Hier sollte König Gustav V. von Schweden heute eine wichtige Ehrung erhalten.

»Alle lieben ihn. Und alle nehmen Anteil. Die Familie ebenso wie das Volk«, bestätigte Lennart mit Blick auf die Menschenmengen, die vor der mächtigen Kulisse der Burg dicht gedrängt in den Zuschauerrängen standen und saßen.

Lennart und Karin nahmen, wie der Rest der Familie, ihre Plätze ganz vorne in der Mitte ein. Eine Fanfare ertönte, dann kündigte der Marschall des Königs seine Hoheit Gustav V. von Schweden an.

»Jetzt kommt er!«, flüsterte Lennart und drückte aufgeregt Karins Hand, während König Gustav V. in rasendem Galopp aufs Feld ritt.

»Meine Güte!«, staunte Karin. »Er wirkt wirklich nicht so, als habe er soeben seinen achtzigsten Geburtstag gefeiert, sondern eher, als wäre er ein Jüngling von zwanzig Jahren.«

»Also jünger als ich«, frotzelte Lennart, nickte dann aber: »Ich stimme dir zu. Es ist ungeheuerlich, wie vital Großvater noch immer ist. Und ich glaube, die Ehrerbietung und all die Liebe, die ihm an seinem Geburtstag durch das Volk und seine Familie zuteilwird, haben ihm noch mal regelrecht Flügel verliehen.«

In diesem Moment war der Großvater vor ihnen angekommen. Gustav V. brachte sein Pferd zum Stehen, und die Zuschauer um Lennart und Karin herum brachen in wahre Begeisterungsstürme aus, manch einen hielt es nicht einmal mehr auf seinen Sitzen. Auch Lennart sprang auf und applaudierte begeistert. Birgitta hüpfte auf ihren Stuhl und klatschte in die Hände, die kleine Maria verzog angesichts des Lärms jedoch ängstlich ihr Gesicht. Hastig zog Karin sie enger an sich und tröstete sie. Beunruhigt presste Maria ihr Gesichtchen in ihre Halsbeuge, und während alle um sie herum jubelten und schrien, wiegte Karin ihr kleines Mädchen und war glücklich über das Gefühl der Wärme und Liebe, das diese innige Umarmung in ihr auslöste. Wie wundervoll es war, den eigenen Kindern Trost spenden zu können!

Dennoch verfolgte sie mit ihren Blicken, was sich unten auf dem Feld tat: In einer unnachahmlich eleganten – und vor allem sehr jugendlichen – Bewegung schwang sich der König aus seinem Sattel, nahm den Säbel herunter und befestigte ihn an seinem Gürtel. Gustav V. übergab seine Standarte und nahm im Kreise seiner Familie Platz, es folgte ein Gottesdienst, in dessen Verlauf sich die kleine Maria wieder etwas beruhigte. Doch bei der anschließenden gigantischen Parade presste sie sich wieder ängstlich an ihre Mutter und beobachtete misstrauisch, wie ein Regiment nach dem anderen mit seinen Fahnen über den Platz marschierte.

Karin hielt der Kleinen die Ohren zu und wiegte sie nach wie vor. Tatsächlich war das ein ungemein gewaltiges Schauspiel.

»Ich komme mir vor, als würde ich ein Gemälde betrachten«, flüsterte sie Lennart zu. »Aber dieses Gemälde lebt.«

Lennart nickte. In der Tat hatte die Szenerie etwas von einem Kriegsgemälde, zumal der Himmel nun auch noch wolkenverhangen war – hoffentlich würde es trocken bleiben. Den ganzen Vormittag über hatten sie gebangt, das feierliche Ereignis in strömendem Regen verbringen zu müssen, doch etwa zwei Stunden vor Beginn der Parade hatte sich die Sonne zaghaft an Stockholms Himmel gezeigt. Auch der Himmel wollte Schwedens König anscheinend ehren. Karin betrachtete ihren Schwiegergroßvater und bemerkte, dass König Gustav V. sich gerührt die Augen wischte. Glücklich lächelte sie in sich hinein. Er hatte die Ehrerbietungen und Liebesbekundungen, die man ihm erbrachte, wirklich mehr als verdient.

***

Karin und Lennart sollten noch oft an die dunklen Wolken am Stockholmer Himmel zurückdenken. Über dem deutschen Himmel waren sie schließlich schon lang aufgezogen und hatten sich in den vergangenen Monaten immer mehr verdichtet.

Im März 1938 hatten die Bernadottes entsetzt den Anschluss Österreichs verfolgt. »Ich halte es für eine Lüge, dass dieser Anschluss freiwillig gewesen ist«, hatte Lennart zu Karin gesagt. »Aus meiner Sicht ist das nichts anderes als eine Okkupation.«

Als Hitler dann kurz darauf auch noch die Selbstständigkeit

der sudetendeutschen Gebiete in der Tschechoslowakei gefordert und die tschechoslowakische Staatsführung diesem Ansinnen negativ gegenübergestanden hatte, war die Anspannung gestiegen: Mitte September 1938 kündigte Hitler nun zum Entsetzen aller an, am 1. Oktober die Tschechoslowakei anzugreifen.

Lennart hatte eigentlich vorgehabt, noch einmal auf die Mainau zu fahren, doch nun sah Karin ihn in ihrer Stockholmer Stadtwohnung flehend an. »Wir können nicht fahren, Lennart«, sagte sie. »Ich habe ein ganz schlechtes Gefühl. Erinnere dich doch bitte, wie du vor fünf Jahren bei Birgittas Geburt gesagt hast, du hättest Bedenken, wegen dieses Hitlers auf die Mainau zu reisen. Und nun ist es noch viel schlimmer geworden. Wir müssen die Kinder schützen.«

»Ich gebe dir recht«, sagte er und stieß dann hervor, »aber irgendwie… irgendwie ist auch die Mainau für mich wie ein Kind. Ich habe das dringende Bedürfnis, sie noch einmal zu sehen.« Sehr leise fügte er hinzu: »Ich habe das Gefühl, dass mir das bald nicht mehr möglich sein wird. Ich… ich möchte so gern Abschied nehmen, Karin.«

Der Blick, mit dem er sie ansah, schnitt ihr mitten ins Herz. Wie unglaublich verloren er wirkte.

Liebevoll strich sie ihm mit der Hand über die Wange, wie sie das manchmal bei ihren Töchtern tat. Dabei sah sie ihm zärtlich in die Augen. »Ich verstehe dich, Liebster«, sagte sie. »Ich gestehe zwar, dass ich Angst um dich habe, doch ich weiß, dass du fahren musst. Aber ich und die Mädchen, wir werden hierbleiben.«

Erleichtert sah er sie an. »Danke«, sagte er. »Danke, dass du immer so viel Liebe und Verständnis für mich aufbringst. Und dass die Mädchen hierbleiben, ist mir auch sehr viel lieber.«

»Pass nur auf dich auf!«, flüsterte Karin.

»Das werde ich«, versprach Lennart. »Die ganze Welt bemüht sich, Hitler zu beruhigen. Und wenn es wirklich zum Schlimmsten kommt, werde ich das auf der Mainau nicht sofort zu spüren bekommen und so schnell wie möglich zurückkehren. Aber …«, er zögerte.

»Ja?«

»Ich wüsste auch gern, wie die Stimmung in Berlin ist.«

»Du möchtest auch noch nach Berlin?«, fragte Karin erschrocken.

»Ja«, sagte Lennart. »Aber nur kurz. Du weißt, ich mag die Stadt nicht. Ich möchte jedoch sehen, wie sie sich seit 1936 verändert hat.«

»Bestimmt nicht zu ihrem Vorteil«, murmelte Karin düster.

***

»Lennart«, sagte Karin, als sie am nächsten Morgen, wie üblich, vor dem Frühstück die Post sortierte. »Lennart, hier ist ein Brief von deiner Mutter.«

»Welch seltene Ehre«, murmelte Lennart. Er bemerkte, dass sein Herz sofort auf unangenehme Weise schneller zu schlagen begann, wie immer, wenn er eines der seltenen Lebenszeichen von Maria Pawlowna bekam. Auch jetzt wusste er nicht, ob er sich über den Erhalt des Briefes – unabhängig von dessen Inhalt – freuen sollte oder nicht. Eben weil Briefe seiner Mutter ihn einerseits glücklich machten, zeigten sie doch, dass sie ihn nicht ganz vergessen hatte, ihn andererseits aber jedes Mal wieder mit dieser nagenden Sehnsucht erfüllten. Immer, wenn er mit ihr in Kontakt kam, hatte er das Gefühl, wieder weit in seine Vergangenheit zurückzufallen, wieder der kleine, verlassene, vierjährige Junge zu sein. Und dann griff die Einsamkeit stets mit eisigen Klauen nach ihm.

»Lennart.« Karin hatte den Tisch umrundet, setzte sich auf seinen Schoß und schlang die Arme um ihn. Den Brief hatte sie zuvor vor ihm auf den Tisch gelegt. Jetzt deutete sie darauf. »Soll ich ihn öffnen?«

Wie gut es tat, Karins Liebe zu spüren. Wie heilend es war. »Nein«, sagte er, von neuer Kraft erfüllt, und lächelte ihr zu. »Ich mache das schon.«

Karin beugte sich nach vorne und angelte nach dem silbernen Brieföffner, der immer auf ihrem Posttablett lag. »Hier«, sagte sie.

Lennart schob die glänzende, silberne Klinge in den Umschlag, schlitzte ihn auf und zog ein einzelnes Blatt hervor. Seine Mutter hatte nur wenige Zeilen geschrieben. Lennart und Karin lasen gemeinsam.

»Sie möchte, dass du nach Paris kommst!«, rief Karin erstaunt.

»Weil sie nach Amerika übersiedeln wird. Sie will mich noch einmal sehen«, sagte Lennart leise. Ein eigenartiges Gefühl machte sich in seinem Inneren breit. Hoffnung? Wärme?

Fragend sah Karin ihn an. »Wirst du fahren?«

In ihrer Stimme klang Sorge. Ernst sahen sie einander in die Augen. »Du bist sehr verletzlich, was deine Mutter anbetrifft«, sagte Karin. »Du wirkst dann immer so, als hättest du … keine Hülle.«

Wie gut sie ihn kannte, und wie präzise ihre Beschreibung seine Gefühlslage traf. Dankbar drückte er sie an sich.

»Ich weiß nicht, ob ich fahren werde«, sagte er. »Ich habe Angst … dass sie wieder Hoffnungen zerstört. Sie hat mich schon einmal verlassen. Andererseits hat sie mir noch nie gesagt, dass sie mich sehen will. Aber soll ich dann gleich rennen, nach all den Jahren?«

»Diese Entscheidung kannst nur du allein treffen, mein Liebling«, sagte Karin ernst. »Aber bedenke, wenn du nicht fährst, wirst du es vielleicht bereuen, diese Chance vertan zu haben.«

Kapitel 34

Zwei Tage nach Erhalt des Briefes trat Lennart seine Reise nach Deutschland an. Er hatte sich entschlossen, von Berlin aus mit dem Nachtzug einen Abstecher nach Paris zu machen und im Anschluss zur Mainau weiterzureisen, und zumindest nach Berlin musste er nicht allein fahren. Sein einstiger Hauslehrer Ivar Åkerfeldt erklärte sich nur zu gern bereit, ihn zu begleiten. Die beiden hatten lange keinen Kontakt mehr gehabt, sich nun jedoch am Geburtstag des Königs wiedergetroffen und beschlossen, künftig Kontakt zu halten. Ivar hatte Lennart und Karin häufig besucht, und Lennart schätzte seinen einstigen Lehrer als klugen Mann mit politischer Weitsicht. Er wäre genau der Richtige, um ihn nach Deutschland zu begleiten.

Am Donnerstag, 15. September, nach einem tränenreichen Abschied von Karin, gingen die beiden Männer in Malmö an Bord der Morgenfähre. Sie hatten eine gemeinsame Kabine gebucht, die klein und eng war – doch dank des schönen Wetters hielten sie sich dort ohnehin kaum auf, sondern verbrachten die meiste Zeit auf zwei dicht nebeneinanderstehenden Liegestühlen an Deck.

»Also, ich würde ja nicht nach Deutschland reisen, wenn ich nicht unbedingt müsste«, suchte ein junger, allein reisender

Mann, der Lennart schon häufiger aufgefallen war, am zweiten Tag ihrer Reise das Gespräch. »Dass Hitler nun Anspruch auf die sudetendeutschen Gebiete erhebt, ist mehr als beunruhigend. Ich fürchte, das wird Krieg geben.«

»Ach was«, sagte Lennart. »Einen Krieg wird es nicht geben. Sie werden sehen.« Tatsächlich war er inzwischen auch wieder deutlich zuversichtlicher als noch vor einigen Wochen. Die dunklen Wolken am politischen Himmel waren zwar noch da, aber es gab Hoffnung, dass sie sich auflösen würden. Sein einstiger Lehrer fragte den jungen Mann: »Warum müssen Sie denn nach Deutschland?«

»Ich lebe dort«, seufzte der Herr. »Darf ich mich vorstellen? Hans Maier.«

»Damit sind Sie ja nun auch noch mit einem typisch deutschen Namen gesegnet«, sagte Lennart und stellte sich und seinen Begleiter ebenfalls vor.

»Angenehm.« Sie schüttelten einander die Hand. Man war sich sympathisch.

»Würden Sie Ihre Vermutung, dass es nicht zu einem Krieg kommen wird, noch etwas erläutern?«, bat Maier Lennart und gestand: »Ich bin derzeit auf der Suche nach Strohhalmen, an die ich mich klammern kann.«

»Den Strohhalm kann ich Ihnen gerne reichen«, sagte Lennart freundlich. »Wie Sie vielleicht wissen, ist der britische Premierminister Neville Chamberlain eigens nach Berchtesgaden gereist, um mit Hitler zu sprechen, oder sagen wir lieber: beruhigend auf ihn einzuwirken. Und Chamberlain gilt als entschiedener Appeasement-Politiker.«

»Glauben Sie wirklich, dass er etwas ausrichten kann?«, der Mann klang zweifelnd.

»Ja«, erwiderte Lennart fest. »Das glaube ich wirklich.«

Lennart spürte seinen eigenen Worten hinterher. Er hatte sie ein wenig zu laut und zu überzeugt gesagt. Plötzlich fiel ihm ein, dass Karin, als er sie einmal gefragt hatte, warum die Nazis so brüllten, gesagt hatte: Vielleicht denken sie, wenn man etwas laut sagt, wird es wahrer. War er in diese Falle etwa auch getappt und glaubte eigentlich gar nicht an das, was er da sagte? Lennart schauderte.

***

Berlin hatte sich, wie Lennart fand, im Vergleich zu seinem letzten Besuch noch mehr zum Negativen verändert. Damals, zur Olympiade, war die Stadt auch schon voll gewesen mit diesen hässlichen roten Fahnen, in deren Mitte je ein dickes, schwarzes Hakenkreuz prangte. Aber der Glanz der Olympiade hatte die aggressiv-tumbe Anwesenheit der Braunhemden, wenn auch mehr schlecht als recht – immerhin hatte Lennart auch damals regelrecht die Flucht ergriffen –, so doch zumindest ein bisschen überdeckt. Jetzt jedoch waren sie allgegenwärtig und marschierten stechenden Schritts durch Deutschlands Hauptstadt. Lennart verzog angewidert das Gesicht. Er wollte hier so schnell wie möglich weg! Und mit einem Mal war er sich fast sicher, dass seine aufmunternden Worte für den deutschen Fahrgast nichts als Lippenbekenntnisse gewesen waren. Es roch, nein es stank regelrecht nach Krieg.

Aber er hatte die Rechnung ohne seinen Lehrer gemacht. »Du wirst dir deine Laune doch nicht von so ein paar Nazis verderben lassen«, schalt Ivar Åkerfeldt. »Nun sind wir den weiten Weg hierhergekommen, also amüsieren wir uns auch, Teufel noch eins.«

Zu seiner Überraschung stellte Lennart fest, dass das sogar

ganz gut gelang – auch auf der Mainau hatte er es ja immer schon so gehalten: den Sorgen durch Aktivismus entfliehen!

Sie gingen ins berühmte Varieté *Wintergarten* und anschließend in die *Königin-Bar*, und als das Lokal schloss, zogen sie weiter durch die Stadt und stillten mitten in der Nacht ihren aufkommenden Hunger mit Zwiebelsuppe und Wurst.

Die beiden Schweden machten die Nacht zum Tag. Und als sich am Morgen des 16. September 1938 die aufgehende Sonne inmitten des Brandenburger Tors präsentierte, da war Lennart ein wenig mit Berlin versöhnt. Und für einen kleinen Moment hatte er das Gefühl, dass doch noch alles gut werden würde.

Kapitel 35

Die Reise mit dem Nordexpress war anstrengend gewesen, und Lennart war einigermaßen erschöpft, als er den Zug im Morgengrauen des 22. September 1938 verließ. Es war seine erste Reise nach Paris seit siebenundzwanzig Jahren. Da er mit seiner Mutter erst am Nachmittag verabredet war, nahm er in seinem Hôtel Le Meurice in der Rue de Rivoli noch ein typisch französisches Frühstück ein – Café au Lait, frische Croissants mit Erdbeermarmelade – und begab sich dann dankbar in sein Zimmer, um ein Bad zu nehmen und sich noch etwas auszuruhen.

Nach einem erholsamen Schlaf ging er am frühen Nachmittag den kurzen Weg zum Pariser Hotel Prince de Galles, wo seine Mutter Quartier genommen hatte. Sie hatte tatsächlich nach ihm geschickt, wollte ihn wiedersehen, nach all den Jahren, in denen sie sich nicht für ihn interessiert und nicht nach ihm gefragt hatte.

Lennart bemerkte, dass ihm die Knie weich waren und ein unangenehmes Gefühl in seinem Magen klumpte, als er die Tür des Hotels aufstieß, eines schmucken Gebäudes im Art-Deco-Stil, das vor knapp zehn Jahren eröffnet worden und in der Avenue George V., einer Seitenstraße der Champs-Élysées, gelegen war.

Er entdeckte seine Mutter sofort, als er das Foyer betreten hatte. Sie saß auf einer Chaiselongue in einem kleinen Separee rechts des Eingangs und wirkte, als halte sie Hof. Vor ihr standen eine Tasse Tee und, auf einer Etagere kunstvoll angerichtet, etliche Petits Fours. Ihr Auftreten, ihre Kleidung und ihre ganze Erscheinung ließen keinen Zweifel daran, dass es sich bei Maria Pawlowna um eine sehr bedeutende und sehr wohlhabende Dame handelte.

Sie blickte auf und sah ihn an. Für einen Moment schien die Zeit stillzustehen, und keiner der beiden war fähig, sich zu bewegen. Sie sahen einander nur an. Mutter und Sohn. Wie in einem Bann. Sie senkte den Blick als Erste, er trat einen Schritt auf sie zu, sie erhob sich, er küsste sie rechts und links auf die Wange. Sie nahm wieder Platz, er tat es ihr gleich – auf dem Sessel, der der Chaiselongue gegenüberstand – und sagte: »Maria, du siehst gut aus.«

Er brachte es nicht übers Herz, sie Mor zu nennen. Dieses Wort war ihm nicht mehr über die Lippen gekommen, seit er es als Vierjähriger so verzweifelt gerufen hatte. Seine Kinder nannten Karin nicht Mor, sondern Mamma. Das war gut.

Sie seufzte. Abgrundtief. Legte den Handrücken an die Stirn und bekannte: »Unsereins ist es ja gewohnt, Haltung zu bewahren. Aber es geht mir nicht gut, Lennart. Es geht mir ganz und gar nicht gut.«

»Bist du krank?«, fragte Lennart erschrocken, doch sie winkte ab. »Ach, nein, wenn, dann krank vor Sorge. Mein Bruder hat dir diesbezüglich einen Brief geschrieben, in dem er dir alles erklärt.«

Sie öffnete die reich bestickte Mappe, die neben ihr auf dem Tisch lag, und zog einen Umschlag heraus, den sie ihm reichte.

Stirnrunzelnd griff Lennart danach. Das Verhalten seiner

Mutter war mehr als merkwürdig! Weshalb gab sie ihm einen Brief ihres Bruders, in dem dieser ihm etwas zu seiner Mutter erklärte, während sie selbst ihm gegenübersaß?

Er zog den Brief heraus und begann zu lesen, während er sich des Blickes Maria Pawlownas, der ununterbrochen auf seinem Gesicht haftete und jede Reaktion wahrnahm, bewusst war. Er fühlte sich unbehaglich, was sich verstärkte, als er – mit zunehmender Fassungslosigkeit – las, was in dem Brief geschrieben stand. Sein Onkel Dmitri erklärte ihm, dass seine Mutter finanziell sehr schlecht dastehe – für die Übernachtung im Hotel in Paris komme er auf –, und als ihr Sohn sei es Lennarts Pflicht, ihr zu helfen.

Deine Mutter hat eine neue Wohnung in Monte Carlo gemietet – irgendwo braucht schließlich auch sie einen festen Wohnsitz, las Lennart. *Aber um diese bezahlen zu können, braucht sie Geld, genauer gesagt ungefähr sechstausend Francs. Du musst Deiner Mutter helfen, so, wie sie ja einst Dir half, indem sie Dir viel Geld vermacht hat.*

Lennarts Herz raste bei der Erinnerung an damals. Sie hatte sich freigekauft, so hatte es sich angefühlt. Ihm wäre es viel lieber gewesen, Maria hätte ihm kein Geld vermacht, sondern wäre an seiner Seite gewesen, hätte ihn durchs Leben begleitet. Aber das hatte sie nicht getan. All die Jahre hatte sie sich nicht um ihn gekümmert, nicht nach ihm gefragt. Auch der Onkel hatte keinen weiteren Gedanken an seinen Neffen verschwendet. Aber jetzt, wo sie Geld brauchte, jetzt war er wieder gut genug, dass sie sich seiner erinnerten. Es schmeckte bitter, so bitter. Und es tat weh. Wie aufgeregt er gewesen war, als die Mutter nach ihm geschickt hatte. Er hatte doch tatsächlich gedacht, es gehe ihr um ihn, und war nach Paris geeilt. Um nun eine derartige Enttäuschung zu erleben. Er sah auf und seiner

Mutter ins Gesicht, sie lächelte ihn nach wie vor nur abwartend an.

Lennart schluckte, senkte den Blick wieder und las weiter. Sein Onkel war nun zu einer Drohung übergegangen: *Wenn Du Deiner Mutter nicht hilfst, kann es passieren, dass Leute, die Deine Stellung kennen, Dich sehr in die Kritik nehmen werden.*

Lennart schloss für einen Moment die Augen, sammelte Kraft. Beschwor Karins liebes Gesicht herauf und die Zukunft, von der sie nicht nur träumten, sondern an der sie auch hart arbeiteten. Das war jetzt seine Welt. Er hatte jetzt eine Familie, und er wurde geliebt. Ganz langsam, das spürte er nun, erfüllte ihn dieser Gedanke mit einer wachsenden Kraft.

Er legte den Brief beiseite und sah seine Mutter an. Täuschte er sich, oder war in ihrem Blick so etwas wie Unruhe, Nervosität und vielleicht sogar der Hauch eines schlechten Gewissens zu erkennen?

»Maria«, sagte er. »Ich denke, du verkennst meine Lage. Wie du ja sicherlich weißt, habe ich durch meine Hochzeit mit Karin etliche Privilegien verloren, darunter auch meine Steuerfreiheit. Das heißt, dass ich nun achtundvierzig Prozent meines Einkommens an den Staat abgeben muss.«

»Oh«, machte Maria überrascht. »Das … wusste ich nicht.«

Lennart nickte. »Dennoch, Mutter, werde ich, so gut es irgendwie geht, für dich sorgen.«

»Ich danke dir, mein Junge«, sagte sie. »Und nun lass uns von etwas anderem sprechen als vom leidigen Geld. Und vor allem etwas zu uns nehmen. Bitte, greif zu.«

Sie deutete auf die Schnittchen vor sich auf der Etagere, doch Lennart schüttelte den Kopf.

»Es tut mir leid«, sagte er. »Aber Karin wartet auf meinen Anruf.«

Seine Mutter schien seinen Entschluss, nicht länger in ihrer Gesellschaft zu verweilen, nicht zu bedauern.

»Gut«, sagte sie nur. »Grüß sie schön von mir.«

»Maria.« Lennart erhob sich, woraufhin auch sie aufstand, und er küsste sie erneut auf die Wangen und ging dann zur Tür. Dort drehte er sich noch einmal um. Doch sie blickte ihm nicht nach, sondern hatte bereits nach einer Zeitung gegriffen, um sich in die Lektüre zu vertiefen.

Brüsk wandte Lennart sich wieder zum Gehen. Bei Birgittas Geburt hatte er beschlossen, seiner Mutter zu verzeihen, und das hatte er auch versucht. Immerhin hatte er seine zweite Tochter nach ihr benannt. Und nun war er sofort nach Paris geeilt, als sie gerufen hatte, nur um erneut enttäuscht zu werden. Der Nachgeschmack dieser Begegnung lag bitter in seinem Mund.

Als Lennart zurück in seinem Hotelzimmer war, zog er sein Blumenbuch hervor, das er als Kind begonnen hatte und das ihn seither stets begleitete. Er schlug es an der Stelle auf, an der die kleine, blaue, zerdrückte Blume ihr Zuhause gefunden hatte. Sein Symbol der Verlassenheit und des Einsamseins. Wieder krampfte sich der Schmerz in seinem Magen zusammen. Wieder hörte er sich selbst rufen: »Mor, geh nicht!« Wieder sah er sich die Ärmchen nach der forteilenden Mutter ausstrecken, wieder sah er sich auf der Wiese stehen, die kleine blaue Blume in der Hand, während der Vater ein fremdes Kind in seinen Armen hielt. Verloren. So verloren.

Das Klingeln des Telefons neben seinem Bett riss ihn aus seinen Gedanken. Hastig klappte er das Buch zu und hob ab. »Oui?«

»Lennart«, klang da eine Stimme am anderen Ende der Leitung. »Hier ist deine Mutter.«

Sein Herz machte einen Satz.

»Maria«, sagte er kühl.

»Lennart, würdest du mich morgen früh zum Bahnhof begleiten? Wir werden uns nun eine lange Zeit nicht sehen, und …«, sie zögerte und fuhr dann fort: »… da wäre es doch schön, wenn wir die Stunden, die uns bleiben, nutzen?«

Wir haben viele Stunden nicht genutzt, dachte Lennart bitter. Und dann: Wenn wir wirklich die Stunden nutzen wollten, die uns noch bleiben, würden wir heute gemeinsam zu Abend essen. Aber er wollte sich nicht aufdrängen. Kurz überlegte er, ob es ihm helfen würde, ihr die Bitte auszuschlagen. Dann wäre er einmal derjenige, der sich entzöge. Doch das würde nicht seinem Gefühl entsprechen, wäre lediglich eine Farce, und er war sicher, dass der Geschmack, der bleiben würde, noch schaler wäre. Also sagte er nur: »Schön, Maria, um wie viel Uhr geht dein Zug?«

»Um zehn«, klang es durch den Hörer.

»Ich werde um neun Uhr bei dir sein.«

***

»Au revoir«, sagte Lennart und küsste seine Mutter zum Abschied, ganz nach französischer Art, dreimal auf die Wange. Sie standen vor dem Zug, der sie nach Le Havre bringen sollte, wo sie die *Normandie* besteigen würde, um nach Amerika überzusetzen.

»Au revoir, Lennart«, erwiderte sie, und auf einmal flog der Ausdruck von Sorge über ihr Gesicht. »Überlege dir noch einmal, ob du wirklich nach Deutschland fahren willst.« Sie machte eine weitausholende Bewegung, die den überfüllten Bahnsteig umfasste. »All diese Menschen hier streben aus

Europa fort, weil sie sicher sind, dass das, was von Deutschland kommt, nicht gut sein kann. Und du willst ausgerechnet mitten hinein in dieses Land?«

»Ich muss noch einmal nach der Mainau sehen«, sagte Lennart. »Gerade jetzt. Aber ich verspreche dir, was ich auch schon Karin versprochen habe: Wenn es gefährlich wird, reise ich ab.« Es rührte ihn, dass seine Mutter, die sich schließlich nie groß um ihn gekümmert hatte, sich auf einmal Sorgen um ihn zu machen schien. Und gleichermaßen bedrückte ihn ihre Bemerkung. Wenn es schon so weit war, stand es wirklich schlimm. Außerdem hatte seine Mutter recht: Die Bahnsteige waren gedrängt voll mit Menschen, die alle gehetzt und verzweifelt aussahen und eine Unmenge an Gepäck bei sich hatten. Es waren Menschen auf der Flucht vor dem, was kommen würde. Menschen, die ihre Welt zurückließen, um in eine neue zu gehen, in der hoffentlich kein grausamer Diktator nach fremden Ländern griff.

Das schrille Pfeifen des zur Eile mahnenden Schaffners riss ihn aus seinen finsteren Gedanken.

»Ich muss einsteigen. Pass auf dich auf, Junge.« Maria legte ihre Hand an seine Wange – das hatte sie noch nie getan – und stieg in den Zug.

Sorgenvoll sah Lennart ihm nach. Wann würde er seine Mutter wiedersehen? Und unter welchen Umständen?

Um sich abzulenken, tauchte er ins nächtliche Paris ein, wo zu seiner Erleichterung von einer beklemmenden Stimmung keine Rede sein konnte. Er nahm einen Aperitif im *Fouquet*, aß, seiner Mutter zu Ehren, im russischen Restaurant *Poisson d'Or*, wo es ihm allerdings nicht schmeckte, und zog dann weiter von einem Nachtlokal zum nächsten. Er hatte Angst vor dem

Alleinsein und seinen Gedanken. Doch die Stimmung in den Lokalen vermochte die seine nicht aufzuhellen. Die Kneipen, in denen er landete, wurden immer heruntergekommener. Er sah sich von Frauen zweifelhaften Rufs und aggressiven Männern umgeben, und als er dann auch noch beinahe unschuldig in eine Schlägerei mit hineingezogen worden wäre, floh er gegen vier Uhr morgens in sein Hotel.

Vier Stunden später schreckte er vollkommen übermüdet hoch. Er hatte vom Krieg geträumt. Beim Frühstück las er Zeitung und erfuhr, dass sich Hitler, Chamberlain und der französische Premierminister Édouard Daladier darauf geeinigt hatten, das deutschsprachige Sudetenland dem Deutschen Reich zuzusprechen. Die neuen Grenzen werde man dann schützen.

Die tschechoslowakische Regierung habe jedoch erklärt, das würde eine »freiwillige und völlige Verstümmelung des Staates« bedeuten. Die britische Regierung und auch Frankreich hätten in der Folge gedroht, die Tschechoslowakei nicht zu unterstützen, sollte Deutschland einmarschieren.

Lennart verschluckte sich beinahe an seinem Kaffee. Wie kamen England und Frankreich dazu, sich auf Hitlers Seite zu schlagen? Gleich darauf gab er sich selbst die Antwort: Großbritannien wollte – ebenso wie Frankreich – verhindern, dass sich der Konflikt zu einem Flächenbrand oder gar zu einem erneuten Krieg in ganz Europa ausweiten würde. Ein Krieg wegen 3,5 Millionen Sudetendeutscher, die im Kriegsfall vermutlich als Erste dran glauben mussten. Das war so absurd! Für ihn würde der Weg auf die Mainau in diesem Fall wohl versperrt sein. Dann wäre seine Reise also tatsächlich ein Abschied. Und wie würde Schweden sich positionieren? Sein Land war hinsichtlich seiner Verteidigung nicht sonderlich gut aufgestellt. Würde Schweden die Neutralität wahren können? Seufzend schob er sein Croissant fort, ohne es angerührt zu haben, erhob sich und ging auf sein Zimmer, um seine Sachen zusammenzupacken.

Wild entschlossen, sich mit etwas Positivem von Paris zu verabschieden, kehrte er noch im Restaurant *Prunier* ein, um sich dort durch einen riesigen Teller Austern zu schlemmen und dazu Champagner zu trinken, bevor er sich am späten Nachmittag in Richtung Bahnhof aufmachte. Er hatte einen Schlafwagen nach Stuttgart gebucht, und erneut fand er keinen Schlaf. Es-wird-ein-Krieg-kommen, es-wird-ein-Krieg-kommen, schallte es wieder und wieder in seinem Kopf, parallel zum rhythmischen Ruckeln der Räder. Er musste an den Mann denken, den er vor wenigen Tagen auf der Überfahrt nach Berlin kennengelernt hatte. Seinen Namen hatte er inzwischen vergessen. Maier oder Müller? Jedenfalls hatte er, Lennart, ihm noch Mut zugesprochen und ihm versichert, dass es keinen Krieg geben werde. Jetzt glaubte er selbst nicht mehr daran.

Kapitel 36

In Stuttgart holte ihn Bert Billet, sein Chauffeur von der Mainau, ab. Das Wiedersehen fiel herzlich, aber dennoch ein wenig gedämpft aus. Da Billet ihn schon häufig auch über längere Strecken gefahren hatte, hatten die beiden Männer viel Gelegenheit gehabt, sich auszutauschen. Außerdem hatte Billet etliche Gespräche mitbekommen, die Lennart mit Karin oder anderen Mitfahrenden geführt hatte. Die beiden Männer kannten, mochten und vertrauten einander.

»Und«, fragte Lennart, »wie ist die Stimmung?«

»Ach, Eure Hoheit«, sagte Billet bedrückt, »ich fürchte, es wird Krieg geben.«

»Sie haben recht«, sagte er. »Das fürchte ich auch.«

»Und das Absurde ist«, fuhr Billet fort, »dass dieser erneute Krieg aus dem Großen Krieg resultiert.«

Lennart wusste sofort, was der andere meinte. »Der Vertrag von Versailles.«

Billet schnaubte. »Der *Schand*vertrag von Versailles meinen Sie wohl. Was man Deutschland da aufgebürdet hat, das kann kein Mensch schaffen.«

»Das sehe ich ja auch so«, bestätigte Lennart, »was da vereinbart wurde, war an Kurzsichtigkeit nicht zu überbieten. Das hat Groll verursacht. Und zwar jede Menge.«

»Es ist nicht nur das«, korrigierte Billet. »Wissen Sie, ich bin ja nun schon etwas älter. Habe den Großen Krieg in all seiner Schrecklichkeit erlebt, und ich kann Ihnen sagen: Das will keiner mitmachen.«

Er schwieg einen Moment, und Lennart sah ihn mitfühlend an. Ihm wurde klar, dass die Erinnerungen in diesem Moment mit Macht über seinen Chauffeur hereinbrachen.

»Aber meine Söhne«, fuhr der Chauffeur fort, »die haben zu Hause mit den Zinnsoldaten gespielt, während ich im Feld war. Ihnen wurde, wie allen Kindern, beigebracht, dass sie stolz auf ihren Vater sein müssen, dass die Väter für uns alle kämpfen. Dass diese Väter Helden sind, dass sie die Guten sind, dass sie den Sieg bringen werden.«

»Aber sie brachten nicht den Sieg«, sagte Lennart leise.

»Nein, Eure Hoheit, sie brachten nicht den Sieg. Sie kehrten heim als Verlierer, als gebrochene Männer. Und sie waren Fremde für ihre Kinder. Und all die Buben und Mädchen, die vier Jahre lang trotz der Unbill des Krieges in einer Traumwelt gelebt hatten, einer Traumwelt mit einem strahlenden, starken, heldenhaften Vater, die fühlten sich nun all ihrer Illusionen, nein, die fühlten sich der Wahrheit ihrer Kindheit beraubt.«

»So habe ich das noch gar nie betrachtet«, murmelte Lennart.

Billet nickte, während er den Wagen geschickt durch den Stuttgarter Stadtverkehr in Richtung Süden lenkte.

»Hinzu kam, dass die Männer nach ihrer Rückkehr, wie ich schon sagte, schwer traumatisiert waren. Sie waren vier Jahre in einer Männerwelt fern von zu Hause gewesen, in einer rauen Welt voller Befehle, Blut und Schmerzen. Die Männer konnten sich nur schwer auf ihre Zuhausegebliebenen einstellen – und auf sensible Kinderseelen schon gar nicht.«

»Und die Kinder von damals, das sind die jungen Männer von heute, die Hitler so eifrig zujubeln«, konstatierte Lennart.

»Ganz richtig, Eure Hoheit«, bestätigte Billet bedrückt. »Hitler gibt ihnen die Möglichkeit, den Schmerz von damals durch eigenes Tun zu lindern, die Schmach ihrer Väter, die durch den Schandvertrag von Versailles noch verstärkt wurde, zu sühnen. Nun werden sie die Helden und die Retter.«

»Hm«, murmelte Lennart. »Das klingt überaus beängstigend.«

»Es ist auch überaus beängstigend, Eure Hoheit«, bestätigte Billet.

»Und ich denke, es gibt noch einen weiteren Aspekt, warum es Hitler gelang, so viele Menschen zu erreichen«, sagte Lennart.

»Ich weiß genau, auf was Sie anspielen, Eure Hoheit«, murmelte der Chauffeur. »Nach dem Chaos der Weimarer Republik, nach der Inflation, in der viele Menschen alles verloren hatten, was sie sich in ohnehin mageren Jahren vom Mund abgespart hatten, nach Arbeitslosigkeit und Leid kam einer, der anscheinend binnen kürzester Zeit die Arbeitslosigkeit behob und Ordnung und Struktur ins Land brachte.«

»Der Autobahnen baute«, fuhr Lennart fort. »Und ich erinnere mich noch an Olympia vor zwei Jahren. Es war beinahe unglaublich, wie geordnet da alles ablief. Das konnte einen schon beeindrucken. Aber schon da waren die Brutalität und der Fanatismus der Nationalsozialisten so deutlich ersichtlich, dass man das kalte Grausen bekam. Ich bin seinerzeit regelrecht geflüchtet. Und dieses Grausen ist nun noch viel stärker geworden«, sagte Lennart bedrückt.

»Auf der Mainau nicht«, tröstete Billet. »Da ist es zwar nicht mehr so schön wie in alten Zeiten – aber es hat sich in den letzten Jahren auch nicht allzu sehr verschlimmert.«

»Immerhin«, sagte Lennart. »Dann ist die Mainau also doch noch die Insel der Seligen. Zumindest ein bisschen.«

Tatsächlich lag die Mainau genauso friedlich und wunderschön im herbstlichen Bodensee wie immer. Die Sonne strahlte von einem wunderbar blauen Himmel, die ersten Bäume hatten ihr Laub bereits verfärbt. Es war ein magisches Schauspiel. Und dennoch konnte es ihn nicht trösten, ganz im Gegenteil: Es war, als habe die Mainau noch einmal ihr schönstes Kleid für ihren Herrn angelegt, bevor es hieß, Abschied zu nehmen.

Still ging Lennart am Abend, nachdem er seine Mitarbeiter begrüßt hatte, über die Insel und durch das Schloss. Karin, die die Mainau ebenso liebte wie er und die die Insel mit so viel Freude belebt hatte, fehlte ihm schrecklich. Wie einsam er sich fühlte. Einsam, verloren und irgendwie haltlos. Am Abend telefonierte er mit Karin und schüttete ihr sein Herz aus, in der Nacht schlief er schlecht, und am nächsten Mittag eilte er nach Konstanz, um die Riedles zu besuchen.

Als er Riedle am Vortag in seinem Büro getroffen hatte, hatte dieser ihm erklärt, er und Ilse würden sich sehr freuen, ihn am folgenden Tag zum Mittagessen einladen zu dürfen. Lennart hatte dankend angenommen. Doch als er in die Stadt kam, seine geliebte, fröhliche, weltoffene Stadt am See, da traf es ihn wie ein Schlag. Eine beklemmende Stille hatte sich über die Häuser gelegt. Kein Wunder – die Lage hatte sich inzwischen weiter verschärft: Hitler plante den Einmarsch der Wehrmacht und eine Volksabstimmung über die staatliche Zugehörigkeit der Sudetendeutschen. Ein Krieg schien unvermeidbar.

»Ich kann es gar nicht glauben«, flüsterte eine kreidebleiche Ilse, als sie sich von Lennart zur Begrüßung auf die Wange küssen ließ. »Ich fühle mich, als würde morgen die Welt untergehen.«

Lennart nickte bedrückt. Ihre Worte beschrieben seinen Zustand auf das Beste. »Ich auch«, sagte er.

Ilse hatte gekocht, Käsespätzle mit gemischtem Salat, ein Gericht, das sie Lennart in den vergangenen Jahren schon häufig serviert und das ihm ausgesprochen gut gemundet hatte. Doch heute schmeckten die selbst geschabten Spätzle pappig und schal, und sie lagen ihm schwer, sehr schwer im Magen.

»Es ist einfach nicht zu glauben«, sagte Martin, der seine Spätzle ebenfalls auf seinem Teller hin und her schob, finster. »Es ist nicht zu glauben, dass die da oben uns in einen Krieg ziehen, den keiner, aber wirklich keiner von uns will.«

»Und man ist so machtlos.« Traurig sahen sie einander an. Dann brach Ilse in Tränen aus. Sie tropften in die vor ihr stehenden und mit viel Liebe zubereiteten Käsespätzle, die sie ebenfalls nicht angerührt hatte.

»Ich habe schreckliche Angst«, flüsterte sie, und während ihr Gatte versuchte, sie zu trösten, nahm Lennart hilflos ihre Hand. Schreckliche Angst. Die hatte er auch.

Als er in seinem abendlichen Telefonat Karin von Ilses Ausbruch berichtete, hörte Lennart zu seiner Bestürzung ein Schluchzen durch den Hörer dringen.

»Ach Lennart!«, rief Karin. »Was, wenn es jetzt richtig losgeht? Was, wenn nun ein Krieg ausbricht und du das Land nicht mehr verlassen kannst? Warum habe ich dich auch fahren lassen! Bitte, komm so schnell wie möglich zurück.«

»Ja«, versprach er. »Ja, ich komme.«

Kaum hatte er den Hörer aufgelegt, schaltete er das Radio an. Sogleich durchdrang Hitlers Gebrüll den Raum. Es war Montag, der 26. September, und der Reichskanzler sprach in Berlin. Wie schrecklich er sich anhörte, dachte Lennart schaudernd, und wie hysterisch die Menschen ihm zujubelten! Nachdem der »Führer« anderthalb Stunden lang mit Parolen und Worthülsen nur so um sich geworfen hatte, kam er schließlich auf den Punkt: Wenn Prag die sudetendeutschen Gebiete bis zum Ablauf des Ultimatums nicht geräumt hätte, dann würde Deutschland einmarschieren. Und es war eigentlich klar, dass Prag diesem Ultimatum trotz Chamberlains Intervention nicht Folge leisten würde.

Plötzlich erfasste Lennart eine fieberhafte Unruhe. Er stürzte zum Telefon, nahm den Hörer ab und rief seinen Verwalter an. Gerhard Minges meldete sich sofort.

»Herr Minges«, rief Lennart. »Haben Sie die Rede von Herrn Hitler gehört?«

»Natürlich«, kam es leise zurück. »Nun ist es also wirklich so weit.«

»Das steht zu befürchten, ja.«

Für einen Moment schwiegen die Männer bedrückt, dann sagte Minges: »Was werden Sie jetzt tun?«

»Ich werde die Insel verlassen«, sagte Lennart. »Ich werde zurück nach Schweden gehen.«

»Ja«, erwiderte Minges, »das ist wohl das Vernünftigste. Aber auch das Traurigste, wenn ich das hinzufügen darf, Eure Hoheit.«

»Ach, Herr Minges«, seufzte Lennart. Dann sagte er: »Ich möchte Sie bitten, gleich morgen früh im Büro die wichtigsten Unterlagen herauszusuchen. Ich werde sie mitnehmen.«

»Sicherlich eine kluge Entscheidung, Eure Hoheit«, bekräftigte Minges. »Aber ich komme jetzt gleich. Ich möchte ganz sichergehen, dass wir nichts Wichtiges vergessen oder übersehen.«

»Danke, Herr Minges«, sagte Lennart gerührt.

Als Nächstes rief er seinen Chauffeur an und kündigte ihm

an, dass dieser ihn übermorgen nach Stuttgart fahren und ihm am Folgetag beim Beladen des Wagens behilflich sein müsse.

»Natürlich, Eure Hoheit«, erwiderte Billet. Und dann sagte auch er: »Aber ich warte nicht bis morgen. Ich finde ohnehin keine Ruhe. Ich komme sofort und helfe Ihnen mit dem Packen.«

»Danke«, sagte Lennart. »Um meine persönlichen Gegenstände und um Karins Habseligkeiten kümmere ich mich. Aber wenn Sie das Silber und das Leinen einpacken und schon einmal in den Wagen laden würden, wäre ich Ihnen sehr dankbar.«

»Natürlich, Eure Hoheit.«

Lennart informierte auch Frau Walser und das Ehepaar Nohl, die allesamt sofort herbeieilten, um beim Packen zu helfen, dann rief er wieder Karin an und sagte ihr, dass er übermorgen abreisen werde.

Karin weinte vor Erleichterung. »Hoffentlich ist das noch nicht zu spät«, flüsterte sie.

»Aber nein!«, sagte Lennart beruhigend. »Hitlers Ultimatum läuft erst am 1. Oktober ab. Vorher wird er nichts unternehmen. Ich könnte mir sogar noch mehr Zeit lassen.«

»Bloß nicht!«, kam es durch den Hörer. »Aber ruf bitte noch den schwedischen Gesandten in Berlin an, hörst du? Der kann dir sicherlich sagen, ob du noch etwas beachten musst.«

»Ja«, versprach Lennart. »Ja, das will ich tun.«

Dann fragte er: »Weißt du etwas von Ivar Åkerfeldt? Er wollte ja direkt von Berlin wieder nach Stockholm reisen.«

»Er ist wohlbehalten angekommen«, sagte Karin. »Er war gestern Abend bei mir. Aber auch er sorgt sich sehr um dich.«

»Ich bin so gut wie auf dem Weg«, versicherte Lennart.

Kapitel 37

Lennart hielt das Versprechen, das er Karin gegeben hatte, und ließ sich gleich am nächsten Morgen mit Berlin verbinden. Man stellte ihn sofort zum neuen schwedischen Gesandten, Arvid Richert, durch. Manchmal, dachte Lennart, war es durchaus von Vorteil, ein Abkömmling des schwedischen Königshauses zu sein. Auch Richert nannte Lennart stur »Eure Hoheit« und erkundigte sich freundlich nach seinem Wohlbefinden.

»Mit dem steht es leider nicht zum Besten«, sagte Lennart und fügte hinzu: »Wie das wohl in diesen Tagen allen geht.«

»Da kann ich Ihnen nur beipflichten, Eure Hoheit«, erwiderte Arvid Richert. »Ich hoffe, Sie sind im Begriff, das Land zu verlassen?«

»Das bin ich in der Tat«, bekräftigte Lennart. »Ich wollte nur fragen, zu was Sie mir raten.«

»Genau dazu«, sagte der Botschafter. »Sie sollten vor dem 1. Oktober Deutschland verlassen haben. Dringend.«

»Gut«, seufzte Lennart. »Sie bestätigen mir nur, was ich ohnehin schon wusste. Ich wünsche Ihnen alles Gute, Herr Botschafter.«

»Das wünsche ich Ihnen auch, Eure Hoheit.«

Schrecklich, dachte Lennart, als er den Hörer auflegte. Abschiede hatten in diesen Tagen etwas so Endgültiges. So, als würde man sich niemals mehr wiedersehen. So, als würde man das Schlimmste erwarten. So, als würde die Welt morgen untergehen.

In den darauffolgenden Stunden packte Lennart fieberhaft, dann stand ihm noch ein weiterer Abschied bevor. Nach ihrem kleinen Zusammenbruch beim Mittagessen war Ilse erkrankt, und ihr besorgter Gatte wollte sie nicht allein lassen. Lennart hatte ihm freigegeben und erklärt, er werde, bevor er die Insel verlasse, noch einmal bei ihnen vorbeikommen. Deshalb fuhr er nun nach Konstanz, wo die Stimmung noch angespannter war als wenige Tage zuvor. Die Stadt wimmelte nur so von Soldaten, die in Richtung Bahnhof strömten. Es war keine Frage: Sie waren auf dem Weg an Deutschlands Grenzen. Schluchzende Frauen klammerten sich an ihre Männer. Männer küssten ihre Kinder, viele, dachte Lennart mit plötzlichem Grauen, vielleicht zu einem letzten Lebewohl.

Ilse hatte ihn schon kommen sehen und kam ihm bereits in der Tür entgegen. Sie sah blass und schmal aus, buchstäblich krank vor Sorge. »Ach, Lennart«, weinte sie und schlang die Arme um ihn. »Nun ist es also so weit. Du wirst uns verlassen.«

»Und es bricht mir das Herz«, sagte Lennart und musste selbst heftig blinzeln. Seinem Freund Martin, der in diesem Moment um die Ecke bog, erging es ebenso.

Er schloss seine Arme um seinen Freund und dessen Frau, und so standen sie eine Weile lang. Haltsuchend, einander Trost spendend, keinen Trost findend. Würden sie einander je wiedersehen?

Als Lennart einige Stunden später wieder auf die Mainau zurückfuhr, kam er am Gehöft von Herrn Häberle, dem einstigen Betriebsobmann der Insel, vorbei, den er mit Herrn Minges'

Hilfe ganz elegant losgeworden war. Am liebsten wäre er vorbeigefahren, doch dann gab er sich einen Ruck und lenkte seinen Wagen in die Einfahrt. Das wäre wenigstens mal ein Abschied, der ihm nicht schwerfallen würde, versuchte er sich zu trösten. Auch Herr Häberle hatte ihn bereits kommen sehen und kam ihm in der Auffahrt entgegen. Lennart verzog angewidert das Gesicht, als er bemerkte, dass der andere eine braune Uniform trug. Aber das war ja nicht anders zu erwarten gewesen.

»Herr Bernadotte«, begrüßte Häberle Lennart. Nach wie vor weigerte er sich stur, den anderen mit »Eure Hoheit« anzureden.

»Herr Häberle.« Sie schüttelten einander die Hand.

»Was verschafft mir die Ehre?«, wollte Häberle dann wissen. Lennart sah den anderen überrascht an. Der wirkte, als würde ihnen mitnichten ein Krieg ins Haus stehen.

»Ich werde die Insel verlassen«, sagte er knapp.

»Nun«, versetzte Häberle, »das tun Sie ja immer im Herbst. Ich dachte, Sie wären bereits abgereist.«

Irritiert sah Lennart den anderen an. »Ich gehe, weil wir in wenigen Tagen Krieg haben werden«, sagte er knapp.

Häberle lachte kurz und wiehernd auf. Ein unangenehmer Laut.

»Ach was!«, sagte Häberle dann. »Das wird kurz und schmerzlos. Wir holen uns Sudetendeutschland in ein paar Tagen zurück. Heim ins Reich. Das geht ruckzuck. Sie werden sehen. Auf Ihrer Insel der Seligen bekommen Sie davon gar nichts mit.«

Lennart musste gegen eine Welle der Übelkeit ankämpfen.

»Wenn Sie meinen«, sagte er knapp. »Dennoch ziehe ich es vor, das Land zu verlassen.«

»Wenn Sie meinen?«, wiederholte Häberle und wirkte irgendwie ausgesprochen beleidigt.

»Auf Wiedersehen, Herr Häberle.« Lennart rang mit sich, reichte ihm zum Abschied aber doch die Hand.

Häberle ergriff sie, und Lennart hatte für einen Moment das Gefühl, dass sich so etwas wie Bedauern in dessen Miene schlich. »Auf Wiedersehen«, sagte er und fügte dann zu Lennarts Überraschung hinzu: »Eure Hoheit.«

»Herr Häberle glaubt, dass der Konflikt lokal bleiben wird«, berichtete Lennart Minges nach seiner Rückkehr auf die Mainau.

»Häberle?« Minges hob erstaunt eine Augenbraue. »Wo haben Sie den denn gesehen?«

»Einem Impuls folgend habe ich ihm auf dem Rückweg aus Konstanz noch einen Besuch abgestattet«, erwiderte Lennart. »Er geht davon aus, dass Nazideutschland das Sudetenland innerhalb weniger Tage ›heim ins Reich‹ geholt habe.«

»Wenn er sich da mal nicht täuscht«, sagte Minges. »Die Reservisten wurden bereits einberufen und sind auf dem Weg an die Grenzen.«

Lennart nickte. »Ich habe sie gesehen.«

»Mein Sohn ist auch darunter.« Minges' Stimme klang belegt. Lennart öffnete den Mund, um etwas zu sagen, dem Verwalter Trost zu spenden, doch dann schloss er ihn wieder. Es gab keinen Trost, nur Beistand. Daher legte Lennart ihm nur kurz die Hand auf die Schulter.

»Wie ist die Situation denn in Schweden?«, fragte Minges. »Wissen Sie da was?«

»Ja«, sagte Lennart. »Ich hoffe natürlich, dass Schweden seine Neutralität wahren wird, zumal wir nicht wirklich verteidigungsfähig sind. Aber auch wir bereiten uns vor, und die Wehrpflichtigen werden zunächst einmal nicht entlassen.«

»Alles andere wäre auch schierer Wahnsinn.«

»Vielleicht wird es ja gar nicht so schlimm«, versuchte Lennart nun doch, sich und dem anderen leisen Trost zuzusprechen. »Ich denke schon, dass Hitler einigen Respekt vor den Großmächten hat.«

»Ja«, seufzte Minges. »Das ist wohl die letzte, die allerletzte Hoffnung.«

Das Telefon auf Lennarts Schreibtisch klingelte. Er hob sofort ab.

»Karin!«, rief er gleich darauf, erfreut, die geliebte Stimme seiner Frau zu hören.

Minges erhob sich diskret und schickte sich an, das Zimmer zu verlassen, doch Lennart bedeutete ihm mit einer Handbewegung, zu bleiben.

»Dein Vater hat Kontakt zum Außenministerium aufgenommen«, ließ Karin ihn wissen. »Man ist dort auch der Ansicht, dass du die Rückreise so schnell wie möglich antreten musst. Und ich soll dir sagen: Wenn es irgendwelche Schwierigkeiten gibt, dann fliegt er zu dir, um dich zu holen.«

»Das ist …«, setzte Lennart an, doch er fand, wie so oft in jenen Tagen, keine Worte, um zum Ausdruck zu bringen, was er dachte und fühlte.

»Das ist ebenso rührend wie beunruhigend«, half ihm Karin.

»Ja«, bestätigte Lennart. »Ja, genau so. Rührend, dass er diese Strapazen für mich auf sich nehmen würde. Und beunruhigend, weil die Lage so ernst ist, dass er sogar ins Deutsche Reich fliegen würde, um mir zu Hilfe zu eilen. Aber, Karin …«

»Ja?«

»Vater braucht nicht zu kommen. Ich reise morgen früh ab. Es ist alles gepackt, und ich sitze gerade mit Herrn Minges beisammen, um die letzten Details zu besprechen.«

»Grüß ihn von mir«, sagte Karin und fügte hinzu: »Er soll auf sich aufpassen. Und auf unsere liebe Insel.«

Und auf unsere liebe Insel. Bei ihren Worten musste Lennart hart schlucken.

»In Ordnung«, sagte er mit belegter Stimme. »Ich werde es ihm ausrichten.«

Als er den Hörer aufgelegt hatte, sah er seinen treuen Begleiter an. »Ich soll Ihnen Grüße von Karin bestellen«, sagte er. »Sie sollen auf sich aufpassen. Und auf unsere liebe Insel.«

»Das werde ich tun, Eure Hoheit.« Auch Minges' Stimme klang gedrückt. »Ich werde sie hüten wie meinen Augapfel. Sie ist bei mir in besten Händen.«

»Das weiß ich, Minges.« Einem Impuls folgend, beugte sich Lennart vor, ergriff beide Hände seines Gegenübers und drückte sie fest. Und dann sagte er noch einmal: »Das weiß ich.«

Kapitel 38

Der Wagen war bis unters Dach beladen, Chauffeur Billet war bereit. In der *Schwedenschenke*, die Lennart vor einem guten Jahr mit Karin so hoffnungsfroh eröffnet hatte, standen die Mitarbeiter in Reih und Glied, als Lennart den Raum betrat, um sich zu verabschieden. Nohl, sein alter, treuer Hofgärtner, begann zu applaudieren – und alle anderen folgten. Sie standen und klatschten und klatschten und klatschten für den schwedischen Prinzen, der keiner mehr war, jenen Urenkel des alten Großherzogs, der sein Leben der Mainau gewidmet hatte. Einem Ort, den er nun verlassen musste. Vielleicht für immer.

Um Lennarts Fassung war es geschehen. Gerührt wischte er sich die Augen, dann hob er die Hand, und der Applaus verebbte langsam.

Er rang um Fassung – was ihm umso schwerer fiel, als auch einige seiner treuen Arbeiter nun offen weinten. Dann trat Herr Nohl nach vorne. »Eure Hoheit«, setzte er an. »Ich erinnere mich noch so gut daran, wie Sie vor sechs Jahren zum ersten Mal – oder besser: zum ersten Mal als Erwachsener – die Insel betraten. Wir waren alle ziemlich aufgeregt und auch neugierig, was aus dem kleinen Prinzen geworden ist.« Alle lachten, und Lennart stimmte dankbar ein, erleichtert, dass sich die angespannte Stimmung etwas gelöst hatte.

»Wir hatten bald die Antwort«, fuhr Nohl fort. »Aus dem kleinen Jungen war ein sympathischer, umsichtiger und dabei zupackender Mann geworden, der uns in den folgenden Jahren der beste Chef wurde, den man sich wünschen kann.«

Nun kämpfte auch Nohl mit den Tränen – was Lennarts Beherrschung erneut auf eine harte Probe stellte –, dann fuhr er fort: »Und der alte Großherzog, der alte Großherzog, der wäre sehr, sehr stolz auf seinen Urenkel gewesen. Grüßen Sie uns die Frau Gemahlin und Ihre entzückenden Töchter. Und passen Sie auf sich auf. Gottes Segen.«

Die letzten Worte hatte Nohl nur noch mit Mühe hervorgebracht, eine Träne rann über seine Wange. Lennart stürzte nach vorne, um seinen langjährigen Wegbegleiter in die Arme zu schließen. Und dann weinten sie beide.

Nachdem auch Minges eine kleine Ansprache gehalten hatte, richtete Lennart das Wort ebenfalls an seine Arbeiter. Allerdings war er nicht wirklich in der Lage, sich zu artikulieren, und so stammelte er nur seinen Dank an seine Mitarbeiter und schloss jeden einzelnen zum Abschied in die Arme und schickte bei jeder einzelnen Umarmung ein Stoßgebet zum Himmel, dass jenen, den er da gerade umschlungen hielt, im Krieg kein allzu schweres Schicksal und kein allzu großes Leid ereilen würde.

Frau Walser drückte ihm zum Abschied schluchzend noch eine riesige Schachtel in die Hand, aus der es verlockend duftete. Und auch Frau Nohl hatte einen großen Korb vorbereitet. »Damit sie uns unterwegs nicht verhungern«, flüsterte Frau Nohl. Und Frau Walser ergänzte: »Bitte sorgen Sie dafür, dass die Mädchen uns nicht vergessen.«

Lennart schluchzte auf, dann nahm er die beiden kulinarischen Geschenke entgegen, um sie in den voll besetzten Wagen zu laden.

Und dann ging er davon, ein letztes Mal, in Richtung des Schlosses, dessen Ostfassade er im Vorjahr erst saniert hatte, jenes Ortes, an dem er sich ein glückliches und fröhliches Familienleben mit Karin und ihren Kindern erträumt und wo er ja auch tatsächlich so viele glückliche Stunden verbracht hatte.

Wenn er das nächste Mal hierherkäme, würde Europa einen weiteren schlimmen Krieg hinter sich haben. Ob das Schloss dann überhaupt noch stünde? Oder würde es ein einziger, riesiger Trümmerberg sein? Vielleicht würde es während des Krieges ein Feldlazarett werden und wäre dann Angriffsziel?

Das Bild eines zerstörten Schlosses tauchte vor ihm auf: Ein Trümmerhaufen, und sein geliebter grüner Sessel thronte bizarr ganz oben. Das Bild verursachte ihm Magen- und Kopfschmerzen, presste ihm den Atem ab. War es eine Vorahnung? Oder wurde er langsam verrückt? Wie auch immer, er brauchte jetzt seine Kraft, seine ganze Kraft, um zurück nach Schweden zu kommen. Er atmete einmal tief ein und wieder aus, öffnete die Schlosstür und stieg über die Treppe nach oben. Ein letztes Mal, hämmerte es in seinem Kopf. Ein letztes Mal. Und dann waren da wieder die Bilder. Bilder von Verwundeten, die in den Zimmern des Schlosses lagen, von Krankenschwestern, die auf den Gängen hin- und herrannten. Seine Mutter hatte im Großen Krieg ebenfalls als Lazarettschwester gearbeitet. In einem ihrer Briefe hatte sie berichtet, von zerfetzten Gesichtern, von Männern, die halb wahnsinnig waren vor Schmerzen. Davon, dass das Morphium ausging. Dass man nichts mehr für sie tun konnte. Sein Großvater kam ihm in den Sinn, der von den Bolschewiken kaltblütig und grausam ermordet worden war. Was war das für eine Welt? Warum gab es immer wieder Wahnsinnige, die so viel Macht hatten, dass sie Millionen Menschen in Unglück und Verderben führen konnten? Warum gab es nicht auch gute Führer, solche, die Millionen Menschen zu tiefem, echtem Glück verhalfen?

Die beklemmenden Gedanken und die Angst wurden so übermächtig, dass Lennart das Gefühl hatte, keine Luft mehr zu bekommen. Er stürzte zum Fenster, riss es auf und rang nach Luft. Doch hier wurde es nicht besser. Im Gegenteil. Nun musste er daran denken, mit wie viel Mühe sie die Sichtachsen zum See freigeschlagen hatten. Sein Blick schweifte über den Park und die Felder, über die Astern, die zu dieser Jahreszeit verschwenderisch blühten. Und auf einmal sah er, wieder vor seinem inneren Auge, Bombenkrater, die in diese Blütenpracht tiefe Löcher rissen. Es wuchsen trotzdem Blumen auf seiner wunderbaren Insel: Sie war feuerrot vor Mohnblumen, jenem Symbol des letzten Weltkriegs, die so zahlreich auf Flanderns Feldern geblüht hatten. Ein Symbol der Hoffnung, des Sieges des Lebens über den Tod: Mohnblumen waren, wie Lennart wusste, besonders lange keimfähig. Die Samen gingen auf, wenn der Boden, in dem sie sich befanden, aufgewühlt wurde – wie das bei Bomben nun mal der Fall war.

Ein Gedicht kam ihm in den Sinn, das ein Kanadier in Erinnerung an seinen Freund geschrieben hatte, der in der Flandernschlacht bei Ypern gefallen war. Auf den Feldern in Flandern hatte der Klatschmohn leuchtend rot geblüht, und den Dichter, einen Leutnant, wenn Lennart es richtig wusste, hatte das Rot an die Farbe von Blut erinnert, das so viele Menschen für einen sinnlosen und grausamen Krieg vergossen hatten. Als Lennart das Gedicht zum ersten Mal gelesen hatte, hatte es ihn zutiefst erschüttert und sich ihm eingebrannt. Jetzt sagte er es leise vor sich hin:

»Auf Flanderns Feldern blüht der Mohn
Zwischen den Kreuzen, Reihe um Reihe,
Die unseren Platz markieren; und am Himmel
Fliegen die Lerchen noch immer tapfer singend
Unten zwischen den Kanonen kaum gehört.

Wir sind die Toten. Vor wenigen Tagen noch
Lebten wir, fühlten den Morgen und sahen den leuchtenden Sonnenuntergang,
Liebten und wurden geliebt, und nun liegen wir
Auf Flanderns Feldern.

Nehmt auf unseren Streit mit dem Feind:
Aus sinkender Hand werfen wir Euch
Die Fackel zu, die Eure sei, sie hochzuhalten.
Brecht Ihr den Bund mit uns, die wir sterben,
So werden wir nicht schlafen, obgleich Mohn wächst
Auf Flanderns Feldern.«

Die letzten Worte hatte Lennart nur noch geflüstert. Die Tränen liefen ihm über die Wangen, die Aussicht verschwamm, wurde unscharf. Nein, dachte er, er durfte nicht zulassen, dass diese Bilder ihn derart übermannten. Was die Mainau heute war, hatte er, Lennart Bernadotte, auf den Grundlagen, die sein Urgroßvater gelegt hatte, kraft seiner Vorstellung aufgebaut. Er hatte eine so innige Verbindung zu dieser Insel, er hatte sie geprägt. Er wollte und durfte sie nicht im Stich lassen, und wenn er schon nicht bei ihr bleiben konnte, dann musste er wenigstens daran glauben, dass sie diesen Krieg unbeschadet überstehen würde. Und dann würde er zurückkehren – auf seine wunderschöne Insel im Bodensee.

Kapitel 39

Am 28. September hatte Lennart sich gerade von Billet verabschiedet, der ihn bis nach Stuttgart gefahren und sein Gepäck in den nächsten Zug Richtung Berlin verladen hatte, von wo aus Lennart mit dem Schwedenzug weiterreisen würde, als er seinen treuen Fahrer plötzlich an die Scheibe klopfen sah. Er wirkte aufgeregt, ja – außer sich. Lennart bekam weiche Knie. Was war geschehen? Waren die Deutschen doch schon in der Tschechoslowakei einmarschiert? Oder war der Seeweg versperrt, und er würde nicht zurück nach Schweden kommen? Immerhin war die englische Marine mobilisiert worden! War das nun die Antwort der Deutschen? Hastig erhob er sich und ging zur Tür. Dort erkannte er sofort, dass sein treuer Fahrer keineswegs besorgt aussah, sondern über das ganze Gesicht strahlte. Jetzt sah Lennart auch, dass Billet eine Zeitung in der Hand hielt. »Eure Hoheit!«, rief er. »Eure Hoheit, vielleicht wird doch noch alles gut! Dieses Extrablatt ist soeben herausgekommen.«

Lennart riss Billet das Blatt aus der Hand. »Viermächtekonferenz«, las er, während Billet auf ihn einredete. »Hitler hat eingewilligt«, sagte er. »Er ist einverstanden, sich mit Mussolini, Chamberlain und Daladier in München zu treffen. Sie wollen verhandeln – mit dem Ziel, einen Krieg zu vermeiden. Das ist nichts anderes als eine Friedenskonferenz.«

»Das ist wirklich unglaublich!«, rief Lennart. Dann wiederholte er die Worte seines Chauffeurs. »Vielleicht wird doch noch alles gut.«

»Soll ich Sie gleich wieder mitnehmen und die Sachen alle wieder in den Wagen laden?«, fragte Billet.

Lennart zögerte, aber nur für einen Moment: Im nächsten Augenblick pfiff der Schaffner laut und vernehmlich in seine Trillerpfeife und bedeutete Billet mit energischen Bewegungen, zurückzutreten.

»Keine Zeit«, sagte Lennart hastig. »Und wenn Sie nicht mit nach Schweden wollen, müssen Sie jetzt schleunigst runter. Vielleicht ist es ohnehin klüger, erst einmal das Ergebnis abzuwarten. Und wenn wirklich alles gut wird, dann bin ich schneller wieder da, als Ihnen lieb ist.«

»Das gibt es nicht«, sagte Billet und lachte. So unbeschwert hatte Lennart ihn schon lang nicht mehr gesehen.

Nach einer Nacht im Bristol kaufte sich Lennart am nächsten Morgen noch eine Zeitung, bestieg den Schwedenzug und lächelte dem eleganten Ehepaar, das ihm gegenübersaß, freundlich zu. Der Mann erwiderte das Lächeln, die Frau blickte rasch weg. Sie wirkten wie Gejagte. Das sind Juden, schoss es Lennart durch den Kopf. Oder Künstler. Oder sie passen sonst nicht in Hitlers Schema. Oder, dachte er weiter, sie haben einfach Angst vor einem Krieg. So wie wir alle.

»Haben wir das richtig verstanden?«, nahm der Mann schließlich das Gespräch auf. »Es gibt eine Viermächtekonferenz in München?«

»Ja«, erwiderte Lennart freundlich und reichte seinem Gegenüber das Blatt. Der Mann las die Zeitung aufgeregt und, wie es Lennart schien, mit angehaltenem Atem. Seine Frau blickte ihm über die Schulter. Lennart fiel auf, dass sie ihre Hand in den Unterarm ihres Gatten krallte.

Als der Mann ausgelesen hatte, gab er Lennart das Blatt zurück.

»Aber unser Problem löst das leider nicht«, murmelte die Frau bedrückt.

»Deswegen ist es ja gut, dass wir nach Schweden zu deiner Schwester gehen, Liebes«, erwiderte der Mann. »Dort sind wir in Sicherheit, du wirst sehen.«

Der Schwedenzug hielt in Trelleborg, und zwei Polizisten betraten das Abteil. Lennart beobachtete, dass die Frau augenblicklich zu zittern begann, als sie auf Anweisung der Polizisten ihre Pässe herausziehen mussten.

Die beiden Polizisten wechselten einen Blick. »Mitkommen«, sagte der erste dann auf Schwedisch. Lennart übersetzte hastig.

Die Frau brach in Tränen aus. Offenbar besaßen die beiden kein Visum für Schweden, wo sie gehofft hatten, Sicherheit zu finden.

»Alles Gute!«, rief Lennart dem Ehepaar noch nach.

Den restlichen Aufenthalt in Trelleborg verbrachte er damit, unruhig aus dem Fenster zu starren und nach dem Ehepaar Ausschau zu halten. Dann fuhr der Zug wieder an. Das Ehepaar war nicht wieder eingestiegen. Und Lennarts vorübergehende Hochstimmung war verflogen.

* * *

Mit einem leisen Seufzen drehte sich Karin in ihrem Bett um. Sie hatte von Lennart geträumt. Davon, wieder in seinen Armen zu liegen, seinen Duft einzuatmen. Von ihm geküsst zu werden. Was für ein wundervoller Traum! Und so real! Der Duft wurde intensiver, und nun spürte sie seine Lippen auf ihrem Mund. War das etwa gar kein Traum? Sie riss die Augen auf. Tatsächlich, da war er! Lennart! Ihr Lennart! Sie wollte aufspringen, Freudentänze aufführen, ihn mit Fragen überschütten. Doch stattdessen schloss sie ihn nur in die Arme, zog ihn an sich und hielt ihn fest umschlungen. Nie wieder würde sie ihn loslassen! Lange lagen sie so, sprachen kein Wort, genossen nur die Nähe des anderen, sogen einander regelrecht auf. Bis plötzlich ein spitzer Schrei von der Tür her ertönte.

»Papi!«, rief Birgitta, die sich wie jeden Morgen zu ihrer Mamma ins Bett hatte schleichen wollen. »Papi ist wieder da.« Mit einem Jubelschrei stürzte sie sich auf ihn.

Karin stand glücklich lächelnd auf, um die noch schlafende Maria aus ihrem Bettchen zu holen, und gleich darauf lagen sie alle vier in ihrem großen Ehebett. Sie hatten sich wieder.

»Ich bin so froh!«, flüsterte Lennart seiner Frau zu. »Ich fühle mich so vollständig und so heil.«

»Ja«, erwiderte sie glücklich. »Ja, ich mich auch.«

»Vielleicht wird nun doch alles gut«, sagte Lennart. »Es soll in München eine Friedenskonferenz geben, das habe ich gerade noch vor Abfahrt des Zuges erfahren.«

Karin nickte. »Gleich müsste die Zeitung kommen«, sagte sie. »Dann wissen wir mehr.« Und sie fügte hoffnungsvoll hinzu: »Wer weiß, vielleicht können wir den nächsten Sommer doch auf der Mainau verbringen.«

Zum Frühstück gab es Frau Walsers Kuchen – Lennart hatte sich selbst auf der Fahrt nur ein einziges Stück gegönnt. Zum einen hatte er keinen Appetit gehabt, vor allem aber hatte er gewusst, wie sehr seine Lieben sich darüber freuen würden – und tatsächlich stürzten sich alle begierig auf die Köstlichkeit.

Und kurz nachdem sie mit dem Frühstück begonnen hatten,

kam auch die Zeitung, in der begeistert berichtet wurde, dass die Münchner Viermächtekonferenz gut verlaufen sei.

»Es wird keinen Krieg geben. Du kannst dir nicht vorstellen, wie froh ich darüber bin«, sagte Lennart. »Jetzt schmeckt Frau Walsers Kuchen umso besser.«

»Ich bin auch froh«, erwiderte Karin leise, »nur der Beigeschmack ist bitter.«

»Weil sie Teile der Tschechoslowakei für den Frieden geopfert haben«, stellte Lennart fest.

»Richtig«, sagte Karin.

»Ich pflichte dir vollkommen bei«, sagte Lennart. »Die territoriale Integrität der Tschechoslowakei wurde hergegeben. Aber ich glaube dennoch, dass es die beste Lösung war. Die Menschen, die dort leben, hätten am meisten und am schnellsten unter einem Krieg gelitten und wären seine ersten Opfer geworden. Nun werden sie Bürger eines anderen Landes, was sicherlich auch nicht schön ist. Aber immerhin besser als ein Krieg.«

»Ja, das ist es wohl«, überlegte Karin. »Dennoch. Ich muss dir ehrlich sagen, ich glaube Herrn Hitler kein Wort.«

»Wie meinst du das?«

»Wenn er sagt, dass er keine weiteren territorialen Forderungen hat. Zum einen hat er das auf Europa beschränkt …«

»… denkst du, er greift als Nächstes die Kolonien an?«, unterbrach Lennart sie erschrocken.

»Das weiß ich nicht«, erwiderte Karin. »Aber er hat jetzt gemerkt, wie viel Macht er hat. Wenn er nur genügend Drohkulisse aufbaut, knicken sogar die Alliierten ein. Er wird weitermachen, du wirst sehen. Ich glaube«, sagte sie nachdenklich, »ich glaube, dass diese Einigung ein schwerer Fehler war.«

»Und dabei war ich so erleichtert«, gestand Lennart. »Aber du könntest recht haben. Und außerdem ist die Sudetenfrage ja nur ein Teil des Aspekts. Die Art und Weise, wie Hitler mit Menschen umgeht, ist einfach furchtbar, Karin. Du weißt ja, dass sich selbst die Stimmung auf der Mainau verändert hat. Hitler vergiftet die Menschen, Karin.« Dann berichtete er seiner Frau von seiner Begegnung mit dem Ehepaar, das bei Trelleborg den Zug hatte verlassen müssen.

Karin seufzte. »Siehst du? Ich bin leider überzeugt, dass das erst der Anfang war. Viermächtekonferenz hin oder her.«

Lennart griff wieder nach der Zeitung. »Immerhin steht hier, dass die Prager Regierung dem Sudetenland gar nicht so sehr nachtrauert. Offenbar war es für sie am Ende doch kein so großes Opfer.«

»Wo steht das?«, fragte Karin, und Lennart deutete auf die entsprechende Stelle. »Hier: *In Prag herrscht ein Gefühl der Erleichterung vor. Man hat den Frieden gerettet. Und man ist die ungeliebten, nicht demokratischen Sudetendeutschen losgeworden.*«

»Das glaubst du doch selbst nicht«, sagte Karin.

»Nein«, gab Lennart ihr recht. »Nein, das glaube ich nicht.«

Zwei Monate später sollte sich bestätigen, dass es richtig gewesen war, Deutschland zu verlassen: Vom 9. auf den 10. November 1938 brannten die Synagogen in ganz Deutschland. Jüdische Männer wurden brutal misshandelt und verhaftet, und lange wussten die Familien nichts über deren Verbleib. Und auch die Hoffnung auf Frieden währte nicht lange: Am 1. September 1939 befahl Adolf Hitler den Überfall auf Polen, in der Folge griff Nazideutschland Dänemark, Norwegen, die Beneluxländer und Frankreich sowie Jugoslawien und Griechenland an. Einundzwanzig Jahre nach Ende des letzten befand sich die Welt erneut in einem grausamen, menschenverachtenden Krieg.

Teil 3

1946–1951

Kapitel 40

»Mein Gott.«

Das waren die einzigen Worte, die Karin über viele Stunden mit ihrem Mann sprach. Und auch Lennart war starr, starr vor Entsetzen. Es war Januar, und sie schrieben das Jahr 1946. Wie auch früher, vor dem Krieg, waren sie von Malmö nach Berlin gefahren, um hier den Zug nach Stuttgart zu besteigen, wo sie Herr Billet, der den Krieg gut überstanden hatte, abholen würde. Sie hatten natürlich in den schwedischen Zeitungen von den Luftangriffen erfahren und mit Erleichterung konstatiert, dass Konstanz wegen seiner Nähe zur Schweiz nicht Opfer der feindlichen Bomben geworden war. Aber Berlin – Berlin war ein Trümmerhaufen. Würzburg auch. Und Stuttgart ebenfalls, das konnten sie nun, da der Zug in die württembergische Hauptstadt einfuhr, sehen. Fassungslos ließen die Bernadottes ihre Blicke über zerstörte Häuser und verhärmte Menschen gleiten. In etlichen Baracken fehlten die Wände, sie waren zu einer Seite hin offen, und die Menschen lebten dort ihr ärmliches, karges Familienleben. Bäume, die offensichtlich bei verschiedenen Bombardements ebenfalls gebrannt hatten, ragten wie schwarze, bedrohliche Zähne gen Himmel.

»Es ist furchtbar«, flüsterte Karin. »Lennart, ich … ich will zurück.«

Lennart, der neben seiner Frau saß, während die dreizehnjährige Birgitta zu ihrer Erleichterung mit dem kleinen Jan spielte, der gerade seinen fünften Geburtstag gefeiert hatte, während die elfjährige Maria ihre eineinhalbjährige Schwester Karin-Cecilie schaukelte, nickte. »Das kann ich verstehen, Karin. Es ist wirklich entsetzlich, das Ausmaß all dieser Zerstörungen zu sehen. Aber wir haben es bald geschafft. Bald sind wir in unserem kleinen Paradies.«

»Wenn es denn noch das Paradies ist«, murmelte Karin bedrückt und fügte, bevor ihr Gatte noch etwas Weiteres sagen konnte, hinzu: »Ich weiß, dass das Schloss nicht im eigentlichen Sinne zerstört wurde. Aber Minges hat uns auch berichtet, dass die Franzosen ganz schön wild gehaust und alles mitgenommen haben.«

»Und wenn es so ist«, sagte Lennart, »dann bringen wir das eben wieder in Ordnung. Lass uns keine Angst haben, Karin. Sondern dankbar sein, dass uns all das, was diese Menschen hier erleben mussten, erspart blieb. Und dass unser Schloss nicht zerbombt wurde.«

»Du hast recht«, flüsterte Karin. »Jetzt schäme ich mich richtig für meinen Fluchtimpuls. Statt dass ich dankbar bin für alles, was wir haben. Und dass wir verschont blieben.«

»Du musst dich ganz und gar nicht schämen«, versicherte Lennart. »Das ist eine vollkommen normale Reaktion. Ich bin ebenso erschrocken wie du.«

»Dabei hast du Deutschland während des Krieges schon einmal besucht«, sagte Karin. »Ich erinnere mich noch gut daran, was für eine Angst ich um dich hatte.«

Doch Lennart schüttelte den Kopf. »Das war ganz anders«, sagte er. »Im Frühjahr 1942 war der Bombenkrieg noch nicht in dieser Dimension losgegangen. Natürlich war der Krieg allüberall zu spüren. Aber es war gar nicht zu vergleichen mit dem, wie es heute hier aussieht. Ich bin ja sogar noch ausgegangen, habe in Berlin die Scala besucht und war in meiner Lieblingsbar *Königin* – zwar war es ungewohnt wegen der Verdunkelung, und es gab kaum Alkohol, aber ansonsten hat sich alles relativ normal angefühlt. Erst danach brach hier wohl so richtig die Hölle los.«

Inzwischen war der Zug in den Bahnhof von Stuttgart eingefahren. Die Kinder drängten energisch aus dem Waggon, und am Bahnsteig stand auch schon Billet, ihr guter alter Billet, und wartete auf sie. Da kam wieder Leben in Karin.

»Billet!«, jubelte sie. »Wie wundervoll. Jetzt geht es mir wieder gut.«

Sie stieg als Erste aus dem Waggon und fiel dem etwas verlegenen, aber sehr gerührten Chauffeur um den Hals. »Billet«, flüsterte Karin, »oh, Billet, es ist so gut, Sie nach all den Jahren wiederzusehen.«

»Das kann ich nur zurückgeben, Eure Hoheit«, erwiderte der Mann. Hinter Karin waren die Kinder aus dem Waggon gestiegen.

»Ja, ist es denn zu glauben, was für große, hübsche Damen ihr geworden seid!«, rief Billet und strahlte Birgitta und Maria entgegen. »Ihr werdet euch sicherlich nicht mehr an den alten Herrn Billet erinnern.«

Während die energische Maria freimütig eingestand, dass sie sich nicht mehr erinnere, sich aber freue, ihn kennenzulernen, gab Birgitta dem alten Chauffeur ernst die Hand: »Ich erinnere mich natürlich an Sie«, sagte sie und lächelte. »Und ich freue mich sehr über das Wiedersehen.«

»Das ergeht mir ebenso, Eure Hoheit«, versicherte Billet.
»Oh, bitte«, mischte sich die vorlaute Maria da ins Gespräch.

»Es reicht, wenn Sie unsere Eltern Hoheit nennen. Birgitta und ich sind doch noch keine Großmütter.«

Billet lachte herzlich. »Das seid ihr wahrlich nicht!«, bekräftigte er und fügte dann hinzu: »Aber große Schwestern, das seid ihr ganz offensichtlich.«

Er deutete auf die kleine Cecilie auf Lennarts Arm, die schüchtern ihr Gesichtchen verbarg, als Lennart nun auf seinen alten Chauffeur zutrat, um ihn herzlich zu umarmen.

»Du bist ja eine Hübsche«, schmeichelte Billet.

Cecilie vergrub sich noch tiefer in der Halsbeuge ihres Vaters, und auch der kleine Jan zog es vor, sich hinter seiner großen Schwester zu verstecken.

»Die werden schon noch auftauen«, sagte Karin, und Billet lächelte ihr zu. »Davon bin ich überzeugt.«

Einigermaßen gut gestimmt traten sie die Weiterfahrt auf die Mainau an, und Karins Laune besserte sich, als sie feststellte, dass die Zerstörungen immer weniger wurden, je näher sie dem Bodensee kamen. Nun würde alles gut werden. Der Krieg war vorbei, und damit würden sie und Lennart nun auch wieder häufiger beisammen sein. Lennart hatte sein Hobby, die Fotografie, zum Beruf gemacht und in den vergangenen Jahren viel gearbeitet. Nicht nur, dass er Redakteur der 1938 gegründeten Zeitschrift *FOTO* geworden war, er hatte auch begonnen, für den Film zu arbeiten, und teilweise sogar Regie geführt. Sein Beruf hatte ihn sehr mit Beschlag belegt, häufige Reisen waren an der Tagesordnung gewesen. Sie waren zwar dankbar für das Einkommen, das der wachsenden Familie zugutegekommen war, aber sie, Karin, war oft mit den Kindern allein gewesen. Sie hatte sehr unter der Trennung und der Belastung gelitten. Doch all das war nun vorbei, dachte sie hoffnungsfroh, als Billet den Wagen über die Brücke lenkte, die die Mainau mit dem Festland verband. Karin spürte ihr Herz hart gegen ihre Brust schlagen. Als sie auf der anderen Seite der Brücke angekommen waren, überkam sie ein derartiges Glücksgefühl, dass sie hätte jubeln mögen. Da war sie wieder. Ihre Insel.

Doch mit jedem Meter, den der Wagen sich nach vorne arbeitete, sank ihr guter Mut. Das Lauenhaus und der angrenzende Kiosk waren verwaist. Als Karin und Lennart vor einigen Jahren die Nachricht vom Tod der treuen Frau Walser bekommen hatten, waren sie untröstlich gewesen und hatten bitterlich um die Brückenfrau geweint. Und jetzt, beim Anblick des Lauenhäuschens, das so einsam dalag, traf Karin der Verlust noch einmal wie ein Schlag.

»Hier wohnt doch Frau Walser«, erinnerte sich Birgitta plötzlich. »Bei ihr waren wir früher immer.«

»Hier wohnte Frau Walser«, korrigierte Karin traurig. »Sie ist leider gestorben. Weißt du, sie war schon recht alt, und der Krieg hat ihr viel Kummer bereitet.«

»Oh«, machte Birgitta und wusste offenbar nicht, was sie darauf erwidern sollte. Stumm starrte sie vor sich hin. Karin sah wieder aus dem Fenster, und schlagartig wurde ihr klar, wie viel Arbeit hier auf sie wartete.

»Na, da haben wir aber viel zu tun«, entfuhr es Lennart in diesem Augenblick auf seinem Vordersitz.

»Ja, Eure Hoheit«, kam es bedrückt von Billet. »Die Belegschaft ist auch schon ganz nervös wegen Ihres Kommens. Sie haben die ganze Zeit über hart gearbeitet, um wenigstens ein bisschen unserer alten Pracht wieder aufleben zu lassen, aber …«

»Ich weiß«, unterbrach Lennart. »Keinen trifft eine Schuld.«

»Als die Organisation Todt die Insel und das Schloss gepachtet hat – man mag von ihr halten, was man will –, da war es zwischenzeitlich wirklich gut«, fuhr Billet fort. »Sie haben das Schloss in Schuss gehalten, renoviert und sogar den Park pflegen lassen. Aber als dann die Franzosen kamen, da war alles aus.«

Bereits 1942 hatte sich Lennart Bernadotte gemeinsam mit seinem Vater Wilhelm dazu entschieden, die Offerte der Organisation Todt – einer bautechnischen Abteilung des Rüstungsministeriums – anzunehmen, für die Dauer des Krieges die Insel Mainau zu pachten. Nachdem der Vertrag zustande kam, hatte die Organisation Todt ab Mitte 1943 die Verwaltung der Insel übernommen. Im Schloss und im Torbogengebäude richteten sie ein Erholungsheim für Offiziere ein. Zusätzlich wurden drei Holzbaracken errichtet und auch eine Wasserleitung von Konstanz – genauer von dem kleinen Ort Egg – gelegt. Da sich die Arbeiten hinzogen, konnten dennoch keine ranghohen Mitarbeiter Erholung auf der Mainau finden, und kurz vor Kriegsende zogen französische Kollaborateure auf der Mainau ein.

»Jetzt sind wir ja wieder da, Billet«, versuchte Lennart, den alten Chauffeur zu trösten. »Und wie ich schon zu meiner Frau auf der Herfahrt sagte: Im Vergleich zu den Millionen ausgebombten Deutschen haben wir hier eine solide Basis.«

»Absolut richtig, Eure Hoheit.«

Als sie wenige Minuten später den Schlosshof erreicht hatten, sahen sie zu ihrer Rührung, dass ihre Mitarbeiter Spalier standen. Alle waren sie gekommen: die Nohls, die, wie Lennart feststellte, stark gealtert waren. Sie mussten inzwischen schon beinahe auf die neunzig zugehen, ließen sich aber nicht davon abbringen, nach wie vor tatkräftig auf der Mainau mitanzupacken.

Dann Herr Minges, der furchtbar grau geworden war. Lennart wusste, dass sein Verwalter während des Krieges nicht nur selbst hatte kämpfen müssen, sondern auch einen seiner Söhne verloren hatte. Es schnitt ihn ins Herz, seinen treuen Wegbegleiter so zu sehen: Vor ihm stand ein gebrochener Mann. Und schließlich die Riedles, auch Martin war deutlich vom Krieg gezeichnet. Er hatte natürlich ebenfalls an die Front ziehen müssen und einen Arm verloren. Und dann war da noch Karl Raff, der 1941 als Inselinspektor auf die Mainau gekommen war, sozusagen als Nohls Nachfolger.

Kaum waren sie aus dem Wagen, als auch schon wild durcheinander ein herzliches Begrüßen begann. Wie hatten sie einander vermisst. Birgitta und Maria standen mit ihren beiden kleineren Geschwistern etwas abseits und waren offenbar dankbar, nicht allzu sehr im Fokus zu stehen, und als die Mitarbeiter sich ihnen dann doch zuwandten, lief die Begrüßung ähnlich ab wie am Bahnhof mit Herrn Billet. Birgitta war schüchtern, ließ sich aber zumindest von Frau Nohl herzlich in die Arme schließen, Maria forsch, und die beiden Kleinen klammerten sich ängstlich an ihre Eltern.

»So«, sagte Karin, als sie einander alle begrüßt hatten. »Jetzt aber auf ins Schloss. Ich kann es gar nicht mehr erwarten.« Sie steuerte auf die Eingangstür des Mittelflügels zu und öffnete sie. Frau Nohl folgte ihr aufgeregt.

»Wir haben versucht, aufzuräumen, so gut es ging, Eure Hoheit, aber …« Weiter kam Frau Nohl nicht. Sie brach in Tränen aus, als sie sah, wie entsetzt Karin und Lennart sich im Schloss umsahen. Ziergegenstände waren verschwunden, Statuen und Kronleuchter zertrümmert, der Stuck teilweise abgeschlagen worden. »Das ist … das ist wirklich«, setzte Lennart an, was Karin nur mit einem leisen »Ja, das ist es« beantwortete. Auch Birgitta stand beklommen bei ihnen. Maria und Jan schienen sich von dem Bild der Zerstörung, das sich ihnen bot, jedoch nicht abschrecken zu lassen. Jubelnd und dankbar, nach der langen Zug- und Autofahrt endlich etwas Bewegungsfreiheit zu haben, rannten sie durch das Foyer, die kleine Cecilie folgte auf ihren kurzen, dicken Beinchen. Lächelnd sah Karin ihnen zu und legte dann Frau Nohl tröstend die Hand auf den Unterarm. »Die Kinder lassen sich nicht entmutigen«, sagte sie. »Und wir tun das auch nicht.«

»Es tut mir so leid, dass wir nicht mehr schaffen konnten«, flüsterte Frau Nohl. Einem Impuls folgend, zog Karin sie in die Arme. Ihr war klar, dass alle auf der Mainau und allen voran Frau Nohl unablässig geschuftet hatten, damit das Schreckensbild nicht allzu groß wäre. Was ahnen ließ, wie furchtbar es zuvor gewesen war. »So schlimm ist es doch gar nicht«, sprach sie der anderen nun Mut zu. »Und den Rest bekommen wir problemlos in den Griff. Alles andere wäre ja gelacht.«

Bei ihrem Rundgang durch das Schloss musste Karin allerdings das eine oder andere Mal schwer schlucken. Die Spur der Zerstörung zog sich durch das gesamte Gebäude, und besonders hart traf es sie in ihrem Appartement, das sie doch mit so viel Liebe eingerichtet hatten. Der Gedanke, dass hier unflätige, brutale, fremde Männer gehaust hatten, machte ihr zu schaffen. Auch fiel Karin auf, dass viele von den Möbeln fehlten, die sie liebevoll aus dem riesigen Bestand des Großherzogs herausgesucht und im Schloss verteilt hatte.

»Es gab Holzmangel«, erklärte Herr Nohl ernüchtert, der sie gemeinsam mit seiner Frau durch das Schloss begleitete. »Sie haben die Möbel des Großherzogs einfach verheizt.«

»Na ja«, versuchte sich Lennart an einem Scherz, »immerhin sind wir nun das Problem los, dass wir zu viele Möbel haben.«

Niemand reagierte, Karin fand den Witz geschmacklos, was Lennart zu bemerken schien. Er räusperte sich etwas verlegen. »Was ist mit Wertgegenständen?«

»Sie haben alles mitgenommen, Eure Hoheit«, rief Nohl, und die Empörung war ihm deutlich anzumerken.

»Nun, dann ist es ja gut, dass ich 1938 in weiser Voraussicht noch das ganze Silber und das ganze Leinen nach Schweden habe bringen lassen«, konstatierte Lennart. »So konnten wir wenigstens einen Teil des Familienerbes retten.«

»Wir sollten es schnellstmöglich aus Schweden kommen lassen«, schlug Karin vor. »Dann wirkt es hier nicht ganz so leer.«

»So machen wir es«, bekräftigte Lennart.

Da meldete sich wieder Herr Nohl zu Wort. »Wir haben ein kleines Festessen für Sie vorbereitet, in der *Schwedenschenke*«, sagte er. »Alle Mitarbeiter sind da. Sie haben alle ihre Lebensmittelkarten gespart.«

»Wie rührend!«, rief Karin. »Wir freuen uns sehr darauf. Wann soll es so weit sein?«

»Ist Ihnen acht Uhr recht?«

»Sehr recht«, sagte Karin.

»Und du bist dir sicher, dass dir das nicht zu viel ist? Ausgerechnet heute Abend? Nach der langen Reise und all den Strapazen?«

»Ich könnte mir nicht sicherer sein«, erwiderte Karin lächelnd. »Du hast recht, ich war vollkommen erschöpft, als ich hier ankam. So viel ist in den letzten Stunden auf mich, auf uns alle eingeprasselt. Aber jetzt, wo ich wieder hier bin, da habe ich das Gefühl, vor Tatendrang beinahe platzen zu müssen. Was auch immer die Franzosen gemacht haben: Wir bringen das wieder in Ordnung. Jetzt sind wir wieder da.«

»Ja«, sagte Lennart. »Jetzt sind wir wieder da. Und ich kann dir nur beipflichten. Auch ich bin von unbändiger Energie erfüllt.«

Während die drei Kleineren kichernd und kreischend weiter durch das Schloss und den Hof tollten und Birgitta sich lesend auf eine kleine Bank am See zurückgezogen hatte, waren Lennart und Karin in ihrer Wohnung geblieben, die blitzsauber war, denn hier hatte Frau Nohl selbstverständlich besonders Hand angelegt.

Lennart ging ans Fenster und öffnete es. Die milde Frühjahrsluft strömte herein. »Hörst du das?«, fragte er leise. »Wie die Wellen an die Kaimauer schlagen? In ihrem ewigen, immerwährenden Rhythmus?«

»Ja«, sagte Karin.

»Der Klang des Wassers, das an die Kaimauer schlägt – und dazu das Summen der Bienen und das unendliche Vogelgezwitscher. Das ist der Klang der Mainau. Wie habe ich ihn vermisst.«

Kapitel 41

»Eure Hoheit?«

»Ja?« Lennart hob den Kopf und lächelte seinem Verwalter, der soeben zur Tür hereingekommen war, entgegen.

»Ein Herr möchte Sie sprechen.«

»Was für ein Herr?«

Minges runzelte die Stirn. »Er spricht kein Deutsch. Aber wenn ich es richtig verstanden habe, ist sein Name Söderblom, und er gehört einer Organisation an, die sich KFUM nennt. Ist das möglich?«

»Ja«, rief Lennart und erhob sich rasch. »Das ist durchaus möglich. Die KFUM ist«, er überlegte kurz und fuhr dann fort: »Die KFUM ist in Schweden wohl das, was in Deutschland der CVJM ist. Bitten Sie ihn herein. Ein Verwandter von mir, Hugo Cedergren, ist Generalsekretär der KFUM.«

Wenige Minuten später saß Söderblom, ein blonder Mittdreißiger mit strahlend blauen Augen und zurückweichendem Haaransatz, Lennart gegenüber am Besuchertisch, der direkt unter dem Fenster stand und einen hervorragenden Blick über die Mainau bot. »Ich freue mich sehr über Ihren Besuch, Herr Söderblom«, versuchte Lennart, seinem offenbar etwas schüchternen Gegenüber die Befangenheit zu nehmen.

»Ich freue mich auch sehr, dass Sie mich empfangen«, erwiderte Söderblom. »Es ist nämlich so, dass wir uns etwas um die deutsche Jugend sorgen und unsere deutschen Kollegen beim CVJM gern unterstützen wollen.«

»Und da ein schwedischer Ex-Prinz eine Insel auf deutschem Boden verwaltet, bin ich das perfekte Bindeglied? Zumal Ihr Generalsekretär mit mir verwandt ist?«, vermutete Lennart.

Sein Gegenüber lief feuerrot an. »Ich wollte nicht ... ich meine ...«

»Keine Sorge«, sagte Lennart rasch, der im Nachhinein feststellen musste, dass seine Worte etwas barsch geklungen hatten, obgleich sie gar nicht so gemeint waren. »Ich freue mich, dass Sie zu mir gekommen sind. Zu helfen, das ist auch mein Anliegen. Meine Frau und ich waren sehr erschrocken, als wir nach unserer Ankunft durch Deutschland fuhren.«

Söderblom nickte. »Das Leid für die Bevölkerung ist mit Kriegsende leider längst nicht vorbei«, sagte er. »Deutschlands Jugendliche haben Hunger, sie haben schreckliche Traumata erlitten, viele von ihnen sind heimatlos.«

»Das ist leider richtig. Und was wollen Sie dagegen unternehmen?«

»Ein Traum wäre es, wenn wir auf der Insel Mainau eine Art Erholungsheim für Jugendliche einrichten dürften«, stieß Söderblom hervor. »Und Sie sind ja sehr dafür bekannt, dass Sie sich für Jugendliche einsetzen. Immerhin stehen Sie den schwedischen Pfadfindern vor und sorgen so dafür, dass junge Menschen Naturverbundenheit und den Dienst am Nächsten lernen.«

Lennart nickte. Etwas Ähnliches hatte er sich schon gedacht. In der Tat hatte er sich, vor allem während der Kriegsjahre in Schweden, sehr um die jungen Menschen gekümmert, sich ihrer Bildung angenommen und sich im wohltätigen Bereich sehr für sie engagiert.

»Ich muss das natürlich noch mit meiner Frau besprechen«, sagte er, »aber im Grunde klingt das nach einer sehr guten Idee. Und es wäre eine hervorragende Weiterverwendung der von der Organisation Todt errichteten Baracken.«

Am Tag nach seiner Ankunft hatte Lennart die hässlichen Bauwerke, die direkt neben dem Torhaus standen, besichtigt. Sein erster Impuls war gewesen, sie sofort abreißen zu lassen, doch Karin hatte erwidert: »Wir haben erst mal genug anderes zu tun. Und wer weiß, wofür wir sie noch gebrauchen können.« Wie recht sie wieder einmal gehabt hatte!

Söderblom nickte. »Ich habe schon gehört, dass Sie die Insel während der Kriegsjahre an die bautechnische Organisation des deutschen Rüstungsministeriums verpachtet haben, die dort ein Erholungsheim für Offiziere und Industrielle einrichten wollte.«

»Ja«, seufzte Lennart, »nichts, worauf ich stolz bin. Aber als unser Verwalter 1942 doch noch zum Wehrdienst eingezogen wurde, schien uns das tatsächlich die beste Lösung zu sein. So wussten wir wenigstens, dass sich jemand um die Insel kümmert und sie pflegt. Schließlich war uns klar, dass man hochrangige Offiziere standesgemäß unterbringen und das Schloss deshalb in Schuss halten würde. Wie gesagt«, fügte er hinzu, »nichts, worauf ich stolz bin.«

»Wir alle wussten damals noch nicht im Detail, was diese Herren alles verbrochen haben«, verteidigte Söderblom Lennart vor sich selbst.

»Dennoch«, sagte Lennart. »Wenn es etwas gibt, das ich bereue, dann, dass ich meine wunderbare Insel an diese Schufte verpachtet habe.«

»Sehen Sie es doch so«, wurde Söderblom nicht müde, Lennart Trost zuzusprechen, was dieser ausgesprochen rührend fand, »ohne diese Schufte gäbe es die Baracken nicht, in die nun die Jugendlichen einziehen könnten. Und wenn ich es richtig weiß, befand sich hier unmittelbar nach dem Krieg auch eine Zeit lang ein Lazarett für befreite französische KZ-Häftlinge aus Dachau?«

»Ja«, bekräftigte Lennart. »Tausende wurden nach der Befreiung an den Bodensee gebracht – nachdem die Mainau und die Reichenau von der französischen Besatzungsmacht geräumt worden waren, fanden sie auf der Insel und der Halbinsel Erholung. In der Tat hat mich das auch ein wenig versöhnt. All die Investitionen, die Speer hier getätigt hat, kamen den französischen KZ-Häftlingen zugute, auch wenn das natürlich weit entfernt von ausgleichender Gerechtigkeit ist.«

Söderblom nickte. »Und nun vielleicht den Jugendlichen«, nahm er den Faden wieder auf, »die ja ebenfalls unschuldig unter diesen Wahnsinnigen leiden mussten.«

»Ja«, sagte Lennart. »Es gibt auch mehrere Räumlichkeiten im Schloss und im Torbogenhaus, die für die erholungssuchenden Offiziere eingerichtet wurden und in denen wir ebenfalls Jugendliche unterbringen könnten.«

»Also lebten die Offiziere nicht in den Baracken?«, fragte Söderblom erstaunt.

»Nein«, sagte Lennart. »Das Personal. Und all diese Räumlichkeiten könnten den Jugendlichen zur Verfügung stehen.«

»Das ist wirklich sehr großzügig.«

»Nicht der Rede wert«, widersprach Lennart. »Ich bin froh, etwas tun zu können.«

Dann fragte er: »Wie sähe denn die konkrete Ausgestaltung aus?«

»Wir würden das Lager gemeinsam mit dem CVJM leiten«, sagte Söderblom. »In dieser Hinsicht käme also keinerlei Arbeit auf Sie zu.«

Lennart sah auf die Uhr. »Wissen Sie was? Ich mache mich jetzt auf die Suche nach meiner Frau und bespreche Ihr Anliegen mit ihr. Und in zwei Stunden lade ich Sie auf ein Mittagessen in die *Schwedenschenke* ein.« Er zwinkerte seinem Gast zu. »Es gibt auch heimische Gerichte. Wie klingt das?«

»Das klingt wunderbar«, freute sich Söderblom, der angesichts Lennarts positiver Reaktion immer mehr auftaute. »Allerdings würde ich sehr gerne die badische Küche probieren: Ich habe gehört, sie soll großartig sein.«

Lennart lachte. »Das kann ich nur bestätigen. Und Schwedisch bekommen Sie schließlich auch zu Hause.«

Wie erwartet war Karin begeistert – und sie und Söderblom waren sich sofort sympathisch. Vielleicht, dachte Lennart insgeheim, während er die beiden bei ihrem Gespräch beobachtete, lag es daran, dass Karin, auch wenn man das nicht vermuten würde, im Grunde ihres Herzens ein eher schüchterner Mensch war, so wie Söderblom, und sie sich dadurch umso besser verstanden? Jedenfalls sprühte Karin nur so vor Ideen.

»Wissen Sie«, sagte sie zu Söderblom, während sie sich das Nachkriegsessen schmecken ließen, »als wir vor einigen Wochen nach Deutschland kamen, da wäre ich am liebsten wieder zurückgefahren. Ich war derart schockiert und entsetzt vom Ausmaß der Zerstörung und vom Leid dieser Menschen. Aber zurückzufahren wäre nicht die Lösung gewesen, zumal ich dieses Leid ohnehin nicht vergessen würde. Aber aktiv helfen und hier an diesem wunderbaren Ort den Jüngsten Kraft und Hoffnung geben, das ist einfach nur großartig.«

»Ja«, bestätigte Söderblom leise. »Es hilft einem auch selbst – aus der eigenen Ohnmacht.«

»So ist es«, versetzte Karin eifrig. »Wir können den Jugendlichen hier eine richtig gute Zeit schenken. Sie sollen Geborgenheit fühlen. Wieder Vertrauen fassen.«

»Es werden auch schwer traumatisierte Jugendliche darunter sein«, sagte Söderblom ernst. »Junge Menschen, die durch die Bombardements schwere körperliche und seelische Schäden davongetragen haben.«

»Hier werden sie gesund«, war Karin überzeugt. Doch dann fügte sie leise hinzu. »Nein, das geht wohl nicht. Und vor allem nicht so schnell. Es wird Zeit brauchen. Eher ist es, wie ich zuvor sagte: Hier werden sie wieder ein wenig Hoffnung fassen. Vertrauen. Ins Leben zurückfinden.«

Dann hob sie den Kopf und fragte: »Was kann ich tun?«

Söderblom wirkte etwas überfordert. Mit so viel Unterstützung hatte er vermutlich nicht gerechnet.

»Nun«, sagte er, »vielleicht könnten wir gemeinsam überlegen, wie viele Jugendliche hier untergebracht werden können? Wie wir sie verteilen und was alles noch seitens unserer Organisation besorgt werden müsste?«

»Eine gute Idee«, sagte Lennart. »Ich schlage vor, dass wir nach dem Mittagessen eine Begehung machen.«

***

Die Vorbereitungen dauerten insgesamt vier Wochen. Wochen, in denen mehrere Mitarbeiter beider Organisationen auf die Mainau zogen, um alles für die Jugendlichen einzurichten. Auch Karin stürzte sich mit Feuereifer in die Errichtung des Erholungsheims. Jedes einzelne Zimmer inspizierte sie höchstpersönlich, vergewisserte sich, ob die Wände gestrichen und die Betten bezogen waren, ob die Räume anheimelnd wirkten. Birgitta stand ihrer Mutter engagiert zur Seite.

Maria hatte sich hingegen nur allzu gern bereit erklärt, mit ihren jüngeren Geschwistern die Insel zu erkunden, wobei Karin anfangs etwas unsicher gewesen war. »Du weißt, was für ein Wirbelwind Jan ist, und Cecilie kann inzwischen laufen«, mahnte sie, »es kann dir also leicht passieren, dass jedes der Kinder in eine andere Richtung läuft. Was, wenn eins von ihnen ins Wasser fällt?«

»Ich gehe nicht zum Wasser, Mamma«, versprach Jan ernst. »Ich halte immer mindestens so viel Abstand.« Er streckte seine kleinen Ärmchen aus, so weit er konnte. »Vertraust du mir etwa nicht, Mamma?«, fragte Maria, und das gab den Ausschlag. Zumal Lennart ihr am Vorabend gesagt hatte, die Kinder müssten lernen, sich selbstständig auf der Insel zu bewegen. »Doch«, hatte sie gesagt und ihre Zweitälteste an sich gezogen. »Doch, mein Schatz, ich vertraue dir. Du bist eine wunderbare große Schwester. Ich habe nur Angst, dass all das zu viel Verantwortung für dich ist.«

Voller Ernst hatte Maria ihren Blick erwidert. »Mamma«, sagte sie leise. »All das ist nichts dagegen, was diese Jugendlichen erlebt haben, die nun kommen. Betten beziehen ist nicht so meine Welt. Aber auf die Kleinen aufzupassen, macht mir Spaß. Und so kann ich dir den Rücken freihalten, damit du mit Birgitta alles vorbereiten kannst.«

»Ach, mein Schatz! Was habe ich doch für wunderbare Kinder.«

Das sagte sie auch zu Birgitta, als sie am Tag vor der Ankunft der ersten Jugendlichen Seite an Seite durch die Räume gingen, die sie, gemeinsam mit den Mitarbeitern der Organisationen, mit so viel Liebe vorbereitet hatten. »Ich bin so stolz auf dich, mein Liebling«, sagte Karin und gab Birgitta einen Kuss. »Wie du geschuftet hast.«

Und da sah auch Birgitta sie ganz ernst an und sagte das Gleiche wie ihre Schwester einige Wochen zuvor. »Das ist nichts im Vergleich zu dem, was all die anderen durchmachen mussten. Ich bin so dankbar, dass ich verschont blieb. Und ich will diese Dankbarkeit zeigen.«

Am nächsten Abend hielt Karin ihre beiden schluchzenden Töchter lange in den Armen. Sie saßen, eine rechts, eine links von ihr, auf dem Sofa in ihrem Appartement und blickten auf den See hinaus. Den Tag über waren die Jugendlichen aus ganz Deutschland eingetroffen. Während Frau Nohl sich um Jan und Cecilie kümmerte, hatten Karin und die Mädchen ihnen gemeinsam mit den Mitarbeitern der Organisationen ihre Zimmer gezeigt – und waren entsetzt gewesen. »Ich habe ja gewusst, dass sie Schlimmes durchmachen mussten, Mamma«, weinte Birgitta. »Aber … ich …« Sie fand keine Worte, und Karin sagte nur: »Ich weiß, mein Schatz, ich weiß.«

Die Jugendlichen, die auf die Insel kamen, waren teilweise schwer verletzt. Vielen fehlte ein Arm oder ein Bein, andere hatten Brandverletzungen am ganzen Körper oder sogar im Gesicht. Doch das Schlimmste waren ihrer aller Augen. Nach einer Weile hatte Karin es vermieden, sie direkt anzusehen. Denn in ihren Blicken lag so viel Leid und Grauen, dass es ihr die Kehle zuschnürte. Gleich darauf schämte sie sich ihrer Schwäche. Diese Kinder hatten die Hölle erlebt. Und ihr gelang es nicht einmal, den Spiegel dessen, was sie erlebt hatten, in ihren Augen zu sehen? Sie würde Kraft brauchen, ganz viel Kraft, aber gleichzeitig, da war Karin sich sicher, würde sie durch die Begegnung mit diesen jungen Menschen und damit, dass sie helfen konnte, auch sehr viel Kraft spenden. Sie nahm sich vor, diesen Kindern alles zu geben, was sie konnte.

»Was meint ihr«, sagte sie zu ihren Töchtern. »Wollen wir versuchen, unseren Gästen etwas richtig Gutes zu essen zu besorgen?«

Beinah empört hob Maria den Kopf von ihrer Schulter und sah sie an. »Essen? Diese Jungen und Mädchen sind durch die Hölle gegangen, und du denkst an Essen?«

»Ja, mein Schatz, das tue ich!« Karin gab ihrer rebellischen Tochter einen Kuss auf die Stirn. »Denn sie mussten auch Hunger leiden. Schrecklichen Hunger. Und die Lebensmittelsituation ist immer noch sehr schwierig.«

»Daran habe ich nicht gedacht«, sagte Maria leise und ein wenig schuldbewusst. »Wie gut es mir doch geht, dass ich das gerade so abgetan habe. Ich musste eben noch nie Hunger leiden. Ich … ich schäme mich.«

»Das Gefühl kenne ich nur zu gut«, sagte Karin. »Doch das musst du nicht, und damit hilfst du auch niemandem. Aber was haltet ihr davon, wenn wir Spenden für die Kinder sammeln? Ich bin mir nicht zu schade, betteln zu gehen, und würde dabei auch unsere schwedischen Verwandten in die Pflicht nehmen.«

»Ja, das machen wir, Mutti«, sagte Maria, und auch Birgitta nickte zustimmend.

»Na also«, versetzte Karin. »Noch ein kleines bisschen mehr, was wir tun können.«

Kapitel 42

»Wer ist dieses Mädchen?«, fragte Karin Meri Sjöcrona, die mit ihrer Kollegin Vide Ohmann als schwedische Krankenschwester auf der Mainau arbeitete, um die Jugendlichen zu betreuen, und deutete mit dem Kinn auf eine etwa Zwölfjährige, die mit seltsam leerem Blick vor sich hin starrte. »Sie ist mir schon oft aufgefallen. Sie ist blind, oder?«

»Ja«, erwiderte Meri leise. »Sie erblindete bei dem schweren Bombenangriff auf Würzburg am 16. März 1945. Ihr Name ist Martha.«

»So kurz vor dem Ende noch solches Leid«, murmelte Karin.

»Schrecklich, ich weiß«, sagte Meri. »Aber ihre Erblindung ist nicht das Schlimmste. Das Schlimmste ist, dass ihre beiden Brüder neben ihr im Keller verschüttet wurden. Ihre Mutter spricht seitdem kein Wort mehr. Und ihr Vater ist im Krieg gefallen.«

»Meine Güte!«, flüsterte Karin erschüttert. »Das arme, arme Mädchen. Kann ich irgendwas tun, um ihr zu helfen?«

»Dass Sie uns die Insel zur Verfügung stellen, ist das Allergrößte und Allerbeste, was Sie für Kinder wie Martha tun können«, erwiderte Meri leise. »Und Sie tun ja viel mehr als das. Sie sind für die Kinder da, umsorgen sie, hören ihnen zu. Sie sind … wie eine Mutter für sie. Und Birgitta ist wie eine Schwester. Und auch Maria bringt sich ja mehr und mehr ein.«

Karin lächelte. »Danke«, sagte sie. »Es macht mich glücklich, für sie da sein zu können.«

»Darüber hinaus ...«, setzte Meri an.

»Ja?«, fragte Karin.

»Nun, ich habe mitbekommen, dass Martha sich von Herzen eine Bibel in Blindenschrift wünscht. Die Familie war oder ist äußerst religiös, und sie leidet sehr darunter, nicht mehr in der Bibel lesen zu können. Das würde ihr sicherlich viel Halt geben.«

»Dann werde ich ihr eine Bibel in Blindenschrift besorgen«, sagte Karin. »Ich werde alles daransetzen, sie zu bekommen.«

»Sie sind eine gute Frau, Karin Bernadotte«, sagte Meri.

»Sie auch, Meri Sjöcrona.«

Karin hielt ihr Versprechen: Es gelang ihr nach einigen Mühen tatsächlich, eine Bibel in Blindenschrift aufzutreiben, und als sie sie in Händen hielt, ging sie damit zu Martha, die, wie so oft, an der Mauer unten am Kai saß und dem Geräusch der Wellen zuhörte, die ans Land schlugen.

Lauschend hob das Mädchen den Kopf, als sie bemerkte, dass Karin sich ihr näherte. »Frau Bernadotte«, sagte sie. »Sind Sie das?«

»Ja?«, erwiderte Karin erstaunt und setzte sich neben sie. »Woher weißt du das denn? Ich habe doch gar nichts gesagt.«

»Ich erkenne die Menschen inzwischen an ihrer Art, zu gehen«, erklärte Martha. »Ihre ist behutsam und dennoch entschlossen. Es wirkt so, als wollten Sie die Erde, über die Sie gehen, mit jedem Schritt segnen.«

Karin lächelte. »Ich glaube, so etwas Schönes hat selten jemand zu mir gesagt. Und es stimmt. Ich empfinde große Ehrfurcht für den Boden, auf dem ich mich bewege.«

»Aus Respekt vor den Ahnen Ihres Mannes?«, fragte Martha.

»Auch«, sagte Karin nachdenklich. »Aber vor allem aus Respekt vor der Natur. Was sie alles hervorbringen kann. Und vielleicht auch aus Respekt vor der Geschichte insgesamt.«

»Was ist das für eine Geschichte?«, fragte Martha begierig. »Erzählen Sie sie mir?«

»Oh, sie ist sehr lang«, wehrte Karin ab.

»Bitte«, flehte das Mädchen und fügte hinzu: »Geschichten sind doch das Einzige, was mir geblieben ist.«

»Ich kann sie dir ja stückweise erzählen«, schlug Karin vor. »Mein Mann kennt sich da auch viel besser aus. Er hat mir erzählt, dass man rund um den Bodensee Reste von Pfahlbauten gefunden hat. Das lässt darauf schließen, dass auch unsere Insel schon sehr früh besiedelt war. In der Jungsteinzeit gab es hier wohl eine Siedlung aus sechs Häusern. Die Kelten waren vermutlich auch hier, ebenso die Römer, die wohl sogar eine Flotte hatten.«

»Ich sehe es regelrecht vor mir«, flüsterte Martha. »Die Römer in ihren Rüstungen, wie sie am Ufer der Mainau in ihre Kähne steigen.« Dann fragte sie: »Und wie ging es weiter?«

»Nun, irgendwann breitete sich das Christentum immer mehr aus, und das hatte zur Folge, dass auf der Insel Reichenau ein Kloster gegründet wurde.«

»Die Insel Reichenau liegt neben der Insel Mainau, richtig?«

»Das könnte man so sagen«, bestätigte Karin. »Sie ist eine Halbinsel und liegt im Untersee. Auch die Mainau gehörte zu diesem Kloster.«

»Wissen Sie, wenn ich Geschichten höre, dann ist es, als würde ich sehen, was ich da höre. Ich sehe es regelrecht in meinem Inneren. Jetzt sehe ich Deutschordensritter vor mir, die auf der Mainau spazieren gehen.«

»Das habe ich schon einmal gehört«, sagte Karin. »Dass

Menschen, die nicht sehen können, ihr inneres Auge umso stärker ausbilden.«

»Wirklich?«, fragte Martha. »Kennen Sie noch einen Blinden?«

Karin verneinte. »Aber ich habe kürzlich einen Artikel über Karl May gelesen. Weißt du, wer das ist?«

»Ja«, antwortete Martha so leise, dass Karin sie kaum verstehen konnte. »*Winnetou* war das Lieblingsbuch meines Bruders Karl. Er war so stolz darauf, den gleichen Namen zu tragen wie sein Idol. Und nun ist er tot.«

Es klang seltsam distanziert, wie Martha das sagte. Karin sah sie unsicher an. Es wäre leichter gewesen, wenn das Mädchen geweint hätte. Dann hätte sie sie an sich ziehen und trösten können. So aber wusste sie nicht recht, wie sie reagieren sollte. Sagen, dass ihr das mit Marthas Brüdern unendlich leidtat? Oder wäre das genau das Falsche?

Doch da fragte das Mädchen auch schon: »Was hat Karl May denn nun mit dem Blindsein zu tun?«

»Oh, eine ganze Menge«, sagte Karin. »Er konnte bis zu seinem fünften Lebensjahr nichts sehen. Seine Großmutter las ihm immer Märchen vor. Und er erschuf dadurch die Bilder zu diesen Märchen in seinem Inneren. Manche sagen, dass seine Bild- und Wortkraft nur durch seine Blindheit so stark wurde.«

»Ja, das kann sein«, bekräftigte Martha. »Wenn man blind ist, sieht man anders.«

Dann fragte sie hoffnungsvoll: »Aber wenn Karl May geheilt wurde – dann werde ich vielleicht auch eines Tages wieder sehen können?«

»Das kann ich dir nicht versprechen«, sagte Karin. »Ich bin keine Ärztin.« Sie wusste, dass es bei Karl May wohl eher eine Mangelernährung gewesen war, die zu so stark geschwollenen

Augenlidern geführt hatte, dass der Junge diese nicht zu öffnen vermochte.

»Aber es ist ein Hoffnungsschimmer«, flüsterte Martha. »Dann könnte ich auch wieder lesen. Ich habe genauso gern gelesen wie Karl.«

»Das kannst du jetzt auch«, sagte Karin und schob dem Mädchen die Bibel in den Schoß. Martha tastete, stutzte, tastete noch einmal, und dann flog ein Strahlen über ihr Gesicht. »Das ist die Bibel! Die Bibel in Blindenschrift! Die habe ich mir so gewünscht!«

»Ich weiß«, sagte Karin, gerührt und ergriffen, weil ihr Geschenk so gut ankam. »Meri hat es mir verraten.«

»Sie sind ein Engel!«, rief Martha und streckte die Arme überraschend zielsicher aus, um Karin zu umarmen. »Jetzt habe ich gar keinen Zweifel mehr daran, dass alles gut werden wird.«

* * *

Schon als die ersten Jugendlichen auf die Insel gekommen waren, hatte Karin es sich angewöhnt, zweimal am Tag einen Rundgang durch das Torhaus, die Baracken und die Räume im Schloss zu machen, die als Unterkunft dienten. Jeder Rundgang dauerte meist viele Stunden – denn Karin nahm sich bewusst Zeit für die Schützlinge und ihre Belange, und je besser diese sie kennenlernten, desto mehr Zutrauen fassten sie zu ihr. Immer mehr furchtbare Geschichten bekam sie zu hören – und abends weinte sie oft stundenlang in Lennarts Armen. »Du kannst dir nicht vorstellen, was für ein unermessliches Leid diese Kinder erfahren haben. Es sind so schreckliche Schicksale, ich kann sie gar nicht in Worte fassen.«

»Vielleicht solltest du das aber, denn es kann nicht gut sein, all das herunterzuschlucken«, sagte Lennart besorgt.

»Diese Kinder mussten das erleben, Lennart. Und ich halte nicht einmal ihre Geschichten aus?«, rief Karin.

»Die Kinder hatten keine andere Wahl«, sagte er. »Du schon.«

»Ich soll ihnen nicht zuhören? Um mich zu schützen? Sie haben es verdient, dass man sich um sie kümmert.«

»Das habe ich ja auch nicht gesagt – also, dass du ihnen nicht zuhören sollst«, sagte Lennart beschwichtigend. »Ich weiß, dass du gar nicht anders kannst, und ich glaube schon auch, dass das unsere Pflicht ist. Wir, die wir vom Schicksal vor so schrecklichen Dingen verschont blieben – und vor allem: unsere Kinder auch –, müssen alles in unserer Macht Stehende tun, um denen zu helfen, die es nicht so gut haben.«

»Eben das sehe ich auch so.«

»Aber dennoch kannst du dich schützen«, insistierte Lennart. »Du darfst das Geschehene nicht so sehr an dich heranlassen, es nicht zu einem Teil von dir machen.«

»Aber wie soll das gehen?«

Lennart zuckte die Achseln. »Das kann ich dir leider nicht sagen – zumal wir ja selbst Kinder haben und damit dein Mutterherz noch ein bisschen mehr blutet. Aber als Fotoredakteur habe ich ja auch immer wieder Kontakt mit Journalisten, auch solchen, die aus dem Krieg berichteten. Auch sie erzählten von den Schrecken und wie wichtig es sei, die Dinge nicht zu nah an sich heranzulassen. Auf andere Weise hat man keine Chance, durchzuhalten. Meine Mutter hat mir das aus ihrer Zeit als Lazarettschwester berichtet. Man muss sich immer klarmachen, dass das nicht die eigene Geschichte ist. Und wenn man sich um seinetwillen nicht schützen will, dann muss man es um der anderen willen tun.«

»Um der anderen willen?«

»Wenn du zusammenklappst, kannst du keinem mehr helfen«, sagte Lennart ernst. »Und du hast auch noch eigene Kinder, die dich brauchen.«

»Findest du, dass ich sie vernachlässige?«, fragte Karin erschrocken. »Ich habe manchmal schon ein schlechtes Gewissen, weil ich gar so viel Zeit bei unseren Jugendlichen verbringe.«

»Nein, so meine ich es nicht«, erwiderte Lennart rasch. »Zumal Birgitta ja selbst ständig im Lager unterwegs ist und auch viele Freundschaften schließt. Und zunehmend auch Maria. Und um die beiden Kleinen kümmert sich Frau Nohl mit Hingabe, wenn nicht gerade Maria mit ihnen über die Insel tollt. Und das ist es ja, was wir wollen. Türen öffnen und Jugendliche in Kontakt bringen.«

»Stimmt«, sagte Karin lächelnd. »Sie sind wirklich von morgens bis abends unterwegs, und wenn sie nach Hause kommen, leuchten die Augen und Wangen um die Wette.«

»Dass sie dich brauchen, meine ich eher allgemein«, sagte Lennart. »Wenn du unter der Last all der schrecklichen Geschichten zusammenbrechen würdest und sie sich nun auch noch um ihre Mamma sorgen müssten, dann wäre niemandem geholfen.«

»Ach so«, erwiderte Karin. »Nein, ich glaube nicht, dass ich all das nicht aushalten kann. Im Gegenteil. Es hilft mir, helfen zu können.«

»Meine Karin«, sagte er und zog sie in die Arme. »Du bist wunderbar.«

»Du auch, Lennart«, sagte sie. »Es ist ja deine Insel, und du bringst dich genauso ein wie ich. Immerhin führst auch du sehr intensive Gespräche mit den Kindern. Sie lieben es, wenn du mit ihnen über die Insel gehst und ihnen die Blumen erklärst. Und besonders lieben sie es, wenn sie fotografieren dürfen.«

»Ja«, sagte Lennart und starrte nachdenklich vor sich hin.

»Was?«, fragte Karin. »Dir liegt doch ebenfalls etwas auf dem Herzen.«

»In der Tat«, gestand er. »Es geht mir wie dir, Karin. Es tut mir gut, helfen zu können, auch, um meiner eigenen Ohnmacht entgegenzuwirken und vielleicht auch eine Schuld zu begleichen.«

»Schuld?«, fragte Karin.

»Ja, so wie du habe ich ebenfalls das Gefühl, dass wir all den Menschen, die Leid erfahren haben, etwas schuldig sind. Aber ich frage mich, ob wir genug tun.«

»Wie meinst du das?«

»Das hier ist ja nur sehr punktuell«, erläuterte Lennart. »Was ist mit den Jugendlichen, wenn sie die Insel wieder verlassen? Sie sind nur eine kurze Zeit hier. Und dann ist ihre Welt noch lang nicht wieder in Ordnung. Und was ist mit all jenen, die ihren Weg nicht zu uns finden?«

»Da hast du allerdings recht«, Karin nahm seine Hand. »Vielleicht ist das auch noch einmal eine Herausforderung: zu akzeptieren, dass wir nicht allen helfen können. Wir können nicht die ganze Welt retten. Aber wenn man davon ausgeht, dass ein Mensch eine ganze Welt ist – und wir retten nur einen Menschen, dann haben wir doch eine ganze Welt gerettet.«

»Das hast du schön gesagt«, murmelte Lennart. »Und du hast recht. Es ist schon ungemein viel wert, dass wir den Menschen ein kleines bisschen Glück und Frieden schenken können. Aber ich würde dennoch gern mehr tun. All diese jungen Leute – was haben sie für eine Zukunft? Es ist so hoffnungslos. Viele haben ihre Eltern verloren und schreckliche, traumatische Erfahrungen gemacht. Was soll aus ihnen werden?«

»Du sprichst vom Morgenthauplan?«, vermutete Karin.

»Ganz richtig«, bestätigte Lennart. »Deutschland soll entindustrialisiert werden, es soll nur noch ein Agrarland sein. Das meine ich, wenn ich sage, dass die Jugendlichen keine Zukunft haben.«

»Aber dagegen können wir nichts tun.«

»Wir können ihnen nur jeden Tag aufs Neue Mut machen«, erwiderte Lennart. »Und ich glaube schon, dass sie auch viel Halt im Christentum finden. Denk doch an die kleine Martha und daran, wie viel ihr die Bibel in Blindenschrift bedeutet hat. Wenn alles um einen herum zusammenbricht, dann braucht man etwas, an das man glauben kann. Und da ist das Christentum schon eine sehr gute Sache.«

»Dann sind wir ja mit dem KFUM und dem CVJM genau richtig«, sagte Karin. »Sieh doch dieses Jugendlager hier einmal als ersten Schritt, dem noch viele weitere folgen können.«

Lennart sah sie nachdenklich an. »Die beste Hilfe wäre es, wenn es mehr Menschen wie uns gäbe. Wenn sich viele an uns ein Beispiel nehmen und schöne Orte für Jugendliche zur Verfügung stellen würden, an denen sie umsorgt werden und an denen man sich um sie kümmert.«

»Eine schöne Vorstellung«, sagte Karin lebhaft. »Dadurch könnte die gute Sache dann enorm wachsen. Aber wie bekommen wir das hin?«

»Ich denke, der KFUM und der CVJM sind da ohnehin sehr aktiv«, erwiderte Lennart. »Darüber hinaus könnten wir dafür sorgen, dass die Zeitungen überregional noch mehr über unser Projekt berichten.«

Karin verzog das Gesicht.

»Ich weiß, dass du nicht gerne im Fokus der Öffentlichkeit stehst«, sagte Lennart rasch. »Ich tue es auch nicht, wie du weißt. Aber in diesem Fall wäre es für eine gute Sache.«

»Du meinst, der Zweck heiligt die Mittel«, sagte Karin. »Ich werde darüber nachdenken.«

***

Zunächst jedoch folgte Karin Lennarts Rat und suchte am nächsten Tag das Gespräch mit Krankenschwester Meri Sjöcrona und erzählte ihr, wie nah ihr all die Schicksale der jungen Menschen gingen. »Wie gehen Sie damit um?«, fragte sie. »Wie halten Sie das aus?«

Und Meri sagte ihr das Gleiche wie Lennart. Dass es ungemein wichtig sei, die persönlichen Schicksale nicht allzu sehr an sich herankommen zu lassen. »Das bedeutet nicht, dass man nicht mit den Menschen fühlen und mitleiden kann«, sagte sie. »Aber wir müssen stark bleiben, um für sie da sein zu können. Und das machen Sie gut, Karin.«

»Danke, Meri«, sagte Karin. »Sie auch.«

Die beiden Frauen lächelten einander zu. Dann sagte Meri: »Wissen Sie, was für mich ungemein wichtig war? Dass ich eine gute Ausbildung bekommen habe. Wir wurden wirklich vorbereitet auf das, was uns erwartet.«

Mitfühlend sah sie Karin an. »Ich denke, das ist genau das, was Ihnen fehlt. Sie wurden hier sozusagen einfach hineingeworfen.«

»Ja, das stimmt. Und ich merke, wie gut mir der Austausch mit Ihnen tut.«

»Das kann ich nur allzu gut verstehen«, ließ Meri wissen. »Auch für mich war es ungemein wichtig, sowohl in der Zeit meiner Ausbildung als auch später, als ich im Lazarett gearbeitet habe, mich mit anderen Menschen austauschen zu können, die Gleiches erlebt haben wie ich.«

Wie vom Donner gerührt sah Karin sie an.

»Was?«, fragte Meri erstaunt. »Habe ich etwas Falsches gesagt?«

»Nein!«, rief Karin. »Im Gegenteil! Sie haben mich auf eine Idee gebracht.«

»Jetzt bin ich aber neugierig.«

Doch Karin schüttelte den Kopf. »Seien Sie mir nicht böse«, sagte sie, »aber das muss noch ein bisschen reifen. Wenn es konkret wird, werden Sie eine der Ersten sein, die davon erfährt. Bitte entschuldigen Sie mich. Ich muss mit meinem Mann sprechen.«

Ganz beschwingt verließ sie die Baracke wieder und eilte zum Schloss hinüber und schnurstracks in Lennarts Büro.

Sie fand ihn am Schreibtisch sitzend vor.

»Liebling«, sagte er überrascht und sah von seiner Arbeit auf. »Ist alles in Ordnung?«

»Ja!« Schwer atmend ließ sich Karin ihm gegenüber auf dem Besucherstuhl nieder. »Ich habe eine Idee.«

»Nun bin ich aber mal gespannt.«

»Unser Gespräch gestern ging mir nicht aus dem Kopf. Darüber, ob es ausreicht, was wir für unsere jungen Menschen tun. Und dass wir andere Menschen dazu anregen sollten, uns nachzueifern.«

»Ja?«

»Als ich gerade mit Schwester Meri Sjöcrona sprach, sagte sie, dass es ihr seinerzeit sehr geholfen habe, eine gute Ausbildung bekommen zu haben und im Austausch mit ihren Kolleginnen gewesen zu sein.«

»Verzeih, mein Liebling, aber ich weiß immer noch nicht, worauf du hinauswillst.«

»Wir haben doch hier so viel Platz«, sagte Karin und machte

eine weitausholende Bewegung. »Wir könnten hier nicht nur Jugendliche aufnehmen, sondern auch Menschen ausbilden, die ihnen helfen. Und damit unsere Idee größer, viel größer, machen.«

Begeistert sprang Lennart auf und schloss seine Frau in die Arme. »Warum bin ich da nicht selbst drauf gekommen! Die Insel ist perfekt dafür, im Südflügel haben wir Platz, und durch die Grenznähe zur Schweiz wird die Einreise ins besetzte Deutschland für ausländische Referenten leichter. Ich will gleich mit dem KFUM darüber sprechen.«

Bei den Herren vom KFUM kam die Idee bestens an – und tatsächlich leitete die Vereinigung sofort alles in die Wege, um im Südflügel ein Ausbildungszentrum, das Internationale Institut Schloss Mainau, einzurichten, das wenig später seine Pforten öffnen sollte.

Kapitel 43

Nach und nach kamen auch die Touristen zurück. »Die Lage der Mainau ist sicherlich sehr ideal, so mitten im Bodensee. Sie ist der Schnittpunkt zwischen Deutschland, Österreich und der Schweiz, auch wenn Österreich zugegebenermaßen etwas weiter entfernt liegt«, sagte Martin Riedle, als er mit Lennart die Zahlen durchging.

»Das mag sein«, gab der ihm recht. »Aber ich glaube auch, dass die vom Krieg so ausgelaugten Menschen deshalb so gerne hierherkommen, weil sie hier so viel Kraft tanken können.«

»Da ist sicher was dran. Aber es sind schon Unmengen von Menschen, die auf die Insel kommen.« Fragend sah Riedle seinen Freund an. »Wird dir das nicht zu viel?«

»Nein, darauf haben wir ja hingearbeitet. Es ist unser Erfolg. Wenngleich ich schon zugeben muss, dass ich es manchmal lästig finde, wenn wir uns unseren Weg nach Hause durch ganze Menschenmassen von Touristen bahnen müssen. Vor allem, wenn wir Ausbildungen auf der Insel haben und es von Haus aus noch mehr Menschen sind. Mehr Sorge hat mir die Frage bereitet, wie unsere Jugendlichen auf die Touristen reagieren, aber da sie weitgehend abgeschirmt sind, ist das Problem kleiner, als ich dachte.«

Riedle nickte. »Und du und Karin, ihr könnt euch ja ebenfalls jederzeit zurückziehen. Ins Schloss oder in Großmutters Lustgärtchen verstecken, zu dem die Leute keinen Zugang haben.«

»Ja«, sagte Lennart. »Und wenn wir im Winter in Schweden sind, haben wir ja unsere Einsamkeit. Und ich …« Er brach ab.

»Und du?«

»Ach«, murmelte Lennart, »du weißt ja, dass ich neben meiner Tätigkeit für die Mainau auch noch als Fotograf und Filmemacher arbeite. Vor allem im Winter, wenn wir in Schweden sind. Es macht mir Spaß, und wir können das Zubrot gebrauchen.«

»Das ist mir bekannt«, bestätigte Riedle. »Wie wäre es mal mit einem Film über die Mainau?«

»Eine gute Idee«, gestand Lennart. »Zumal einige Kollegen und ich im Begriff sind, eine Filmgesellschaft zu gründen. Die Artfilm.«

»Was?«, rief Riedle. »Aber das ist ja großartig! Nur scheinst du dich darüber nicht zu freuen?«

»Doch, ich freue mich darüber«, sagte Lennart. »Sehr sogar. Aber ich soll für ein paar Monate nach Argentinien, zum Drehen.«

»Ein spannender Auftrag«, fand Riedle. »Aber du fragst dich, wie du alles unter einen Hut bekommst?«

»Ich frage mich vor allem, was Karin dazu sagen wird«, gestand Lennart. »Sie war gar nicht begeistert, wenn ich länger fort war, und die Stimmung war dann sehr schlecht.«

»Zwischen euch kann die Stimmung schlecht sein? Das hätte ich nie vermutet«, rief Riedle überrascht.

»Wenn wir auf der Mainau und zusammen sind, ist es auch meistens gut«, sagte Lennart. »Daher zögere ich auch so, den Auftrag anzunehmen.«

»Sprich mit ihr«, riet ihm sein Freund.

»Ja«, sagte Lennart. »Ja, du hast recht.«

»Ihr könntet natürlich auch ganz hierherziehen«, schlug Riedle vor. »Hier auf der Mainau, umgeben von uns allen, wäre Karin sicher nicht allein und überfordert, wenn du auf Reisen bist.«

»Darüber habe ich auch schon nachgedacht«, murmelte Lennart. »Aber eins nach dem anderen.«

»Aber du hast es nicht bereut, mit Karin seinerzeit das Schloss gewählt zu haben, statt irgendwo ruhig auf dem Land zu leben, während ihr hier seid?«

Lennart musste keine Sekunde nachdenken. »Nein«, sagte er. »Nein, wirklich nicht. Ich liebe das Schloss, und ich liebe die Mainau. Hier gehöre ich her. Ich spüre das umso stärker, als ich sie durch den Krieg nun fast verloren hätte oder unser gemeinsames Schicksal zumindest ungewiss war.«

»Ich glaube ehrlich gesagt, dass auch das für die Touristen einen Teil vom Charme ausmacht«, kam es von Riedle.

»Dass auf der Mainau ein einstiger schwedischer Prinz wohnt?«

»Eher, dass das Schloss bewohnt ist und auch so aussieht. Dass es kein …«, er suchte nach Worten und fuhr dann fort: »… kein abweisendes Geisterhaus ist.«

»Das mag sein. Aber ich denke dennoch, dass wir auf die zunehmenden Touristenströme reagieren müssen.«

»Inwiefern?«

»Die alte Brücke«, sagte Lennart, dankbar, dass die Unterhaltung nun in andere Bahnen ging und er sich von der Frage, wie Karin auf das bevorstehende Gespräch reagieren würde, ablenken konnte. »Sie ist einfach viel zu schmal für all die Menschen, die da hin und her müssen.«

»Das stimmt schon«, bestätigte Riedle. »Aber was willst du machen? Eine neue Brücke bauen?«

Lennart schüttelte langsam den Kopf. »Das wäre zwar ohne Frage nicht unvernünftig, aber dennoch ist es undenkbar«, sagte er. »Immerhin hat mein Ururgroßvater, Kaiser Wilhelm I., diese gusseiserne Brücke seiner Tochter Großherzogin Luise von Baden geschenkt. Er hatte sich ja schon in die Insel verliebt, als er noch Kronprinz war und lange bevor er ahnen konnte, dass seine Tochter einmal deren Besitzer ehelichen würde. Als meine Urgroßeltern kurz nach ihrer Hochzeit auf die Mainau kamen, stattete er ihnen einen Überraschungsbesuch ab – und kam damals noch über eine Holzbrücke.«

»Und dann baute er ihr die gusseiserne?«, fragte Riedle.

»Nicht gleich, das war erst 1866.«

Martin Riedle grinste. »Danke für den Exkurs«, sagte er. »Und ich gebe dir recht: Die Brücke kannst du nicht entfernen.« Dann fügte er hinzu: »Das muss eine ziemliche Revolution gewesen sein, dass man plötzlich auf die Insel laufen konnte.«

»Das war es«, bestätigte Lennart. »Zuvor war das ja nur mittels Fähre oder über einen schmalen und wackeligen Steg möglich gewesen. Und eines fernen Tages bauen wir vielleicht noch eine weitere Brücke. Das ist dann die nächste Sensation. Wobei wir damit nicht allzu lange warten können. Wir brauchen schneller eine Sensation.«

»Wie meinst du das?«, fragte Riedle erstaunt.

Lennart seufzte. »Es ist ja wirklich schön, dass so viele Menschen auf die Mainau kommen. Aber diese Menschen erwarten auch was. Wir müssen ihnen etwas bieten.«

»Das tun wir doch!«, rief Riedle überrascht. »Oder gibt es Beschwerden? Mir ist jedenfalls nichts zu Ohren gekommen.«

»Die gibt es immer«, erwiderte Lennart. »Aber darauf will

ich gar nicht hinaus. Wir tun viel für die Menschen, aber das kostet auch viel. Irgendwann müssen wir uns auch noch was Besseres für das Überwintern der Pflanzen überlegen statt diesem simplen Schuppen.«

»Ach, darum geht es dir«, sagte Riedle. »Da hast du tatsächlich recht.«

»Ein Überwinterungshaus ist wichtig, aber nicht mein momentanes Ziel.«

»Sondern?«

»Die Saison verlängern«, erklärte Lennart. »Schau, momentan kommen die Touristen in den Sommermonaten, vor allem während der Sommerferien. Das sind nur ein paar Wochen im Jahr. Und dafür betreiben wir einen solchen Aufwand und haben so hohe Kosten.«

»Die Saison zu verlängern, halte ich für eine gute Idee«, bekräftigte Riedle. »Tulpen, Narzissen, Schneeglöckchen und Krokusse?«

»Tulpen, Narzissen, Schneeglöckchen und Krokusse«, bestätigte Lennart. »Und zwar ein ganzes Meer. Hunderttausende.«

***

»Hunderttausende!«, echote Karin, als Lennart ihr am Abend von seiner Idee erzählte. »Lennart, entschuldige, wenn ich dich in deiner Euphorie bremse. Aber das ist größenwahnsinnig.«

Enttäuscht sah Lennart seine Frau an. Er war sich so sicher gewesen, dass Karin ihn unterstützen und von seinem Einfall ebenso begeistert sein würde wie er. Doch stattdessen stand sie kopfschüttelnd vor ihm und gab ihm das Gefühl, verrückt zu sein. Dabei waren es doch gerade seine Ideen und Visionen, seine Fähigkeit, sich die Dinge so vorzustellen, wie sie am Ende aussehen würden, die sie so weit gebracht hatten. Und bisher hatte Karin das auch immer verstanden, selbst, wenn es zwischen ihnen mal nicht zum Besten stand. Und deshalb hätte er nie damit gerechnet, dass sie seiner Idee derart ablehnend gegenüberstehen würde. Was würde sie dann erst sagen, wenn er ihr mit den Artfilm-Plänen kam? Besser, er würde das jetzt noch nicht ansprechen.

»Nun, wir müssen den Menschen schon etwas Besonderes bieten, wenn wir sie früher auf die Insel locken wollen. Stell dir das doch mal vor, Karin«, versuchte er, sie stattdessen weiter von seiner Idee zu überzeugen, »die ganze Insel ist übersät von Frühjahrsblühern.«

»Die Vorstellung ist wunderbar«, gab Karin zu. »Aber es klingt auch nach ziemlich viel Arbeit. Und Hunderttausende Blumenzwiebeln. Ich kann mich nur wiederholen: Das ist größenwahnsinnig.«

»Wir haben uns doch noch nie gescheut, mit anzupacken«, sagte Lennart. »Außerdem haben wir ein hervorragendes Team an Gärtnern.«

»Ich packe gerne mit an, wenn es Sinn macht«, erwiderte Karin. »Aber dieses Vorhaben finde ich einfach nur übertrieben. Darauf will ich meine Kraft nicht verschwenden. Zumal wir ja immer noch Jugendliche auf der Insel haben, die unsere Zuwendung brauchen. Und ich habe manchmal den Eindruck, dass du vergisst, dass wir eine Familie haben.«

»Willst du etwa behaupten, dass ich die Kinder wegen der Mainau vernachlässige?«, rief Lennart empört. »Sie haben hier doch das Paradies!«

»Immerhin bist du für sie da, wenn wir auf der Mainau sind, das war früher, wenn du ständig auf Reisen warst, oft nicht der Fall.«

O nein, dachte Lennart, warum sprach sie das Thema jetzt auch noch direkt an? Vor diesem Hintergrund konnte er ihr nichts von seinen Plänen erzählen, bald wieder auf Reisen zu gehen. Aber andererseits: Wenn er geschickt antwortete, machte er ihr vielleicht deutlich, dass sein Einkommen als Redakteur nicht unerheblich und unbedeutend war.

»Jetzt wirst du ungerecht, Karin. Ich musste doch irgendwie das Geld für unsere Familie verdienen. Mein Posten als Redakteur der *FOTO* hat uns gut über Wasser gehalten. Und tut es übrigens auch jetzt noch, denn ich bin ja immer noch für das Magazin tätig.«

»Hoffentlich nicht mehr allzu lang«, sagte Karin bissig. »Und außerdem: Tu doch nicht so, als ob dir deine Arbeit nicht auch Vergnügen bereitet hätte«, schnappte Karin und kniff die Lippen zusammen. Verwirrt und traurig sah Lennart seine Frau an. Was war nur in sie gefahren? Sie hatten doch endlich das, wofür sie so lange gekämpft hatten, ihr Familienglück auf der Mainau, zumindest im Sommer – und nun schien Karin das gar nicht genießen zu können.

»Karin«, sagte er leise, aber bestimmt, und versuchte, das Gespräch vom Thema Foto und Arbeit weg und wieder auf die Blumen zu lenken. »Wir müssen ja nicht in allen Bereichen einer Meinung sein. Ich werde mich dazu mit unseren Gärtnern austauschen, vor allem mit Herrn Nohl. Wenn die mich auch für größenwahnsinnig halten, werde ich von meinem Vorhaben absehen.«

»Bisher hast du immer großen Wert auf meine Meinung gelegt«, kam es von Karin.

»Natürlich bedeutet mir deine Meinung viel, und das weißt du auch«, sagte Lennart.

»Davon merke ich wenig. Viel Spaß mit deinen Gärtnern.«

Damit machte Karin auf dem Absatz kehrt und stapfte davon. Ratlos sah Lennart ihr nach, zwang sich dann aber, seine Gedanken wieder auf seine Idee zu lenken. Dass die gut war, war gar keine Frage. Und ebenso klar war, dass er mit Karin noch ein weiteres Gespräch würde führen müssen, wenn er seine Filmpläne nicht aufgeben wollte. Doch darüber würde er sich später Gedanken machen. Jetzt wollte er sich lieber auf die Suche nach Victor Nohl begeben, um sein Vorhaben mit ihm zu besprechen. Und sich überlegen, wo auf der Insel die neuen Blumen am besten aufgehoben wären. Am schönsten wäre es natürlich, wenn die Frühjahrsblüher die ganze Mainau überzögen, aber um damit den entsprechenden Effekt zu erzielen, müssten sie Millionen Zwiebeln eingraben. Und das wäre wirklich größenwahnsinnig.

Lennart schloss für einen Moment die Augen und ging in Gedanken über seine Insel. Und dann hatte er den idealen Ort gefunden. »Die Uferwiesen im Süden«, murmelte er vor sich hin. »Einen besseren Platz gibt es nicht.«

Und wenn man schon mal dabei war, überlegte Lennart weiter, könnte man dort auch gleich Zwiebeln für Herbstblüher einpflanzen und die Saison damit in beide Richtungen verlängern. Mehr Inselbesucher im Herbst würden zwar nicht ganz so einfach zu händeln sein, da die Gärtner in dieser Jahreszeit viel Arbeit damit hatten, die Insel winterfest zu machen, aber vielleicht fanden manche Touristen das ja auch spannend, wenn sie den Gärtnern beim Einbringen der exotischen Pflanzen ins Winterhaus zusehen könnten.

Kapitel 44

Victor Nohl war inzwischen ein so betagter wie eigensinniger alter Herr. Eigensinnig in Bezug auf seine Pflanzen und in Bezug auf seinen Gesundheitszustand. Er schätzte es ganz und gar nicht, wenn man Rücksicht auf ihn nahm, und nichts erboste ihn so sehr, wie wenn ein junger Gärtner sich erlaubte, ihm vorzuschlagen, ihm eine schwere Arbeit abzunehmen. Karin hatte einmal scherzhaft gesagt, wohl mit das Erste, was die jungen Gärtnerlehrlinge auf der Mainau lernten, sei, dass man den Herrn Nohl auf keinen Fall auf sein Alter ansprechen durfte. Dabei war er darauf sogar recht stolz. »Ich schätze es einfach nicht, wie ein Tattergreis behandelt zu werden«, hatte er den Bernadottes einmal in aller Offenheit erklärt. »Mit den vielen Jahrzehnten, die ich inzwischen auf dem Buckel habe, bin ich noch genauso rüstig wie in meinen Zwanzigern, und ich habe sicherlich mehr Kraft und Geschicklichkeit als manche von diesen jungen Dingern.«

Jedes Wort traf zu. Nohl war nicht nur ein Ausbund an Energie und Gesundheit, er war auch geistig vollkommen auf der Höhe. Es war nicht übertrieben zu sagen, dass Nohl jede einzelne Pflanze auf der Mainau kannte. Und zwar in aller Tiefe. Er kannte sie und ihre Geschichte, wusste, woher sie kam, wann sie angepflanzt worden war und unter welchen Krankheiten sie gelitten hatte. Sein Wort war auf der Mainau hinsichtlich der Pflanzen Gesetz. Zwar galt dieses Gesetz – natürlich – nicht für Lennart, aber dennoch hielt er sich daran. Einfach deshalb, weil Herr Nohl immer recht hatte. Würde dieser einer Bepflanzung der Südwiesen mit Frühjahrs- und Herbstblühern negativ gegenüberstehen, würde Lennart es lassen. Herrn Nohls Hauptinteresse galt der Mainau, sie war sein Lebenswerk. Die Mainau immer mehr zum Blühen zu bringen – für ihn gab es nichts Wichtigeres. Insofern konnte Lennart voll darauf vertrauen, dass sie die gleichen Ziele verfolgten. Natürlich wollte er auch noch die Meinung seines hochgeschätzten Inselinspektors Karl Raff einholen, der ein sehr würdiger Nachfolger für Herrn Nohl war. Doch zuerst machte er sich auf die Suche nach dem alten Hofgärtner und war sehr erleichtert, als Nohl, den er, wie erwartet, mitnichten in der Gärtnerei, sondern irgendwo auf der Insel inmitten seiner Pflanzen antraf, langsam nickte und dann sagte: »Es gibt nur eine einzige Sache, die mir an dieser Idee nicht gefällt.«

»Und die wäre?«, fragte Lennart mit leiser Unruhe.

»Dass sie nicht von mir ist!«, rief Nohl und warf die Hände in die Luft. »Die Südwiesen sind für dieses Vorhaben allerbestens geeignet. Es ist eine Schande, dass wir da nicht schon eher draufgekommen sind. Lassen Sie uns gleich hingehen und unsere wunderbaren Südwiesen in Augenschein nehmen«, sagte Nohl und stob davon.

»Aber dafür, dass wir erst jetzt darauf kommen, gibt es eine gute Entschuldigung«, sagte Lennart, während er sich beeilte, mit seinem alten Gärtner Schritt zu halten.

»Ich höre!«, schmetterte Nohl und schritt kräftig aus.

»Überlegen Sie doch mal«, sagte Lennart. »Als ich die Insel vor zwanzig Jahren übernommen habe, war sie ein Dschungel, und wir haben in den darauffolgenden sechs Jahren unfassbar viel erreicht, indem wir gelichtet und den Park, den mein Urgroßvater einst angelegt hat, wieder sichtbar gemacht haben.«

»Da haben Sie allerdings recht!«, rief Nohl. »Und das Schloss haben Sie auch noch saniert, ganz nebenbei.«

»Richtig!« Es war wirklich schwierig, mit seinem Gärtner Schritt zu halten, fand Lennart. Offenbar wurde Nohl immer schneller, je älter er wurde. Er fügte, etwas außer Atem, hinzu: »Für die darauffolgende Zwangspause konnten wir nichts.«

»Nein«, bestätigte Nohl grimmig. »Das waren die Nazis, diese Saubande.« Er blieb so abrupt stehen, dass Lennart eine Vollbremsung hinlegen musste, und fuhr dann fort: »Sie haben schon recht, Hoheit. Der Krieg, nach dem Krieg diese Not und die vielen armen jungen Menschen auf der Insel. Wir hätten es gar nicht früher schaffen können. Aber jetzt, jetzt ist der Zeitpunkt gekommen.« Damit setzte er sich erneut in Bewegung und eilte weiter. Lennart sah zu, dass er hinterherkam.

Wenig später hatten sie die Südwiesen erreicht – und Lennart konnte es regelrecht vor sich sehen. Keine grüne Wiese, sondern ein farbenfrohes Bild aus Frühjahrsblühern.

»Ja«, sagte Nohl zufrieden. »Ja, das ist eine gute Sache. Aber eins sollten Sie bedenken, wenn Sie die Saison verlängern wollen, Eure Hoheit.«

»Ja?«, fragte Lennart. Hoffentlich würde Nohl ihn jetzt nicht auf irgendwelche größeren Hindernisse hinweisen, die er, Lennart, nicht bedacht hatte.

Doch der Gärtner sagte: »Zwischen dem Verblühen von Tulpen und Narzissen und dem ersten Aufblühen der Rosen haben wir eine größere Lücke.«

Lennart überlegte. »Wir könnten Pfingstrosen pflanzen. Und Rhododendron.«

Nohl wiegte nachdenklich den Kopf. »Sie wissen, dass der Boden hier auf der Mainau sehr kalkhaltig ist. Und wenn Rhododendron etwas ganz und gar nicht leiden kann, dann ist es kalkhaltiger Boden.«

»Wie ärgerlich«, murmelte Lennart. »Rhododendron hätte sich wirklich perfekt angeboten, um diese Lücke zu füllen.«

»Aber Eure Hoheit!«, rief Nohl und stemmte die Hände in die Hüften. »Wer wird denn so schnell aufgeben? So kenne ich Sie gar nicht. Der Lennart Bernadotte, den ich kenne, hätte jetzt gesagt: Wenn die Voraussetzungen für den Rhododendron hier auf der Insel nicht gegeben sind, dann müssen wir die Voraussetzungen eben schaffen.« Sein Blick intensivierte sich. »Ich hatte vorhin schon das Gefühl, dass Sie etwas bedrückt – auch wenn Ihre Begeisterung für Ihre Idee das gut überdeckt hat. Aber Sie wirkten irgendwie nervös. Und unsicherer als sonst.«

Lennart erschrak. Merkte man ihm seinen Streit mit Karin so deutlich an? Privatangelegenheiten gingen die Arbeiter nun wirklich nichts an. Andererseits war Nohl nicht wirklich ein Arbeiter, sondern eher ein väterlicher Freund. Der ihn nun immer noch mit seinem eindringlichen Blick ansah.

»Es ist etwas mit Ihrer Frau, nicht wahr?«, fragte er nun leise und fügte hinzu: »Verzeihen Sie, wenn das übergriffig ist. Es geht mich nichts an. Aber ich möchte, dass Sie wissen, dass ich immer für Sie da bin. Und Ihnen zuhöre.«

»Danke«, sagte Lennart und stieß dann hervor: »Meine Frau hält das hier für eine Schnapsidee. Sie wirft mir vor, größenwahnsinnig zu sein. Aber Sie wissen, Herr Nohl, wo wäre die Mainau ohne meine Ideen und Visionen? Und auch jetzt kann ich es regelrecht vor mir sehen.«

»Sie sind auf dem richtigen Weg, Eure Hoheit«, sagte Nohl.

»Lassen Sie sich nicht beirren. Ich glaube auch nicht, dass Ihre Frau es böse meint. Ich glaube nur…« Er brach ab, und Lennart wusste auch, warum. Es war Nohl unangenehm, über diese privaten Dinge zu sprechen. Und das war es ihm selbst ja auch. Andererseits: Genau das machte es ihm wieder einfacher, sich ihm anzuvertrauen. Es ging Nohl nicht darum, seine Neugierde zu befriedigen, sondern er fragte aus echter Sorge.

»Ja?«, fragte er. »Bitte sprechen Sie offen zu mir.«

»Vielleicht ist Ihre Frau ja nicht ganz so glücklich mit der Entscheidung, wieder so oft auf der Mainau zu sein. Und vielleicht ist es so… Ihre Hoheit ist eine eher schüchterne Person. Was man vergisst, wenn man sie kennt. Aber in der letzten Zeit war es doch häufig so, vor allem, seit wir die Akademie hier haben, dass wichtige Professoren auf die Insel gekommen sind. Hochgebildete Herrschaften. Ich habe den Eindruck, dass Ihre Gattin sich in deren Gesellschaft oft nicht so wohlfühlt.«

»Da haben Sie recht!«, rief Lennart überrascht. »Dieses Gefühl hatte ich auch schon häufig. Aber so schnell, wie es kam, so schnell ist es dann auch wieder verflogen. Ich bin dem nie nachgegangen.«

Nohl nickte. »Außerdem kann es sicherlich anstrengend sein, mit Ihnen Schritt zu halten.«

Lennart lachte. »Nun, das sagt der Richtige. So, wie Sie mir vorhin davongerannt sind – und ich weiß, dass Sie das nur bildlich gemeint haben, aber darauf passt das ja auch.«

»Ja, wir beide laufen im Gleichschritt«, konstatierte Nohl zufrieden. »Und Ihre Gemahlin hat ja immer gut mitgezogen, aber nun kümmert sie sich mit solcher Hingabe um all die Jugendlichen hier auf der Insel. Ich habe den Eindruck, dass ihre Kräfte nachlassen, dass ihr all das zu viel wird. Zumal Sie auch noch die beiden Kleinen haben.«

»Und die Großen sind auch nicht immer einfach«, bekannte Lennart. »Sie sind wunderbar und bringen sich großartig ein, aber sie haben auch ihre Themen. Sie haben recht, es ist schon viel, was auf Karins Schultern lastet. Und statt das zu würdigen, komme ich immer mit neuen und neuen Ideen – die sie dann in gewisser Weise ja mittragen muss.«

»Das können Sie aber nicht ändern«, sagte Nohl. »Wenn Sie Ihre Ideen, ich möchte fast sagen Visionen, nicht hätten, würde die Mainau sich nicht weiterentwickeln beziehungsweise in ihrer Entwicklung stehen bleiben. Und das käme einer Katastrophe gleich. Nein, Sie müssen Ihren Weg weitergehen.«

»Aber damit überlaste ich Karin doch.« Vor allem dann, wenn er nun auch noch auf Reisen ginge – davon hatte er dem alten Gärtner ja gar nichts erzählt!

Nohl wiegte den Kopf. »Vielleicht müssen Sie mit Ihren Ideen nicht immer gleich zu ihr gehen. Kommen Sie doch stattdessen zu mir. Und tauschen Sie sich mit Ihrer Frau vor allem hinsichtlich familiärer Belange aus.«

»Ja«, murmelte Lennart. »Ja, das wäre eine Möglichkeit.«

Insgeheim fragte er sich jedoch, wie das ihre Beziehung verändern würde. Sie hatten sich immer alles gesagt. Wenn er nun seine Träume nicht mehr mit ihr teilte – würden sie sich damit nicht sehr voneinander entfernen?

»Im Nachhinein frage ich mich schon auch, ob es richtig war, dass Karin sich so sehr in unser Jugendlager einbringt«, fuhr er nachdenklich fort. »Schon in den ersten Tagen kamen mir diese Zweifel. Sie hat so bitterlich in meinen Armen geweint, als sie mir vom Schicksal all dieser armen jungen Menschen erzählte. Seitdem hat sie sich verändert – und ich habe es nicht bemerkt. Oder nicht bemerken wollen.«

»Sicherlich belastet das zusätzlich«, sagte Nohl. »Aber ich

glaube nicht, dass es das ist, was Ihrer Frau so zu schaffen macht. Im Gegenteil. Ich glaube, das Gefühl, gebraucht zu werden und für andere da zu sein, tut ihr gut. Trotzdem sind diese Geschichten enorm belastend, vor allem, wenn man sie aus erster Hand erfährt.«

»Genau das meine ich«, sagte Lennart. »Vielleicht sollte ich ihr vorschlagen, sich in dieser Hinsicht etwas mehr zurückzunehmen.«

»Tun Sie das nicht!«, rief Nohl. »Ich glaube, das wäre falsch. Halten Sie sich nur etwas mit Ihren Ideen zurück. Es muss ja nicht dauerhaft sein. Nur für eine Weile. Vielleicht bewirkt das schon etwas.«

Lennart seufzte. »Vielleicht. Aber nun muss ich meiner Gattin erst einmal beibringen, dass wir die Tulpenwiese doch anlegen.«

»Und den Rhododendron«, erinnerte Nohl. »Wir sind vom Thema abgekommen.«

»Stimmt!«, rief Lennart. »Der Rhododendron! Den habe ich vor lauter privatem Kummer ganz vergessen.«

Nohl lächelte triumphierend. »Aber der alte Nohl, der vergisst so schnell nichts.« Er tippte sich an die Stirn. »Also, es gibt tatsächlich eine Methode, mit der wir erreichen könnten, dass der Rhododendron sich hier bei uns auf der Insel auch wohlfühlt. Ich will mich jedoch nicht mit fremden Federn schmücken. Tatsächlich hat Herr Raff hierzu bereits Überlegungen angestellt.«

»Nämlich welche?«

»Wir könnten die Pflanzgruben etwas größer ausheben, damit die Wurzeln für viele Jahre Platz haben, sich auszubreiten«, setzte Nohl an. »Diese Pflanzgrube könnten wir dann mit Folie auskleiden. Richtig dicker Pflanzenschutzfolie. Und in das

Loch hinein füllen wir dann genau die Erde, die der Rhododendron mag. Sie werden sehen, das wird funktionieren.«

»Das ist eine ganz hervorragende Idee!«, rief Lennart, und dann wiederholte er die Worte, die sein Hofgärtner ihm zuvor entgegengerufen hatte, als er von den Zwiebelpflanzen auf den Südwiesen gesprochen hatte: »Da gibt es nur ein Problem.«

»Dass die Idee nicht von Ihnen ist«, sagte Victor.

»Ganz genau«, erwiderte Lennart und lachte.

Kapitel 45

»Ich glaube, der Herbst ist meine Lieblingsjahreszeit auf der Insel«, sagte Lennart, als er neben Karin, seinen Kindern und etlichen Gärtnern auf den Südwiesen kniete und dabei war, Tausende Blumenzwiebeln in die Erde zu graben.

Karin musste lachen. »Das sagst du in jeder Jahreszeit«, sagte sie und gab eine Blumenzwiebel in das von ihr geschaffene Loch. »Nur im Winter habe ich dich das, zumindest im Hinblick auf die Mainau, noch nie sagen hören.«

»Was daran liegt, dass wir uns im Winter in der Regel nicht auf der Mainau aufhalten«, versetzte Lennart. »Aber du hast schon recht. Ich liebe die Natur mit ihren Jahreszeiten. Ich könnte mir nicht vorstellen, in einem Land ohne Jahreszeiten zu leben.«

»Ich auch nicht«, sagte Karin. »Wobei der Herbst auch die arbeitsintensivste Jahreszeit ist.« Aufmerksam sah Lennart sie an. War das ein unterschwelliger Vorwurf? Seit ihrer Auseinandersetzung hatten sie nicht mehr über Lennarts Idee gesprochen, aber als er am Abend nach Hause gekommen war, hatte sie sein Lieblingsmenü gekocht und sich auch ansonsten sehr um ihn bemüht. Es schien ihr leidzutun, und er hatte ihre stumme Entschuldigung gern angenommen. Und als er am Morgen gesagt hatte, heute beginne die Pflanzaktion für die Herbstzwiebeln, hatte sie erklärt, ihm helfen zu wollen, und die Kinder aufgefordert, das ebenfalls zu tun. Jetzt strich sie sich eine vorwitzige Haarsträhne aus der Stirn und machte sich daran, das nächste Loch zu graben. Von Vorwurf oder Missmut keine Spur.

»Im Frühjahr gibt es schon auch sehr viel zu tun«, griff Lennart den Gesprächsfaden wieder auf, »und im Sommer sind es vor allem die Touristen, die uns in Atem halten. Und die Bewässerung.«

»Das schon«, bestätigte Karin. »Aber diese Blumenzwiebeleingraberei ist schon eine Plackerei.«

»Das reimt sich, Mutti«, rief der kleine Jan beeindruckt. »Du bist eine Dichterin.«

Karin lachte. »Oje«, sagte sie. »Ich glaube, da enttäusche ich dich. Ich würde zu gern ein Gedicht über die Tulpen schreiben, aber ich finde kein Wort, das sich auf Tulpe reimt.«

»Ich schon!«, mischte sich da Birgitta ins Gespräch. »Es reimt sich etwas darauf, das ich jetzt ganz dringend brauche, auf die Dauer ist es nämlich ganz schön kalt, hier so auf dem Boden zu hocken.«

»Nämlich?«, fragte Jan mit großen Augen. »Mir fällt nichts ein. Eine Mütze? Ein Schal? Eine Decke?«

»Das reimt sich doch alles nicht«, ließ Birgitta verlauten. »Nein! Auf Tulpen reimt sich Stulpen. Und meine Stulpen, die hole ich mir jetzt.«

Lachend sahen Lennart und Karin ihrer Tochter nach, als diese in Richtung Schloss davonging. »Also, ich denke, das Dichten, das überlassen wir dann doch lieber deinem Vater«, überlegte Karin. »Er hat eindeutig das größte dichterische Talent in der Familie. Mir will nämlich partout kein schöner Reim mit Tulpen und Stulpen einfallen.«

»Ich fürchte, wir haben Wichtigeres zu tun, als zu dichten«, pflichtete Lennart ihr bei und deutete auf den Berg von Blumenzwiebeln. »Die müssen schließlich alle noch in die Erde.« Er warf Karin einen unsicheren Blick zu, doch die lächelte nur.

»Können das nicht die Gärtner machen?«, fragte Maria. »Ich sehe es gar nicht ein, dass wir hier so schuften müssen. Uns gehört das hier doch alles.«

»Falsch, Maria«, versetzte Lennart scharf. »Uns gehört gar nichts, der Eigentümer der Insel Mainau ist dein Großvater.«

»Pfff«, machte Maria und fuhr fort, betont langsam die Zwiebeln in die Erde zu stecken. In diesem Tempo würden sie nie fertig werden. Lennart biss sich auf die Lippen. Es gab wenig, was ihn so sehr auf die Palme brachte, wie wenn sich seine Kinder für etwas Besseres hielten oder sich allzu sehr vom Personal verwöhnen ließen. Das war nicht wirklich vermeidbar, von Anfang an waren die Bernadotte-Kinder von den Mainauangestellten verhätschelt worden. Aber Lennart wollte nicht, dass sie daraus einen Anspruch herleiteten oder hochnäsig wurden. Er bildete sich schließlich auch nichts auf seine Herkunft ein, und er wollte auf keinen Fall, dass seine Kinder nun damit anfingen.

»Sei nicht so streng mit ihr«, mahnte Karin leise. »In dem Alter sind Kinder immer ein bisschen schwierig, du weißt, dass Maria manchmal stur sein kann. Aber alles in allem macht sie sich ganz wunderbar. Was ihre kleineren Geschwister angeht, aber auch im Umgang mit den Jugendlichen.«

Doch Lennart war nicht ganz ihrer Ansicht. »Vielleicht sollten wir im Gegenteil sogar etwas strenger sein«, sagte er. »Statt mit uns Blumenzwiebeln einzugraben, könnte sie auch mit den Gärtnern die nicht winterfesten Pflanzen mithilfe von Spaten und Brecheisen ausbuddeln und dann mit unserem Wägelchen über die ganze Insel fahren, um sie ins Überwinterungshaus zu bringen.«

»Du weißt, dass das viel zu schwer für sie wäre«, argumentierte Karin.

»Aber immerhin würde sie dann mal sehen, was echte Arbeit ist.«

»Jetzt bist du ungerecht, Lennart«, erwiderte Karin. »Sechshunderttausend Blumenzwiebeln einzugraben, ist nun auch nicht gerade ein Spaziergang.«

Lennart schluckte. Er hatte das Gespräch doch gar nicht in diese Richtung treiben wollen. Er war ja dankbar, dass Karin ihm half und dass sie die Kinder animiert hatte, es ihr gleichzutun. Versöhnlich sah er seine Frau an. »Ich freue mich, dass du mir hilfst. Dass ihr mir helft.«

»Ich will lieber bei was anderem helfen«, kam es da von Jan, der ihr Gespräch aufmerksam verfolgt hatte, während Maria dazu übergegangen war, mit der kleinen Cecilie Erdhaufen aufzuschütten.

»Bei was möchtest du denn helfen?«, fragte Lennart und gab seinem Sohn einen Kuss.

»Ich will mit dem Herrn Raff die Phoenixpalme einhausen!«, rief Jan und sah seinen Vater dabei so hoffnungsvoll an, dass Lennart lachen musste.

»Also schön, mein Schatz«, sagte Lennart und erhob sich. »Wir gehen hinüber.«

Er lächelte Karin nochmals zu und versuchte vergeblich, auch einen Blick von Maria zu erhaschen, dann ging er, Jans Hand fest in seiner, in Richtung der Phoenixpalme davon, wo die Gärtner, wie in jedem Herbst, dabei waren, einen Bretterschuppen um die riesige Pflanze zu bauen, der anschließend mit Stroh ausgepolstert wurde.

»Warum bringen wir sie nicht ins Überwinterungshaus, wie alle anderen Pflanzen«, wollte Jan wissen.

»Sie ist viel zu groß«, erklärte Lennart. »Wie soll sie denn da hineinpassen!«

»Ach so«, sagte Jan.

»Und weißt du«, fuhr Lennart fort, der das Zusammensein mit seinem Sohn wie immer sehr genoss und der nur zu gerne die vielen Fragen des fast Sechsjährigen beantwortete, »es ist so, dass es den Pflanzen auch gar nicht guttut, ins Überwinterungshaus gebracht zu werden.«

»Aber warum?«, hakte Jan nach. »Da haben sie es doch schön warm?«

»Das sicher, aber selbst, wenn die Gärtner die Pflanzen noch so vorsichtig ausgraben: Ein Teil der wichtigen Wurzelverbindungen wird dabei immer gekappt. Die müssen sie dann im nächsten Jahr mühsam neu bilden, was dazu führt, dass sie nicht so schnell wachsen.«

»Könnten die kleineren Pflanzen dann nicht einfach auch Häuschen bekommen so wie die große Palme?«, schlug Jan vor.

»Das ist eigentlich eine sehr gute Idee«, lobte Lennart. »Allerdings ist das viel mehr Arbeit, als die Pflanzen auszugraben. Aber für die größeren Pflanzen können wir es uns wirklich überlegen.«

Stolz sah Jan ihn an. »Und ich hab dich draufgebracht.«

»Ja«, erwiderte Lennart. »Was bist du nur für ein kluger Junge.«

Da bückte sich Jan, um eine kleine, blaue Herbstblume zu brechen. Lennart erkannte, dass es sich um seine Bartblume handelte. »Hier«, sagte er ernst. »Die schenke ich dir. Für dein Blumenbuch.«

Lennart schluckte hart und hatte das Gefühl, dass etwas in ihm in diesem Moment endgültig heilte. Wieder stand da ein kleiner Junge vor seinem Vater und zeigte ihm eine blaue Blüte.

Doch die beiden, Vater und Sohn, standen Hand in Hand, keiner von beiden hatte sich, wie einst seine Mutter und dann auch sein Vater, einem anderen Leben, einer anderen Familie zugewandt. Lächelnd nahm er die Blüte entgegen, die Jan ihm reichte. »Danke, mein Liebling«, sagte er. »Du könntest mir keine größere Freude machen.«

»Wir pressen sie nachher zusammen«, sagte Jan, der das Blumenbuch schon oft betrachtet hatte, ernst. »Und dann könntest du sie zu der blauen Blüte legen, die du als Junge einmal gepflückt hast.«

Lennart hatte seinem Sohn erzählt, dass er diese Blüte einmal gepflückt hatte, als er sich sehr einsam fühlte. Jetzt fügte Jan hinzu: »Dann ist sie nicht mehr so allein.«

»Ja, mein Schatz«, sagte Lennart. »So machen wir das. Und die Blüte, die ist schon lange nicht mehr allein.«

Und dann zog er seinen Sohn fest in die Arme.

Kapitel 46

Die Tulpen, Narzissen und Krokusse auf den Südwiesen und die Rhododendren blühten schon im zweiten Jahr, als Lennart hohen Besuch bekam: Zwei Wissenschaftler, ein Herr Franz Karl Hein und ein Herr Gustav Wilhelm Parade aus Lindau, begehrten, ihn zu sprechen. Lennart empfing sie in seinem Büro.

»Ich freue mich sehr, dass Sie den Weg über den See gefunden haben«, sagte er freundlich, während Fräulein Ill, seine neue Empfangsdame, den Herren Kaffee und Wasser servierte.

»Nun«, sagte Gustav Wilhelm Parade und rückte seine Brille zurecht, »um ehrlich zu sein, ist es nicht nur ein Höflichkeitsbesuch, sondern wir haben ein Anliegen.«

»Das habe ich mir bereits gedacht«, sagte Lennart, der fand, dass der Wissenschaftler erstaunlich schnell und ohne viel Vorgeplänkel zur Sache kam. Das gefiel ihm. Parade schien ein Mann der Tat zu sein.

»Das deutsche Ärztekorps war ja während der Nazizeit sehr abgeschnitten von der Welt«, setzte er an. »Wir suchen nun nach Wegen, wie wir uns in die internationale Gemeinschaft integrieren können. Und da haben wir auch schon eine Idee.«

»Ich bin gespannt«, sagte Lennart.

»Nun, man könnte verschiedene Nobelpreisträger einladen,

in Lindau vor den deutschen Ärzten Vorträge zu halten«, schlug nun Franz Karl Hein vor. »Der Ort eignet sich besonders gut wegen seiner Nähe zur Schweizer Grenze, und wir sind auch guter Dinge, dass die französischen Besatzungsmächte in diesem Fall wegen der Grenzpassage mit sich reden lassen.«

»Das klingt alles ausgesprochen schlüssig und interessant«, sagte Lennart. »Aber wie kann ich Ihnen da helfen? Sie gehen sicherlich nicht davon aus, dass ich ein Nobelpreisträger bin?«

Die beiden Herren quittierten Lennarts Bemerkung mit einem Lachen.

»Nun«, sagte Doktor Parade, während er etwas umständlich seine Brille zurechtrückte, »wir hatten gehofft, dass Sie uns als Staatsbürger von Schweden unterstützen können. Zumal Sie eine bedeutende und prominente Person sind.«

»Ich helfe gern«, sagte Lennart. »Aber ich weiß immer noch nicht, wie.«

»Nun ja, Schweden ist ja bekanntermaßen das Heimatland des Nobelpreises … Da wären Sie doch eigentlich das perfekte Bindeglied«, erläuterte Franz Karl Hein. »Schließlich sprechen Sie die Sprache der Nobelkommission und sind sicherlich auch in Ihrem Heimatland gut vernetzt.«

»Das ist … eine enorme Herausforderung«, sagte Lennart. »Und eine große Ehre, dass Sie an mich denken.«

»Überlegen Sie es sich in Ruhe«, schlug Hein vor.

»Das muss ich gar nicht«, sagte Lennart. »Ihre Idee ist großartig, und ich sage Ihnen gerne zu – allerdings ohne jegliche Garantie auf Erfolg.«

»Das ist wunderbar!«, rief Hein, sprang auf und schüttelte begeistert Lennarts Hand. »Und viel, viel mehr, als wir uns erhofft haben. Wie gehen wir am besten vor?«

»Ich würde sagen, wir verfassen gemeinsam ein persönliches

Schreiben an jeden einzelnen Nobelpreisträger, den wir einladen möchten und dem wir unseren Plan schildern«, sagte Doktor Parade.

»Gut«, befand Lennart. »Und dann warten wir die Reaktionen ab.«

»Fürchten Sie, sie könnten verhalten ausfallen?«, fragte Parade.

»Das vermag ich nicht zu sagen«, erwiderte Lennart. »Einerseits kann ich mir vorstellen, dass die Wissenschaft großes Interesse hat, sich wieder zu vernetzen, andererseits …«

»Ich weiß, was Sie sagen wollen«, unterbrach Parade ihn. »Die junge Bundesrepublik wird immer noch gemieden. Aber ich hoffe, dass der Wunsch der Vernetzung größer ist.«

Die Antwort ließ nicht lange auf sich warten: Als Franz Karl Hein, Gustav Wilhelm Parade und Lennart drei Wochen später wieder zusammentrafen, konnte Lennart ihnen einen Stapel Briefe präsentieren.

»Das sind alles Antworten der Nobelpreisträger!«, sagte er. »Sieben von ihnen, namentlich die Deutschen Adolf Butenandt, Gerhard Domagk und Otto Warburg, der Däne Henrik Dam, der Schwede Hans von Euler-Chelpin und der Schweizer Paul Hermann Müller haben ihre Teilnahme sofort zugesagt, und aus Amerika wird sogar William Murphy anreisen.«

»Das ist ja großartig«, rief Parade.

»Und bei der Stadt Lindau sind wir ebenfalls auf offene Ohren gestoßen«, ergänzte Hein. »Man wird das Möglichste tun, um uns zu unterstützen.«

»Wunderbar!«, rief Lennart. »Auf dieser Grundlage gelingt es mir sicherlich, auch noch zusätzliche Sponsoren für Ihr Vorhaben zu gewinnen.«

Tatsächlich zeigten sich die allermeisten, die Lennart in die-

ser Sache ansprach, sehr interessiert und aufgeschlossen, worauf rund vierhundert Wissenschaftler nach Lindau strömten, um den Vorträgen der sieben Nobelpreisträger zu lauschen.
»Ich kann es gar nicht glauben, dass das geklappt hat! Und das noch so schnell!«, sagte Lennart, als er sich am Abend vor dem ersten, großen Empfang vor dem Spiegel in ihrem gemeinsamen Schlafzimmer drehte und wendete.

»Ja, das hätte ich auch nicht gedacht.« Karin betrachtete sich ebenfalls im Spiegel. Sie trug ein langes, auf Taille geschnittenes nachtblaues Abendkleid mit leicht angedeutetem Arm. »Aber ein bisschen nervös bin ich schon.«

»Es geht mir genauso«, sagte Lennart. »Ich hoffe, dass alles reibungslos vonstattengeht.«

»Das ist es gar nicht«, gestand Karin. »Ich frage mich eher, ob ich mich nicht furchtbar blamiere vor all diesen klugen Leuten.«

»So ein Unsinn!«, rief Lennart und zog sie in die Arme. »Du wirst der Star des Abends sein.«

»Das muss ich gar nicht«, sagte Karin, beinahe erschrocken. »Und ich will es auch gar nicht. Aber das sind alles so kluge Menschen, ich fürchte, ich habe keine Ahnung, über was ich mit ihnen sprechen soll.«

»Die meisten klugen Menschen hören sich selbst gern reden«, überlegte Lennart. »Also hör ihnen einfach zu. Ich denke, damit sind sie glücklich.«

Karin gab sich alle Mühe, ihre Niedergeschlagenheit abzulegen, als sie die Stadtgrenze nach Lindau überquerten. Sie und Lennart hatten eine schwere Zeit hinter sich: Sie hatte ihm übel genommen, dass er nach wie vor für seine Fotos und Filmprojekte auf Reisen ging, hatte sich von ihm im Stich gelassen gefühlt und nicht verstanden, warum er sich nicht auf die Mainau und seine Familie konzentrierte. Doch nachdem er ihr vor zwei Jahren offenbart hatte, für einige Monate nach Argentinien gehen zu wollen, war ihr nach einem schlimmen Streit wieder bewusst geworden, wie viel er für sie aufgegeben hatte: Auf nicht weniger als auf den schwedischen Thron hatte er verzichtet, um sie heiraten zu können – auch wenn er vermutlich niemals König geworden wäre. Da durfte sie jetzt nicht so egoistisch sein. Sie hatte ihn ziehen lassen und sich fortan bemüht, ihn ihren Frust, ihren Ärger und ihre Traurigkeit nicht merken zu lassen. Manchmal gelang es ihr besser, manchmal schlechter. Vor allem aber: Je mehr Lennart schaffte und realisierte, desto unzulänglicher fühlte sie sich. Ohnehin hatte sie ihre Unsicherheit gegenüber hochgestellten Personen nie abgelegt, vielleicht, weil die Hoheiten am schwedischen Hof ihr einst so übel mitgespielt hatten. Sie fühlte sich nie wohl, wenn sie von allzu vielen, ihr fremden und noch dazu hochgebildeten Menschen umgeben war, weshalb sie auch der Akademie auf der Mainau, so gut sie diese fand – und es war ja auch ihre Idee gewesen –, meist fernblieb. Sie versuchte, sich mit Lennarts Worten selbst Mut zuzusprechen. Die Menschen haben so viel zu sagen, man muss sie einfach nur reden lassen. Sie atmete einmal tief ein und wieder aus. Lennart, der darauf bestanden hatte, selbst zu fahren, hatte den Wagen inzwischen geparkt und umrundet, um ihr formvollendet die Tür aufzuhalten. »Darf ich bitten, gnädige Frau?« Er reichte ihr galant den Arm. Sie lächelte ihm zu.

»Du siehst wundervoll aus«, bekräftigte er noch einmal. »Du wirst sie heute Abend alle bezaubern.«

Der Empfang fand im festlich geschmückten Rathaus statt, und Karins Herzklopfen verstärkte sich noch, als sie den Saal betraten. Jetzt wusste sie auch, woher ihre Angst rührte. Es war wie ein Déjà-vu! Sie ging an Lennarts Arm in den Stockholmer Palast. Sie waren verheiratet und Lennart damit, durch ihre Schuld, kein Prinz mehr. Ganz vom Hof fernhalten konnte man ihn aber nicht – und sie damit auch nicht. Plötzlich fühlte Karin wieder all die Verletzungen, und wie es sich angefühlt hatte, die bösen Blicke auf sich gerichtet zu wissen. Nicht nur bei diesem Anlass, auch davor, in der Zeit vor ihrer Hochzeit. All der Hass, dem sie und ihre Familie ausgesetzt gewesen waren. Und über allem hatte beherrschend das Gefühl gestanden, dass sie die Frau war, die Lennart Schande bereitete. Sie war die Frau, die nicht gut genug war. Sie war die Frau, wegen der er alles verloren hatte. Weshalb sie tief in seiner Schuld stand. Und sie durfte ihn nicht schon wieder blamieren. Aber genau das würde geschehen! Denn, das stand außer Frage, sie war wieder nicht gut genug! Sie war nicht in der Lage, souverän und loyal mit all diesen klugen Herren zu plaudern. Sicher, die Herren waren höflich und weltgewandt genug, um sie nicht merken zu lassen, was sie von ihr hielten. Aber ganz wie damals am schwedischen Königshof würden sie sich auch jetzt wieder beredte Blicke zuwerfen und sich fragen, was für eine seltsame Wahl dieser Herr Bernadotte da getroffen hatte.

Am Eingang des Saales empfing sie ein Bediensteter und führte sie zu ihrem Tisch. Nervös ließ Karin den Blick über den Saal schweifen. Wie schön hier alles hergerichtet war. Es gab bestimmt zwei Dutzend große, runde Tische, die mit weißen Tischdecken, Kristall und auf Hochglanz poliertem Silber prachtvoll eingedeckt waren. All das erinnerte Karin nur noch mehr an den schwedischen Hof. Hoffentlich, dachte sie, würden sie wenigstens mit Doktor Hein und Doktor Parade an einem Tisch sitzen, die kannte sie schon, und beide waren wirklich freundlich. Doch das war unwahrscheinlich – immerhin waren beide Gastgeber und würden wohl auf andere Tische verteilt werden.

In diesem Moment waren sie bei ihrem Tisch angelangt, der zu allem Überfluss auch noch ganz vorne in der Mitte stand.

Vier Herren hatten sich daneben gruppiert und sahen ihnen entgegen. »Was für eine Ehre!«, sagte Lennart. »Wir sitzen mit dem schwedischen, dem dänischen und zwei der deutschen Nobelpreisträger zusammen.«

Karin sank das Herz. »Das kann ja heiter werden!«

Kapitel 47

»Diese Vorspeise ist wirklich köstlich«, sagte Adolf Butenandt und lächelte Karin, die zu seiner Linken saß, freundlich zu. »Ich hoffe, es mundet Ihnen ebenfalls?«

»O ja, sehr gut«, sagte Karin rasch und überlegte fieberhaft, was sie noch hinzufügen konnte, um das Gespräch in Gang zu halten. Ob sie ihn etwas über seine Arbeit fragen konnte? Aber was? Der Mann war Biochemiker, und das war nun wirklich ein Gebiet, auf dem sie sich nicht im Geringsten auskannte. Aber irgendetwas musste sie sagen. Das Schweigen begann langsam, unangenehm zu werden.

»Was ist denn Ihre Lieblingssüßspeise?«, platzte sie heraus. Gleich darauf hätte sie im Boden versinken mögen. Was ist denn Ihre Lieblingssüßspeise! Eine dümmere Frage hätte sie sich nicht ausdenken können!

Doch zu ihrer Erleichterung schien Adolf Butenandt nicht im Mindesten irritiert zu sein. Er beugte sich vertrauensvoll noch ein Stück zu ihr herüber und raunte: »Der Grießbrei meiner Großmutter selig. Mit ordentlich Zimt und Zucker drüber.« Er zwinkerte ihr zu und ergänzte: »Aber verraten Sie mich nicht.«

»Keine Sorge«, flüsterte Karin zurück, während sie bemerkte, dass sie sich zusehends entspannte. »Ihr Geheimnis ist bei mir sicher.«

Der Nobelpreisträger lachte vergnügt, tupfte sich den Mundwinkel mit seiner blütenweißen Stoffserviette und beugte sich dann erneut zu Karin. »Jetzt, wo ich Ihnen mein Geheimnis anvertraut habe, müssen Sie mir das Ihre aber ebenfalls verraten.«

»Sie wollen meinen Lieblingsnachtisch wissen? Das kann ich Ihnen sagen.«

»Nein«, erwiderte Butenandt und wirkte auf einmal ernst. »Wenn Sie mir die Zusatzinformation hinsichtlich Ihres Lieblingsnachtisches geben wollen, bin ich überaus erfreut, aber im Moment interessiert mich etwas ganz anderes.«

»Oh«, machte Karin, während die Nervosität wieder stieg. »Ich hoffe, ich kann Ihnen weiterhelfen!«

Hoffentlich würde dieser ungemein kluge Mensch ihr nun nicht irgendeine Frage stellen, die sie nicht beantworten konnte. Was ihm klarmachen würde, dass seine Tischnachbarin eine so langweilige wie einfältige Person war.

Sie hatte den Gedanken noch nicht zu Ende gedacht, als sie auch schon ziemlich erschrak. Eine so langweilige wie einfältige Person. War das das Bild, das sie von sich hatte? Seit wann dachte sie so negativ über sich?

»Warum blickt eine so zauberhafte Frau wie Sie so traurig drein?«, drang da die Stimme des Biochemikers in ihre Gedanken. »Wie?«, sie fuhr hoch.

»Verzeihen Sie meine etwas indiskrete Frage«, sagte der Nobelpreisträger freundlich. »Aber das ist mir vorhin schon aufgefallen. Und jetzt wieder. Kann ich Ihnen irgendwie helfen?«

Mehrere Gefühle auf einmal stürzten auf Karin ein. Entsetzen, dass man ihr ihre Verfassung so deutlich anmerkte. Scham. Rührung, weil Butenandt, ein derart bedeutender und wichtiger Mann, sich solche Gedanken um sie machte.

Nur, was sollte sie ihm sagen? Die Wahrheit? Damit würde sie sich ja noch mehr blamieren. Andererseits hatte er die Wahrheit verdient, und sie war ohnehin viel zu aufgeregt und angespannt, um sich jetzt auf die Schnelle eine glaubwürdige Geschichte auszudenken.

In diesem Moment traten mehrere Kellner von hinten an sie heran, um ihnen die Vorspeisenteller fortzunehmen, was Karin eine kleine Pause verschaffte. Die nutzte sie, um einmal tief durchzuatmen.

»Eine offene Frage verlangt eine ehrliche Antwort«, sagte sie. »Und die ehrliche Antwort ist, dass ich mich vollkommen unsicher fühle inmitten all dieser klugen Menschen.«

Butenandt seufzte und nickte. »Offen gestanden habe ich mir so etwas schon gedacht.«

»Wirklich?«, fragte Karin überrascht.

»Wirklich«, bestätigte der Nobelpreisträger. »Auch wenn ich es bei Ihnen als Herrin der Mainau und Gattin eines einstigen schwedischen Prinzen zunächst nicht vermutet hätte. Sie stellen ja selbst etwas dar. Aber es ist so, dass Erfolg ganz schön einsam macht.«

»Tatsächlich?«, rief Karin. »Ich dachte, alle Menschen umringen Sie und wollen Ihre Bekanntschaft machen.«

»Viele. Vor allem natürlich junge Wissenschaftler, die sich für meine Forschung interessieren – und da helfe ich selbstverständlich gerne weiter. Für mich gibt es nichts Schöneres, als über meine Forschung zu sprechen und mich mit Gleichgesinnten dazu auszutauschen. Aber viele, vor allem Menschen, die nicht in der Wissenschaft oder nicht in dem gleichen wissenschaftlichen Bereich tätig sind wie ich, haben dann auch genau die Scheu, die Sie verspüren. Sie denken, wir sind so klug, dass man mit uns gar kein normales Gespräch führen kann. Dabei sind wir gar nicht so klug. Wir mögen auf einem Gebiet genial sein, aber auf anderen sind wir vollkommene Versager.«

Er deutete auf die Suppe, die die Kellner gerade gebracht hatten und die einen verführerischen Geruch verströmte. »Wissen Sie, warum ich mich an diese Suppe nicht heranwage – außer natürlich wegen des Umstands, dass ich, wenn ich einen Löffel nehme, unser charmantes Gespräch unterbrechen würde?«

»Nein«, sagte Karin und sah ihn gespannt an.

»Weil ich mit Suppen ein furchtbares Unglück habe«, gestand Butenandt leise. »Ich kleckere immer! Vor allem, wenn ich ein weißes Hemd trage. So wie heute.«

Karin musste schmunzeln. Das Gespräch bereitete ihr zunehmend Freude, und der Nobelpreisträger wurde ihr immer sympathischer.

»Wissen Sie was?«, sagte sie. »Sie haben mir meine Angst vor diesem Abend genommen. Und ich nehme Ihnen jetzt Ihre Angst vor dieser Suppe. Wie klingt das?«

Der Nobelpreisträger lachte. »Nach ausgleichender Gerechtigkeit«, sagte er vergnügt.

»Also, lassen Sie es sich schmecken.«

»Wie?«, fragte Butenandt verblüfft. »Einfach so? Sie wollten mir doch zuvor meine Angst nehmen.«

»Sie brauchen keine Angst zu haben«, sagte Karin. »Ich habe für den Fall, dass meinem Mann dieses Malheur passiert, ein frisches Hemd im Auto. Er hat Ihre Größe.«

Erneut lachte der Nobelpreisträger fröhlich auf und ließ es sich schmecken. Kurz darauf hatte er das Mahl völlig kleckerfrei beendet.

»Ich muss Ihnen ein Geständnis machen«, sagte Karin. »Ich habe gar kein zweites Hemd im Auto.«

»Oh«, machte Butenandt. »Und wenn ich nun doch gekleckert hätte?«

»Hätten Sie nicht. Es ging darum, Ihnen die Angst zu nehmen. Dann passiert auch nichts. So halte ich es mit den Kindern auch immer.«

Der Nobelpreisträger schmunzelte. »Wenn es Ihnen nun noch gelingt, diese Methode auf sich selbst anzuwenden, dann ist alles gut. Und jetzt muss ich Ihnen ebenfalls ein Geständnis machen.«

»Ich höre?«

»Ich habe noch nie gekleckert. Ich bin ein vorbildlicher Suppenesser.«

Karin musste so herzlich lachen, dass sie ihrerseits beinahe gekleckert hätte. In diesem Moment begannen die Festreden, und ihre Aufmerksamkeit wandte sich der Bühne zu.

»Na, du scheinst dich ja bestens zu amüsieren«, raunte Lennart, der an ihrer anderen Seite saß und sich die ganze Zeit über mit dem schwedischen Nobelpreisträger unterhalten hatte, ihr zu. »Und ich hatte schon ein schlechtes Gewissen, weil ich dich kaum beachtet habe.«

»Musst du nicht«, erwiderte Karin. »Professor Butenandt ist wirklich ein sehr amüsanter Gesprächspartner.«

Nachdem die ersten Programmpunkte beendet waren, ging es mit dem Hauptgang weiter, und Karin und Butenandt setzten ihr Gespräch fort.

»Aber eigentlich haben Sie es besser als wir«, überlegte Karin.

»Inwiefern?«, fragte der Nobelpreisträger verblüfft.

»Nun, Sie werden für das bewundert, was Sie geschaffen haben. Mein Mann hingegen wurde dafür bewundert, dass er ein schwedischer Prinz ist.«

»Aber jetzt nicht mehr«, sagte der Professor. »Jetzt werden

Ihr Mann und Sie von uns allen für das bewundert, was Sie geschaffen haben. Insofern haben wir Gleichstand.«

»Ja, das haben wir.«

Karin lächelte.

***

»Es ist großartig, einfach nur großartig!«, rief Lennart am nächsten Morgen beim Frühstück begeistert.

Karin, die gerade dabei war, Cecilie ein Marmeladenbrot zu schmieren, reagierte nicht. Ihre Hochstimmung vom Vorabend war verflogen. Wie glücklich und stolz war sie gewesen darüber, dass sie sich mit dem Nobelpreisträger so locker hatte unterhalten können. Doch schon hatte sie der Alltag wieder, und das Gefühl der abgrundtiefen Müdigkeit, die sie in letzter Zeit immer häufiger überkam, hatte wieder von ihr Besitz ergriffen.

Halbherzig hob sie den Kopf und sah ihren Gatten fragend an. »Was ist denn so großartig?«

»Alle Zeitungen berichten über unsere Veranstaltung.«

»Es ist ja nichts Neues, dass sich die Presse auf uns stürzt«, sagte Karin müde. »Wie viel haben sie schon über uns berichtet, oftmals auch hämisch. Sie haben uns doch regelrecht gejagt.«

»Aber dieses Mal eben nicht, Karin!«, Lennart jubelte fast. »Sie schreiben, wie sehr unsere Zusammenkünfte mit Alfred Nobels Gedanken von Völkerversöhnung und Frieden übereinstimmen. Gerhard Domagk wird zitiert, der sagt: ›Lasst uns das vergessen, was uns voneinander trennt. Lasst uns das fördern, was uns vereint. Lasst uns der Menschheit dienen.‹«

»Das ist wirklich schön«, musste Karin eingestehen. »Ich gratuliere dir.«

»Mamma! Ich will noch ein Brohohot! Den Knuhuhust«,

weinte Cecilie, und Jan fragte: »Kannst du mir auch ein Brot schmieren? Die Butter ist so hart. Und ich will auch den Knust.«

»Das kannst du doch selbst«, kam es von Maria, »du bist doch schon groß.«

»Sei still«, schimpfte Jan. Auch Lennart sagte in diesem Moment etwas, das Karin aber nicht verstehen konnte.

Sie schloss enerviert die Augen. Sie hätte sich ja gerne weiter mit Lennart ausgetauscht. Aber die Kinder zerrten an ihren Nerven. Während Lennart dasaß und in aller Ruhe seine Zeitung las, musste sie sich ganz allein um die zahlreichen Wünsche ihrer Kinder kümmern. Andererseits, dachte sie, wäre es ihr auch nicht recht gewesen, wenn er sich hier nun eingemischt hätte. Die Kinder waren ihre Domäne, das war immer so gewesen. Vielleicht war es deshalb so bitter, dass sie nun auch noch in diesem Bereich das Gefühl hatte, überfordert zu sein?

Während ihre Gedanken sich überschlugen, hatte Karin hastig zwei Brote geschmiert und den Knust geteilt. Das führte zwar auch wieder zu Protest, aber wenigstens war es gerecht.

Als hätte er von dem Drama am Frühstückstisch nichts bemerkt, sagte Lennart: »Gestern haben wir uns auch darüber unterhalten, wie groß der Verdienst von Herrn Hein und Herrn Parade ist. Dass zwei Deutsche die Initiative ergriffen haben. Und dass das Treffen auch noch in Deutschland stattfand.«

»Weil Deutschland der große Schuldige im Krieg ist?«, fragte Birgitta, die dem Frühstück bislang schweigend beigewohnt hatte.

»Deshalb und auch, weil Hitler vor vierzehn Jahren trompetet hat, fürderhin dürfe kein Deutscher mehr einen Nobelpreis annehmen.«

»Warum denn das?«

»Er war sauer gewesen, dass der Nobelpreis an Carl von Ossietzky ging.«

»An wen?«

»Das war ein Journalist, Schriftsteller und Pazifist, der 1931 wegen Spionage verurteilt wurde. Seine Zeitschrift hatte auf die laut dem Versailler Vertrag verbotene Aufrüstung der Reichswehr aufmerksam gemacht.«

»Oh«, machte Birgitta. »Kein Wunder, dass er ihn nicht leiden konnte.«

»Er konnte ihn nicht nur nicht leiden, er hat ihn nach seiner Entlassung gleich wieder verhaften lassen. Ossietzky wurde schwer gefoltert und misshandelt. Als er 1936 den Friedensnobelpreis erhielt, hatte er nicht mehr lang zu leben: Er erlag später seinen schweren Verletzungen durch Folter und Misshandlung.«

»Das ist ja wirklich eine schreckliche Geschichte«, sagte Birgitta bedrückt. »Jetzt verstehe ich, warum es umso wichtiger und bedeutender ist, dass eine solche Initiative von Deutschland ausgeht.«

»Und es soll noch weitergehen«, sagte Lennart. »Auf der Rückfahrt mit der Weißen Flotte haben die Nobelpreisträger vorgeschlagen, in den kommenden Jahren auch und vor allem die jungen Wissenschaftler dazuzubitten. Es wäre natürlich wundervoll, wenn unser Kreis größer und größer werden würde.«

»Das wird er werden, Papa«, sagte Birgitta und lächelte ihrem Vater liebevoll zu. »Was du dir vornimmst, das gelingt einfach immer.«

Karin presste die Lippen aufeinander.

Kapitel 48

Lennart runzelte verärgert die Stirn, als das Telefon klingelte. Es war der 2. Juni 1951, er saß gerade über der Halbjahresbilanz für die Insel Mainau und wollte eigentlich nicht gestört werden. Aber er wusste auch, wenn Fräulein Ill dennoch einen Anruf durchstellte, dann musste es wichtig sein.

»Ja?«, meldete er sich. »Bernadotte?«

»Du meinst wohl Graf af Wisborg«, klang da eine weibliche Stimme, die Lennart entfernt bekannt vorkam, durch den Hörer.

»Wie?«, fragte er perplex. »Nein, hier ist nicht der Graf af Wisborg. Hier spricht Lennart Bernadotte. Mit wem habe ich denn die Ehre?«

Ein Lachen drang durch den Hörer. »Hier ist Charlotte!«, rief die Stimme. »Charlotte von Luxemburg. Deine Tante.«

»Charlotte!«, rief Lennart. »Das ist ja eine Überraschung!«

»Nicht wahr?«, fragte Charlotte. »Es war gar nicht so einfach, deinen Aufenthaltsort ausfindig zu machen. Ich hätte dich nicht in Deutschland vermutet.«

»Ja, wir sind wieder öfter hier«, plauderte Lennart. »Nun, wo Deutschland eine Bundesrepublik ist, sich die Besatzungstruppen langsam zurückziehen und es auch eine Währungsreform gab, ist die Lage langsam so stabil, dass wir uns wieder regelmäßig hier aufhalten.«

»Wie wundervoll! Wie geht es Karin und den Kindern?«

»Gut geht es ihnen«, sagte Lennart. »Auch sie sind glücklich, dass wir wieder so oft hier sein können.«

»Das freut mich«, sagte Charlotte. »Grüße sie bitte ganz herzlich von mir.«

»Das will ich gerne tun«, versprach Lennart. »Und wie geht es dir, werte Tante?«

»Mir geht es auch sehr gut – wobei das nicht der Grund meines Anrufs ist«, kam sie nun zum Punkt.

»Das dachte ich mir schon«, bekannte Lennart.

»Wie du weißt, hat dein Cousin Carl Johan ja ebenfalls eine Bürgerliche geheiratet.«

»Die Anzahl der Herren Bernadotte wächst«, konstatierte er ein wenig bissig.

»Offen gestanden, Lennart«, erwiderte Charlotte, »ist das kein Zustand. Ihr seid von Geburt an Prinzen. Ich würde euch allen dreien zumindest gerne den Titel Graf af Wisborg anbieten.«

»Oh«, entfuhr es Lennart. Vor über zehn Jahren – nein, es mussten inzwischen bereits dreizehn sein, überlegte er erschrocken – hatte er ein ähnliches Angebot abgelehnt, vor allem deshalb, weil es Sigvard und ihn gegenüber Carl degradiert hatte. Aber das war dieses Mal nicht der Fall. Wobei er sich eingestehen musste, dass sein Herz bei der Aussicht, ein Graf af Wisborg zu werden, nicht das geringste bisschen schneller schlug. Wenn, dann wollte er wieder den Titel, der ihm von Geburt an zustand. Prinz Lennart Bernadotte. Oder – wenn ein Graf, dann der Graf von Mainau. Das wäre mal was. Aber ein Graf af Wisborg?

»Lennart?«, hörte er die irritiert-besorgte Stimme seiner Tante. Erst da wurde ihm bewusst, dass er die ganze Zeit über kein Wort gesagt hatte.

»Ja«, versetzte er nun hastig, »bitte entschuldige, Tante. Ich war nur für einen Moment überrascht. Und auch überfordert.«

»Das kann ich verstehen«, erwiderte Charlotte. »Du musst diese Entscheidung auch nicht sofort treffen. Denk in Ruhe darüber nach. Und sprich mit deinen Cousins, die das gleiche Angebot erhalten haben.«

Das war eine wichtige Information. Vor allem, weil es aufzeigte, dass es diesmal gerecht zugehen würde. Alle schwedischen Prinzen, die sträflicherweise in den letzten Jahren eine Bürgerliche geehelicht hatten und nicht, so wie Carl vom eigenen Schwager, wieder zum Prinzen erhoben worden waren, würden den gleichen Titel erhalten. Keiner würde hervorgehoben werden.

»Das mache ich«, sagte Lennart und fragte dann: »Tante Charlotte?«

»Ja?«

»Etwas würde ich gerne noch wissen.«

»Nur zu!«

»Warum ausgerechnet af Wisborg? Dazu habe ich doch gar keinen Bezug?«

»Auch der Bruder deines Großvaters, der ja als Erster in der Familie eine Bürgerliche heiratete, war ein Graf af Wisborg«, sagte seine Tante.

»Ich verstehe«, erwiderte Lennart. »Dann hat das ja sozusagen Tradition. Danke, Tante. Ich werde darüber nachdenken und mich so schnell wie möglich bei dir melden.«

Kaum hatte Lennart den Hörer aufgelegt, da klingelte auch schon erneut das Telefon. Seufzend warf er einen Blick auf seine Bilanzen. Dazu würde er wohl heute nicht mehr wirklich kommen!

Er hob ab. »Ja? Bernadotte?«

»Lennart. Hier ist Sigvard. Hat Tante Charlotte schon mit dir gesprochen?«, sprudelte sein Cousin hervor.

»Na, das ging ja schnell«, lachte Lennart. »Sie hat gerade den Hörer aufgelegt.«

»Und?«, fragte Sigvard. »Was sagst du dazu?«

»Offen gestanden hatte ich noch keine Gelegenheit, mir eine Meinung zu bilden«, sagte Lennart ehrlich. »Und du? Was denkst du?«

»Ich würde gern annehmen«, gestand Sigvard. »Und Carl Johan auch.«

»Hm«, machte Lennart. »Ich kann euch verstehen. Aber ich zögere schon noch ein wenig. Aus dem altbekannten Grund. Wir sind nun einmal von Geburt Prinzen. Und nun sollen wir Grafen werden?«

»Nimm es als Versöhnungsangebot des schwedischen Hofes«, sagte Sigvard. »Oder … als kleine Kurskorrektur. Meiner Ansicht nach wurde Tante Charlotte nur vorgeschickt. Und sie können uns nicht wieder zu Prinzen machen, ohne ihr Gesicht zu verlieren.«

»Da hast du vermutlich recht«, überlegte Lennart.

»Dann bist du also dabei?«, fragte Sigvard atemlos.

Lennart zögerte. »Offen gestanden bedeutet mir der Titel nichts«, sagte er. »Aber ich merke, dass er dir wichtig wäre.«

»Und Carl Johan auch.«

»Dann will ich euch nicht im Wege stehen«, versicherte Lennart. »Werden wir also Grafen af Wisborg.«

Als er gerade ins Wohnzimmer hinuntergehen wollte, um Karin von der Neuigkeit zu berichten, öffnete sich die Tür, und seine Frau stand vor ihm. Sie sah ein wenig derangiert und verwirrt aus.

»Karin!«, rief er. »Um Himmels willen, was ist denn los?«

»Meine Schwester ist gerade angekommen.«

»Was?«, rief Lennart. »Ich wusste gar nicht, dass sie uns besuchen wollte!«

»Das wusste ich auch nicht«, sagte Karin. »Sie stand einfach so vor mir. Sie wollte uns überraschen.«

»Na, das ist ihr gelungen«, sagte Lennart. »Ich meine, ich freue mich ja, deine Schwester zu sehen, aber so unerwartet…«

»So geht es mir auch«, erklärte Karin. »Ich habe sie jetzt erst mal in das Gästeappartement geschickt und gesagt, dass ich mich auf die Suche nach dir mache.«

Lennart warf noch einen letzten Blick auf seine Bilanzen. Die mussten wohl wirklich bis morgen warten. Dann folgte er seiner Frau die Treppen hinunter.

Die Begrüßung seiner Schwägerin Gertrud und seines Schwagers Göran Mörner fiel herzlich aus, und als sie später beim Mittagessen in der *Schwedenschenke* saßen, entschloss Lennart sich, seine Neuigkeit zu verkünden – auch wenn er sie Karin eigentlich zunächst unter vier Augen hätte sagen mögen. Doch immerhin: Man war ja im Familienkreis. Lennart orderte vier Gläser Sekt als Aperitif, und als alle ihre Getränke in der Hand hielten, hob er sein Glas und sagte: »Auf die schöne Überraschung eures Besuchs. Und auf die Grafen af Wisborg.«

Karin setzte ihr Glas wieder ab, ohne einen Schluck getrunken zu haben, und fragte verwundert: »Auf die Grafen af Wisborg?«

»Du hast richtig gehört, meine Liebe.« Jetzt bereute Lennart es doch, nicht zunächst nur Karin davon erzählt zu haben. Das wäre richtig gewesen. Aber obwohl ihm tatsächlich nicht viel an dem Grafentitel lag, war es doch eine wichtige Neuigkeit, die er loswerden wollte. Und wer wusste schon, wann er das nächste Mal mit Karin allein wäre, jetzt, wo ihre Schwester überraschend angereist war. Er würde sich später bei ihr entschuldigen und ihr alles erklären. Jetzt sagte er: »Großherzogin Charlotte von Luxemburg hat mich gerade angerufen. Man will mir, Sigvard und Carl Johan die Titel Grafen af Wisborg anbieten.«

»Aber man hat dir doch schon mal einen Grafentitel angeboten, und du hast abgelehnt?«, wunderte sich Karin, die ihm zu seiner Erleichterung nicht zu grollen schien ob der Tatsache, dass er die Angelegenheit nicht zunächst mit ihr besprochen hatte.

»Aber diesmal wollen meine beiden Cousins annehmen – und das möchte ich ihnen nicht verderben, indem ich ausschere. Und außerdem werden wir alle gleich behandelt.«

»Das verstehe ich«, sagte Karin und nahm nun doch einen Schluck: »Auf die Grafen af Wisborg.«

»Auf dich, Frau Gräfin.«

Karin riss die Augen auf. »Stimmt, daran habe ich noch gar nicht gedacht! Dann bin ich ja jetzt Frau Gräfin!«

»Bilde dir da bloß nichts drauf ein«, kam es von Göran, der die ganze Zeit über stumm dabeigesessen und ein wenig grimmig dreingeschaut hatte, was Lennart aber schon von ihm kannte. »Die Bernadottes sind nun wirklich kein altes, sondern im Gegenteil ein ziemlich junges Geschlecht.«

»Danke, das weiß ich«, erwiderte Karin freundlich, aber kalt, wie es sonst gar nicht ihre Art war. Lennart wusste, dass sie ihren Schwager nicht sonderlich mochte – was er verstehen konnte – und dass er ihr vor allem in diesem Punkt sehr auf die Nerven ging. »Das hast du mir ja schon vor meiner Hochzeit wieder und wieder gesagt: dass ich mir bloß nichts darauf einbilden soll, dass ich ein Mitglied des schwedischen Königshauses heirate.«

Göran schien den spitzen Unterton nicht zu bemerken und nickte zufrieden. »Das hast du dann ja auch nicht«, sagte er. »Schließlich ist Lennart ja gar kein Prinz mehr.«

»Aber bald ein Graf!«, rief Karin, die offensichtlich immer wütender wurde. Lennart wusste, woran das lag. Das ganze Thema war für sie ein Reizthema, das alte Emotionen hochkochen ließ, alte Verletzungen wieder aufriss. Umso mehr ärgerte er sich nun darüber, dass er so unsensibel gewesen war und die Neuigkeit ausgerechnet in Gegenwart Görans angesprochen hatte.

»Deine Schwester hat da die weitaus bessere Partie gemacht«, fuhr Göran fort. Dabei zwinkerte er Karin zwar zu, aber allen war bewusst, dass er sehr ernst meinte, was er sagte. »Die Mörners sind nämlich ein Geschlecht, das schon im Jahr 1627 in der schwedischen Ritterschaft auftaucht.«

»Du siehst mich in Ehrfurcht erstarren«, sagte Lennart bissig. Das Verhalten seines Schwagers war umso lächerlicher, als dieser doch ganz genau wusste, wie wenig er, Lennart, auf solche Dinge gab.

Doch Göran beachtete ihn gar nicht. »Bildet euch bloß nichts auf euren Grafentitel ein«, sagte er. »Ihr Bernadottes wärt überhaupt nicht in Schweden, wenn nicht ein Mörner, nämlich Leutnant Carl Otto, auf eigene Initiative Marschall Jean-Baptiste …«

»… Marschall Jean-Baptiste Bernadotte zum König von Schweden vorgeschlagen hätte«, vollendeten Karin und Lennart einstimmig Görans Satz. Sie kannten ihn inzwischen auswendig, weil Göran ihn jedes Mal herunterleierte, wenn sie sich sahen.

»Ohne Frage hast du die bessere Partie gemacht, liebe Schwester«, sagte Karin und zwinkerte Gertrud, der die ganze Sache offensichtlich sehr unangenehm war, zu.

Zu Lennarts Erleichterung kam in diesem Moment das Essen, was sie etwas vom Thema ablenkte, und auch der Rest des Tages verlief einigermaßen harmonisch: Sie machten einen langen Spaziergang über die Insel, und das Abendessen nahmen sie mit den Kindern in ihrem privaten Esszimmer ein.

Als sie dann spätabends in ihren Betten lagen, sagte Lennart: »An manchen Tagen kommt wirklich alles auf einmal – und ich kann nicht umhin, dir einzugestehen, dass ich die Tage zähle, bis unser nerviger Schwager weg ist, Frau Gräfin af Wisborg.«

»Da haben wir etwas gemeinsam«, erwiderte sie, küsste ihn und fügte dann noch hinzu: »Herr Graf.« Dabei lachte sie, und Lennart war glücklich. Sie hatten einige schwere Jahre hinter sich, in denen Karin oftmals schlecht gelaunt und unausgeglichen gewesen war. Nicht zuletzt deswegen war er etwas unruhig gewesen, wie sie nun reagieren würde. Doch er hätte sich keine Sorgen zu machen brauchen, es schien sich nun endlich auf allen Ebenen alles zum Guten zu wenden. Deutschland stabilisierte sich, seine Ehe auch, die Insel blühte wie nie zuvor, und er würde wieder ein Graf werden. Was wollte er mehr? Kaum, dass er sich die Frage gestellt hatte, wusste er es: Zwei Dinge gab es noch, die ihm zu seinem vollkommenen Glück fehlten – eine Aussöhnung mit seiner Mutter und ein endgültiger Umzug auf die Insel Mainau!

Epilog

1952

Lass uns doch einfach die Vor- und Nachteile gegeneinander abwägen«, schlug Karin pragmatisch vor. »Wir nehmen uns ein Stück Papier und machen zwei Spalten. In die eine Spalte schreiben wir, was für einen Umzug auf die Mainau spricht, und in die andere, was dagegen einzuwenden wäre.«

»Gut«, nickte Lennart und lächelte seiner Frau zu. »So machen wir es.«

Die Frage eines Umzugs auf die Mainau hatte sie im letzten Jahr beide sehr bewegt, sie hatten Für und Wider besprochen, waren jedoch nicht wirklich weitergekommen. Bis Lennart an jenem kalten Wintermorgen in ihrer Stockholmer Wohnung erklärt hatte: »Jetzt müssen wir uns langsam mal entscheiden. Denn wenn wir übersiedeln, dann müssen wir uns ganz anders vorbereiten, als wenn wir nur den Sommer über bleiben. Wobei der Sommer ohnehin besonders wird.«

»Weil deine Mutter kommt«, wusste Karin sofort. »Bist du deshalb sehr aufgeregt?«

»Nein«, sagte Lennart. »Überraschenderweise nicht. Sie kommt zu mir, in meine Heimat. Und sie hat ja auch so viel geschrieben in der letzten Zeit. Ich glaube, sie bereut, dass sie mich damals im Stich gelassen hat. Aber …«, er sah nachdenklich vor sich hin, sammelte sich und fuhr dann fort: »… ich habe das Gefühl, ich habe meine Mutter losgelassen. Ich jage ihrer Liebe nicht mehr nach. Weil ich so fest und mit beiden Beinen im Leben stehe.«

Karin sah ihn aufmerksam an, und Lennart fuhr fort. »Ich war entwurzelt. Als Kind durch den Weggang meiner Mutter und dann, indem sie mir mit dem Entzug meines Titels einen Teil meiner Identität nahmen. Auf der Mainau habe ich neue Wurzeln geschlagen. Und die sind inzwischen so stark und tief und sicher geworden, dass ich die Mutterwurzeln nicht mehr brauche.«

»Ein wunderbares Bild«, sagte Karin nachdenklich. »Es wäre so schön, wenn ihr euch aussöhnen würdet.«

»Das werden wir«, war Lennart überzeugt. »Ich spüre keine Bitterkeit mehr in mir – und ich habe auch keine Erwartungen mehr an Mutter. Wodurch alles, was sie mir gibt, und sei es noch so wenig, ein Geschenk ist.«

Karin nickte. »Ja«, sagte sie, »ja, ich glaube auch, dass die Begegnung gut wird. Die Frage ist nur: Begrüßen wir deine Mutter in unserer Sommerresidenz oder in unserem Zuhause?« Sie deutete auf die Liste.

»Du hast recht«, seufzte Lennart. »Konzentrieren wir uns.«

Karin sah ihn auffordernd an.

»Also. Was spricht für Schweden?«

»Meine Arbeit bei Artfilm und *FOTO*«, erwiderte Lennart. »Ich verdiene gutes Geld, komme in der ganzen Welt herum, die Arbeit macht mir Spaß. Und übrigens, um das noch zu ergänzen: Ich glaube, die Tatsache, dass ich kein Prinz mehr bin, hat mir hier sehr geholfen.«

»Wie meinst du das?«

»Mit einem Lennart Bernadotte lässt es sich leichter zusammenarbeiten als mit einem Prinz Lennart von Schweden«, erklärte er. »Die Barrieren sind viel niedriger. Ich bin sicher, ich hätte als Prinz niemals diese Karriere machen können.«

»Mag sein«, erwiderte Karin. »Und du hättest es vermutlich auch nicht dürfen. Erinnere dich doch bitte daran, wie es war, als du Arzt werden wolltest.«

»Da hast du auch wieder recht.«

Karin nickte. »Aber zurück zu unserer Liste«, mahnte sie und machte eine entsprechende Notiz. »Ich muss dir offen gestanden sagen, dass dieser Punkt, den du gerade genannt hast, aus meiner Sicht eher nicht für Schweden spricht.«

Lennart wusste sofort, was sie meinte: »Weil ich dann so oft weg bin«, sagte er. »Und du so häufig mit den Kindern allein bist.«

Er war sich wohl bewusst, dass sich Karin oft überfordert und einsam fühlte.

»So ist es«, bestätigte Karin. »Auf der Mainau wärst du mehr bei uns, und das würde auch dem Bild einer glücklichen Familie eher entsprechen. Außerdem: Das ständige Pendeln zwischen Schweden und Deutschland und das Halten von zwei Wohnsitzen kostet ja auch.«

»Da hast du recht«, gab Lennart zu. »Du kannst den Punkt also getrost wieder von der Liste streichen.«

»Für Schweden sprechen aber auf jeden Fall diese Wohnung und unser kleines Sommerhaus auf dem Land«, sagte Karin. »Auch wenn wir es selten nutzen, weil wir im Sommer immer auf der Mainau sind. Aber du weißt, wie sehr ich es liebe.« Nachdenklich fügte sie hinzu: »Das ist vielleicht mein Bild eines glücklichen Familienlebens.«

»Ich weiß, es ist nicht das Gleiche«, sagte Lennart. »Aber ich könnte dir auf der Mainau sofort ein kleines Schwedenhäuschen bauen. Herr Schänzle wäre begeistert.«

Karin lächelte. »Vielleicht komme ich darauf zurück«, sagte sie. »Ein Punkt gegen die Mainau ist auch noch: Wir wissen nicht, wie die Lage sich in Deutschland entwickelt. Die Besatzungsmächte sind immer noch dort.«

»Aber die Mainau liegt nicht im russischen Sektor.«

»Nein«, gab Karin zu. »Aber im französischen, und da findet immer noch ein gewisser Infrastrukturabbau statt.«

»Deutschland stabilisiert sich zusehends«, widersprach Lennart. »Dass vor drei Jahren die Bundesrepublik gegründet wurde, und dann ein Jahr zuvor noch die Währungsreform, das sind wichtige und entscheidende Schritte.«

»Ja, natürlich«, bekräftigte Karin. »Und was spricht für die Mainau?«

»Dort ist mein Herz«, sagte Lennart sofort. »Wir haben so viel Liebe und Mühe und Arbeit hineingesteckt. Dort ist das Glück unserer Familie. Und …«, er zögerte.

Karin sah ihn fragend an. »Und?«

»Und ich fühle mich der Mainau gegenüber auch irgendwie verpflichtet. Meiner Familie wegen.«

»Das verstehe ich«, sagte Karin ernst. »Aber dieser Verpflichtung musst du nicht dein ganzes Leben widmen, wenn es dir zuwider ist.«

»Es ist mir ja nicht zuwider!«, rief Lennart. »Ganz und gar nicht. Im Gegenteil. Ich liebe die Mainau. Vielleicht …«

Nachdenklich runzelte er die Stirn.

»Vielleicht?«, fragte Karin ungeduldig und fügte tadelnd hinzu: »Heute lässt du dir aber auch jedes Wort aus der Nase ziehen.«

»Nun, durch die Einnahmen aus der Mainau und die Verpachtung des Wolkenhofs habe ich inzwischen genügend Geld beisammen, vor allem, wenn ich mir überlege, meine Anteile bei

Artfilm noch zu veräußern. Ich könnte mir überlegen, die Mainau von meinem Vater zu kaufen. Ich denke, wenn sie mir gehören würde, wäre es noch mal etwas ganz anderes. Dann wäre ich nicht nur ihr Chef, sondern auch ihr Eigentümer. Was den Preis angeht, werde ich mir mit Vater sicherlich einig, zumal ich ja sämtliche Investitionen aus eigener Tasche gezahlt habe.«

Ein Schatten flog über Karins Gesicht. »Was?«, fragte Lennart sofort. »Gefällt dir diese Vorstellung nicht?«

»Ich weiß nicht«, erwiderte Karin. »Einerseits schon.«

»Und andererseits?«

»Andererseits ist das so endgültig. Dann sind wir wirklich auf der Mainau. Mit allem, was wir haben, und für immer.«

»Aber davon sprechen wir doch die ganze Zeit – das wäre doch mit einem Umzug auch der Fall. Willst du das denn nicht?«, fragte er erschrocken. »Karin, es ist unser gemeinsames Leben. Da hast du genauso viel Mitspracherecht wie ich.«

»Das weiß ich«, sagte Karin. »Und ich liebe die Mainau genauso wie du. Mir fällt die Entscheidung doch auch nicht leicht. Ich weiß nicht, woher meine Reaktion eben kam und meine Angst vor dem Endgültigen. Vielleicht…«, sie zögerte, »…vielleicht können wir auch weiterhin in beiden Welten leben. Das ist uns in den letzten zwanzig Jahren doch auch ganz gut gelungen.«

»Bis der Krieg kam«, korrigierte Lennart. »Aber ich habe schon das Gefühl, dass wir uns entscheiden müssen. Zumal die Arbeit auf der Mainau immer mehr wird und die Insel uns immer mehr braucht.«

»Vielleicht…«, überlegte Karin und brach ab, bevor sie den Gedanken weiterführte: »War die Mainau nicht gerade am Anfang sehr arbeitsintensiv? Als wir alles abholzen und Tausende neuer Blumenzwiebeln pflanzen mussten?«

»Einerseits ja«, sagte Lennart. »Andererseits haben sich die Herausforderungen verändert. Wir haben gute Leute, aber es wird auch Wechsel geben. Ich glaube, wenn die Mainau auf Dauer wirklich blühen soll, dann müssen wir dort leben und dafür sorgen, dass alles reibungslos abläuft.«

»Merkst du es selbst?«, fragte Karin.

»Was?«, fragte Lennart. »Was merke ich selbst?«

»Wie sehr du eine Umsiedlung auf die Mainau befürwortest und verteidigst? Wir hätten die Liste gar nicht gebraucht.«

Lennart nickte langsam. »Ja«, sagte er. »Ja, das stimmt. Wir hätten die Liste nicht gebraucht. Zumindest für mich nicht. Mein Herz schlägt für die Mainau.« Bang sah er sie an. »Und deines? Deine Reaktion vorhin kam ja nicht von ungefähr.«

Karin zögerte einen Moment, dann nahm sie seine Hände und drückte sie. »Ich denke, das war nur der letzte Ablösungsschmerz. Auch mein Herz schlägt für die Mainau«, bekannte sie. »Wenngleich ich in Schweden ebenso glücklich bin. Aber ich denke, unser Glück können wir an beiden Orten finden. Auf der Mainau und hier. Hauptsache, wir sind zusammen. Und das sind wir auf der Mainau sogar mehr als hier.«

Sie schwiegen einen Moment. Dann sagte Lennart: »Wenn wir es ganz nüchtern betrachten, dann würden wir, wenn wir ein Leben in Schweden gegen ein Leben auf der Mainau eintauschen, Sicherheit und ein planbares Leben gegen ein Leben voller Risiken tauschen.«

»Aber auch gegen ein Leben voller Chancen«, sagte Karin leise. »Die Mainau ist die Hoffnung. Und wir könnten dabei sein, wenn sich das Land, in dem sie liegt, wie ein Phönix aus der Asche erhebt.«

»Die Mainau ist die Hoffnung«, wiederholte Lennart. »Was für ein schönes Bild.« Sie schwiegen erneut eine Weile, dann fragte Lennart aufgeregt. »Dann ist es entschieden? Wir ziehen auf die Mainau? Mit allem, was wir haben, und für immer?«

»Ja«, erwiderte Karin und drückte noch einmal seine Hände. »Wir ziehen auf die Mainau. Mit allem, was wir haben, und für immer.«

Danksagung

Mein allererster Dank gilt meinem Bruder, Arco Bast. Ohne ihn hätte es dieses Buch nicht gegeben. Bei einem gemeinsamen Besuch auf der Mainau vor einigen Jahren fragte er mich, wie genau es eigentlich kam, dass die Mainau zur Blumeninsel wurde. Und was die Geschichte dieser Insel sei. Bei meinem Versuch einer Antwort stellte ich erschrocken fest, wie rudimentär mein Wissen dazu war. Und das, wo ich doch nur wenige Schiffsminuten entfernt lebe, häufig auf der Mainau bin und Geschichte der Bereich ist, mit dem ich mich täglich befasse. Meine Neugier war geweckt, und ich begann zu recherchieren. Als ich dem Piper-Verlag meine Idee vorstellte, war man dort gleich begeistert. Ganz herzlichen Dank an das wunderbare Team um Verlegerin Felicitas von Lovenberg für die großartige Chance und die wie immer gute Zusammenarbeit. Insbesondere geht mein Dank an meine liebe Lektorin Anne Scharf, Redakteurin Barbara Raschig, die meinem Roman mit kleinen, aber wirkungsvollen Änderungen den letzten Schliff verliehen hat, und Johannes Wiebel für das wie immer großartige Cover. Ein großer Dank geht auch an Greta Frank und an Programmleiterin Andrea Müller. Und natürlich an meine wunderbare Agentin Anna Mechler, die schon lange viel mehr ist als eine Agentin: eine sehr, sehr wertvolle Freundin. Großer Dank geht wie immer auch an meine langjährige Kollegin Melanie Kunze für den akribischen Faktencheck. Tausend Dank an meine liebe und unglaublich aufmerksame Testleserin Daniela Werning für ihre klugen Fragen und Anmerkungen. Wertvolle Hinweise zu allem, was mit Blumen und Pflanzen zu tun hat, kamen vom Gärtnermeister des Schlosses Arenenberg Daniel Brogle, der ganz nebenbei auch ein wandelndes Bodensee-Geschichtslexikon ist! Bei bautechnischen Fragen unterstützte mich Florian Semet mit viel Geduld und kompetentem Fachwissen. Herzlichen Dank an euch beide!

Ein riesiges Dankeschön auch an Christian Stadler vom Stadler-Verlag, der mir freundlicherweise die Erlaubnis gab, aus Lennart Bernadottes Buch »… ein Leben für die Mainau« zu zitieren, das in seinem Verlag erschienen ist.

Mein größter Dank geht jedoch an die Menschen, die für mich an erster Stelle stehen, selbst, wenn sie nun zuletzt aufgezählt werden (das Beste kommt eben immer zum Schluss): meine Familie, die dieses Mal auch in die Recherche eingebunden war. Und zwar vor Ort. Wie gut, dass es auf der Mainau einen wunderbaren Spielplatz gibt, von dem die Kinder nie genug bekommen können. Ebenso wenig wie von dem leckeren Kuchen im Schlosscafé.

Liebe Leserinnen und Leser, am besten lesen Sie mein Buch natürlich auf der Mainau. Suchen sich – idealerweise in der Inselmitte, abseits der großen Massen – ein schönes Plätzchen und lesen. Und zur Krönung könnten Sie sich dann noch ein leckeres Stück Kuchen im Schlosscafé gönnen. Wie klingt das?

Es grüßt Sie herzlich
Ihre Eva-Maria Bast

Spuren der Realität

Lennart Bernadotte hat ein wunderbares Buch geschrieben. Es ist im Stadler-Verlag erschienen und heißt: *Ein Leben für die Mainau.* In diesem Buch gewährt er den Lesern tiefe Einblicke in sein Denken, Fühlen und Handeln und vor allem auch in das Werden der Insel Mainau. Das Buch, das ich Ihnen als ergänzende Literatur sehr ans Herz legen möchte, war mir eine sehr bedeutende Quelle für mein Werk. Teilweise habe ich auch direkt daraus zitiert, weil es mir wichtig war, nah an seinen Gedanken und auch an seinem Sprachduktus zu sein.

Ich habe mich bemüht, so nah wie möglich an der Realität zu bleiben. Natürlich sind die Dialoge weitgehend erfunden – ich war ja nicht dabei –, und es gibt auch einige Personen und Handlungsstränge, die meiner Fantasie entspringen. Das sind die Damen Nohl und Walser sowie Riedles Frau Ilse. Erfunden sind auch die Vornamen von Herrn Riedle und von Herrn Häberle, die mir nicht bekannt sind. Ich weiß auch nichts über eine Freundschaft zwischen Riedle und Lennart. Er nennt in seinem Buch ein befreundetes Ehepaar namens Baumgartner, das in Konstanz lebte und das ihn und Karin zu den Olympischen Spielen begleitete. Aus dramaturgischen Gründen habe ich mich aber entschieden, die Riedles mit nach Berlin fahren zu lassen. Und noch eine Abweichung habe ich mir erlaubt: Die Familie Bernadotte lebte während der Sanierung nicht auf dem Schloss, sondern im Inselhotel in Konstanz sowie im Hotel Halm.

Literatur und Quellen

Bernadotte, Lennart: *Ein Leben für die Mainau.* Konstanz 1996

Burchardt, Lothar; Schott, D.; Trapp, W.: *Konstanz im 20. Jahrhundert. Die Jahre 1914 bis 1945.* Konstanz 1990

Dées de Sterio, Alexander und Johanna: *Die Mainau. Chronik eines Paradieses.* Zürich 1977

Gügel, Dominik: *Grüne Fürsten am Bodensee.* Tübingen 2023

Harenberg, Bodo: *Chronik 1936.* Dortmund 1985

John, Timo: *Eine Familie aus Schweden auf der Bodenseeinsel Mainau.* Lindenberg 2023

Käpper, Joachim: »Münchner Abkommen. Wie der Westen die Tschechoslowakei verraten hat«. In: Süddeutsche Zeitung. URL: https://www.sueddeutsche.de/politik/chamberlain-hitler-appeasement-muenchen-1.4136890. Abgerufen am 23. Mai 2024

Klöckler, Jürgen: *Konstanz in beiden Weltkriegen.* Konstanz 2004.

Reile, Holger: »Der Erste Weltkrieg am Bodensee: Und plötzlich war die Grenze dicht.« In: WOZ. URL: https://www.woz.ch/1449/der-erste-weltkrieg-am-bodensee/und-ploetzlich-war-die-grenze-dicht. Abgerufen am 15.Juli 2024

Schütt, Ernst Christian: *Chronik 1938.* Dortmund 1987.

Von Eva-Maria Bast liegen im Piper Verlag vor:
Bedeutende Frauen, die die Welt verändern:
Die aufgehende Sonne von Paris (Mata Hari)
Die vergessene Prinzessin (Alice von Battenberg)
Sisis Schwester (Sophie Charlotte in Bayern)
Queen Mum (Elizabeth Bowes-Lyon)

Die Queen:
Band 1: Die Queen, Elizabeth II. – Als junge Frau wurde sie zur Königin, als Königin wurde sie zur Legende
Band 2: Die Queen, Elizabeth II. – Als Königin regierte sie ein Land, als Ehefrau und Mutter kämpfte sie um Erfüllung
Band 3: Die Queen, Elizabeth II. – Als Monarchin führte sie ihr Volk in eine neue Zeit und brachte Beständigkeit im Wandel

Der Traum des Louis Vuitton
Die Blumeninsel im Bodensee